HEYNE <

Sylvia Day

IM BANN
DER LIEBE

Roman

WILHELM HEYNE VERLAG
MÜNCHEN

Titel der amerikanischen Originalausgabe
IN THE FLESH
Deutsche Übersetzung von Ursula Gnade

Verlagsgruppe Random House FSC® N001967
Das für dieses Buch verwendete FSC®-zertifizierte
Papier *Holmen Book Cream* liefert
Holmen Paper, Hallstavik, Schweden.

Deutsche Erstausgabe 02/2015
Redaktion: Catherine Beck
Copyright © 2009 by Sylvia Day
Copyright © 2015 der deutschsprachigen Ausgabe by
Wilhelm Heyne Verlag, München,
in der Verlagsgruppe Random House GmbH
Printed in Germany 2015
Umschlaggestaltung: Nele Schütz Design, München,
unter Verwendung von Shutterstock/Daria Minaeva
Satz: KompetenzCenter, Mönchengladbach
Druck und Bindung: GGP Media GmbH, Pößneck

ISBN: 978-3-453-31634-8

www.twitter.com/HeyneFantasySF
@HeyneFantasySF

www.heyne-fantastisch.de

Dies ist für all die Leser, die fünf lange Jahre auf Sapphires Geschichte gewartet haben.

Ich hoffe, sie gefällt euch!

Prolog

D'Ashier, im Grenzgebiet

»Ist er tot, Eure Hoheit?« Wulfric, der Kronprinz von D'Ashier, schloss den Bioscanner, erhob sich aus seiner kauernden Haltung und starrte auf den Leichnam vor seinen Füßen. Wüstensand wirbelte um die Leiche herum und hatte es eilig, sie zu begraben. »Bedauerlicherweise ja.«

Er hob den Blick und ließ ihn über die Böschungen um sie herum gleiten. »Erstattet am nächsten Kontrollposten Meldung. Es besteht keine Notwendigkeit, den Vorfall frühzeitig zu melden und zu riskieren, dass das Signal abgefangen wird.«

Sie waren zu nah an Sari, um das Risiko einer Entdeckung einzugehen. Der König von Sari lag immer auf der Lauer, um bei der geringsten Provokation in den Krieg zu ziehen – daher die niemals endenden Grenzpatrouillen.

Alle zwei Monate begleitete Wulf einen Zug Soldaten von D'Ashier auf ihren Kontrollgängen. Seine Anwesenheit war nicht erforderlich, aber er sah darin eine notwendige Maßnahme. Ein guter Herrscher setzte sich den Belastungen aus, die auch seine Leute durchmachten. Er sah die Welt durch ihre Augen, aus ihrer Perspektive, und nicht von so hoch oben, dass er das Gespür für ihre Nöte verlor.

»Wollte er rein oder raus, Eure Hoheit?«

Er warf einen Blick auf den jungen Lieutenant an seiner Seite. »Ich kann es nicht mit Sicherheit sagen. Es ist so heiß heute, dass ich nicht einmal bestimmen kann, wie lange er schon tot ist.« Der Schutzanzug, den Wulf trug, bewahrte ihn sowohl vor Austrocknung als auch vor der sengenden Sonne, doch er konnte die Hitzewellen über dem Sand flimmern sehen. Nach den jüngsten Konfrontationen war die Grenze abrupt geschlossen worden, was zur Aufspaltung zahlreicher Familien geführt hatte. Eine bedauerliche Folge war der Tod vieler Staatsbürger bei dem Versuch, die Grenze zu ihren Angehörigen zu überqueren. Wulf bemühte sich um die Wiederaufnahme regelmäßiger Vertragsverhandlungen mit Sari, doch der sarische König lehnte jedes Mal ab. Trotz all der Jahre, die inzwischen vergangen waren, hegte Sari nach wie vor Groll.

Vor zweihundert Jahren war D'Ashier eine große, wohlhabende Bergbaukolonie Saris gewesen. Nach Jahren der Meinungsverschiedenheiten und Ungerechtigkeiten, die von beiden Seiten geltend gemacht wurden, hatte eine blutige Revolution das kleine Territorium von seinem Heimatland befreit und eine dauerhafte Animosität zwischen den beiden Ländern hervorgerufen. Die Bevölkerung von D'Ashier hatte den populären und geliebten Gouverneur zum Monarchen gekrönt. Im Lauf der Jahre hatten Wulfs Vorfahren die junge Nation ausgebaut und gefestigt, bis sie mit allen anderen konkurrieren konnte.

Doch die königliche Familie von Sari blickte immer noch so herablassend auf D'Ashier, wie ein frustrierter Elternteil die Nase über ein Kind rümpfen würde, das sich zum Emporkömmling entwickelt. Sari blieb standhaft bei seiner Entscheidung, D'Ashiers Macht und seine Staatshoheit zu ignorieren. Die Talgoritminen von D'Ashier waren der größte Produzent der begehrten Energiequelle im bekannten Universum und durchaus jede Schlacht und jeden Krieg wert, der geführt wurde, um sie zurückzuerobern.

»Hier ist etwas faul.« Wulf hob seinen Feldstecher an die Augen, um den Himmel abzusuchen.

Er und der Lieutenant standen wenige Kilometer von der Grenze entfernt auf einer kleinen Anhöhe. Ganz in der Nähe schwebte einsatzbereit sein *Skipsbåt*. Um sie herum hielten Gardisten von D'Ashier Wache. Insgesamt waren sie ein Dutzend, die erforderliche Anzahl für jede Patrouille. Von seiner günstigen Position aus konnte er ein gutes Stück weit sehen und hätte sich relativ sicher fühlen sollen, und doch hatten sich ihm die Nackenhaare aufgestellt. Er hatte schon vor langer Zeit gelernt, seinen Instinkten zu vertrauen. Also begutachtete er die Situation abermals und sagte: »Das Ganze hat etwas Gestelltes und Künstliches an sich, und es gibt zu viele offene Fragen. Ohne Transportmittel könnte dieser Mann nicht so weit gereist sein. Wo ist sein Skip? Wo ist sein Proviant? Warum hat der Sand ihn nicht begraben?«

Als es in seinen Kopfhörern zu knistern begann, ließ er den Feldstecher sinken.

»Es gibt kein Anzeichen für etwas Bemerkenswertes, Eure

Hoheit. Wir haben die Umgebung im Umkreis von zwei Kilometern durchsucht.«

»Sonst noch irgendwelche ungewöhnlichen Messungen, Captain?«

»*Nichts.*«

Er warf einen Blick auf den jungen Lieutenant, der erwartungsvoll neben ihm stand. Zu Wulfs Patrouillen wurde stets ein Übermaß an Offizieren herangezogen, darunter gewöhnlich zahlreiche neu bestallte. Diesen Wunsch hatte der General schon vor Jahren geäußert, um seinen Untergebenen zu demonstrieren, wie die Befehlslast getragen werden sollte. In diese Führungsrolle war Wulf von Geburt an mühelos hineingewachsen. »Gehen wir.«

Rasch liefen sie zu ihren abgestellten Skips und setzten dabei die von Natur aus sparsamen Bewegungen der Bewohner eines Wüstenplaneten ein. Als sie gerade Vorbereitungen trafen, um auf die schmalen Bikes zu steigen, grollte der Boden Unheil verkündend. Die Geräuschquelle war leicht aufzuspüren, und Wulf verfluchte sich für sein Versäumnis, die Falle vorherzusehen. Er lockerte die Griffhalterung des Glefenhalfters, der an seinem Oberschenkel angebracht war, und brüllte eine Warnung. Dann sprang er auf sein Skip, gab Gas und zog fest am Hebel. Unmittelbar bevor die kleine feindliche Fräse aus dem Sand hervorkam, flog er davon.

»*Ich kann keinen Notruf aussenden*«, rief der panische Lieutenant.

Der Rest der Patrouille fügte sich in den V-förmigen Gruppenverband ein und raste tiefer in das Gebiet von D'Ashier hinein.

»Sie blockieren die Übertragung.« Wulfs Ton war grimmig. »Verflucht noch mal, sie müssen sich tagelang ihren Weg durch den Sand gegraben haben.«

»*Warum waren sie auf den Scannern nicht zu sehen? Wir waren direkt über ihnen.*«

»Der Strom war abgeschaltet. Ohne diese Signatur waren sie praktisch unsichtbar.«

Wulf nahm das kräftige Surren der Fräse hinter ihnen sehr bewusst wahr. Das Warnsignal, das ihre Nachforschungen ausgelöst hatte, musste entstanden sein, als das Transportmittel von Sari nach D'Ashier eingedrungen und bevor die Motoren abgeschaltet worden waren. Der Leichnam war lediglich der Köder, der dafür sorgte, dass die Anomalie nicht als Fehlfunktion abgetan wurde.

»Wie zum Teufel konnten sie ohne Kabinenklimatisierung unten bleiben?«

»*Aus reiner Verzweiflung*«, murmelte der Captain und flog nach oben, als ein Warnschuss von der Fräse Sand in einer Wolke vor ihm aufsprühen ließ. »*Das ist keine sarische Fräse. Es sind Söldner.*«

Während er die Landschaft durch seinen Navigationsscanner musterte, sagte Wulf: »Wir können sie nicht abhängen. Trennt euch über der Erhebung. Umkreist die Felsformation.«

Nach dem Überfliegen der Anhöhe spaltete sich die Patrouille in zwei Gruppen auf. Ein weiterer Schuss von der Fräse traf sein Ziel und ließ einen Skip kurz trudeln, bevor er explodierte und den Soldaten tötete, der ihn steuerte. Die restlichen Männer beugten sich tiefer hinunter, während sie auf die mehrtürmige Felsformation

zurasten, Monolithen, die aus dem Wüstenboden auf-
ragten.

Wulf fluchte, als ein gut gezielter Schuss von der Fräse
einen Turm aus rotem Fels zerbröckeln ließ. Blutfarbener
Staub wogte auf, während ein entsetzliches Krachen die
Luft zerriss. Ein Blick auf seine Konsole zeigte ihm, dass
Brocken in der Größe von Transportmitteln losbrachen
und auf die andere Hälfte seiner Patrouille hinunterkrach-
ten. Die stark reduzierte Sichtanzeige machte deutlich,
dass nur wenige überlebt hatten.

Als er in die Kurve ging, sah er eine Bresche, die ihnen
eine Chance zum Kampf geben konnte.

»Absteigen«, befahl er und schlängelte sich mit seinem
Skip zwischen den Monolithen durch. »Lockt sie aus der
Deckung heraus.«

Im Mittelpunkt der Felsformation befand sich eine
kreisförmige Sandfläche. Sie setzten auf, stiegen ab und
fächerten sich auf, um einen nach außen gewandten Kreis
zu bilden. Dann zogen sie ihre Glefen, aktivierten die
enormen Klingen und warteten. Die Anspannung war geradezu greifbar.

Phaserbeschuss ließ den Boden unter ihnen erbeben,
doch im Innern der Gesteinsformation waren sie in Sicherheit. Die Lücken und Spalten zwischen den einzelnen Fel-
sen waren groß genug für einen Skip, nicht jedoch für die
Fräse, die viel breiter war. Wenn die Angreifer sie töten
wollten, würden sie zu Fuß hereinkommen und Mann gegen Mann kämpfen müssen.

Die Warterei zog sich endlos hin. Schweiß strömte über
Wulfs Schläfen. Der Rest seiner Haut blieb nur dank

des Dämmanzugs trocken, der seine Körpertemperatur regulierte.

»Wir wollen nichts weiter als den Prinzen.« Die Wörter hallten um sie herum. »Gebt ihn uns, und der Rest von euch kann weiterleben.«

Wulf spürte die Wut, die sich in seinen Rängen ausbreitete.

»Erst werdet ihr uns töten müssen«, sagte der Captain herausfordernd.

»Ich hatte gehofft, dass ihr das sagen würdet«, kam die lachende Erwiderung. Dann erhellte Blasterbeschuss die Luft und wurde von der raschen Bewegung einer Glefe abgelenkt, deren starke Laserklinge es leicht mit der plumpen Handfeuerwaffe aufnehmen konnte.

Wulf stellte fest, dass seine Männer im Handumdrehen umzingelt waren. Während er mit angeborenen Reflexen Ausfälle machte und parierte, wusste er, dass mehr als nur eine Fräse da gewesen sein musste. All diese Männer konnten nicht in ein einziges der kleinen Transportmittel hineingepasst haben. Er wusste auch, dass keine Hoffnung auf einen Sieg bestand – nicht, wenn sie vier zu eins in der Unterzahl waren.

Der Drang zur Kapitulation war stark, denn es ging darum, die Leben seiner Männer zu retten. Ungeachtet des Risikos, das seine Auslösung für D'Ashier darstellen würde, wollte sich Wulf gerade ergeben, als seine Kopfhörer knisterten.

»*Nein, Eure Hoheit.*« Der Captain warf einen Seitenblick auf ihn. »*Sie werden uns trotzdem töten. Lasst uns wenigstens ehrenhaft sterben.*«

Und so kämpfte er weiter, den Brustkorb zugeschnürt vor Bedauern und vergeblicher Wut. Jeder seiner Soldaten gab sein Letztes, obwohl sie sich über die Unabwendbarkeit des Ausgangs im Klaren waren. Sie traten auf diejenigen ein, die nah genug kamen, mähten jene nieder, die ihnen versehentlich vor die Klingen liefen, und hielten sich so nah wie möglich bei Wulf, vergeblich bemüht, ihn zu verschonen.

Einer nach dem anderen fielen sie, und in der Luft hing der schwere Geruch nach verbranntem Fleisch. Der sandige Boden war mit Leichen übersät, sowohl von Soldaten als auch von Söldnern. Aber schon allzu bald stand er den vielen allein gegenüber.

Am Ende ging Kronprinz Wulfric von D'Ashier mit dem Wissen zu Boden, dass er nicht mehr hätte tun können, als er getan hatte.

Das genügte ihm.

Sari, im königlichen Palast

Sapphire faulenzte in dem kleinen privaten Atrium, das an ihre Unterkunft grenzte, und musterte auf ihrem Tablet geistesabwesend den Entwurf des Palasts von Sari. Vögel zwitscherten in ihren hängenden Käfigen und sangen im Chor mit dem plätschernden Wasser im Brunnen. Sonnenschein strömte auf die breiten Wedel der Pflanzen, die die Wände säumten und Schutz vor den sengenden Strahlen spendeten, die durch die niedrigen Oberlichter gefiltert wurden.

Die anderen Mätressen, königliche Konkubinen wie sie, plauderten im Serail miteinander, doch sie wollte heute nicht unter Menschen sein. Tatsächlich hatte sie im Laufe der letzten Jahre festgestellt, dass sie ihr Leben im Palast zunehmend unbefriedigender fand. Sie war eine lebhafte Frau mit vielfältigen Interessen. Das träge Leben einer Konkubine war zwar hoch angesehen und geachtet, entsprach jedoch nicht ihrem Naturell.

Dennoch war Sapphire immer noch dankbar dafür, dass der König von Sari sie unter den vielen Frauen ausgewählt hatte, die die Akademie der sinnlichen Künste in der Hauptstadt abgeschlossen hatten. Ihren Abschluss hatte sie kurz nach dem Ende der Konfrontationen mit D'Ashier gemacht, einem langwierigen Krieg mit einer benachbarten Nation, der Saris Mittel erschöpft hatte. Eine Zeit lang waren Konkubinen zu einem unerschwinglichen Luxus geworden, und viele Schulabsolventinnen waren gezwungen gewesen, ihre Verträge an den Höchstbietenden zu versteigern. Das Interesse des Königs bewahrte sie vor einem ähnlichen Los und begründete ihren hohen gesellschaftlichen Status. Das Einzige, was sie hatte aufgeben müssen, war ihr Name. Jetzt war sie als Sapphire bekannt, der königliche Stein von Sari. Diese Anrede war eine unbestreitbare Kundgebung der königlichen Besitzansprüche und die Triebfeder ihres Ruhms.

Doch ihr König gehörte ihr so gewiss, wie sie ihm niemals gehören würde. Seine Liebe zu ihr war zwanghaft, sein Begehren unersättlich. Er verlangte ihre Anwesenheit bei allen öffentlichen Veranstaltungen. Seit ihrer ersten gemeinsamen Nacht hatte er sich nie mehr mit einer anderen Frau gebettet. Nicht einmal die Königin ließ er in sein Bett.

Gerade der letzte Umstand bereitete Sapphire großen Kummer. Es war nicht zu übersehen, dass die Königin von Sari ihren Gatten liebte. Sapphire besaß keine persönliche Erfahrung mit diesem großen Gefühl, doch sie stellte sich vor, der Schmerz müsse verheerend sein – einen Mann zu lieben, der seinerseits eine andere liebte. Es war ihr verhasst, die Ursache solchen Elends zu sein.

Im Lauf der letzten Jahre hatte sie jede Gelegenheit ergriffen, in den höchsten Tönen von ihrer Königin zu sprechen. Sie hob die Schönheit Ihrer Majestät hervor, die Selbstsicherheit und die Leichtigkeit, mit der sie Befehle erteilte, doch ihr Lob stieß auf taube Ohren. Ihre wohlmeinenden Bemühungen, der anderen Frau zu helfen, scheiterten allesamt.

Seufzend legte Sapphire das Tablett zur Seite, erhob sich und begann, über den gefliesten Pfad zu schlendern.

»Es ist mir verhasst, dich so gelangweilt zu sehen«, ertönte eine trällernde Stimme vom Durchgang her.

Sapphire drehte den Kopf, und ihr Blick traf auf sanfte blassgrüne Augen. Die blonde Frau in den wehenden rosafarbenen Gewändern war ihr ein willkommener Anblick. »Mom!«

»Hallo, meine Süße.« Sasha Erikson breitete ihre Arme aus, und Sapphire eilte hinein und schmiegte sich genüsslich in die mütterliche Umarmung. »Du hast mir gefehlt. Erzähl mir, was sich bei dir getan hat.«

»So ziemlich gar nichts, wie ich zu meinem Bedauern sagen muss.«

»O mein Liebling.« Ihre Mutter drückte ihr einen Kuss auf die Stirn. »Ich glaube mehr und mehr, ich habe dir einen schlechten Dienst erwiesen, weil ich nicht gesehen habe, worin deine wahre Berufung bestand.«

Sasha hatte das Leben einer Konkubine geliebt und Sapphire gedrängt, ebenfalls diese Laufbahn einzuschlagen. Inzwischen war Sasha im Ruhestand und ordentliche Professorin an der Akademie der sinnlichen Künste. Sie wurde hochgeschätzt für ihre Schönheit und die Verehrung, die ihr umschwärmter Ehemann ihr zukommen ließ. Sapphires Erfolg wurde weitgehend der Anleitung ihrer Mutter zugeschrieben, und sie war dankbar für diesen Vorteil. Dennoch hatte sie zu spät erkannt, dass sie sich weitaus mehr für den militärischen Beruf ihres Vaters eignete als für die sinnliche Tätigkeit ihrer Mutter.

»Du weißt, dass das nicht stimmt.« In Sapphires Stimme schwang ein sanfter Vorwurf mit. Sie hakte sich bei ihrer Mutter ein und zog sie in das Atrium. »Ich hätte diese Laufbahn nicht eingeschlagen, wenn ich es nicht selbst gewollt hätte. Nur habe ich mit meiner Erwartungshaltung nicht ganz richtig gelegen. Das ist einzig und allein meine Schuld.«

»Was hast du denn erwartet?«

»Anscheinend zu viel. Ich kann dir sagen, was ich *nicht* erwartet habe. Ich habe ganz bestimmt nicht mit den Konfrontationen oder mit dem Verkauf meines Vertrags an den König gerechnet. Ich habe nicht damit gerechnet, dass es sich bei der politischen Eheschließung zwischen unseren Monarchen tatsächlich für nur einen von beiden um eine Liebesheirat gehandelt hat. Ich hätte das Angebot

Seiner Majestät niemals angenommen, wenn ich das gewusst hätte.« Sie rümpfte die Nase. »Ich war naiv.«

»Du? Naiv?« Sasha drückte ihre Hand. »Liebling, du bist eine der pragmatischsten Frauen, die ich kenne.«

»Das würdest du nicht sagen, wenn du wüsstest, was ich mir zu dem Zeitpunkt erhofft habe. Ich wollte das, was ihr beide habt, du und Vater. Ihr habt eine großartige Liebesgeschichte – der gut aussehende, heldenhafte General, der sich in seine wunderschöne Konkubine verliebt und sie heiratet. Du hast gesagt, als du ihn das erste Mal gesehen hast, war es, als hätte dein Blut Feuer gefangen. Das ist so romantisch, Mom.« Sie seufzte dramatisch, und ihre Mutter lachte. »Siehst du? Du findest mich albern. Die Fantasien und Tagträume eines kleinen Mädchens.«

Ihre Mutter schüttelte den Kopf. »Die Mehrheit der Menschen findet im Lauf ihrer Anstellung nicht die große Liebe. Aber für albern halte ich dich nicht.«

Sapphire zog zweifelnd eine Augenbraue hoch.

»Na, von mir aus«, räumte Sasha ein. »Vielleicht ein klein wenig albern.«

Sapphire läutete grinsend nach einem *Mästare*, damit er Wein brachte. Dann setzte sie sich auf den gekachelten Brunnenrand und machte es sich bequem, um durch die Worte ihrer Mutter die dringend benötigte Aufregung zu erleben.

In wenigen Momenten würde ihr Gatte die exotische Oase ihrer privaten Gemächer verlassen, um sich ins Bett seiner Konkubine zu begeben.

Da sie unbedingt Gehör bei ihm finden wollte, ehe er

ging, äußerte sich Brenna, die Königin von Sari, unverblümt. »Du musst mit mir schlafen, Gunther, wenn du willst, dass ich schwanger werde. Das geht nicht von allein.«

Als der König unruhig vor ihr auf und ab zu gehen begann, war ihm der Frust deutlich anzusehen. Er war ein ungeheuer attraktiver Mann, groß, mit goldenem Haar und goldener Haut. In ihrem ganzen Leben war sie nie einem Mann begegnet, der sich an ihm messen konnte. Mit jedem ihrer Atemzüge liebte sie ihn mehr.

»Das Prozedere ist klar und unumstößlich. Ich darf nicht künstlich befruchtet werden«, rief sie ihm schonungslos ins Gedächtnis zurück. »Die königlichen Erben müssen auf natürliche Weise empfangen worden sein.«

Gunther fuhr sich mit einer Hand durchs Haar und warf ihr einen vernichtenden Blick zu. Er schritt an dem mit Samt drapierten Divan vorbei, auf dem sie saß. »Die Gesetze sind mir bekannt.«

Sein Widerstreben, mit ihr zu schlafen, verletzte sie tief. Als sie an seine Konkubine dachte, gruben sich ihre Nägel tief in ihre Handflächen. Sapphire war die *Karimai* – die am höchsten Geschätzte unter sämtlichen Mätressen. Die Unterkünfte der Konkubinen waren weiterhin mit Frauen jeglicher Art gefüllt, doch seit nunmehr fünf Jahren waren die anderen Mätressen sexuell ausschließlich von den *Mästares* befriedigt worden, die sie beschützten und ihnen dienten. Nur Sapphire teilte das Bett des Königs – ein Vorrecht, das Brenna zustehen sollte, und sie würde diesen Platz wieder einnehmen. Schon bald.

»Schick sie fort«, schlug Brenna vor, wie sie es schon hundertmal getan hatte. Daran entzündete sich stets ein

Streit, doch sie weigerte sich, den Versuch aufzugeben. Sie würde ihre Rivalin loswerden. Irgendwie. »Sari braucht einen Erben.«

Er murrte und beschleunigte seine Schritte. »Ich bin der alten Leier überdrüssig.«

»Wir sind seit Jahren verheiratet! Das Volk wird unruhig. Die Leute beginnen, an unserer Fruchtbarkeit zu zweifeln.«

»Du lügst. Niemand würde es wagen, derlei Dinge auszusprechen.«

Sie sprang auf die Füße. »Sie denken es. Sie tuscheln darüber.«

Gunther kam zum Stehen. Seine Blicke huschten umher, als sei er in eine Falle gegangen. Zweifellos empfand er es so.

»Gunther?«

»Gut, dann tu es.«

Ihr Atem stockte.

»Morgen, Brenna. Ehe ich es mir anders überlege.«

»Ja, selbstverständlich.«

Gunther starrte sie lange an. Dann schüttelte er den Kopf und entfernte sich schleunigst.

Um zu ihr zu gehen. *Zu Sapphire.*

Brenna kämpfte gegen die Galle an, die in ihre Kehle aufstieg. Sie brauchte nur noch Stunden zu warten, bis die Mätresse fort sein würde.

Dann würde der König wieder ihr gehören.

Während Sapphire den König von Sari liebte, konzentrierte sie sich ganz auf ihre Aufgabe. Sie nahm die Opulenz ihrer

Umgebung kaum wahr und schenkte nur den Aspekten, die sie bei der Erfüllung ihrer Pflichten unterstützten, flüchtige Beachtung. Simuliertes Kerzenlicht und die duftenden Schwaden von Räucherstäbchen trieben träge durch den Raum. Weiße Steinbögen, die mit blauem Samt drapiert waren, umstanden kreisförmig den Divan, auf dem sie dem König Lust bereitete. Dahinter befand sich ein seichtes Badebecken; die plätschernde Melodie von Wasser, das aus den Brunnen strömte, wurde durch die rhythmischen Geräusche des Akts übertönt.

Sie konzentrierte sich auf die körperlichen Signale des Königs – die Beschleunigung seines Atems, das ungeduldige, heftige Anheben seiner Hüften und den glasigen Blick seiner blauen Augen. Unter Einsatz der kräftigen Muskeln ihrer Oberschenkel hob und senkte sich Sapphire mit routinierter Anmut über ihm und war sich dabei ihres Erscheinungsbilds bewusst, da sie wusste, dass der König sie gern betrachtete. Sie wurde durch die maskuline Genugtuung belohnt, die seine Lippen verzog.

Schon bald packte er die Kissen um sich herum, und heisere Schreie entrissen sich seiner Kehle, während sie ihm zu Diensten war. Der allgewaltige König von Sari stöhnte, und Schweiß perlte über seine attraktiven Gesichtszüge.

Sapphire wölbte den Rücken, während der Orgasmus des Königs in ihrem Innern pulsierte. Als sie ihre Aufgabe zu seiner Zufriedenheit erledigt hatte, schloss sie die Augen und erreichte ihren eigenen Höhepunkt. Ihr Stöhnen der Erfüllung hallte gemeinsam mit dem des Königs durch ihr Schlafgemach.

Zufrieden sank sie mit einem Seufzer in die Umarmung des Königs. Er war ein großer Mann voll sehniger Kraft, die sie bewunderte. Der Monarch schimmerte in einem goldenen Glanz, vom Scheitel bis zu den Sohlen seiner gepflegten Füße, und er behandelte sie freundlich.

Einst hatte sie davon geträumt, sich in ihren König zu verlieben, doch am Ende war es ihr unmöglich gewesen. Der König von Sari maß seiner eigenen Lust größere Bedeutung bei als ihrer. Er wusste nichts über sie und unternahm nichts, um etwas über sie zu erfahren. Nach fünf Jahren wurden ihr immer noch Speisen vorgesetzt, die ihr nicht schmeckten. Sie hörten sich Musik an, die *ihm* gefiel, und die Kleidungsstücke, die für sie beschafft wurden, waren in Farben und Materialien gehalten, die er ohne Rücksicht auf *ihre* Vorlieben auswählte.

Sowie eine Konkubine einem Arbeitsvertrag zustimmte, war sie an ihren gewählten Beschützer gebunden, bis er beschloss, sie freizugeben. Sapphire fragte sich, ob der König ihr jemals gestatten würde fortzugehen. Wie lange würde von ihr verlangt werden, dass sie seine Konkubine blieb? Kein Anzeichen wies auf ein Nachlassen seines Interesses hin.

Sapphire wollte jemanden finden, der sie so mochte, wie sie wirklich war – innerlich und äußerlich. Sie wollte mit einem Mann schlafen, weil sie sich ihm von ganzem Herzen hingab und sich dem Mann, den sie liebte, zum Geschenk machte.

Dazu würde es niemals kommen, wenn der König sie nicht freiließ.

Sapphire knabberte an seinem Hals und gab ein kehliges

Lachen von sich, als der Beweis seines neuerlichen Verlangens in ihrem Innern anschwoll. Sie sah ihm in die Augen.

»Lasst mir einen Moment Zeit, mein König.« Ihre Stimme senkte sich zu einem tiefen Schnurren. »Dann werde ich Euch erneut Lust bereiten.«

Er nahm ihr Gesicht in seine Hände und sah sie mit glühendem Blick an. »Ganz gleich, was in Zukunft geschieht, du musst mir versprechen, immer daran zu denken, dass du meine *Karisette* bist. Du bist es von dem Moment an gewesen, als ich dich das erste Mal gesehen habe.«

Die Intensität seines Tonfalls verblüffte sie, ebenso wie seine Worte. *Karisette* – »wahre Liebe«.

»Mein König …«

»Versprich es mir!«

Sie streichelte beschwichtigend seinen Brustkorb und verwandelte ihre Stimme in ein sanftes Gurren. »Gewiss. Ich verspreche es Euch.«

Er rollte sich auf sie und nahm sie erneut.

Unruhig und gereizt durchschritt Brenna den Thronsaal. Wenn sie sich machtlos fühlte, empfand sie diesen Ort – den Sitz ihrer Macht – immer als beruhigend. Als sie hergekommen war, war es noch dunkel gewesen. Jetzt hellte sich der gewaltige Raum auf, da die aufgehende Sonne ihr Licht durch die Glaskuppeln ergoss.

»Eure Majestät.«

Als sie den Kopf drehte, sah sie den Boten, der sich in der Nähe der Tür niedergeworfen hatte. »Erhebe dich.«

Rasch stand er auf und strich das blau-goldene Wams

glatt, das seine Stellung als Angehöriger der königlichen Dienerschaft kundtat. »Ich habe eine Nachricht für den König.«

»Du darfst sie mir mitteilen«, sagte sie, da sie die Ablenkung gebrauchen konnte. »Seine Majestät ist beschäftigt.«

»Eine Familie in Grenznähe hat Unruhen gemeldet, vergleichbar mit Blasterbeschuss, oder jedenfalls hielten sie es dafür. Eine Einheit wurde entsandt, um den Vorfall zu untersuchen, und in dem anschließenden Kampf wurde ein Söldner gefangen genommen.« Er unterbrach sich. »Es ist Tarin Gordmere.«

Brenna zog die Augenbrauen hoch. Gordmere. Er war ein altbekanntes Ärgernis für Gunther. Er hatte keinerlei Bedenken, in bestimmte Sektoren einzufallen, was die königlichen Schatzkammern oft eine Menge Einkünfte kostete. Wenn sie dem König den Söldner präsentierte, würde es ihn in gute Laune versetzen, was nur dabei dienlich sein konnte, seine Gefühle ihr gegenüber zu besänftigen, und sei es auch nur ein wenig. »Wo ist er jetzt?«

»In der südlichen Einrichtung für Gefangene.«

»Ausgezeichnet!« Sie bedachte den Boten mit einem strahlenden Lächeln. »Ich werde dafür sorgen, dass der König es erfährt. Du kannst wegtreten.«

»Das war noch nicht alles, Eure Majestät.«

»Was gibt es denn noch?« Ihr Ton war schroff, ein hörbares Anzeichen ihrer nachlassenden Geduld.

»Gordmeres Lieutenant hat kurz nach der Inhaftierung Kontakt zum Gefängnis aufgenommen und einen Austausch angeboten.«

»Er hat nichts, was wir wollen«, höhnte sie.

»Er behauptet, den Kronprinzen Wulfric von D'Ashier zu haben.«

Sie hielt inne. »Ausgeschlossen.«

»Der Captain beteuert Euch, dass er diese Information nicht ohne Beweis an den Palast weitergäbe. Der Söldner trug einen Siegelring mit dem königlichen Wappen von D'Ashier bei sich.«

Fassungslos versuchte Brenna die Konsequenzen dieser neuen Entwicklung zu durchdenken.

Gordmere. Prinz Wulfric.

Wie vorzüglich, falls sich die Geschichte als wahr erweisen sollte. Wenn sie Gunther den Prinzen präsentierte, würde er sie bestimmt für ihren Wagemut bewundern. Sie würde ihm beweisen, dass sie Saris würdig war. Er würde sehen, wofür er in all diesen Jahren blind gewesen war – dass sie ideal zu ihm passte.

»Hüter«, rief sie.

»*Ja, Eure Majestät?*«, erwiderte die männliche Stimme des Palastcomputers.

»Teile meinen Wachen mit, dass sie sich für meinen Aufbruch bereitmachen sollen.« Sie lief an dem Bediensteten vorbei, da sie sich umziehen und aufbrechen musste, ehe die Ereignisse des Tages ihrem Gatten unterbreitet wurden. »Ich breche in weniger als einer halben Stunde auf.«

Sari, im Grenzgebiet

Beim Aussteigen aus dem Anti-G-Modul rückte Brenna die Schleppe ihres Gewands aus Samt zurecht. Während sie ihre Umgebung auf sich wirken ließ, rümpfte sie die Nase. Die weiträumige Höhle, zu der man ihnen den Weg gewiesen hatte, bescherte ihr eine Gänsehaut, und der Geruch nach ungereinigter Luft war abstoßend.

»Wo ist er?« Sie hatte es eilig, die widerwärtige Angelegenheit hinter sich zu bringen.

Der breit gebaute Mann mit dem rotblonden Haar, der am Ende der Rampe wartete, verbeugte sich tief – eine grobe Beleidigung, denn er hätte auf die Knie sinken und sich vor ihr niederwerfen sollen. »Hier entlang, Eure Majestät.«

Brenna konnte ihren Wachen befehlen, Tor Smithson auf die Knie zu zwingen, und sie hätte es getan, wenn der Söldner nicht etwas, das sie begehrte, in seinem Besitz gehabt hätte. Doch so war es nun mal, und daher folgte sie ihm, umgeben von ihrer Garde. Sie durchquerten einen langen Gang und bogen dann um eine Ecke.

Der Anblick, der sich ihr bot, ließ sie würgen.

Sie bedeckte ihren Mund, und es dauerte einen Moment, bis sie genug Atem fand, um zu sprechen.

»Wenn er tot ist«, brachte sie erstickt hervor, »bekommst du nichts für ihn.«

»Er ist nicht tot.« Smithson zuckte die Achseln. »Ich hatte nur ein bisschen Spaß mit ihm.«

Ein bisschen Spaß.

Ihr Magen geriet in heftigen Aufruhr. Der Mann war wahnsinnig. Was sie vor sich sah, war das reinste Gemetzel. Die Steinwände um sie herum waren mit so viel Blut bespritzt, dass sie nicht glauben konnte, es gehörte nur einem einzigen Menschen.

Brenna verbarg ihre Übelkeit unter eisigem Hochmut und trat vor. Der Mann, von dem sie behaupteten, er sei der Kronprinz von D'Ashier, hing bewusstlos vor ihr, seine Handgelenke gefesselt und an gegenüberliegende Wände gekettet. Das gesamte Gewicht seines Körpers wurde von diesen metallenen Fesseln gehalten. Seine kräftigen Arme und die breiten Schultern waren bis zum Zerreißen gedehnt, und seine Hände waren dunkelviolett angelaufen, weil sie seinen kräftig gebauten Körper auf den Füßen hielten.

Als sie ihn erreicht hatte, benutzte sie beide Hände, um seinen schlaff herabhängenden Kopf anzuheben. Sie schnappte nach Luft. Abgesehen von ihrem Ehemann hatte sie noch bei keinem Mann so fein herausgearbeitete Gesichtszüge gesehen. Sämtliche Konturen waren wie von meisterlicher Hand gemeißelt, erschaffen, um Perfektion zu erreichen.

Bedauerlicherweise war sein Gesicht das einzige an ihm, das nicht mit Blut bedeckt, zerschnitten, verbrannt oder gepeitscht worden war. Der Rest von ihm – der gestählte Körper eines Kriegers – wies schwere, wenn nicht gar tödliche Verletzungen auf.

Sie lauschte aufmerksam auf Geräusche, die sich als Lebenszeichen deuten ließen, und schnappte seinen Atem auf – flach und unregelmäßig. Die Laute eines Sterbenden.

»Binde ihn los.« Sie trat aus dem Weg.

Smithson murrte. »Gebt mir erst Gordmere.«

»Nein.« Brenna musterte seine kräftige Gestalt mit einem Ausdruck reinen Abscheus. Nie in ihrem ganzen

Leben war ihr eine so widerwärtige Kreatur begegnet. »Wenn der Prinz sicher in meinem Modul untergebracht ist, werde ich Gordmere freilassen.«

Der Austausch wurde innerhalb von Momenten abgewickelt und ein gesunder Gordmere gegen einen Mann eingetauscht, der nur noch Stunden zu leben hatte. Das Anti-G-Modul hob ab und steuerte behutsam aus der Höhle hinaus.

»Sendet einen Ruf nach Truppen aus«, ordnete sie an. »Ich will, dass dieser Ort zerstört wird.«

Die Entfernung zum Palast war schnell zurückgelegt, doch die Verfassung des Prinzen schien sich im Lauf der Wegstrecke beträchtlich zu verschlechtern. Da sie sich scheute, ihn noch weiter zu befördern, ließ Brenna ihn bei der Landung in dem Transportmittel sitzen. Sie wollte einen lebenden Gefangenen präsentieren, ganz gleich, ob er kurz darauf starb oder nicht. In einem Wettlauf gegen die Zeit eilte Brenna auf der Suche nach ihrem Gatten aus der Transportschleuse. Die schnellste Route führte durch das Serail, also wählte sie diesen Weg.

Als sie um eine Ecke bog, kam sie beim Anblick des Königs abrupt zum Stehen. Sie wollte ihn gerade ansprechen, als ihr klar wurde, dass er nicht allein war. Er war mit *ihr* zusammen. Mit Sapphire.

Als Brenna die Innigkeit seiner Körperhaltung wahrnahm, wurden ihre Augen groß. Gunther stand in der Tür zum Zimmer der Konkubine und hatte seine Hand an ihre Wange geschmiegt. Er war besitzergreifend über sie gebeugt, und seine Lippen lagen mit offenkundiger Zuneigung auf denen der Mätresse. Als er den Kopf hob, zeichneten sich seine Qualen deutlich sichtbar in seinem Gesicht ab.

Er liebt sie.

Brenna sackte an die kühle verputzte Wand, denn diese Erkenntnis entsetzte sie. Sie konnte sein Herz nur deshalb nicht gewinnen, weil er es nicht mehr verschenken konnte. Es war bereits vergeben.

Etwas in ihrem Innern bekam einen Sprung und zerbrach dann vollständig.

Es würde nicht genügen, die Konkubine fortzuschicken. Solange Sapphire Atem holte, würde sie eine Bedrohung darstellen.

Brenna richtete sich auf und entfernte sich, bevor sie gesehen werden konnte. Sie rief sich ins Gedächtnis zurück, dass sie die Königin war und über unbeschränkte Mittel verfügte. Sie konnte und würde sich ein für alle Mal mit dieser Bedrohung befassen.

Alles, was sie brauchte, hatte sie zur Hand.

Sapphire betrat das Empfangszimmer der Königin und bewunderte wie immer die Schönheit des natürlichen Lichts, das durch die Glaskuppeln in der Decke hereinströmte. Als der Palastcomputer die Tür hinter ihr zugleiten ließ, warf sie sich direkt innerhalb der Schwelle nieder, und ihre Stirn berührte den kühlen Fliesenboden. »Eure Majestät, ich bin hier, wie Ihr es befohlen habt.«

Die gebieterische Stimme der Königin hallte über die Gewölbedecke hinweg und durch das lange, schmale Gemach. »Du darfst dich jetzt erheben, Mätresse des Königs. Komm, und setz dich zu meinen Füßen nieder.«

Sapphire bewegte sich, wie es ihr geboten worden war, und durchmaß auf dem Weg zu der wunderschönen Königin Brenna die gewaltige Länge des Thronsaals. Da auch sie von Kopf bis Fuß den goldenen Farbton ihres Mannes aufwies, nahm sich die Königin gegen Sapphire aus wie Tag und Nacht. Sie war mit einer gertenschlanken Anmut gesegnet, einen Kopf größer als Sapphire und besaß nichts von deren sinnlicher Üppigkeit. Was die Leidenschaft des Königs abgeschreckt hatte, war jedoch nicht die Figur der Blondine, sondern ihre Gefühlskälte. Als Sapphire der Monarchin näher kam, hätte sie geschworen, dass sie trotz der warmen Samtgewänder der Königin die Kühle spürte, die von ihr ausging.

Als sie das Ende des Raumes erreicht hatte, nahm Sapphire auf der untersten Stufe des erhabenen königlichen Podiums Platz und wartete.

»Wir sind uns beide unserer jeweiligen Stellung deutlich bewusst, Mätresse, daher werde ich mich kurzfassen. Sari braucht einen Erben. Ich habe das mit dem König erörtert, und er ist meiner Meinung.«

Sapphire nahm die Neuigkeiten auf, ohne auch nur mit einer Wimper zu zucken.

Die Königin beobachtete sie scharf. »Der Gedanke an den König in meinem Bett geht dir offenbar nicht gegen den Strich.«

Es war eine Feststellung, keine Frage.

Sapphire neigte den Kopf zur Bestätigung und sagte: »Natürlich nicht, meine Königin. Der König gehört Euch. Ich habe das nie anders betrachtet.«

Mit einem grimmigen Lächeln lehnte sich Brenna in

ihrem Thron zurück. »Wie ich sehe, bist du nicht so sehr vom König eingenommen wie er von dir.«

Sapphire sagte nichts dazu, was wiederum alles sagte. Sie hatte nie vorgegeben, den König zu lieben. Er war ein anständiger Mann, ein attraktiver und freundlicher Mensch, aber er war nicht ihr *Karisem*. Niemals könnte sie einen Mann lieben, der sie nur als sein Eigentum ansah und nicht als eigenständige Person mit eigenen Gedanken und Gefühlen.

»Das ist ein Glück für dich, Mätresse, in Anbetracht dessen, was ich dir zu sagen habe. Der König hat offenbar nicht das Gefühl, das Bett mit mir teilen zu können, wenn du im Palast bleibst.« Ihre Bitterkeit war deutlich aus der majestätischen Stimme herauszuhören.

Sapphire senkte den Blick, um ihr Mitgefühl zu verbergen. Es tat ihr so leid für die Königin.

»Du wirst mit den Ehrenbezeugungen, die dir als der *Karimai* des Königs gebühren, aus dem Dienst ausscheiden«, sagte Ihre Majestät. »Als seine Meistbegünstigte wirst du unverzüglich in eine Unterkunft am Rande der Hauptstadt umgesiedelt werden. Dir werden vierzehn *Mästares* zur Verfügung gestellt, die dir bis zu deinem Tode dienen werden. Für die vorbildlichen Dienste, die du dem König erwiesen hast, Mätresse, wird dir jeder Wunsch gewährt werden.«

Sapphire saß einen Moment lang erschrocken da. In den Ruhestand geschickt. Mehr als die Freiheit, mehr, als sie sich jemals zu erhoffen gestattet hatte. Nach nur einem Vertrag wurde sie in den Ruhestand versetzt.

Wenn eine Mätresse von ihren Pflichten entbunden

wurde, stand es ihr im Allgemeinen frei, einen anderen Beschützer zu finden, und ihr Wert war enorm gestiegen, weil sie das Bett mit dem König geteilt hatte. Mit jedem Beschützer wurde ihr Lohn exorbitanter, und ihr Wert stieg, bis sie die Mittel erworben hatte, um ihre Lebensführung zu finanzieren. Aber das sollte nicht Sapphires Los sein. Sie besaß die Wertschätzung des Königs, und er liebte sie so sehr, dass er gewillt war, sie in den Ruhestand zu versetzen.

Ruhestand. Sie berauschte sich geradezu an dem Wort, das durch ihren Kopf wirbelte. Das war es, wofür sie gearbeitet hatte, der Grund, weshalb ihre Eltern sie angespornt hatten, Konkubine zu werden. Es war nicht nur eine hoch angesehene Stellung, sondern auch eine der wenigen Laufbahnen, bei denen harte Arbeit ein luxuriöses Dasein fürs ganze Leben garantierte. Zusätzlich zu ihrem Ruhestandsgeld wurden ihr vierzehn *Mästares* zum Geschenk gemacht – gut aussehende, virile Männer, die es sich zur Lebensaufgabe machen würden, ihr zu dienen.

»Ich bin dankbar, meine Königin.« Ihre Worte kamen von ganzem Herzen.

Brenna wedelte mit einer Hand, um das Gespräch für beendet zu erklären. »Geh jetzt. Deine Habe wird bereits gepackt, während wir uns unterhalten. Der König hat den Palast verlassen und wird sich nicht von dir verabschieden. Ich bin sicher, dass du klug genug bist, um den Grund zu erkennen.«

»Ja, Eure Majestät.« Jetzt verstand sie die Eindringlichkeit, die den König in der vergangenen Nacht angetrieben hatte, und die leidenschaftliche Bekundung seiner Gefühle. Er hatte gewusst, dass es ihre letzte Zusammenkunft sein würde.

Sapphire entfernte sich mit einer Verbeugung rückwärts aus dem Saal. Die Türen glitten zischend auseinander, als sie sich ihnen näherte, und schlossen sich dann wieder, während sie den Raum verließ.

So unglaublich es auch sein mochte – sie war frei.

Brenna wartete, bis sich die Türen hinter der Mätresse geschlossen hatten. Die Tatsache, dass die Konkubine die Liebe des Königs so leichthin missachten konnte, bestärkte die Königin in ihrem ohnehin festen Entschluss.

»Hüter«, rief sie in den leeren Saal hinaus.

»Ja, Eure Majestät?«

»Ist mein Geschenk bereits im neuen Haushalt der Mätresse Sapphire abgeliefert worden?«

»Selbstverständlich, meine Königin. Mit äußerster Diskretion.«

Ihr Mund verzog sich zu einem brutalen Lächeln. »Ausgezeichnet.«

1

Als Sapphire aus dem königlichen Anti-G-Modul ausstieg, waren ihre Handflächen feucht vor Aufregung. Das Haus, das ihr der König von Sari zugestanden hatte, war in der Tat ein kleiner Palast: leuchtend weiß mit vielfarbigen Fenstern und wie ein funkelnder Edelstein in die goldenen Hügel aus Sand eingelassen.

Während fünf ihrer neuen *Mästares* ihre Besitztümer ausluden, ging sie auf ihre Haustür zu. Die heiße Brise, die über ihre Haut strich, war ein willkommenes und angenehmes Gefühl. Sie hatte die letzten fünf Jahre im Innern des Palasts verbracht, ihre Haut mit künstlichen Mitteln gebräunt und gereinigte Luft in die Lungen gesogen. Bei Ausflügen mit dem König hatte sie das Modul immer durch die gekühlten Landeschleusen betreten.

Als sie jetzt tief Atem holte und zum ersten Mal seit Jahren natürliche Luft einsog, entlockte das leicht körnige Gefühl, das in ihrem Mund zurückblieb, Sapphire ein Lächeln. Sie genoss die Hitze von Sari und kostete den dünnen Schweißfilm auf ihrer Haut aus, der in dem trockenen Wüstenklima sofort verdunstete.

Dann legte sie ihre Handfläche auf den Scanner an der Tür und wartete einen Sekundenbruchteil, während das System ihren Abdruck abtastete und wiedererkannte. Die

Tür glitt auf, und die melodische weibliche Stimme des Hauscomputers ließ ein »*Willkommen, Herrin*« ertönen.

Sapphire betrat ihr neues Zuhause, und augenblicklich schlug ihr gekühlte, gesäuberte Luft entgegen.

»Hüterin.«

»*Ja, Herrin?*«

»Reinige die Luft, aber kühle sie nur in den Schlafzimmern.«

»*Wie Ihr wünscht.*«

Mit großen Augen nahm sie ihre neue Umgebung in sich auf und stellte fest, dass ein Großteil ihrer *Mästares* auf beiden Seiten der langen Diele ihres Hauses aufgereiht waren. Lächelnd bemerkte sie, wie ähnlich sämtliche Männer dem König sahen. Sie waren groß und blond, sehnig und muskulös, und alle waren auffallend attraktiv.

Sapphire absolvierte den Spießrutenlauf und blieb dann stirnrunzelnd am anderen Ende stehen. »Ihr seid nur dreizehn.«

Der *Mästare* an diesem Ende sank auf die Knie. »Herrin, mein Name ist Dalen.«

Sie legte die Hand auf seinen Kopf und ließ ihre Finger durch sein seidiges Haar gleiten.

»Der fehlende *Mästare* ist noch in der Heilkammer, Herrin.«

Die Falten in ihrer Stirn vertieften sich. Geringfügige Verletzungen heilten in der Kammer innerhalb weniger Augenblicke. »*Noch?*«

»Er war bei seiner Ankunft ernsthaft verletzt. Jetzt ist er schon seit einer halben Stunde in der Kammer. Er sollte zwar in Kürze geheilt sein, doch er wird sich eine Weile ausruhen müssen, ehe er seinen Pflichten nachkommen kann. Aber der Rest von uns steht bereit. Wir werden seine Abwesenheit mehr als wettmachen.«

»Ich zweifle nicht daran, dass ihr mich alle zufriedenstellen werdet. Aber der Verletzte bereitet mir Sorgen. Wie hat er sich so schlimme Blessuren zugezogen? Und warum wurde er in einem solchen Zustand zu mir geschickt?«

»Ich führe Euch zu ihm, Herrin. Eure Fragen kann ich nicht beantworten. Ihr werdet sie ihm selbst stellen müssen, wenn er zu sich kommt.«

Dalen bot ihr seinen Arm an und geleitete sie durch ihren Palast. Sapphire nahm die Weitläufigkeit und die Schönheit ihrer Umgebung mit freudigem Erstaunen zur Kenntnis. Eine größere Bezeugung der Wertschätzung des Königs als diese demonstrative Freigebigkeit konnte es nicht geben.

Sie durchquerten das geräumige Empfangszimmer mit seinem enormen Divan und begaben sich durch einen Bogengang zum zentral gelegenen Atrium. Der Anblick eines großen schäumenden Badebeckens, umgeben von üppigen Grünpflanzen, erfüllte sie mit Freude. In diesem Haus würde der Rest ihres Lebens beginnen, und der Gedanke an die Freiheit, die sie hier genießen würde, ließ ihr Blut rascher durch ihre Adern strömen.

Dalen blieb vor einer Tür stehen, die in den rückwärtigen Flügel des Innenhofs eingefügt war, und wedelte mit seiner Hand über dem Scanner. Die Tür glitt zur Seite, und sie trat ein. In der Mitte des kleinen Raums stand die gläserne zylindrische Heilkammer. Sie warf einen Blick auf den bewusstlosen Mann, der sich darin befand, und ihre instinktive Reaktion auf ihn war so stark, dass sie Dalen befahl, sie allein zu lassen. Als sich die Tür hinter dem *Mästare* schloss, ging Sapphire näher auf die Kammer zu.

Der Verletzte verschlug ihr den Atem. Er war groß, besaß einen dunklen Teint und dunkles Haar und war mit Peitschenstriemen, die vor ihren Augen heilten, übel zugerichtet, doch trotz allem wies er eine umwerfende rohe Männlichkeit auf. Er hatte keinerlei Ähnlichkeit mit dem König oder ihren *Mästares*. Er besaß nicht die geringste Ähnlichkeit mit irgendeinem Mann, den sie jemals gesehen hatte.

Üppiges, schillernd schwarzes Haar wehte sachte um sein Genick, während der kreisende Luftdruck im Innern des Glaszylinders ihn auf den Beinen hielt. Seine Haut war tief gebräunt und spannte sich über stark ausgeprägten Muskeln. Nie hatte sie einen Mann mit einem so kräftigen Muskelspiel unter der Haut gesehen; nicht einmal ihr kriegerischer Vater stellte so viel Kraft zur Schau.

Seine Gesichtszüge waren so stark und kühn wie der Rest seines Körpers. Hohe Backenknochen und eine Adlernase verliehen ihm etwas Aristokratisches; das kräftige Kinn und die sinnlichen Lippen ließen ihn gefährlich wirken. Er war schlicht und einfach prachtvoll. Sie fragte sich, welche Farbe seine Augen wohl hatten. Vielleicht braun, wie ihre eigenen? Oder blau, wie die des Königs?

Sapphire ging langsam um die Kammer herum und zuckte angesichts der unzähligen Wunden zusammen, die sein Fleisch zerfurchten und sich in Streifen hineingruben. Der Mann war äußerst brutal gefoltert worden. Der Zeitraum, den er bereits in der Kammer verbracht hatte, verriet ihr, dass er dem Tod nahe gewesen sein musste, als sie ihn zu ihr gebracht hatten. Wer hätte einen solchen Mann für sie ausgewählt? Er unterschied sich so sehr von den anderen *Mästares*, wie sie sich von der Königin unterschied. Selbst bewusstlos strahlte dieser Mann Überlegenheit aus. Er war kein *Mästare*.

Sie kehrte zur Vorderseite der Kammer zurück und setzte ihre erregende Untersuchung fort. Ihre Brustwarzen zogen sich zusammen, während das Verlangen ihren Pulsschlag beschleunigte. Sein breiter und kräftiger Brustkorb war inzwischen nahezu verheilt. Ein schmaler Streifen Haar führte ihren Blick über die Muskelstränge seines Unterleibs zu seinem Schwanz und den Hoden darunter. Als sie die sorgsam gestutzten Löckchen am Ansatz seines Schafts und seinen schweren Hodensack wahrnahm, der von allen Haaren befreit war, wurde ihr Mund trocken. Sie trat näher an die Kammer heran, bis ihre Hände und Brüste an das warme Glas gepresst waren, die Augen auf seine Lenden geheftet. Sogar erschlafft war sein Penis beeindruckend. Sie fragte sich, wie er wohl in erregtem Zustand aussehen würde.

Als könnte er ihre Gedanken lesen, zuckte sein Schwanz plötzlich und begann anzuschwellen. Er erhob sich langsam und nahm eine anerkennenswerte Größe an. Da der Anblick sie erregte, rieb Sapphire ihre Brüste an dem Glas und hielt dann still, als der verblüffende Phallus als Reaktion auf ihre Lüsternheit weiter wuchs. Erschrocken hob sie den Blick und sah gebannt in leuchtend grüne Augen. Sie strahlten wie Smaragde und schweiften gierig über ihren Körper, den man durch ihr transparentes Gewand vollständig sehen konnte. Ihre Haut prickelte und wurde warm, während der Mann sie mit atemberaubender Kühnheit musterte.

Die Nacktheit verlieh seiner unbestreitbar arroganten Haltung keinen Abbruch und verlieh ihm keine Spur von Verwundbarkeit. Sapphire war so scharf auf ihn, dass sie geradezu in Flammen stand, entbrannt für diesen Fremden mit dem geschundenen Körper und dem attraktiven Gesicht. Zum ersten Mal in ihrem Leben fühlte sie den Sog wahren Verlangens, berauschend und überwältigend.

»Wer bist du?«, flüsterte sie, obwohl sie wusste, dass er sie durch das Glas nicht hören konnte.

Er streckte eine Hand aus und presste sie ihrer gegenüber an die Barriere, die sie voneinander trennte. Bei dem Gedanken, ihn zu berühren, überzog sich ihre Haut mit einem feinen Schweißfilm. Sie wollte die Finger einrollen und sie mit seinen langgliedrigen verflechten. Sie lechzte danach, seine braune Haut zu streicheln und zu sehen, ob sie so geschmeidig war, wie sie aussah.

Er war nahezu geheilt. Bald würde er aus der Kammer herauskommen. Intensive Heilung über einen längeren Zeitraum war anstrengend. Höchstwahrscheinlich würde er vor ihren Füßen zusammenbrechen. Mit einem Seufzer des Bedauerns trat Sapphire zurück und erschrak, als er sich gegen das Glas warf, als wollte er sie packen. *Geh nicht fort,* bildeten seine Lippen lautlos. Das unverhohlene Flehen in seinen Augen bewirkte, dass sich ihr Brustkorb zuschnürte.

»Hüterin.« Ihre Stimme war ein heiseres Flüstern. »Wer ist dieser Mann in der Heilkammer?«

»*Das ist Kronprinz Wulfric von D'Ashier.*«

2

Vor Verblüffung über diese Neuigkeit wich Sapphire von dem Glas zurück. Wulfric blieb weiterhin an das Glas gepresst und beobachtete sie wachsam, mit zusammengekniffenen Augen.

Der Kronprinz von D'Ashier.

Saris Weigerung, die Staatshoheit von D'Ashier anzuerkennen, führte oft zu Kriegen. Der General der sarischen Armee war erst vor wenigen Jahren durch seinen Sieg in den Konfrontationen mit D'Ashier zum Nationalhelden geworden.

Der umwerfende Mann, den sie vor sich sah, war der legendäre Kriegersohn des derzeitigen Königs von D'Ashier. Wulfric war der Älteste, der Thronfolger. Er war berühmt für seine Unbarmherzigkeit und sein militärisches Genie. Es wurde gemunkelt, er sei derjenige, der in Wahrheit an der Spitze des Staats D'Ashier stand, wogegen sein Vater vorwiegend als Repräsentant agierte.

Ihre Stimme bebte vor Verwirrung. »Warum ist er hier?«

»*Er ist einer Eurer* Mästares.«

Sie schüttelte den Kopf. »Das ist ganz ausgeschlossen. Dieser Mann regiert ein Land. Er kann nicht hierbleiben. Seine Anwesenheit in Sari könnte den Krieg von Neuem beginnen lassen.«

»*Seine Landsleute halten ihn für tot.*«

Die hochintelligenten grünen Augen, die sie musterten, wussten ganz genau, wann sie begriff, wer er war. Seine Lippen wurden schmal, sein Blick verhärtete sich.

Sapphire schlug sich eine Hand auf die Kehle. »Ich kann ihn nicht behalten.«

Aber sie wollte ihn behalten, und das mit einer primitiven Gier, die sie nie zuvor erlebt hatte. Sie hatte Feuer in ihrem Blut, wie ihre Mutter es ihr geschildert hatte. Und wie er sie ansah …

Wieder brach ihr der Schweiß aus.

Sie kannte diesen Blick. Er begehrte sie ebenfalls. Dennoch war Prinz Wulfric in jeder Hinsicht gefährlich. Er war ein Herrscher, sie dagegen Sklavin, er war ein Prinz, sie eine Konkubine. Sie war gerade erst aus diesem Leben freigelassen worden und würde niemals dorthin zurückkehren.

»Wie soll ich ihn hier festhalten, und warum? Wer hat ihn für mich ausgewählt?«

»*Er ist ein Geschenk der Königin, Herrin. Sie gebietet Euch, ihn zu zähmen, wie Ihr den König gezähmt habt.*«

Ein trockenes Lachen drang krächzend aus ihrer Kehle. Dieser Mann war kein Geschenk. Er war eine gehässige Strafe dafür, dass sie die Zuneigung des Königs gestohlen hatte. Wahrscheinlich hoffte die Königin, der Prinz würde sie töten. Oder dass sie ihn vorher töten würde.

»*Die Königin hat sieben ihrer persönlichen Wachen zu Eurem Beistand bereitgestellt.*«

»Ich verstehe.« Sapphire feuchtete ihre trockenen Lippen an und beobachtete als Reaktion darauf ein Schwelen, das Wulfrics Augen glimmen ließ. Es würde ihr niemals gestattet sein, ihn so zu genießen, wie er genossen werden sollte. Sie waren uneins miteinander, ohne ein Wort gesagt zu haben. Er war ein Gefangener, und sie war seine Wärterin, doch wenn sich ihm auch nur die geringste Chance bot, würde er ihre Rollen mühelos umkehren. Er war scharf. Ihr Widerstand würde dahinschmelzen. Und obschon sie höchstwahrscheinlich jede Minute auskosten würde, durfte Sapphire es nicht dazu kommen lassen.

Sie lächelte kläglich. Wulfric zog einen Mundwinkel hoch, und in seinem Blick stand weiterhin glühendes Verlangen, aber auch eine unübersehbare Herausforderung. Sie konnte seine Reaktion auf ihren Rückzug in seinen Augen lesen. Unbarmherzig und skrupellos – so stellten ihn die Medien dar. Er bekam, was er wollte, und er wollte sie.

»Hüterin, was ist, wenn ich ihn freilassen möchte?«, fragte sie.

»Aber das wollt Ihr doch gar nicht. Eure Lebenszeichen sagen mir ...«

»Ich weiß, was meine Lebenszeichen dir sagen. Das ist genau der Grund, weshalb er gehen muss.«

»Ja, Herrin. Es ist kein Befehl erteilt worden, der Euch zwingt, ihn zu behalten. Daraus schließe ich, dass die Entscheidung bei Euch liegt.«

Sapphire hielt dem Blick des Prinzen stand. Irgendetwas geschah zwischen ihnen und intensivierte sich mit jeder Sekunde, die verging. Wie konnte sie solche starken Gefühle für einen Mann entwickeln, den sie nie berührt und mit dem sie auch noch kein einziges Wort gesprochen

hatte? Soweit sie wusste, konnte er grausam und selbstsüchtig sein.

Und doch fühlte sie, dass er es nicht war. Sein Blick
war zu direkt. Er gestattete ihr, alles zu sehen, was er empfand – Anziehungskraft, Verlangen, Trotz, Entschlossenheit.

Sie seufzte. »Die Königin weiß, dass ich nichts unternehmen werde, um Aufmerksamkeit darauf zu lenken.
Wir könnten beide wegen Hochverrats hingerichtet werden. Brennas Erbitterung muss wahrhaft tief sitzen, wenn
sie auf diesen waghalsigen und schlecht durchdachten
Racheplan verfällt.«

»*Wie Ihr meint, Herrin.*«

»Wie konnte sie meine Reaktion auf diesen Mann vor-
hersagen?«, fragte sie sich laut. Sogar sie selbst bestürzte
die Tiefe ihrer Gefühle. Wie also konnte eine Fremde davon wissen?

»*Ich ziehe die Schlussfolgerung, dass sie aufgrund der Position Eures Vaters Hass erwartet hat.*«

Sapphire zuckte zusammen. Ihr Vater. Wenn er Wulfric
entdecken würde …

Sie musste ihn verstecken.

Sowie sie auf diesen Gedanken kam, verwarf sie ihn
auch schon wieder. Was dachte sie sich bloß dabei, den
Prinzen beschützen zu wollen? Nur zwei Männer hatten
jemals wichtige Plätze in ihrem Leben eingenommen – ihr
Vater und der König. Der Prinz war der Feind beider
Männer. Warum war sie vor allem auf sein Wohl bedacht?

»Hüterin.« Sapphire zog die Schultern zurück und
wandte sich zur Tür um. »Schick mir drei Wachen. Seine

Hoheit ist beinahe geheilt und wird demnächst aus der Kammer entlassen werden.« Die Pforte glitt auf, als sie sich ihr näherte, und die Glut von Wulfrics Blick brannte in ihrem Rücken, bis sich die Tür hinter ihr schloss. Sie weigerte sich, seinen Blick zu erwidern.

»*Wie lauten Eure Befehle in Hinblick auf Prinz Wulfric?*«

»Lass ihn ankleiden, ihm Nahrung vorsetzen und ihn dann zum Schlafen in seinem Zimmer einschließen. Du wirst mich benachrichtigen, wenn er erwacht. Trage bis dahin möglichst viele Informationen über ihn zusammen, und erstatte mir Bericht. Ich will wissen, womit ich es zu tun habe.«

»*Selbstverständlich, Herrin.*«

»Greife auf die Baupläne für diesen Palast zu. Ich muss sie eingehend studieren und Mittel veranlassen, um ihn in seiner Bewegungsfreiheit einzuschränken.«

»*Ihr könntet ihn beringen.*«

Vor ihrem geistigen Auge tauchte eine Fußfessel auf. Der Metallstreifen, der so harmlos aussah und doch tödlich war, wurde um den Knöchel eines Gefangenen angebracht. Solange ein beringtes Individuum in den festgelegten Bereichen blieb, gab es keine Probleme. Sollten sich Gefangene dagegen zu weit vorwagen, würde der Ring spektakulär explodieren und seinen Träger umbringen.

Da ihr Wulfrics maskuline Schönheit noch frisch vor Augen stand, erschauerte Sapphire bei dem Gedanken, ihn zu töten. »Nein. So weit werde ich nicht gehen. Falls er fliehen sollte, werde ich persönlich Jagd auf ihn machen.«

»*Wie Ihr wünscht. Braucht Ihr sonst noch etwas?*«

»Ja. Sendet der Königin meinen Dank für ihre Zuvor-kommenheit.«

Wulfric betrat den Empfangsraum mit frisch gereinigten Handtüchern in den Händen. Durch all die Arbeiten, die er verrichtete, gewann er eine neue Wertschätzung seiner eigenen Bediensteten. Es kostete große Mühe, dafür zu sorgen, dass ein Haushalt reibungslos ablief. Das hätte er niemals voll und ganz zu würdigen gewusst, ohne diese niederen Tätigkeiten selbst ausgeführt zu haben.

Er wusste die fortwährenden Pflichten aber auch zu schätzen, da sie ihn von Gedanken über seine kürzlich er-folgte Gefangennahme und Folter abhielten. Der Schlaf war trügerisch, und seine Träume quälten ihn. Harte Arbeit war seine einzige Ablenkung.

Als er aus dem Augenwinkel das Funkeln von Edel-steinen wahrnahm, drehte Wulf den Kopf und sah seine liebreizende dunkelhaarige Wärterin gerade noch ver-schwinden.

In Wahrheit war die Arbeit nicht die *einzige* Ablenkung. Er war fasziniert von der Frau, die wie ein wollüstiger Engel vor der Heilkammer gestanden hatte.

Er schien ihr immer um einen Schritt hinterherzuhin-ken, und es war nicht hilfreich, dass sie ihn mied. In den letzten drei Tagen hatte er nur flüchtige Blicke auf ihre spärlich bekleidete Gestalt erhascht. Kurze, verlockende Blicke. Wie sie seine Sinne zu neuem Leben erweckt hatte, nachdem er in Todesnähe geschwebt hatte, war ein Wun-der, das er erforschen wollte.

Aber Wulf zügelte seine Ungeduld. Ihre Zeit würde

kommen. Er wäre bereits geflohen, wenn er das nicht mit Sicherheit gewusst hätte.

Er sah sich in dem Raum um und nahm all die anderen Männer zur Kenntnis, die sich unterschiedlichen Aufgaben widmeten. Er ging auf denjenigen zu, der ihm am nächsten war und am wenigsten vor ihm auf der Hut zu sein schien. In Wulfs Augen sahen sie alle gleich aus – groß, schmal, blond und muskulös auf diese sehnige Weise, die sich stark von seinem eigenen massigen Körperbau unterschied.

Er konnte nicht begreifen, warum diese Männer es sich ausgesucht hatten, *Mästares* zu sein. Mit ihrem guten Aussehen könnten sie jede Frau haben, die sie wollten. Warum sie es vorzogen, ihr Leben in den Dienst einer einzigen Frau zu stellen, die sie miteinander teilen mussten, überstieg sein Verständnis.

»*Mästare?*«

»Ja, Eure Hoheit?«

Wulf schnaubte, denn er fand es amüsant, wenn sie ihn mit seinem Titel ansprachen, als rackerte er sich nicht an ihrer Seite ab. Er war sicher, dass der erzwungene Respekt der Männer *ihr* Werk war. Einige der *Mästares* hegten einen kaum verhohlenen Hass gegen ihn, was er gut verstehen konnte. Es war eine traurige Tatsache, dass etliche von ihnen während der Konfrontationen einen Freund oder einen Angehörigen verloren haben mussten. Er war zwar nicht der Anstifter dieses Kriegs gewesen, doch er hatte gnadenlos gekämpft und alles getan, was notwendig war, um sein Volk zu beschützen. So würden es die Staatsbürger von Sari natürlich nicht sehen. »Ich habe ein paar Fragen an dich.«

»Gewiss. Ich heiße übrigens Dalen.«

Wulfric nickte. »Dalen, was weißt du über die Herrin dieses Haushalts?«

»Ich weiß alles über die Herrin Sapphire.«

Wulf zog ungläubig eine Augenbraue hoch und probierte stumm ihren Namen aus. *Sapphire.*

»Es ist wahr«, beharrte Dalen. »Schließlich ist es in ihrem Interesse, wenn wir sie verstehen. Je mehr wir über sie wissen, desto besser können wir ihre Bedürfnisse befriedigen.«

»Ein Mann wie du könnte seine eigenen Bedürfnisse befriedigen lassen.«

»Euer Ruf, was Frauen angeht, eilt Euch voraus, Eure Hoheit. Ihr meint, ich sollte besser viele Frauen haben als nur eine einzige.«

»Der Gedanke war mir durchaus gekommen«, stimmte Wulf ihm trocken zu.

»Hundert Frauen könnten mir nicht das Ansehen verleihen, das ich daraus schöpfe, in den Diensten der Herrin Sapphire zu stehen. Ihr Wert erhöht meinen, was wiederum den Wert meiner Familie erhöht.«

»Was macht sie so wichtig?«

»Sie ist die *Karisette* des Königs.«

»Des *Königs?*« Wulfs Eingeweide verkrampften sich.

»Das macht Eure Position hier recht interessant, nicht wahr? Ich bin sicher, der König ist nicht über Eure Anwesenheit hier unterrichtet.«

»Jemand wird mich ausliefern.« Wulfric sah sich mit neuerlicher Wachsamkeit in dem Raum um. »Manche dieser *Mästares* würden teuer dafür bezahlen, meine Gefangennahme zu erleben.«

»Als ich über Eure Identität unterrichtet wurde, hatte ich die Absicht, Euch zu verraten. Mein älterer Bruder wurde während der Konfrontationen beinahe getötet. General Erikson hat ihm das Leben gerettet. Wenn er es nicht getan hätte …« Dalen spannte sich an, und der Gedanke schlug sichtlich Wurzeln, ehe er ihn abschüttelte. »Die anderen *Mästares* und ich haben geschworen, der Herrin zu dienen. Sie mag zwar die *Karisette* des Königs sein, aber sie ist unsere größte Verantwortung, und Euch auszuliefern, brächte sie in Gefahr.«

»Was zum Teufel ist eine *Karisette?*«, fauchte Wulf, der den Verdacht geschöpft hatte, die Bedeutung würde ihm nicht gefallen.

Dalen senkte die Stimme. »Die Liebe des Königs.«

»Eine Konkubine?«

»Mehr als eine Konkubine. Seine Majestät ist in sie verliebt.«

Wulfs Kiefer spannte sich an. Sein Engel gehörte seinem größten Feind.

»Die Herrin ist so etwas wie eine landesweite Berühmtheit«, erklärte Dalen. »Der Bevölkerung von Sari ist bestens bekannt, wie wichtig sie dem König ist, und daher macht mich meine Stellung als ihr *Mästare* zu einem wohlhabenden Mann.«

»Wenn er sie liebt, warum schickt er sie dann hierher? Warum behält er sie nicht im Palast, wo er viel leichter Zugang zu ihr hat?«

Infolge der erbitterten Beziehungen und der allgegenwärtigen Drohung eines Kriegs zwischen ihren Ländern hatte Wulf alles Wissenswerte über die sarische Armee und die Familie des Königs in Erfahrung gebracht, doch das Interesse an den Konkubinen des Königs hatte er anderen überlassen. Jetzt hegte er sehr großes Interesse an einer königlichen Konkubine, einer, die ihn durch ihren bloßen Anblick ins Leben zurückgeholt hatte. Es war sehr lange her, seit er sich so sehr zu einer Frau hingezogen gefühlt hatte. Es war sogar so lange her, dass er sich nicht mehr daran erinnern konnte.

»Ihr wisst, dass der König keine Kinder hat, Eure Hoheit, und Sari braucht einen Erben. Alle königlichen Nachkommen müssen auf natürliche Weise gezeugt werden. Der König muss seinen Samen direkt in die Königin ergießen. Künstliche Befruchtungen sind nicht gestattet, da sie für die Bevölkerung da sind.«

»In D'Ashier wird es genauso gehandhabt.«

»Der König war nicht fähig, seine Pflichten gegenüber der Königin zu erfüllen, solange die Herrin Sapphire im Palast war. Deshalb hat er sie fortgeschickt.«

Wulf war nicht direkt verwirrt, denn die Geschichte war eigentlich recht klar, doch die Beweggründe des Königs entzogen sich ihm. »Hat er denn all seine Frauen fortgeschickt?«

Dalen schüttelte den Kopf. »Seit ihrer ersten Nacht im Palast vor fünf Jahren hat der König nur noch die Herrin Sapphire in seinem Bett gehabt. Ein Jahr nach ihrer Aufnahme ins Serail hat Seine Majestät erkannt, dass das Verlangen, das er einst nach seinen anderen Konkubinen verspürte, nicht zurückkehren würde, und er hat angeboten, sie aus ihren Verträgen zu entlassen. Einige wenige haben sein Angebot angenommen, der Rest ist geblieben. Die

Mästares im Palast sind den anderen Frauen zu Diensten, da der König sie nicht zu sich rufen lässt. Daher war es für ihn nicht von Bedeutung, ob diese Mätressen bleiben oder fortgehen, doch die Herrin musste den Palast verlassen. Sie in seiner Nähe zu wissen, hat es ihm unmöglich gemacht, seine Pflicht gegenüber der Königin zu erfüllen.«

Wulf wurde ganz still. »Euer König hat ausschließlich Sapphire in seinem Bett gehabt? *Fünf Jahre lang?* Ohne Unterbrechung?«

»Ich sehe Euch im Gesicht an«, sagte Dalen grinsend, »dass Ihr nie verliebt wart.«

Es überstieg Wulfs Vorstellungskraft, sich über einen Zeitraum von fünf Jahren dieselbe Frau in seinem Bett auszumalen. Wenn er eine Bettgenossin dauerhaft haben wollte, würde er sie heiraten. So, wie die Dinge standen, war er zum Glück ungebunden.

»Also«, fuhr Dalen fort, »vielleicht versteht Ihr jetzt, warum die Herrin diesen Palast und all uns *Mästares* zum Geschenk erhalten hat. Es ist kein Zufall, dass wir alle aufgrund unserer körperlichen Ähnlichkeit zum König ausgewählt wurden.«

Sehr klug von dem Monarchen, gestand ihm Wulf zu, seine ehemalige Geliebte mit ständigen Erinnerungen an ihn zu umgeben.

Aber der König konnte Sapphire nichts weiter als Imitationen geben.

Wulf hingegen war leibhaftig hier.

3

Als Wulf den langen Korridor durchquerte, der um den zentralen Innenhof herumführte, strich heiße Luft über seine schweißfeuchte Haut. Er genoss die Hitze und war sie von den langen Monaten gewohnt, die er in der Wüste verbracht hatte, um die Grenzen von D'Ashier zu sichern und zu befestigen. Er trug die Uniform eines *Mästare* – nichts weiter als eine lose sitzende Leinenhose mit Kordelzug, die tief auf seinen Hüften saß. Sein Oberkörper war entblößt, und er war barfuß. Er bewegte sich mit seinem gewohnten kühnen Gang auf Sapphires Büro zu, und seine Schritte besagten ohne ein Wort, dass er alles unter Kontrolle hatte.

Die kühlen Fliesen fühlten sich unter seinen Fußsohlen wunderbar an. Anscheinend mied Sapphire Technologie überall da, wo es sich ohne große Unbequemlichkeiten machen ließ. Das gefiel ihm an ihr. Er hatte mehr als genug verhätschelte, arbeitsscheue Frauen gehabt. Der Gedanke an eine erdverbundene Liebhaberin beschleunigte seinen Puls.

Und jetzt würde es nur noch wenige Momente dauern, bis er sie – endlich – wiedersah, von Angesicht zu Angesicht. Bei diesem Gedanken juckten Wulfs Handflächen.

Als er sie das erste Mal gesehen hatte, war er aus Todesnähe aufgeschreckt. Seither war es ihm im Laufe der Tage beinahe gelungen, sich davon zu überzeugen, dass sie nicht so atemberaubend sein konnte, wie er sie in Erinnerung hatte. Er hatte die Hoffnung, dass jene ersten Momente neuerlichen Lebens und Bewusstseins in der Heilkammer schlicht und einfach eine vorübergehend gesteigerte Empfänglichkeit hervorgerufen hatten. Vielleicht wäre ihm zu dem Zeitpunkt jede Frau ganz besonders reizvoll erschienen.

Sein Mund verzog sich zu einem selbstkritischen Lächeln. Offenbar hatte er sich doch nicht von der Gewöhnlichkeit ihrer Reize überzeugt, denn er hätte jederzeit fliehen können und war trotzdem noch hier. Die Anstrengungen, die Sapphire unternommen hatte, um ihn zurückzuhalten, waren beeindruckend und faszinierend, denn darin zeigte sich ein Wissen über die Gefangenschaft, von dem er geglaubt hätte, es ginge über die Kenntnisse hinaus, die sich eine Konkubine während ihrer Studien aneignete. Dennoch war er zuversichtlich, dass er ohne große Mühen entkommen könnte … wenn er hier nicht so festgesessen hätte wie angekettet. Ganz gleich, wie unerlässlich es war, dass er nach D'Ashier zurückkehrte – er konnte nicht fortgehen, ohne zu wissen, welche Konsequenzen es für sie haben würde.

Und wenn sie ihn jetzt ebenso sehr begehrte wie bei ihrer ersten Begegnung, dann hatte er die Absicht, seine Wiedergeburt in ihrem Bett zu feiern.

Wulf blieb auf der Schwelle ihres nach mehreren Seiten hin offenen Büros stehen. Als sein Blick auf sie fiel, wurde er vor Verlangen sofort hart. Es war kein Irrglaube und auch keine wahnhafte Vorstellung gewesen. Sapphire war tatsächlich umwerfend. Feingliedrig und zierlich stand sie auf einer kurzen Trittleiter und griff gerade nach einem Buch. Als sie sich zu ihm umdrehte, schnürte ihm ihr Lächeln den Brustkorb zusammen.

»Wie fühlt Ihr Euch?«, erkundigte sie sich mit krächzender Stimme.

In einem nahezu transparenten Gewand raubte sie ihm die Sprache. Der Anblick ihrer üppigen Rundungen sandte flackernde Glut über seine Haut.

Pralle, feste Brüste schwangen ungehindert über gewölbten Hüften, und an verschwenderisch langen Brustwarzen funkelten edelsteinbesetzte Ringe. Ihre Taille war nicht schmal – tatsächlich wies ihr Bauch sogar eine leichte feminine Rundung auf –, wirkte jedoch im Verhältnis zu der Üppigkeit ihrer Figur winzig.

Das Haar fiel ihr bis auf die Taille und hatte einen reizvollen braunen Farbton, schimmernd wie ein Fuchspelz. Ihr Gesicht war zwar nicht im klassischen Sinne schön, doch es fesselte die Aufmerksamkeit mit intelligenten braunen Augen, vollen Lippen und einem entschlossenen Kinn. Unter dem hauchdünnen schimmernden Stoff ihres Gewands war ihre Haut so weiß wie Sahne und vollständig unbehaart – höchstwahrscheinlich war die Körperbehaarung durch Laser dauerhaft entfernt worden.

Wulfs Mund war so trocken wie die Wüste dort draußen. Sapphire besaß etwas weitaus Attraktiveres als körperliche Schönheit – sie strahlte Selbstbewusstsein aus. Sie erregte ihn, weil ihr deutlich anzumerken war, dass es sie nach den Freuden des Lebens gelüstete und dass sie entschlossen war, diesen Freuden nachzugehen. Er ahnte, dass sie eine Gleichgesinnte war, ein primitives Geschöpf wie er selbst, in einer Welt, die sich vor langer Zeit weiterentwickelt hatte und gezähmt worden war.

Als sie von der Trittleiter stieg, um sich an ihren Schreibtisch zu setzen, wurde ihr Lächeln strahlender, und eine plötzliche Erkenntnis brannte sich in Wulfs Geist. In ihrer Gegenwart schränkte sich sein Gesichtsfeld ein, bis er nur noch sie wahrnahm. Als sie vor der Heilkammer gestanden hatte, hatte er aufgehört, den unerträglichen Schmerz seiner Wunden und seine umfassende Erschöpfung zu spüren. Er hatte nur noch sie ansehen und nach ihr lechzen können, während sie sich an dem Glas gerieben und ihn mit unverhohlener Bewunderung und Verlangen angestarrt hatte. Die Art, wie sie ihn angesehen hatte, hatte ihm das Gefühl gegeben, mächtig und männlich zu sein, und das zu einem Zeitpunkt, an dem er hilflos und von seiner eigenen Schwäche angewidert gewesen war.

Er *wollte* sie. Sie erfüllte ihn sowohl mit Fleischeslust als auch mit Besitzansprüchen. Sein Körper lechzte auf einer primitiven Ebene nach ihr. Er fragte sich, ob ihn die Tortur, die er kürzlich durchgemacht hatte, auf irgendeine Weise verändert und ihn so anfällig gemacht hatte, wie er es vorher nicht gewesen war.

»Nun, Prinz Wulfric? Wie geht es Euch?«

Ein Schauer der Lust durchströmte ihn beim Klang ihrer heiseren Stimme. »Herrin«, antwortete er, und das Wort ging ihm auf eine Art über die Lippen, die besagte, *er* stünde nur deshalb in *ihren* Diensten, weil er es so wollte, und nicht etwa, weil sie ihn dazu gezwungen hatte. »Ich fühle mich wesentlich besser.«

Ihre dunklen Augen strahlten. »Es freut mich, das zu hören. Die Hüterin sagt, Ihr hättet um Erlaubnis gebeten, mich zu sprechen. Die habt Ihr. Sprecht.«

Ihr Ton ließ ihn innerlich zusammenzucken, doch davon war ihm nichts anzumerken. Autorität war über sie geglitten wie der Umhang eines Monarchen. Wulf bemerkte ihre Selbstbeherrschung und die Leichtigkeit, mit der sie die Befehlsgewalt übernahm. Hinter dieser Konkubine steckte mehr, als man auf Anhieb erkennen konnte. Er war entschlossen, so viel wie möglich über sie herauszufinden, bevor er von hier fortging.

»Ich bin neugierig, was die näheren Umstände meiner derzeitigen Lage angeht.« Er achtete sorgsam darauf, dass sein Gesicht teilnahmslos blieb, denn er wollte seine Zuversicht nicht preisgeben, sie jederzeit verlassen zu können, wenn ihm der Sinn danach stand. Es war offensichtlich, dass Sapphire nichts mit seiner Gefangennahme zu tun hatte. Die *Mästares* hatten ihm erzählt, wie erstaunt sie gewesen war, ihn in ihrem Haus vorzufinden, und sie hatte nichts unternommen, um ihn zu verhören oder zu foltern, wie es jemand getan hätte, der böswillige Absichten hegte. Somit stand er vor vielen unbeantworteten Fragen.

»Soll ich gegen ein Lösegeld freigekauft werden?«

»Ihr hättet mich nicht sprechen müssen, um diese Frage zu stellen. Hüterin, wirst du ihm antworten?«

»Es wird keine Lösegeldforderung geben, Prinz Wulfric. Eure Landsleute halten Euch für tot.«

Wulf zuckte mit keiner Wimper. Nachdem er jegliche Meldung bei einem Posten unterlassen hatte, würden Suchtrupps die Überreste seiner Patrouille gefunden haben. Trotz dieser Beweise würde man im Palast wissen, dass er am Leben war. Tief im Fleisch seiner rechten Pobacke war ein Nanotach eingebettet – ein Chip, der durch seine Zellenenergie gespeist wurde und seinen Aufenthaltsort übermittelte.

Um Krieg zu vermeiden, würde sein Vater ihm einen angemessenen Zeitraum für seine Flucht zugestehen. Danach würden die Kämpfe beginnen. D'Ashier brauchte ihn. Er hatte viel zu tun. Der Angriff auf seine Patrouille war dank sorgfältiger Planung gelungen. Niemand würde solche Mühen für einen bloßen Scherz auf sich nehmen.

Was war die ursprüngliche Absicht des Hinterhalts gewesen? Lösegeld? Informationen? Und wie hatten sich die Pläne derart verändern können, dass er jetzt der Obhut der Lieblingskonkubine des Königs anvertraut war?

Die Hüterin deutete sein Schweigen falsch.

»Seid vorgewarnt, falls Ihr mit dem Gedanken spielt, für Eure Freiheit das Leben der Herrin zu beenden. In Anbetracht ihrer Ausbildung könntet Ihr vor einem unerwarteten Ergebnis stehen.«

Sapphire musterte ihn mit einem so durchdringenden Blick, als hoffte sie, ihm seine Absichten äußerlich ansehen zu können.

»Ich will Euch nicht töten«, beteuerte er ihr. »Wenn ich das wollte, hätte ich es inzwischen getan.«

Wulf spannte sich einen Moment zu spät an. Plötzlich ging alles so schnell, dass er hinterher nicht sicher sein konnte, was eigentlich vorgefallen war. Er erinnerte sich nur noch daran, dass sie von ihrem Stuhl aufsprang und über den Schreibtisch geflogen kam. Ihr kleinerer Körper traf mit genug Kraft auf seinen, um ihn zu Boden zu werfen. Das Kribbeln an seinem Hals, ein schwach stechender Schmerz, warnte ihn, dass sie eine Klinge in der Hand hielt. Sie brauchte nur mit dem Handgelenk zu schnippen, und er würde verbluten.

Einen Moment lang führten grauenhafte Erinnerungen an seinen Hinterhalt dazu, dass sein Herz hämmernd schlug. Sein Brustkorb hob und senkte sich in einem nahezu panischen Rhythmus. Er konnte die Höhle riechen und sein eigenes Blut schmecken. Er holte scharf Luft …

… und der Duft drakischer Lilien durchdrang seine Sinne.

Ihr Duft.

Ihr Körper war so warm und weich, dass er wie eine Salbe und schon durch die bloße Berührung lindernd auf ihn wirkte. Seine Furcht und Bestürzung verschwanden so rasch, wie sie sich eingestellt hatten. Dennoch war er entsetzt und starrte sie mit weit aufgerissenen Augen an. Für eine Frau von ihrem zierlichen Körperbau waren Jahre des Trainings erforderlich, um einen Mann von seiner Körpergröße zu überwältigen. Ohne das Überraschungsmoment hätte Sapphire es niemals geschafft. Aber darum ging es nicht. Es ging darum, dass sie ihn überwältigt *hatte*. Sie war kein leichtes Opfer, und sie wollte, dass er es wusste. Er war beeindruckt.

Dann flackerte seine Bewunderung zu etwas Glühenderem auf, als sich der Druck ihrer Rundungen auf seinen Körper in sein Bewusstsein einbrannte. Plötzlich war er mehr als beeindruckt – er war erregt.

Nur ihr transparentes Gewand war noch zwischen

ihnen, als sich ihre Brüste üppig und weich an seinen Brustkorb pressten. Ihre geschmeidigen und kräftigen Beine waren mit seinen verschlungen. Mit einer Hand packte er ihre Taille und beobachtete, wie sich ihre Lippen öffneten und ihre Pupillen weiter wurden. Sein Schwanz schwoll an ihrem Oberschenkel an. Ihr Haar umgab sie beide wie duftende Seide, und er schlang seine Faust hinein und zog sie näher an sich heran. Wulf feuchtete seine Lippen an und sehnte sich danach, dass sie ihn küssen würde. Sein Blick war auf ihren üppigen Mund geheftet.

Jedes Nervenende in seinem Körper war alarmiert, alle Muskeln angespannt. Jeder Atemzug drückte seinen Brustkorb in diese herrlichen Brüste hinein.

»Küss mich«, befahl er ihr.

Das Messer an seinem Hals bebte leicht. »Nein, ganz gewiss nicht.«

»Und warum nicht?«

»Du weißt, warum«, flüsterte sie.

»Ich weiß, dass ich vor ein paar Tagen fast gestorben wäre und stattdessen deinen Anblick vorgefunden habe, als ich zu mir kam.« Wulfric hob den Kopf und rieb seine Nase an ihrer. »Güte, Sanftmut – nichts von alledem hätte mich so wiederbelebt, wie es dein Verlangen getan hat. Du hast keine Ahnung, was ich dir dafür schulde.«

Sapphire seufzte, und ihre freie Hand strich flüchtig über seine Wange. »Dann verlang nicht gerade das von mir.«

In ihrem Tonfall schwang Bedauern mit, und ihre flüchtige Liebkosung rührte ihn. Er hatte keine Zeit, in angemessener Form um sie zu werben, doch er wusste, dass es klüger war, den Rückzug anzutreten, als einen unsicheren Vorteil zu nutzen. Es kostete ihn enorme Willenskraft, sie loszulassen, doch Wulf schaffte es.

Als Sapphire von ihm fortglitt und auf ihren Stuhl hinter dem Schreibtisch zurückkehrte, brannte Enttäuschung in ihm. Er sprang vom Boden auf und landete mit der Anmut einer Katze auf den Fußballen.

Sein Aufenthalt bei der bezaubernden Sapphire war zwangsläufig von begrenzter Dauer. Zum Glück beruhte das Verlangen, das er verspürte, auf Gegenseitigkeit. Mit diesem Vorteil auf seiner Seite könntc seine überstürzte Verführung gerade noch gelingen.

Da er dringend Ablenkung von seiner Erektion brauchte, fragte Wulf: »Wie bin ich hier gelandet?«

»Ihr wart ein Geschenk.« Ihre gesenkte Stimme verriet ihre Reaktion auf ihn.

»Ein *Geschenk?*« Finster sah er sie an. Er war kein Gegenstand, den man herumreichte.

Ein Lachen entfloh ihr, ehe sie sich den Mund zuhielt.

Dieser verführerische Klang entfachte Glut in seinem Innern. Ihm war nahezu gleichgültig, warum er hier war. Allein schon die Gefühle zu erleben, die sie in ihm wachrief, war es wert.

»Ich glaube, Ihr sollt meine Strafe sein, Eure Hoheit.«

»Eure Strafe? Wofür?«

Sie zuckte leichthin die Achseln. »Das war zu einer anderen Zeit. In einem anderen Leben. Jetzt ist es belanglos. Allerdings bleibt die Tatsache bestehen, dass Ihr mir geschenkt wurdet, und wir müssen das Beste aus der Situation machen.«

»Ihr könntet mich freilassen«, säuselte er mit der sanften, seidigen Stimme, der es nie misslang, von Frauen zu bekommen, was er wollte.

Sie überraschte ihn mit ihrer Zustimmung. »Das wäre das Klügste, und ich habe eigentlich gar keine andere Wahl. Es ist bedauerlich für uns beide, dass es mir widerstrebt, Euch fortgehen zu lassen.«

»Warum widerstrebt es Euch?«

»Ihr seid ein Prachtexemplar. Ihr seid der attraktivste Mann, den ich jemals gesehen habe.« Sie starrte ihn mit sichtlicher Bewunderung an. »Euer Anblick bereitet mir Freude.«

Wulf hatte nie erkannt, wie erregend Aufrichtigkeit sein konnte. All seine Konkubinen waren routiniert gewesen, wenn nicht gar abgebrüht. Sapphires widerstrebende Wertschätzung war weitaus schmeichelhafter. Er konnte ihr keine Geschenke machen, ihr keine Gefälligkeiten versprechen, und sie begehrte ihn dennoch.

Er ging auf sie zu und gestattete ihr, seine Gier zu sehen. »Ich erteile Euch die Erlaubnis, mehr zu tun als nur hinzusehen. Tatsächlich ermutige ich Euch sogar dazu.«

Ihre Augen wurden groß. »*Du* erteilst *mir* die Erlaubnis?«

Die Hüterin unterbrach die beiden. »*Herrin, der General ist eingetroffen.*«

Wulfric erstarrte, und sein Körper stählte sich instinktiv als Vorbereitung auf die Schlacht. Er beobachtete, wie Sapphire von ihrem Stuhl aufstand, und die Worte der Hüterin spukten erneut durch seine Gedanken – *In Anbetracht ihrer Ausbildung könntet Ihr vor einem unerwarteten Ergebnis stehen.*

Nach dem Überraschungsangriff vor wenigen Momenten erfasste er schnell, welche Dummheit es gewesen war zu bleiben. Sapphire bewegte sich tatsächlich mit der Anmut einer Kriegerin; er war schlicht und einfach zu entzückt gewesen, um es zu bemerken. Sie war eine Konkubine des Königs von Sari und bekam Besuch von Generälen. Er befand sich in einer teuflischen Lage und war seinen Feinden vollständig ausgeliefert.

»Wer zum Teufel bist du?«, fragte er barsch, als er die Sorge wahrnahm, die über ihre Gesichtszüge huschte.

»Geh in dein Zimmer.« Sie verscheuchte ihn mit einem Wedeln der Hand. »Und lass dich nicht blicken, solange du nicht dazu aufgefordert wirst.«

»Ich habe das Recht zu wissen, was ihr mit mir vorhabt.«

»Was wir mit dir vorhaben?«

»Ja. Wohin wird der General mich bringen?«

Sie begriff, was er meinte. »Wulf, du gehst nirgendwohin. Ich will, dass du dich versteckst.«

Einen Moment lang stand er regungslos da, mit pochendem Herzen. »Du beschützt mich.«

Sapphire warf einen Blick auf die Wand hinter sich. Die Hüterin projizierte zuvorkommend ein Bild des Generals, der forsch auf ihre Haustür zuschritt. Der Mann hielt den Kopf gesenkt, daher war sein Gesicht nicht zu sehen. »Geht jetzt, Eure Hoheit«, drängte sie ihn. »Bitte. Wir können später darüber reden.«

»Warum tust du das?« Wulf verschränkte die Arme vor der Brust.

Sie stöhnte. »Der Teufel soll mich holen, wenn ich das

weiß. Na, dann bleibt eben, wenn Ihr so versessen darauf seid, die Bekanntschaft meines Vaters zu machen, und sie meiner Gastfreundschaft vorzieht.«

»*Deines Vaters?*« Wie viel schlimmer konnte es denn noch kommen?

»Ja.« Sie sah ihm fest in die Augen. »Du hast die Wahl. Aber entscheide dich schnell.«

»Du willst, dass ich mich verstecke, damit ich hierbleiben kann?«

»Ich weiß selbst nicht, was ich will. Außer dass du meine Aufforderung befolgst und dich versteckst.«

Wulf fand sie einfach unwiderstehlich – ihre Aufrichtigkeit, ihre Stärke und ihre Schönheit. Etwas entwickelte sich zwischen ihnen, etwas, das auch sie fühlte, denn sonst wäre sie nicht so besorgt um ihn gewesen. Er sollte ihr nicht vertrauen, doch er tat es.

Ohne ein weiteres Wort wandte er sich ab und ging, um sich in die Abgeschiedenheit seines Zimmers zurückzuziehen und die Gelegenheit wahrzunehmen, noch etwas länger hierzubleiben, damit er sie besser kennenlernen konnte.

Als sich die Tür seines Gemachs hinter ihm schloss, ergriff ihn eine ungewohnte innere Unruhe. Er war kein Mann, der vor einer Herausforderung wegrannte, und es brachte ihn auf, dass er einem anderen Menschen erlaubt hatte, ihn zu beschützen.

»Was zum Teufel geht dort draußen vor?«

Als Antwort auf seine Frage projizierte die Hüterin eine Ansicht von Sapphire und ihrem Vater auf die nackte Wand, mitsamt Ton.

»Danke.«

Er hatte eine Verbündete gefunden.

Wulfric sah zu, wie Sapphire in eine liebevolle Umarmung gezogen wurde. Als ihr Vater zurücktrat und sein Gesicht zu sehen war, entwich die Luft schlagartig aus Wulfs Lunge.

Kein Wunder, dass die *Mästares* niemandem etwas von seiner Anwesenheit in Sari erzählen wollten – sie beschützten die Tochter ihres Nationalhelden.

Sapphires Vater war kein anderer als General Grave Erikson, der ranghöchste Offizier der sarischen Armee.

4

Sapphire bedeutete ihrem Vater, auf einer überdimensionalen Chaiselongue Platz zu nehmen, setzte sich dann neben ihn und kostete die Gelegenheit aus, seine ungeteilte Aufmerksamkeit zu besitzen. Lächelnd blickte sie in braune Augen, die mit ihren eigenen identisch waren, und fragte: »Wie geht es Mom?«

Grave Erikson sah schneidig aus in seiner Uniform aus einer saphirblauen ärmellosen Tunika und der farblich darauf abgestimmten weiten Hose. Sein langes zobelbraunes Haar war im Nacken zurückgebunden und enthüllte ein Gesicht von herber Schönheit und stiller Kraft. Mit dem Griff einer Glefe an seinem muskulösen Oberschenkel strahlte ihr Vater eine Gefährlichkeit aus, die seine Feinde dazu brachte, furchterfüllt fortzulaufen, doch Sapphires Herz erfüllte eben diese Ausstrahlung mit Stolz. »Ihr geht es gut, und sie ist so hübsch wie immer. Sie hat vor, dich zu besuchen, sobald es ihr möglich ist.«

»Es erstaunt mich, dass du ohne sie gekommen bist.«

»Arbeit hat mich in diese Gegend geführt.« Er streckte ihr seine Hand hin, mit der Handfläche nach oben, und dort sah sie einen großen Herrenring. »Ein Souvenir für dich.«

Sapphire nahm die Gabe entgegen und bewunderte den

Edelstein, einen massiven Talgorit mit der unverkennbaren leuchtend roten Färbung und von einmaliger Schönheit. Er war aber auch außerordentlich wertvoll, denn seine Größe reichte aus, um einer *Skeide* im Weltall den Antrieb für mehrere Lichtgeschwindigkeitssprünge zu geben. »Was ist das für ein Symbol, das in den Stein eingeschlossen ist?«

»Das königliche Wappen von D'Ashier.«

Sie schluckte schwer, da sie wusste, wie brutal Wulf dazu gezwungen worden war, sich von diesem Gegenstand zu trennen. Ihre Hand schloss sich schützend um den Ring. »Wie bist du an diesen Ring gekommen?«

»Talgorit ist im Großen und Ganzen zu wertvoll, um ihn für Schmuckstücke zu verwenden. Als der Ring auf den Schwarzmarkt kam, hat es sich herumgesprochen, und ein Sittenpolizist ist der Sache nachgegangen. Er hat das Wappen erkannt, und der Ring ist die Befehlskette hinaufgereicht worden und bei mir gelandet.«

»Hast du herausgefunden, warum sich die königliche Familie von dem Ring getrennt hat?«

»Der Hehler hat zugegeben, dass er mit einer Gruppe von Söldnern zusammenarbeitet, die letzte Woche den Kronprinzen von D'Ashier angegriffen haben. Ich wusste natürlich davon, weil wir Funksprüche von dem Suchtrupp abgefangen haben, der ausgesandt wurde, um die Gruppe des Prinzen ausfindig zu machen.«

»Haben sie ihn getötet?« Sapphire schob das Schuldbewusstsein zur Seite, das sie verspürte, weil sie ihren Vater hinters Licht führte.

»Das ist das Interessanteste daran. Der Hehler behauptet, sie hätten Prinz Wulfric gefoltert und verkauft. Leider war der Mann nicht in irgendwelche internen Diskussionen innerhalb der Söldnergruppe eingeweiht. Der Mangel an Informationen ist frustrierend. Offensichtlich ist Wulfric nie im Palast von Sari oder von D'Ashier angekommen. Also müssen wir uns fragen, wo zum Teufel er steckt. Wer könnte ihn sich leisten, und weshalb sollten diejenigen ihn haben wollen? Ich frage mich, ob seine Wunden medizinisch behandelt worden sind, oder ob er aus der Welt geschieden ist.«

Sapphire musterte ihren Vater. »Du wirkst... betroffen.«

Ein *Mästare* betrat das Zimmer und stellte Platten mit Zuckerwerk, Früchten und Käse vor ihnen ab. Das obergärige Bier, das der Bedienstete einschenkte, war kalt und süffig und ließ die Gläser augenblicklich beschlagen.

Grave wartete, bis der Bedienstete gegangen war, und sprach erst dann weiter. »Ich bin Krieger, kein Politiker. Ich mache mir nichts aus den Handelsabkommen und den kleinlichen Streitigkeiten des Interstellaren Rats, die dazu führen, dass wir immer noch mit D'Ashier zerstritten sind. Mir geht es um Männer und um Ehre. Prinz Wulfric ist ein tapferer Mann und ein ausgezeichneter Krieger. In einen Hinterhalt gelockt, gefoltert und verkauft zu werden ... das ist feige und unehrenhaft. Für einen Mann wie ihn hätte ich ein angemesseneres Ende vorgezogen.«

»Du glaubst, er ist tot?«

»Ich hoffe nicht, aber zum jetzigen Zeitpunkt sieht es nicht gut für ihn aus.«

»Das klingt, als sei er dir sympathisch.«

Grave zuckte die Achseln. »Ich bewundere ihn. Ich habe während der Konfrontationen im Nahkampf gegen ihn gekämpft. Damals war er noch jung, aber er war temperamentvoll und besaß eine Befehlsgewalt, die ich bewundert habe. Seine taktischen Pläne waren gut durchdacht, er hat nie voreilig gehandelt oder überstürzt reagiert. Seine oberste Sorge galt immer dem Wohlergehen seiner Männer, und er hat nie zugelassen, dass ihn sein glühender Wunsch nach dem Sieg zu Taten angetrieben hat, die unnütz Leben gekostet hätten.«

»Aber *du* warst derjenige, der am Ende triumphiert hat und als Nationalheld aus diesen Schlachten hervorgegangen ist«, rief sie ihm stolz ins Gedächtnis zurück.

»Wir haben gewonnen, aber nur um Haaresbreite. Wenn nicht das Wetter umgeschlagen und dieser Sandsturm aufgezogen wäre, dann hätte es ganz anders ausgehen können.«

»Das hast du mir noch nie erzählt!«

»Wir haben noch nie über Prinz Wulfric gesprochen.« Grave griff nach einem Stück Melone und steckte es sich in den Mund.

»Lass uns jetzt über ihn reden.« Sapphire lehnte sich an die geschwungene Armlehne der Chaiselongue und sah ihrem Vater mit einem herausfordernden Lächeln in die Augen. »Erzähl mir alles, was du weißt.«

Er betrachtete sie grüblerisch. »Woher rührt dieses plötzliche Interesse an Wulfric?«

»Du bist nie besiegt worden, und jetzt erzählst du mir, einmal sei es beinahe dazu gekommen. Ich bin neugierig auf den Mann, der es gegen dich aufnehmen kann.«

»Ein anderes Mal. Vielleicht.« Er leerte seinen Humpen in einem Zug.

»Stellst du noch Nachforschungen zum Verbleib des Prinzen an?«

»Wie ich sehe, bist du so beharrlich wie immer.« Seine nachsichtige Miene wurde ernst. »Ja, ich stelle Nachforschungen an. *In aller Stille.* Ich habe den Palast benachrichtigt, aber der König und die Königin hatten beide das Gefühl, es sei das Beste, diese Angelegenheit mir zu überlassen und den Interstellaren Rat nicht hineinzuziehen.«

»Ich möchte wissen, was du herausfindest, Daddy.«

»Warum?«

»Vielleicht werde ich mich an Nachforschungen oder an die Kopfgeldjagd heranwagen. Vielleicht bin ich aber auch einfach nur neugierig.«

»Vielleicht willst du mir aber auch nur nicht deine Gründe nennen.« Grave lachte in sich hinein. »Aber ich werde dich trotzdem auf dem Laufenden halten. Und jetzt möchte ich über dich sprechen. Deine Versetzung in den Ruhestand hat sich herumgesprochen. Hast du Pläne für deine Zukunft geschmiedet?«

»Ich glaube, ich werde erst mal ein Weilchen gar nichts tun. Ich möchte all die Speisen essen, die ich im Palast nicht bekommen konnte, und Kleider in all den Farben tragen, die ich vermisst habe. Ich würde mir gern ansehen, was sich außerhalb der Palastmauern getan hat, und mich der veränderten Gesellschaft anpassen.« Sie lächelte. »Dann werde ich mir überlegen, was ich mit mir anfangen werde.«

Er legte seine Hand auf ihre und drückte sie ermutigend. »Ich finde es klug, dass du dir Zeit lässt, um deine Orientierung wiederzufinden, statt dich Hals über Kopf in etwas zu stürzen, ohne zu wissen, wohin es führt. Machst du dir eine Vorstellung davon, wo deine anderen Interessen liegen?«

»Noch nicht. Vielleicht werde ich mein Training nutzbringend einsetzen. Oder unterrichten. Ich habe mich noch nicht entschieden.«

»Du warst immer gut in Strategien. Ich könnte dir Trainingspläne schicken, und du kannst mir dabei helfen, ein paar Lehrbücher zusammenzustellen.«

»Wirklich?«

»Ja, wirklich.« Er lächelte sie liebevoll an. »Dann habe ich einen guten Vorwand, öfter bei dir vorbeizuschauen. Ich hatte nur selten Gelegenheit, dich zu sehen, als du im Palast warst.«

Sapphire schlang ihrem Vater die Arme um den Hals und brachte seinen leeren Humpen ins Wanken, doch das störte ihn nicht, was sich daran zeigte, dass er die erdrückende Umarmung seiner Tochter erwiderte.

»Und jetzt führ mich durch deinen Palast«, sagte er lachend. »Damit ich jedem gegenüber, der mir zuhört, damit prahlen kann.«

Erst wesentlich später wurde Wulfric in Sapphires Büro zitiert.

»Ich glaube, der gehört Euch.« Sie beugte sich über den Schreibtisch und legte seinen Siegelring auf die Kante. Ihr Auftreten wirkte distanziert und gehetzt.

Er bewegte sich langsam, um den Ring wieder an sich

zu nehmen, ohne dabei seine Erleichterung zu verraten. »Danke«, murmelte er. Jetzt war seine Freiheit gesichert.

Sie drehte ihren Stuhl zur Seite und verabschiedete ihn mit einer abweisenden Geste. Sie wirkte abgelenkt und in Gedanken verloren.

Wulf wusste, dass er fortgehen sollte. Nicht nur das Zimmer verlassen, wie sie es angedeutet hatte, sondern das ganze Land. Der Ring, den sie ihm zurückgegeben hatte, war für sich allein genommen nichts weiter als ein Ring, und sogar bei näherer Untersuchung würde nichts Verdächtiges zu erkennen sein. Aber wenn das Talgorit mit seinem Körper in Kontakt kam, wirkte es in Verbindung mit dem Nanotach. Gemeinsam würden sie ihn augenblicklich in seinen Palast in D'Ashier und wieder hierherbefördern, falls er das wünschte, solange das Signal nicht blockiert wurde.

Im Handumdrehen könnte all das vorbei sein. Eine oder mehrere seiner Konkubinen könnten die Lust stillen, die schwer zwischen seinen Beinen lag. Er war zu lange auf Patrouille gewesen. Er war ein Mann mit gesunden sexuellen Gelüsten, und sein gewaltiges Verlangen nach Sapphire war nur seiner langen Abstinenz zuzuschreiben. Gewiss war das der einzige Grund …

»Ich will dich«, sagte er, ehe er sich zurückhalten konnte.

Sapphire spannte sich beim Klang seiner gesenkten Stimme, die vor Begehren bebte, sichtlich an. Er behielt sie genau im Auge und bemerkte den Moment, als ihre Augen sanfter wurden und sich ihre Lippen als Reaktion auf seine Gier einen Spalt öffneten. Zwischen ihnen bestand eine unbestreitbare Anziehungskraft, trotz der zahlreichen Dinge, die ihnen im Weg standen.

»Ich sollte dich freilassen«, flüsterte sie.

»Das solltest du, aber du wirst es nicht tun. Du hast dir zu große Mühen gemacht, um mich zu behalten.«

»Du brauchst eine Frau.« Sie wandte den Blick ab. »Das gilt auch für sämtliche *Mästares*. Ich habe es so eingerichtet, dass einige der Studentinnen der sinnlichen Künste im vierten Studienjahr jede Woche für ein paar Tage zu Besuch kommen. Sie werden heute Abend eintreffen. Ich glaube, du wirst erfreut sein. Sie sind …«

»Ich will keine andere. Ich will *dich*.«

Resignation huschte über ihre liebreizenden Züge. »Dazu wird es nicht kommen.«

»Ich kann an nichts anderes denken als daran, in dir zu sein.« Und wenn er an *sie* dachte, dachte er nicht an die Höhle. Keine andere Frau konnte das für ihn tun. Vielleicht später einmal, aber nicht jetzt.

»Sex zwischen uns würde alles nur noch komplizierter machen, Wulf, nicht einfacher. Wenn du anfangen würdest, mit deinem Kopf und nicht mit deinem Schwanz zu denken, würdest du zugeben, dass ich recht habe.«

»Du bist ein unverschämtes Geschöpf.« Er hätte nicht geglaubt, dass er das auch noch erregend fände, aber es war so.

»Und du hast hier nichts zu sagen. Wenn du befehlen willst, geh nach Hause.«

Wulfric holte tief Luft. Niemand sprach jemals so mit ihm, wie sie es tat. Sie war furchtlos und weigerte sich, den Respekt an den Tag zu legen, der einem Mann seines

Rangs zustand. All diese Glut und Leidenschaft ... Er wollte darin versinken und alles andere vergessen.

Als er auf sie zuging, hielt Sapphire still und blieb entspannt auf ihrem Stuhl sitzen.

»Einmal wird niemals genügen«, warnte sie ihn leise.

Er blieb stehen.

»Du begehrst schon jetzt keine anderen Frauen mehr. Glaubst du wirklich, daran würde sich etwas ändern, wenn du mit mir im Bett warst?«

»Du bist eitel«, sagte er, ohne aufzubrausen. »Verwechsele mich nicht mit deinem betörten König.«

»Das wäre unmöglich.« Sie lachte, und der kehlige Laut lief ihm über den Rücken. »Aus mir spricht nicht die Eitelkeit, und das weißt du selbst. Glaubst du etwa, ich fühlte die Anziehungskraft zwischen uns nicht? Wenn du auch nur halb so gut im Bett bist, wie du aussiehst, werde ich mehr wollen. Und ich bin selbst nicht ganz unbegabt. Du hättest immense Freude an mir. Du ahnst, wie gut es sein könnte, deshalb ist der Gedanke an andere Frauen so reizlos. Wann hast du das letzte Mal eine Frau begehrt, die nicht durch eine andere austauschbar war?«

Sein Schwanz wurde noch härter. Ihre kühne Provokation erregte ihn. »Noch nie«, gab er zu. Als er sie anstarrte, hatte er das Gefühl, sie sei eine neue, bisher unentdeckte Gattung. »Sagst du jemals nicht genau das, was dir durch den Kopf geht?«

»Ich habe die letzten fünf Jahre damit zugebracht, nie das zu sagen, was mir durch den Kopf ging. Es hat mir nicht gefallen, und ich habe mir gelobt, es nie wieder zu tun.«

Sein Lächeln war raubtierhaft. »Dann erlaube mir, dir gegenüber ebenso aufrichtig zu sein. Wenn du dich mir nicht rundheraus verweigerst, *werde* ich dich nehmen.«

»Du hast ein anderes Leben, in das du zurückkehren musst.«

»Ich würde sagen, dann beeilen wir uns besser ... aber ich habe nicht die Absicht, das zu tun.«

Sie rieb die Stelle zwischen ihren Augenbrauen. »Das ist Wahnsinn.«

»Ja, nicht wahr?« Er war froh, dass es so war, und dankbar dafür, dass sein Herz raste und die Vorfreude seinen Magen zusammenzog. *Er war am Leben.* Das war an sich schon ein Wunder, und er wollte es mit ihr feiern.

»Du arroganter Mistkerl.« Sie sah ihn finster an.

Wulf bewegte sich um den Schreibtisch herum und knurrte, als sie die Beine spreizte und unter dem Saum ihres kurzen Kleides ihr glitzerndes Geschlecht zeigte. Sie war ebenso bereit wie er. Er griff nach dem Kordelzug an seiner Taille.

»Nein.«

Seine Finger hielten still.

Sie deutete auf den Boden vor ihren Füßen. »Auf die Knie, Prinz Wulfric. Wenn du so begierig darauf bist, darfst du mir mit deinem Mund Lust bereiten.«

Er hielt inne und starrte sie an. Sapphire würde ihn auf Schritt und Tritt bekämpfen. Er sah forschend in ihr Gesicht, um sich ein Urteil über die Kraft ihrer Entschlossenheit zu bilden, und stöhnte innerlich, als er die sture Haltung ihres Kinns und den trotzigen Schimmer in ihren Augen sah.

Der Prinz in ihm nahm Anstoß daran, dass ihm befohlen wurde, auf seinen eigenen Genuss zu verzichten, um ihre Lust zu befriedigen. Aber der Teil von ihm, der reine, primitive Männlichkeit war, roch ihre Erregung und wusste, dass sie ihm galt und er sie sich nur zu nehmen brauchte. Die beiden Seiten kämpften nur einen Moment lang miteinander.

Ein Willenskampf – das war eine neue und hochgradig faszinierende Situation für ihn, einen Mann, dessen Wille noch nie in seinem ganzen Leben herausgefordert worden war.

Nach Jahren des Kriegs und Monaten auf Patrouille wusste Wulf, wie er sich seine niederen Bedürfnisse versagte, doch jetzt schien er nicht dazu fähig zu sein. Sein Ego war erbost über den Kontrollverlust; sein Körper ignorierte das zugunsten der animalischen Anziehungskraft, die dick und heiß durch seine Adern floss.

Er beschloss, all sein beträchtliches Können, seinen Charme und seine körperlichen Attribute zum Einsatz zu bringen, um Sapphire so sehr zu entflammen, wie er selbst entflammt war.

Wulf hob den Blick von der Stelle zwischen ihren Beinen und sah ihr mit einer hochgezogenen Augenbraue in die dunklen Augen. »Einer derart intimen Bekanntschaft sollte ein Kuss vorausgehen, meinst du nicht auch?«

Ihr Gesicht umwölkte sich nur einen Moment lang mit Unsicherheit, bevor sie ihre Gefühle hinter einer kühlen Maske aus Teilnahmslosigkeit verbarg. Mit einem geheimnisvollen Lächeln erhob sie sich von ihrem Stuhl.

»Was für eine reizende Idee.« Ihr Tonfall machte ihn

nervös. Jetzt musste er sich fragen, ob er das Gefecht gewonnen oder verloren hatte.

Sie bewegten sich aufeinander zu, und mit jedem Schritt steigerte sich die überdeutliche Wahrnehmung des anderen. Als sie ihn erreicht hatte, legte sie ihre Handflächen auf die Muskelstränge seines Unterleibs und ließ sie dann um ihn herumgleiten und über seinen Rücken streichen.

Ihre Berührung war elektrisierend, ihr Duft berauschend. In den Tagen seit dem Hinterhalt hatte er jeden Körperkontakt mit den anderen *Mästares* gemieden und im Vorbeigehen einen weiten Bogen um sie gemacht, um selbst ein flüchtiges Streifen zu vermeiden. Bei dem Gedanken daran, jemand könnte seine Haut berühren, verkrampften sich seine Eingeweide, doch Sapphires Berührung war wie warme Seide – lindernd und heilend.

Er zog sie an sich und hielt den Atem an, als sich ihre üppigen Brüste an seinem Brustkorb flachdrückten und sich das schwere Gewicht seiner Erektion an ihren weichen Bauch presste. Der Duft drakischer Lilien stieg ihm in die Nase, und er begrub sein Gesicht in ihrem Haar, um mehr davon einzufangen.

Trotz der vielen Stunden, die er damit zugebracht hatte, sich auf diesen Moment zu freuen, war Wulf nicht vorbereitet. Ein Schauer lief ihm über den Rücken und zog über die Länge seines Schwanzes. Er starrte in ihr Gesicht, das ihm zugewandt war, und wusste in seinem tiefsten Inneren, dass sein nächster Schritt reiner Wahnsinn war. Dennoch konnte er es nicht lassen, und ihm blieb gar nichts anderes übrig, als den Kopf zu senken und sich stöhnend über ihren Mund herzumachen.

Als ihre Lippen unter seinem Mund weicher wurden, bestürmte ungezügeltes Verlangen seine Sinne in einer so heftigen Woge, dass ihm fast schwindlig wurde. Sapphire bewegte sich gemeinsam mit ihm und bot ihm Paroli; ihre Zunge glitt an seiner entlang und streichelte sie. Sie bog den Kopf zurück, um mehr von ihm in sich aufzunehmen, und ihr üppiger Körper brandete mit einer Gier gegen ihn an, die er kannte, weil er sie selbst so schmerzhaft empfand.

Die Glut ihrer Reaktion ließ ihn erschauern, und Wulf zog sie enger an sich. Er legte eine Hand auf ihren Nacken und packte ihre Taille, um sie zu umhüllen und ihrem Körper mit der Größe und der Kraft seines eigenen Körpers Schutz zu bieten.

Es war eine berauschende Verbindung ihres offensichtlichen Könnens mit seiner eigenen Kunstfertigkeit. In seinem Palast hatte er ein Dutzend Frauen, die schöner und ebenso kenntnisreich waren, doch keine Frau, an die er sich erinnern konnte, hatte ihn jemals so sehr erregt wie Sapphire. Allein schon ihr Kuss stach seine leidenschaftlichste Paarung aus. Er hätte sie tagelang küssen können. Überall.

Wulf wurde klar, dass sie viel klüger gewesen war als er. Einmal würde nicht genügen.

Er stöhnte, denn er wusste, dass es die Wahrheit war, wusste, dass sie nicht annähernd genug Zeit hatten, um diese Tiefe des Verlangens zu stillen.

Mit zitternden Händen presste er sie auf ihren Stuhl zurück, sank auf die Knie und spreizte ihre Schenkel mit seinen Händen. Bei ihrem Anblick lief ihm das Wasser im

Mund zusammen – glitzernd vor Verlangen, geschwollen und ihm in Erwartung der Berührung seiner Zunge wie ein Schmollmund entgegengereckt.

»Du bist feucht.« Seine Stimme war so tief, dass er sie kaum wiedererkannte.

Sie wimmerte, als er näher kam, und keuchte dann, während er sie durch die zarten haarlosen Falten von unten nach oben leckte.

Ihr Kopf fiel mit einem gehauchten Seufzer zurück. »O Wulf…«

Sein Kiefer spannte sich an, weil es ihn große Anstrengung kostete, nicht aufzuspringen, seinen Schwanz zu befreien und in sie hineinzugleiten. Sie würde ihn willkommen heißen, das wusste er. Sie würde aufschreien und jeden tiefen Stoß genüsslich auskosten. Aber er wollte, dass sie sich ihm freiwillig hingab. Er brauchte ihre Begierde und das Gefühl, dass sie ausgehungert nach ihm war, und da sie wie ein Festmahl vor ihm ausgebreitet stand, hatte er alles zur Verfügung, was er benötigte.

Er kniete sich hin, zog ihren Stuhl näher zu sich und plante ihre Verführung mit militärischer Präzision.

Sapphire wartete atemlos, und jeder ihrer Muskeln war voller Vorfreude angespannt, als Wulf sie näher zu sich zog und sie so zurechtrückte, wie es ihm beliebte. Seine große Sorgfalt bei den Vorbereitungen sagte ihr, dass er die Absicht hatte, ihr für einige Zeit Lust zu bereiten. Dieser Gedanke ließ sie erschauern. Die letzten fünf Jahre hatte sie mit einem Mann verbracht, der sich nur für seine eigenen Bedürfnisse interessiert hatte. Ein Liebhaber, der bestrebt war, sie zu beglücken, und vollständig in diesem Vorhaben aufging, war unfassbar erregend.

Er schob seine Unterarme neben ihre Kniekehlen und legte seine Hände auf ihre Hüften. »Ich hoffe, du hast es bequem.« Sein Atem strich intim über ihr Geschlecht. »Du wirst dich eine Weile nicht bewegen.«

»Das ist eine ganz schlechte Idee«, flüsterte sie.

»Mir kommt sie verdammt gut vor.«

Dann tauchte seine Zunge in sie ein.

Sapphire wölbte den Rücken und keuchte, und ihre kurzen Nägel gruben Halbmonde in die Stuhllehnen.

Wulf stöhnte, und die Vibrationen glitten durch ihren Körper hinauf und bewirkten, dass sich ihre Brustwarzen strafften. Seine Lippen bewegten sich auf ihr, und die seidigen Strähnen seines Haars streichelten die Innenseiten ihrer Schenkel. Seine Hände hielten sie fest, seine Finger kneteten ihr Fleisch, und sein Mund war sanft, während seine Zunge ohne jede Hast durch den Beweis ihres Verlangens glitt, um ihre Klitoris zu streicheln.

»Wulf …« Ihre Hüften hoben und senkten sich ruckartig, um sich seinem Rhythmus anzupassen. Sie biss sich auf die Unterlippe, um die Schreie einzudämmen, die ihr Verlangen verraten würden. Dieser Mann war ein Verführer. Wenn er wüsste, wie selten ihr dieser Dienst erwiesen worden war, würde er dieses Wissen gegen sie einsetzen und sie noch mehr schwächen.

Mit einem tiefen Knurren tauchte er seine Zunge in sie hinein, zog sie dann zurück und wiederholte diese sanften rhythmischen Vorstöße, bis Schweiß ihre Haut überzog und ihr Haar anfeuchtete. Ihr ganzer Körper prickelte, ihr

Atem ging schwerer, und der dumpfe Schmerz tief in ihrem Innern wurde nahezu stechend. Er ging methodisch und gründlich vor, leckte jeden Ritz und Spalt, knabberte zart mit seinen Zähnen und neckte sie damit, dass er am harten Knoten ihrer Klitoris saugte. Nie war sie mit so viel Geduld und offensichtlichem Genuss von Seiten ihres Liebhabers genommen worden.

Ihre Muschi zog sich um seine Zunge zusammen, und da sie keinen weiteren Moment dieser Folter ertrug, flehte sie ihn an: »Neck mich nicht.«

Wulf zog den Kopf zurück und spreizte sie mit den Fingern einer Hand. »Hast du keinen Spaß daran?« Die andere Hand ließ ihre Hüfte los, und zwei lange Finger stießen in sie hinein.

»N-nein ...« Ein Schauer durchzuckte ihre zierliche Gestalt. Ihre Hände legten sich auf ihre Brüste, und ihre Finger kniffen in die schmerzhaft straffen Brustwarzen. »... nicht mehr.«

»Nein?« Er rieb sie von innen und streichelte mit geübten Fingerspitzen ihre glitschigen Scheidenwände. »Dann werde ich mich wohl mehr anstrengen müssen.« Wulf senkte den Kopf und ließ seine Zunge über ihre Klitoris flattern.

Darauf hätte sie sich nicht vorbereiten können – auf diese langsame, entschlossene Eroberung ihres Körpers. Das überstieg ihre Erfahrung. »Bitte ... lass mich kommen ...«

Wulf bildete einen Kreis mit seinen Lippen und saugte fest an ihr, während er sie mit seinen Fingern fickte. Sapphire kam in einem erblühenden Höhepunkt, der sich ausbreitete, sich mit jedem Ziehen seines Munds und jedem Eintauchen seiner Hand steigerte, bis ein Orgasmus fließend in den nächsten überging.

Es war umwerfend. Im Gegensatz zu der Lust, die sie durch ihre eigenen Mühen erlangte, wurde ihr diese hier mit erbarmungsloser Kunstfertigkeit entrungen. Und doch blieb Wulf nicht ungerührt. Sie fühlte, wie sein kräftiger Körper unter ihren Beinen bebte, als sie ihn anflehte aufzuhören und ihn wegzustoßen versuchte, doch er war auf ein Ziel erpicht, das sie nicht verstehen konnte.

Sie stieß abgehackte Schreie aus und wand sich unter dem Ansturm.

Erst als ihre Hände an ihren Seiten hinunterfielen und ihre Beine schlaff über seinen Schultern hingen, ließ er von ihr ab und lehnte seine Wange mit einem atemlosen Glucksen männlichen Triumphs an ihren Oberschenkel.

Als sie wieder halbwegs bei Sinnen war, fand sich Sapphire mit der Wahrheit ab.

Sie steckte in großen Schwierigkeiten.

»Du darfst dich erheben, Wulf.« Sapphires Stimme war so heiser vor Leidenschaft, dass sich seine missliche Lage dadurch nur noch verschlimmerte.

»Ich glaube nicht, dass ich das kann.« Sein Schwanz war so hart, dass er sich nicht bewegen konnte, doch er brachte ein Lächeln zustande, denn es befriedigte ihn, dass er ihr so große Lust bereitet hatte.

Sapphires Verlangen köchelte direkt unter der Oberfläche und hatte bislang beklagenswert brachgelegen, wenn er mit seiner Vermutung richtiglag. Wann hatte das letzte

Mal ein Mann ihren Körper nur um der Genugtuung willen geliebt, die sich aus ihren Reaktionen schöpfen ließ? Er wünschte, er hätte Wochen, um genau das zu tun. Er konnte sich gut vorstellen, ganze Tage mit ihr in seinem Bett zu verbringen, in ihrem Duft zu schwelgen und es auszukosten, wie sich ihre Rundungen anfühlten, wenn sich ihr üppiger Körper unter seinem wölbte und wand.

Sie gurrte, und der Klang strich über seine Haut wie eine Liebkosung. »Lass mich dir dabei behilflich sein.«

Sapphire zog ihre Beine an, stemmte ihre Fußsohlen gegen seine Schultern, trat ihn behutsam und stieß ihn mit diesem Tritt rückwärts auf den Boden. Gerade eben war sie noch matt gewesen, doch jetzt war sie dazu fähig, sich mit beeindruckender Geschwindigkeit rittlings auf ihn zu setzen, und ihre Hände streichelten seinen Brustkorb, bevor sich irgendwelche Überbleibsel des Gefühls von Hilflosigkeit festsetzen konnten.

»Ich bin so froh, dass du verschont geblieben und wiederhergestellt worden bist«, flüsterte sie und löste den Kordelzug, ehe sie seine Hose über seine Hüften zog. »Eine Perfektion wie deine sollte nicht beschädigt werden.«

Als er in ihr hübsches, von Leidenschaft gerötetes Gesicht aufblickte, schnürte sich Wulfs Kehle vor Dankbarkeit zu. Sapphire verhätschelte ihn nicht, sondern sprang sogar recht grob mit ihm um, doch jedes Mal, wenn sie ihm einen Schubs gab, gewann er ein wenig Zuversicht und Selbstvertrauen. Und jedes Mal, wenn sie ihn so glutvoll ansah, schmolz etwas mehr von der Eiseskälte seiner Folterqualen.

Sie umschlang seinen Schwanz mit selbstbewussten

Fingern, bog ihn in den richtigen Winkel und umhüllte dann die geschwollene Eichel mit der flüssigen Glut ihres Munds.

»Verflucht noch mal.« Er keuchte, drückte den Rücken durch, und seine Eier spannten sich schmerzhaft an. »Lass mich nicht zu schnell kommen.«

Als sie ihm ins Gesicht sah, funkelten ihre Augen schalkhaft, und er wusste, dass sie sich seiner nicht erbarmen würde. »Du schmeckst so herrlich, wie du aussiehst.« Ihre Zunge leckte den Tropfen Samen auf, der auf der Spitze saß, und fuhr dann in einer schlängelnden Liebkosung eine dicke Ader nach. »Was für einen prachtvollen Schwanz du hast.«

Sie zog den Kopf zurück, und die Bewunderung in ihren dunklen Augen bereitete ihm solches Vergnügen, dass er noch härter wurde. Sapphire schlang beide Hände um seinen Schwanz und drückte zu. »Wie groß wird er werden? Ich kann dich kaum in den Händen halten.«

»Deine Hände sind winzig.« Er glühte. Sein Körper war von Kopf bis Fuß angespannt und steif, seine Haut mit feuchtem Schweiß überzogen.

»Er fühlt sich wunderbar an«, hauchte sie. »Die Haut ist so zart.«

»Steck ihn in dich rein«, stöhnte er, als sie ihn streichelte. »Da fühlt er sich noch viel besser an.«

Sie schüttelte den Kopf, und ihre seidigen Haarsträhnen glitten über seine Hüften. Die Fingerspitzen einer Hand strichen über die Muskelstränge seines Bauchs, und ihre Berührung ließ ihn zittern. »Ich habe noch nie etwas so Schönes wie deinen Körper gesehen.«

Wulf legte seine Hände zart um ihren Kopf. Er zog sie nicht an sich, sondern massierte einfach nur mit dem unwillkürlichen Zucken seiner Fingerspitzen ihre Kopfhaut. Sie in den Armen zu halten, selbst auf diese Entfernung, war ein Wunder, das ihn staunen ließ.

»Das tut gut«, schnurrte sie, und ihre Lider schlossen sich.

Er wollte ihr sagen, bei ihm würde sie sich immer wohlfühlen, denn es sei jetzt eines seiner obersten Anliegen, ihr Lust zu bereiten, aber er konnte nicht mehr sprechen. Er stand so dicht davor, es konnte jeden Moment so weit sein ...

Sie nahm ihn wieder in den Mund und benutzte ihre Hände, um den Teil seines Schwanzes zu liebkosen, den sie nicht in sich aufnehmen konnte. Sie saugte so kräftig und gierig an ihm, dass es ihn fast umbrachte. Mit überwältigendem Ungestüm brach sein Orgasmus über ihn herein, sein Rücken drückte sich durch, und sein Samen spritzte dick und heiß in ihren Mund, der sich immer noch an ihm zu schaffen machte. Sein Aufschrei im Orgasmus war durchdringend und klang gequält, und die immense Wucht seines Höhepunkts ließ seinen Körper heftig zucken.

Es konnten nur Momente vergangen sein, doch es erschien ihm wie Stunden, bevor sein Körper schlaff zu Boden sank und sich nicht mehr rühren konnte.

Sapphire setzte ihre Liebesdienste mit sanfter Zunge fort, die den Samen von seinem Schwanz leckte, während er keuchend um seine Zurechnungsfähigkeit rang.

Wulf konnte nur daliegen, hingestreckt und benommen.

Sein Körper hatte auf ihre Berührungen mit derselben Geschwindigkeit und ungestümen Leidenschaft reagiert, mit der sie auf ihn reagiert hatte. Resigniert gestand er sich ein, dass sie zu seinem Entsetzen recht gehabt hatte. Der Orgasmus hatte ihn vollständig ausgewrungen, und doch begehrte er sie immer noch – sogar stärker als vorher. Er wollte sie eng an sich ziehen, sie an sich schmiegen und sie mit seinem Körper umschlingen. Und dann wollte er sie richtig nehmen. Hart, tief und lange. Er wollte sehen, wie die Lust sie ergriff, sie brandmarkte. Er wollte ihr Gesicht sehen, wenn sie sich im Augenblick verlor. In ihm verlor.

Die Geliebte seines Feindes. Die Tochter seines größten Gegners.

Er würde sie und diese Intimität vergessen müssen. Er weigerte sich, wegen einer Konkubine einen Krieg zu beginnen.

Sapphires langes Haar streichelte seine Oberschenkel, während sie seinen Schwanz weiterhin leckte, mit einem leisen, genüsslichen Schnurren. Seine Augen schlossen sich.

Kein Krieg.

5

Sapphire entspannte sich nach dem Abendessen auf dem Divan im Empfangszimmer, doch ihr Verstand war alles andere als untätig. Nachdem sie mit geübtem Blick die Pläne ihres Palasts eingehend studiert hatte, hatte sie jeden Fluchtweg aufgespürt und Schritte unternommen, um eine Flucht zu verhindern.

Es gab nur einen Grund dafür, solche Maßnahmen zu ergreifen. Es gab nur eine einzige Person, die überhaupt mit dem Gedanken spielen würde fortzugehen, ganz zu schweigen von dem Wunsch, es zu tun, und diesem einen hatte sie gesagt, es stünde ihm frei, zu jedem beliebigen Zeitpunkt aufzubrechen. Ihr Vorgehen war bestenfalls irrational, aber andererseits konnte sie schon nicht mehr klar denken, seit sie ihn das erste Mal gesehen hatte.

Wenn sie auch nur einen Funken Verstand besäße, würde sie ihn zwingen zu gehen. Seine Anwesenheit in ihrem Haushalt brachte sie beide in Gefahr.

Im Lauf der letzten zwei Tage hatte sie es sorgsam gemieden, mit ihm zu sprechen, doch er ging ihr oft durch den Kopf. Jedes Mal, wenn sie an ihn dachte, erinnerte sie sich daran, wie sich sein Mund zwischen ihren Schenkeln angefühlt hatte, und an seinen Geschmack, der durch ihre Kehle geflossen war. Jedes Mal, wenn sie ihn mit anderen reden hörte, vibrierte ihr Körper vor Verlangen. Seine Stimme war kräftig, dunkel und herrisch. Sie passte perfekt zu ihm und brachte sie um den Verstand. Er brauchte nur etwas zu sagen, und schon schmolz sie innerlich.

Wäre das, was sie anzog, nur sein umwerfendes Aussehen und seine sexuelle Kunstfertigkeit gewesen, dann hätte sie ihm widerstehen können. Aber von den versonnenen Blicken, die ihr auf Schritt und Tritt folgten, wurden ihre Knie weich. Ihr Bauch kribbelte, wenn sie sah, wie er den Kopf neigte, wenn sie einen Befehl erteilte, als sei jedes Wort, das über ihre Lippen kam, von allergrößter Bedeutung für ihn. Und wenn sie sah, wie sich seine Hände an den Seiten zu Fäusten ballten, sobald sie aus dem Badebecken stieg, strafften sich ihre Brustwarzen. Wenn sie sah …

»Darf ich noch einmal vorschlagen, dass Ihr ihn beringt?«, fragte die Hüterin.

»Das kommt überhaupt nicht infrage.«

»Meiner Einschätzung nach sind Eure Vorsichtsmaßnahmen zwecklos. Prinz Wulfric kennt sich gut mit unserer Technologie aus. Statt auszuhecken, wie Ihr ihn zurückhalten könnt, solltet Ihr Euch lieber fragen, warum er nicht aus freiem Willen gegangen ist. Er ist durchaus dazu in der Lage.«

»Ich weiß.« Sapphire hatte die beiden letzten Nächte damit zugebracht, sich schlaflos im Bett herumzuwälzen. Und mit dem Versuch dahinterzukommen, warum er bei ihr geblieben war. Sie besaß nicht die Stärke, ihn fortzuschicken. Anscheinend besaß er nicht die Vernunft oder die Kraft, um fortzugehen. Stattdessen wartete er. Auf sie.

Jedes Mal, wenn die Studentinnen der sinnlichen Künste kamen, zog er sich in seine Kammer zurück – der einzige ihrer *Mästares*, der sich der Geschicklichkeit der Mädchen in fleischlichen Dingen nicht hingab. Das wusste sie, weil sie das Geschehen beobachtete, denn sie wollte wissen, ob er daran teilnahm, und als er es nicht tat, verspürte sie Erleichterung.

Fluchend schwang sie sich vom Divan und lief durch den Gang. »Hüterin, bereite den Holoraum vor.« Sie war frustriert und derart erpicht darauf, sich abzureagieren, dass sie nicht einmal den smaragdgrünen Blick bemerkte, der ihr folgte.

»*Wohin möchtet Ihr Euch begeben? Zu den Kristallquellen? In den laruanischen Regenwald?*«

»Hast du meine Holoprogramme vom Palast runtergeladen?«

»*Selbstverständlich.*«

»Dann fahr die valarianschen Minen hoch.«

Eine gewichtige Pause trat ein, ehe der Computer antwortete. »*Herrin, ich habe dieses Programm ausgiebig überprüft. Es hat keine dieser Ausfallsicherungen, die von den meisten Holoprogrammen gefordert werden. Die valarianischen Trolle sind kaum zu bändigen.*«

Sapphire lächelte grimmig. »Ich weiß.«

»*Das ist gefährlich*«, beharrte die Hüterin. »*Sogar für eine Kriegerin mit Eurem Trainingsniveau.*«

»Genau.«

Wulfric saß mit den anderen *Mästares* zusammen und ließ vor seinem geistigen Auge ablaufen, wie Sapphire die Hüften gewiegt hatte, als sie davonstolziert war; ihre üppige Gestalt hatte unterdrückte Gewalttätigkeit ausgestrahlt. Die wiederholten Anspielungen auf Sapphires Training faszinierten ihn. Ein Training, das ihr anscheinend dabei helfen würde, gefährliche Trolle abzuwehren. Nachdem er mit eigenen Augen Zeuge ihrer Wendigkeit geworden war, verspürte er brennende Neugier auf diesen Aspekt ihrer Persönlichkeit. Sein unstillbarer Wissensdurst hielt ihn hier fest – hielt ihn so wirkungsvoll zurück, als sei er beringt.

»Warum bin ich hier?«, fragte er sich laut.

»Es ist nur eine Vermutung«, antwortete Dalen. »Aber ich nehme an, die Königin hat es so eingerichtet, dass Ihr als Strafe hier seid.«

»Als Strafe für wen? Für Sapphire oder für mich?«

Dalen zuckte die Achseln. »Ich bin nicht sicher. Wie hätte die Königin vorhersehen können, wie unglücklich Ihr und die Herrin einander machen würdet?«

Wulf schnaubte. »Woher wusste sie, dass wir uns nicht gegenseitig umbringen würden?« Die Vorstellung, Sapphire könnte verletzt werden, setzte ihm zu. Er verspürte seiner Wärterin gegenüber denselben Beschützertrieb, den sie ihm gegenüber an den Tag gelegt hatte – eine Reaktion, die ihn verwirrte.

»Das könnte die Absicht Ihrer Majestät gewesen sein.«

Wulf sah Dalen fest in die Augen, um ihm seine Aufrichtigkeit unmissverständlich klarzumachen. »Ich würde der Herrin niemals körperliches Leid antun. Noch nicht einmal, um meine Freiheit zu erlangen.«

»Ich glaube Euch, Eure Hoheit, aber selbst wenn Ihr es

wolltet, würdet Ihr feststellen, dass es sehr schwierig ist. Sie ist zu gut ausgebildet.«

»Wegen ihres Vaters.«

»Ja. Der General hat sie persönlich unterrichtet.«

»Die Herrin benötigt ein Handtuch in der Heilkammer, Prinz Wulfric«, rief die Hüterin.

Wulf schnappte sich zwei Handtücher von dem Rollwagen neben dem Bogengang. »Ich bin schon auf dem Weg.«

Als er das Empfangszimmer verließ, begann er zu pfeifen. In diesem speziellen Moment machte es ihm nichts aus, ein Bediensteter zu sein. In der Heilkammer musste man nackt sein, also würde er erstmals einen ungehinderten Blick auf Sapphires nackten Körper werfen können.

Er wartete an der Tür darauf, dass eine der Wachen kam, um das Schloss zu öffnen. Wulfs Abdrücke waren von sämtlichen Scannern im Palast verbannt worden, um seine Flucht zu verhindern. Das war zwar zwecklos, doch die Mühe schmeichelte ihm. Er würde trotzdem bald aufbrechen. Eine einzige Nacht – eine *ganze* Nacht – mit Sapphire, und er würde in der Lage sein fortzugehen, ohne zurückzublicken.

Die Tür glitt auf, und er trat ein. Als er Sapphire in der Heilkammer erblickte, erstarrte er. Ihr vollendeter Körper wurde durch allerlei Schnittwunden und blaue Flecken verunstaltet, die rasch verblassten. Als er sich ihr näherte, blickte sie grimmig auf und wies mit dem Kinn auf den Ausgang, um ihn wortlos wegzuschicken.

Einen Moment lang stand er steif da, und beim Anblick ihres misshandelten Körpers ballten sich seine Hände in den Handtüchern zu Fäusten. Er musste sich dazu zwingen, sich zurückzuziehen, wie sie es angeordnet hatte. Die Heilkammer öffnete sich mit dem Zischen von abgelassenem Hydraulikdruck, als er sich gerade abwandte, um zu gehen. Am Rande seines Gesichtsfelds sah er Sapphire taumeln. Mit den schnellen Reflexen eines Kriegers ließ er die Handtücher fallen, machte auf dem Absatz kehrt und fing sie auf, ehe sie auf den Kachelboden fiel. Sie war bewusstlos.

Wulfric hielt sie an seine Brust gedrückt, während er den Raum verließ und durch den Gang zu ihrem Schlafzimmer eilte. Der Tag ging zu Ende, und der zentrale Innenhof war in Schatten getaucht, da sich die Dunkelheit herabzusenken begann.

»Hüterin.« Die Sorge war deutlich aus seiner Stimme herauszuhören. »Öffne die Tür zu Sapphires privaten Gemächern.«

Die Türen glitten auseinander, als er sich ihnen näherte. Ein Wächter versuchte ihm zu folgen, doch die Hüterin verhinderte sein Eindringen, indem sie die Tür mit ungewöhnlicher Hast wieder schloss. Wulf lächelte grimmig. »Danke.«

»*Gern geschehen.*«

»Wie steht es um ihre Lebensfunktionen?« Er legte sie auf ihr Bett. Die Vorhänge schlossen sich, und simuliertes Kerzenlicht erhellte den Raum.

»Die Lebensfunktionen sind stabil. Sie ist lediglich erschöpft.«

Er setzte sich neben Sapphire auf das Bett und strich ihr das dunkle Haar aus der Stirn. »Was zum Teufel ist ihr zugestoßen?«

Zur Beantwortung seiner Frage projizierte der Computer eine Aufnahme des Holoraums an die nackte Wand neben ihm. Entsetzt beobachtete er, wie Sapphire einen brutalen Kampf gegen mindestens zehn valarianische Trolle austrug. Sie wurden aufgrund ihrer Kleinwüchsigkeit Trolle genannt, aber in Wirklichkeit konnte sich ihre Größe exakt an der zierlichen Gestalt der Kurtisane messen.

Wulfric versetzte sowohl ihre Geschicklichkeit in Erstaunen als auch seine Reaktion darauf. Sie war gut. Sehr gut sogar. Sie konnte mühelos die meisten Männer schlagen, und sie machte mehr als die Hälfte der Trolle unschädlich, ehe sie die Oberhand gewannen und sie zu Boden zerrten. Er zuckte zusammen, als sie brutalen Tritten und gemeinen Schlägen ausgesetzt wurde. Plötzlich verabschiedete sich das Holoprogramm, und Sapphire lag allein auf dem Fußboden. Mühsam zog sie sich auf die Füße und beschimpfte die Hüterin dafür, dass sie das Programm vorzeitig beendet hatte, obwohl sie ihre Hände dabei auf gequetschte Rippen presste.

Die Projektion endete.

»Okay.« Wulfs Stimme war mühsam beherrscht. »Erklär mir, was das alles sollte. Und wenn du schon dabei bist, kannst du mir auch gleich ihren Lebenslauf vorführen.«

»Ich kann öffentlich zugängliche Daten weitergeben, Eure Hoheit.«

»Das soll mir recht sein.« Wulf machte es sich neben Sapphire auf dem Bett bequem. Er drehte sie behutsam auf die Seite und schmiegte sich von hinten an sie. Er genoss es, ihre weichen Rundungen zu fühlen, und wusste es trotz der Umstände zu schätzen, sie in seinen Armen zu halten. Sein Gesicht war an ihren Hals geschmiegt, als er der Hüterin lauschte, die jetzt zu sprechen begann.

»*Als Katie Erikson geboren wurde ...*«

»Ich komme jetzt schon nicht mehr mit.«

»*Die Frau in Euren Armen.*«

Er lächelte. »Sprich weiter.«

Wenn die Stimme der Hüterin zu Selbstgefälligkeit fähig gewesen wäre, hätte sie jetzt so geklungen. »*Mit Vornamen heißt sie Katie. Katie Erikson. Tochter von General Grave Erikson und seiner Frau Sasha.*«

»Katie.« Der Name ging ihm leicht über die Lippen. Was für ein goldiger, mädchenhafter Name für eine so stürmische Frau. Er fragte sich, wie sie als Kind wohl gewesen war, und lauschte aufmerksam, als die Hüterin es ihm erzählte.

Wulf blickte über Katies Schulter auf die Wand und sah sich die Szenen an, die dorthin projiziert wurden. Im Lauf der nächsten Stunde wurde ihm die lange Liste ihrer Errungenschaften vorgetragen. Er sah sie die Grundschule, die weiterführende Schule und das Studium an der Akademie der sinnlichen Künste abschließen. Er sah Aufzeichnungen von Trainingseinheiten unter der Anleitung ihres Vaters und Fernsehübertragungen von Veranstaltungen im Königshaus, bei denen sie anwesend gewesen war und direkt hinter den Monarchen von Sari stand.

Er war fasziniert von der Ehrerbietung, die König Gunther seiner Lieblingskonkubine erwiesen hatte, und von der fragwürdigen Berühmtheit, die ihr diese Hochachtung bei der Bevölkerung von Sari eingetragen hatte. Da er neugierig darauf war, wie sich das auf die Königin ausgewirkt hatte, behielt er sie scharf im Auge und ließ sich vereinzelte Szenen mehrfach vorspielen. Erst dann entdeckte er die sorgsam verschleierte Feindseligkeit, die Ihre Majestät ihrer Rivalin gegenüber in unachtsamen Momenten an den Tag legte.

Als er das gesamte Material durchgesehen hatte und die Hüterin verstummte, wurde Wulf klar, dass alles, was er gerade in Erfahrung gebracht hatte, ihm nur noch mehr Lust darauf machte, das Wesen hinter diesem Leben zu entdecken. Er hatte nach wie vor keine Ahnung, wer Katie war. Er wusste lediglich, wozu sie fähig war. Das genügte ihm nicht.

Wulfric weigerte sich, seinem Interesse an ihr einen Namen zu geben. Bis jetzt hatte er es vorgezogen, nur sehr wenig über die Frauen zu wissen, mit denen er schlief. Er wahrte Abstand, weil anhängliche, unselbstständige Frauen ein Ärgernis waren, mit dem er sich nicht abgeben konnte. Dazu fehlte ihm die Zeit. Ein für beide Seiten erfreulicher Quickie hatte bisher immer genügen müssen – weitere Verstrickungen konnte er weder gebrauchen noch wollte er sie.

»Wulf …«

Der Klang von Katies schläfrigem Seufzer ließ ihn aufschrecken. Sie ruckelte herum, um ihren Körper noch enger in seine Umarmung zu schmiegen, und ihr nackter Rücken presste sich so nah wie möglich an seinen entblößten Brustkorb.

»Katie?«, fragte er leise, denn er weigerte sich, sie mit einem besitzergreifenden Namen anzusprechen, den ihr ein anderer Mann gegeben hatte.

»*Sie ist nicht wach*«, informierte ihn die Hüterin in ihrer gedämpften abendlichen Lautstärke. »*Und sie friert.*«

Wulf achtete sorgsam darauf, sie nicht zu wecken, als er sich vorbeugte, die Decke mit dem Samtbezug über sie beide hochzog und Katie dann wieder in die Arme schloss. Er wartete, bis sie ruhig dalag, und rief dem Computer dann leise zu: »Spricht sie immer im Schlaf?«

»*Wenn Ihr die Nennung Eures Namens als ›sprechen‹ bezeichnet, ja, dann tut sie das in der letzten Zeit ziemlich oft.*«

Wulf konnte sein triumphierendes Lächeln nicht unterdrücken. Es tat gut zu wissen, dass er nicht der Einzige mit glühenden Träumen war.

»*Sie hat sich große Mühe gegeben, Euch hierzubehalten.*«

»Ich weiß.«

»*Aber es wäre logischer, wenn Ihr fortgehen würdet.*«

Sein Lächeln verflüchtigte sich. »Ja. Ich sollte nicht hier sein.«

»*Und trotzdem seid Ihr hier.*«

»Ich könnte ihr mehr geben, als der König ihr gegeben hat.« Sowie die Worte ausgesprochen waren, wünschte er, er könnte sie zurücknehmen. Er sollte solche Dinge nicht sagen, sie nicht einmal in Betracht ziehen.

»*Das Einzige, was sie jemals von dem König wollte, war ihre Unabhängigkeit.*«

»Unabhängigkeit …« Wulf wollte sie besitzen. Ihr Eigentümer sein. Sie auf Abruf zu seiner Verfügung haben. Er konnte sich ausmalen, schweißtriefend und voller Aggressionen vom Kampftraining auf dem Übungsplatz zu ihr zurückzukehren. So wollte er sie nehmen. Er wollte groben, harten, rohen Sex. Ein niederes, primitives Erheben von Ansprüchen.

Während er tief in feindlichem Territorium mit der Liebe seines Feindes in den Armen einschlummerte, dachte er über seine Reaktionen auf all das nach, was er erfahren hatte. Als Katie mit einem lustvollen Seufzer ein Bein mit seidenweicher Haut zwischen seine Beine schob, wusste er trotz der Gefahr, dass er sich nie in seinem ganzen Leben so sicher oder entspannt gefühlt hatte – einfach deshalb, weil er sie in seinen Armen hielt. In seinem Innern herrschte eine ständige vibrierende Bangigkeit, die durch ihre Nähe beschwichtigt wurde. Die Existenz dieses Gefühls war ihm nicht bewusst gewesen. Er nahm es erst jetzt wahr, nach seinem Verschwinden.

Sucht. Katie war die Droge gegen seine Rastlosigkeit.

Ein gefährlicher Gedanke nahm in seinem Kopf Gestalt an, unaufgefordert und überraschend. Wie viel größer würde die Zufriedenheit sein, die er mit ihr in *seinem* Bett verspüren würde, in *seinem* Land?

6

»Du hast ihm erlaubt, die Nacht in meinem Bett zu verbringen?«, fragte Sapphire ungläubig.

»Der Prinz war besorgt um Euch und wollte sich vergewissern, dass es Euch gut geht.«

»Das ist doch gar nicht wahr. Dafür habe ich schließlich dich.« Sie vergrub ihr Gesicht in den Händen. »Der Teufel soll dich holen.«

»Ich bin vor allem darauf programmiert, für Euer Glück zu sorgen.«

Sie hob den Kopf. »Dafür sollte ich dir ein Upgrade verpassen.«

»Ein leistungsfähigeres Hütersystem gibt es nicht. Ich bin ein Prototyp, eigens dazu entwickelt, nur Euch zu dienen.«

»Einem Feind derart intimen Zugang zu gewähren ist gefährlich!«

»Bei oberflächlicher Betrachtung würde ich Euch zustimmen. Allerdings sagen mir seine Vitalparameter und sein Benehmen etwas ganz anderes. Er macht sich etwas aus Euch. Letzte Nacht, als Euch nicht wohl war, war er sehr besorgt um Euch.«

»Du verstehst nichts von menschlichem Verhalten, Hüterin.« Sapphire strich sich das Haar aus dem Gesicht. »Ich bin wertvoll für ihn, weil ich ihn beschütze und weil

er über mich dem König und meinem Vater eins aus-
wischen kann.«

»*Ihr seid nicht ehrlich.*«

»Und du bist eine verfluchte Nervensäge.«

»*Meine Programmierung ist dergestalt, dass ich dazu fähig
bin, Euer Glück selbst dann anzustreben, wenn Ihr bestrebt
seid, es zu sabotieren.*«

»Mit deiner Programmierung befassen wir uns gleich«,
fauchte Sapphire. »Sag mir erst noch, wie ich jetzt mit ihm
umgehen soll.«

»*Es hat ihn gefreut, die Nacht mit Euch zu verbringen.*«

»Ja, da bin ich mir ganz sicher. Wo ist er jetzt?«

»*Er packt die Haushaltswaren aus, die gerade eingetroffen
sind.*«

»Wenn Seine Hoheit damit fertig ist, will ich, dass er zu
den Koordinaten gebracht wird, die ich festlegen werde.
Falls er die Instruktionen befolgt, die ich bei dir zurück-
lasse, sollte es ihm möglich sein, die Grenze zu überqueren, ohne getötet zu werden.«

»*Sollte er sich mit Fragen, die er haben könnte, an Euch
wenden?*«

»Nein. Ich komme erst heute Abend wieder. Organisiere
meinen Transport in die Stadt.«

»*Herrin, dürfte ich vorschlagen …*«

»Nein.« Sapphire hob eine Hand. »Du hast schon genug
Schaden angerichtet. Den nächsten Schritt bekomme ich
allein hin.«

Mit gleichgültigem Blick musterte Sapphire die Menge,
die sich im Wohnhaus des Gouverneurs eingefunden hatte.

Früher hatte sie solche quirligen Veranstaltungen genossen, doch das hatte sich im Lauf der Jahre geändert. Der Wert, den sie für den König besaß, hatte um sie herum eine Barriere errichtet, die nur wenige durchbrechen konnten, ohne sich seinen Zorn zuzuziehen. Zu ihrem Bedauern stellte sie fest, dass sie sich in einer Menschenmenge immer noch einsam fühlte. Sie hatte es satt, allein zu sein, und es ermüdete sie, eine so sorgsam gefertigte Fassade aufrechtzuerhalten, dass niemand die Frau dahinter sah.

Würdenträger, wohlhabende Unternehmer, ja, sogar der Gouverneur persönlich waren an sie herangetreten und hatten sie aufgefordert, ihren vorzeitigen Ruhestand zu beenden. Die Geldsummen, die ihr für ihre Dienste angeboten wurden, waren schwindelerregend, doch sie fühlte sich keineswegs geschmeichelt. Konkubinen waren hoch angesehen, und ihre Laufbahn erforderte Jahre der Ausbildung und einen großen persönlichen Einsatz. Je nachdem, wie klug sie ihre Verträge wählte, konnte eine Konkubine enorme Macht und Privilegien erlangen. Niemand hegte Zweifel daran, dass Sapphire in Bestform war, aber sie schöpfte keine große Befriedigung aus ihrem Ruhm. Jedenfalls nicht mehr, nachdem sie erlebt hatte, wie es war, die Aufmerksamkeiten eines fürsorglichen, zuvorkommenden Liebhabers zu genießen.

»Du machst einen gelangweilten Eindruck.«

Beim Klang der Stimme ihres Vaters drehte sie sich mit einem Lächeln um. »Ich wusste gar nicht, dass du wieder in der Stadt bist!«

»Ich bin erst heute Abend zurückgekommen.« In seiner Galauniform mit dunkelblauer Jacke und schmal geschnittener Hose gab Grave Erikson eine weltmännische Figur ab. »Ich war bei dir, und deine Hüterin hat mir gesagt, vielleicht könnte ich dich hier finden.«

»Ist das ein privater Besuch, oder geht es um etwas Geschäftliches?«

»Beides. Du wolltest über die Nachforschungen zu Prinz Wulfrics Verschwinden auf dem Laufenden gehalten werden. Oder hast du das Interesse daran verloren?«

»Nein.« Ihr Herz raste. »Was hast du in Erfahrung gebracht?«

»Nicht allzu viel, um ehrlich zu sein, aber es war ein guter Vorwand, um dich zu besuchen.«

»Dad!« Sapphire lachte. Sie vergötterte ihren Vater für seine zahlreichen Facetten. Er war stark und mächtig, und doch war er unendlich liebevoll und mit der Gabe gesegnet, in allem das Gute zu sehen.

»Lass uns durch das Gewächshaus des Gouverneurs schlendern, und ich erzähle dir das wenige, das ich weiß.«

Er bot ihr seinen Arm an und führte sie dann mühelos durch das dichte Gedränge. Die Menge teilte sich schleunigst für ihren verehrten Kriegshelden und seine gleichermaßen berühmte Tochter. »Bisher konnte ich nicht feststellen, wohin der Prinz gebracht wurde, nachdem sie ihn verkauft hatten.«

»Hast du herausgefunden, wer die Söldner engagiert hat, die ihn überfallen haben?«

»Nein. Ich habe den Mittelsmann aufgespürt, aber er kommuniziert nur über Nachrichtenverbindungen ohne Bild mit ihnen.« Grave blickte auf sie hinunter. »Ich war davon ausgegangen, der Prinz sei in dem Bestreben angegriffen worden, ihn zu töten oder Lösegeldforderungen zu stellen, aber das war anscheinend nicht der Fall. Er sollte jemandem hier in Sari übergeben werden. Die Folter diente lediglich der Belustigung des Söldners.«

Sie hatten ihn beinahe getötet, die Narren. Die Erinnerung an Wulfrics grauenhafte Verletzungen am ganzen Körper würde sie ewig verfolgen. Es war ein Beweis für seine Unverwüstlichkeit, dass er aus solchen Misshandlungen stolz und ungebrochen hervorgegangen war. Sein Selbsterhaltungstrieb war ausgeprägt und bewundernswert.

Da ihr das Wissen, dass er fort sein würde, wenn sie nach Hause kam, Seelenqualen bereitete, verdrängte Sapphire ihn aus ihren Gedanken. Der einzige Kontakt, den sie in Zukunft zu ihm haben würde, würde in Nachrichtenmeldungen in den Medien bestehen. Sie durfte ihn ansehen, ihn aber nicht berühren oder begehren. In der kurzen Zeit ihrer Bekanntschaft war er zu einem allgegenwärtigen Schemen geworden, der ihr durch den Kopf spukte. Ihr Körper war auf einer tiefgreifenden Ebene auf seinen eingestimmt. Er brauchte sie nur anzusehen, und schon war sie erregt und gierig. Sie wusste, dass er sich Gedanken über all die Möglichkeiten machte, wie er ihr Lust bereiten konnte, und das war etwas ganz anderes als die gewichtige Erwartungshaltung des Königs, sich von *ihr* auf jede erdenkliche Art Lust bereiten zu lassen.

Es war einfach so, dass sie Wulf vermissen würde, doch ihn zu behalten war als Möglichkeit von vornherein ausgeschieden.

»Wer in Sari würde Wulfric käuflich erwerben wollen?«, fragte sie sich laut.

»*Wulfric*, so nennst du ihn jetzt schon?«

Sie ignorierte die Frage und setzte einen einstudierten Gesichtsausdruck auf, der absolut nichtssagend war. »Ich bin so fasziniert wie du. Ich würde gern bei deinen Nachforschungen mitmachen.«

Grave lachte. »Du wirst doch nicht etwa jetzt schon rastlos?«

»Ich bin die ganzen letzten Jahre über rastlos gewesen. Ich bin reif für Veränderungen und ein bisschen Aufregung.«

Er nahm ihre kleine Hand in seine große und drückte sie. »Ich fände es wunderbar, wenn du mitmachen würdest. Was hältst du davon, dass wir am Ersttag anfangen?«

»Warum fangen wir nicht schon heute Abend damit an?« Der Gedanke, nach Hause zurückzukehren und Wulf nicht mehr dort vorzufinden, war deprimierend. Die Gesellschaft ihres Vaters würde ihr eine willkommene Ablenkung sein. »Du bleibst heute Nacht bei mir, in Ordnung? Wir können uns dumm und dämlich trinken.«

Er schüttelte bedauernd den Kopf. »Ich wünschte, ich könnte es, aber der König tritt heute Abend in Erscheinung. Seit du fort bist, verbringt er mehr Zeit außerhalb des Palastes. Da man mich hier gesehen hat, werde ich in meiner Unterkunft bleiben müssen, denn sonst könnte er mich als Vorwand benutzen, um dir einen Besuch abzustatten. In Anbetracht seiner Laune in der letzten Zeit halte ich das für unklug.«

»Armer Daddy.« Sapphire zog sich auf ihre Zehenspitzen und drückte ihm einen Kuss auf die Wange. »Ich gehe nach Hause, bevor er hier eintrifft. Wir reden am Sonntag weiter.«

»Ich werde in aller Frühe da sein, mein Liebling.«

»Ich hab dich lieb.«

Trotz der Menschenmenge um sie herum zog er sie eng an sich und drückte sie fest. »Ich hab dich auch lieb.«

Es war weit nach Mitternacht, als Sapphire in ihr Haus zurückkehrte. Das Hausinnere war nur schwach beleuchtet, und es herrschte Stille, da die meisten ihrer *Mästares* entweder ausgegangen waren und den Abend außer Haus verbrachten, wie sie es ihnen vorgeschlagen hatte, oder längst im Bett lagen. Sie begab sich geradewegs in ihr Schlafzimmer und überschritt rasch die Schwelle, als sich die Türen in die Wände zurückzogen und dann hinter ihr wieder hinausglitten, um sich zu schließen.

»Lass das Licht ausgeschaltet«, ordnete sie an, als die Lampen nicht sofort angingen.

Da sie dazu ausgebildet war, sich ganz normal im Dunkeln zu bewegen, durchquerte Sapphire mühelos den Raum und legte ihren Schmuck auf dem Frisiertisch ab, ehe sie aus ihrem Kleid schlüpfte. Das Kleidungsstück legte sich dekorativ um ihre Füße, und sie trat es fort, bevor sie sich auf den Weg zu ihrem behaglichen Bett machte.

Sie war nur wenige Schritte davon entfernt, als ein raschelndes Geräusch sie innehalten ließ. Wie erstarrt blieb sie stehen und wartete, wachsam und auf der Hut.

»Deinen Kleidungsstücken haftet ein fremder männlicher Duft an.« Wulfs tiefe Stimme drang grollend durch den Raum.

Er stand direkt hinter ihr. Wenn sie nicht durch ihre Melancholie abgelenkt gewesen wäre, hätte sie seine Anwesenheit früher wahrgenommen. Wut strömte von ihm aus wie eine Hitzewelle.

Sie wich lautlos zur Seite aus, da sie wusste, dass er ihren genauen Standort bestimmen konnte, wenn sie etwas sagte. »Du solltest nicht hier sein«, flüsterte sie.

»Zwischen uns gibt es noch unerledigte Angelegenheiten.« Sein Tonfall war eisig, er umkreiste sie.

Sapphire ging auf das Bett zu, denn sie hatte die Absicht, das massive Möbelstück zwischen sich und ihn zu bringen. »Nein, keineswegs.«

Wulf packte sie von hinten und verrenkte sich, bevor sie auf das Bett fielen, damit er das meiste von dem Aufprall abkriegte. Da der Angriff überraschend für sie kam, war sie leicht zu überwältigen. Er wälzte sich auf ihren Körper, der sich unter ihm wand, und hielt ihre Arme über ihrem Kopf fest.

»Hüterin!« Bei dem Versuch, ihn abzuwerfen, drückte sie den Rücken durch.

Sie erhielt keine Antwort. Das einzige Geräusch im Zimmer war ihr schwerer Atem, der sich mit seinem mischte.

»Sie kann dir nicht helfen«, murmelte Wulf. »Ich habe ihren Alarm und ihre Kontrolle über dieses Zimmer ausgeschaltet. Sie kann keine Hilfe anfordern, und hier kommt niemand rein.«

»Sie wird eine Möglichkeit finden, die Wachen zu verständigen.«

»Das glaube ich nicht. Sie mag mich. Was glaubst du wohl, wer mich überhaupt erst hier reingelassen hat?«

Sapphire weigerte sich, ihm zu glauben. Sie wehrte sich gegen seine Umklammerung, bis sie begriff, dass er ebenso nackt war wie sie. Als weitere Minuten vergingen und die Hüterin keinen Laut von sich gab, stöhnte sie. Wulfs Haut brannte auf ihrer, und sein Schwanz war dick und hart gegen ihren Oberschenkel gepresst. »Lass mich los.«

»Mit wem warst du zusammen?«

»Das geht dich nichts an, verdammt noch mal.« Sie verstärkte ihre Bemühungen, ihn abzuwerfen.

Wulf hielt ihre beiden Handgelenke mit einer Hand fest und griff mit der anderen zwischen ihre Beine. Ihr Unterleib spannte sich an, als er sie öffnete und seine Finger durch ihre Schamlippen gleiten ließ. Mit einem hörbaren Ausatmen ließ er seine Stirn auf ihre sinken.

Die Anspannung wich aus ihm, und sein Körper entspannte sich auf ihr. »Du bist unberührt.«

»Du bist wahnsinnig.«

Er fuhr fort, sie mit seinen Fingerspitzen zu necken. Ihr Blut erhitzte sich von seinen Berührungen, doch ihre Wut glühte nur noch heißer.

»Das wirst du noch bereuen«, fauchte sie.

Er bedeckte ihre Augenlider mit zarten Küssen. »Es tut mir leid, wenn ich dir Angst eingejagt habe.«

»Das kannst du nicht tun, Wulf. *Wir* können das nicht tun.«

Seine Lippen bewegten sich weiterhin federleicht über ihr Gesicht. »Machst du dir überhaupt eine Vorstellung davon, was ich in diesen letzten Stunden beim Warten auf dich durchgemacht habe?« Er leckte ihre Mundwinkel. »Vielleicht weißt du es ja sogar? Vielleicht war dir jedes

Mal, wenn die Studentinnen der sinnlichen Künste kamen, genauso zumute?«

»Ich muss schon sagen, du bist ganz schön eitel.«

»Du hast zugesehen, weil du wissen wolltest, ob ich eine von ihnen ins Bett mitnehme«, säuselte er, und seine Lippen glitten über ihre verkrampfte Mundpartie.

»Stimmt doch gar nicht.«

»O doch.« Seine samtige Stimme schlängelte sich in der Dunkelheit um sie herum. »Das hast du sehr wohl getan.«

Seine Zunge stieß in ihr Ohr, und sie erschauerte unter ihm. Ihr Körper verriet sie, indem er in seine Hand schmolz. Wulf knurrte leise und ließ seinen Finger durch die Feuchtigkeit ihres Verlangens bis zu ihrer Klitoris hinaufgleiten, wo er sie mit perfekt bemessenem Druck rieb. Sie wimmerte, während ihre Sinne vom Duft seiner Haut überschwemmt wurden. Wulf war so scharf. Ein ganz und gar erregtes und wild entschlossenes männliches Tier. Und er stellte sich geschickt dabei an, ihre Lust zu steigern, bis sie sich an seiner messen konnte.

»Ich habe auf dich gewartet«, flüsterte er. »Der Gedanke, du hättest dich jemand anderem zugewandt, hat mich in Mordlust versetzt.«

»Weshalb sollte ich mich draußen nach Sex umsehen? Ich habe hier dreizehn virile Männer direkt vor meiner Nase.« Ihn zählte sie absichtlich nicht mit.

Er spreizte ihre Beine weiter. Zwei Finger stießen in sie hinein, versanken mit einem stürmischen Gleiten knöcheltief in ihr und widersprachen ihr wortlos. »Mit wem warst du zusammen?«

»W-was …?« Sie konnte keinen klaren Gedanken fassen.

Er lachte in sich hinein, und sie konnte sich den selbstgefälligen Ausdruck auf seinem gut geschnittenen Gesicht ausmalen. Der Mann war viel zu arrogant – ein Wesenszug, der sie anmachte. Sie wollte stinksauer auf ihn sein und nicht in seiner Hand zerfließen.

»Warum bist du nicht fortgegangen?«, fragte sie mit einem gemarterten Stöhnen, während er sie in gleichmäßigem Tempo mit seinen Fingern fickte. Sie war so verflucht scharf auf ihn, dass seine Finger klatschnass wurden. Sie konnte hören, wie feucht sie war, und wusste, dass es ihn um den Verstand brachte. Sein Schwanz wurde dicker und pulsierte beharrlich an ihrem Schenkel.

»Ich werde nicht fortgehen, bevor ich dich gehabt habe, Katie. Ich kann es nicht.«

Der Klang ihres Namens, der über seine Lippen kam, war ihr Untergang und verlockte eine einzelne Träne dazu, durch ihre Wimpern und an ihrer Schläfe hinabzurinnen.

Wulf steckte einen dritten Finger in sie hinein und dehnte sie, damit sie ihn aufnehmen konnte. Zärtlich und geschickt streichelte er ihre Innenwände. Sein Mund drückte Küsse auf ihre Brüste, und seine Lippen öffneten sich einen Spalt, um eine harte, schmerzende Brustwarze und den winzigen Ring, der daran befestigt war, in sich aufzunehmen.

»Hör auf.« Sie wand sich unter dem erbarmungslosen Spiel seiner Zunge.

Er neckte ihre Brustwarze und knabberte mit seinen Zähnen daran, ehe er fest und ausgiebig daran saugte.

Er sprach mit den Lippen auf ihrer Haut. »Ich könnte

selbst dann nicht aufhören, dich anzufassen, wenn die gesamte sarische Armee vor der Tür stünde.«

Sapphire stöhnte, verführt von seinem Verlangen nach ihr. »Dann beeile dich. Bring es zu Ende.«

Sein Gelächter war ein triumphierender Laut, der in der Dunkelheit anschwoll. »Ich werde nichts übereilen. Ich will, dass du dich mir vollständig hingibst. Ohne irgendetwas zurückzuhalten.«

»Dazu haben wir keine Zeit.«

»Tu so, als hätten wir sie.«

»Für diese eine Nacht?«

»Für diese eine Nacht. Dann werde ich fortgehen.«

Sapphire schloss die Augen. »Einverstanden.«

Ihre Hände wurden freigelassen, und sein Gewicht löste sich von ihr. Sie nutzte die Freiheit, um sich vom Bett zu rollen und zum Fenster zu stürzen. Ein Lichtblitz schwächte sich zum gleichmäßigen Schein einer echten Kerze ab. Als sich ihre Augen auf die plötzliche Beleuchtung einstellten, musste sie blinzeln.

»Woher hast du die?«, fragte sie überrascht.

Wulf lächelte, und ihr stockte der Atem. »Von Dalen. Er behauptet, Frauen fänden echtes Kerzenlicht erregend. Ist das bei dir so?«

Er stand innerhalb des schimmernden goldenen Lichtkreises und bot in seiner Nacktheit einen prachtvollen Anblick, erhitzt, gerötet und steinhart, und in seinen Augen standen Glut und Besitzansprüche. Er hatte nicht das Recht, sie so anzusehen, und doch gefiel es ihr.

»Ich habe mein Leben aufs Spiel gesetzt, um dich zu behalten«, sagte sie.

»Ich habe meines aufs Spiel gesetzt, um zu bleiben.« Er unterzog sie von Kopf bis Fuß einer eingehenden Prüfung. »Du siehst einfach umwerfend aus.«

Wulfs Stimme wurde noch tiefer, und sein dicker Schwanz schwoll noch mehr an. »Es begeistert mich, wie du mich dazu zwingst, auf Schritt und Tritt um dich zu kämpfen.«

»Morgen musst du fortgehen.«

»Ich will nicht an morgen denken.« Er kam auf sie zu.

»Wir müssen daran denken. Bis dahin sind es nur noch wenige Stunden.«

Er hielt ihr seine Hand hin. »Dann lass uns nicht noch mehr Zeit vergeuden.«

»Du nimmst das alles zu leicht.«

»Ich habe meine Verantwortung gegenüber meinem Volk vernachlässigt, um bei dir zu sein«, gab er zurück. »Auf mein Leben ist ein Anschlag unternommen worden, und mit jedem Tag, der vergeht, wird die Spur, die zu den Mördern führt, kälter. Ich nehme das hier keineswegs auf die leichte Schulter. Ich *will* dich nicht wollen. Aber du hast mir das Leben zurückgegeben, als ich nur noch auf den Tod gehofft habe, und du hast mich dazu gebracht, weiterleben zu wollen. Nichts von alldem lässt sich leichthin abtun.«

Sie ging einen Schritt auf ihn zu, von seiner Leidenschaft und seiner schonungslosen Aufrichtigkeit angezogen.

Wulf erreichte sie, schlang die Arme um sie und hob ihre Füße vom Boden. Sein Mund forderte ihren Mund mit einer Glut, die den letzten Widerstand brach, der ihr noch geblieben war.

Ihre Arme glitten um ihn herum und zogen ihn eng an sie. Sie streichelte seinen Rücken, und ihre Fingerspitzen kneteten die harten Muskeln unter der seidenweichen Haut. Sein Stöhnen vibrierte auf ihren Lippen, und ehe sie Bewegung wahrnahm, presste er sie auf das Bett. Sie legte ihre Hände auf das feste Fleisch seiner Pobacken und zog ihn zwischen ihren Schenkeln drängend näher zu sich.

Trotz ihres Verlangens war Sapphire nach Weinen zumute. Durch die Glut hindurch, die sie fest im Griff hatte, meldete sich ihre Vernunft zu Wort und verlangte ihre Aufmerksamkeit. Sie dachte an den König, ihren Vater, ihre Freiheit – zerrissen zwischen ihrer Loyalität und einer geheimen Fantasie, die sich in ihr festgesetzt hatte, von der sie jedoch nie etwas gewusst hatte.

Sie wälzte sich herum, bis Wulf unter ihr war, ohne die Lippen von seinem Mund zu lösen. Seine Hände griffen nach ihr, doch sie gebot ihnen Einhalt, verflocht ihre Finger mit seinen und presste seine Hände auf die Matratze.

»Lass mich dich berühren«, sagte er heiser.

»Nein.« Sie brachte ein verführerisches Lächeln zustande. Sie musste die Kontrolle an sich reißen, nicht nur über sich selbst, sondern auch über diesen Geschlechtsakt. Sie verdiente sich ihren Lebensunterhalt mit der Befriedigung fleischlichen Verlangens. Wenn sie sich auf die mechanischen Vorgänge konzentrierte, konnte sie vielleicht dieses Übermaß an Gefühlen auf etwas reduzieren, mit dem sie umgehen konnte. »Du wolltest, dass ich mich dir hingebe.«

Ihre Lippen glitten über sein Gesicht. Sie küsste seine Augenbrauen und seine Lider, dann die Nasenspitze und das Kinn. Als sie an seiner Kehle knabberte, fühlte sie, wie seine Erektion zwischen ihren Beinen zuckte. Sie rieb ihre feuchte Muschi an der seidigen Länge seines Schafts, bis er stöhnte, hielt dann still und neckte ihn mit der feuchten Glut ihres Verlangens.

»Spiel nicht mit mir«, knurrte er. »Ich habe lange genug gewartet.«

Sapphire hob ihren Oberkörper etwas an und beugte sich über ihn, sodass sich ihre Brüste an seinen Brustkorb pressten. Dann rutschte sie an ihm hinunter, bis sein Schwanz mit der breiten Eichel an die geschlitzte Pforte in ihren Körper stieß. Als sie ihn dort fühlte, erschauerte sie. Er war groß und heiß und hart.

Langsam senkte sie sich auf ihn herab und nahm mit einem scharfen Ausatmen die ersten dicken Zentimeter in sich auf. Er bäumte sich ungeduldig auf, und sie keuchte, während er sich weiter in sie hineinpresste.

Wulf hielt sofort still. »Tue ich dir weh?« Seine Stimme war vor Lust belegt. »Du bist so eng. Ich will dich ficken, bis du mir wie ein Handschuh passt.«

Sie wetzte sich förmlich an ihm und biss sich auf die Unterlippe, um nicht laut aufzuschreien, während er beharrlich zustieß und sich tief in sie vorarbeitete. Das Gefühl, bis an ihre Grenzen gedehnt zu werden, brachte sie dazu, sich wieder zu konzentrieren und erneut daran zu denken, dass sie es beim Sexuellen belassen wollte. Beim Körperlichen. Und sonst gar nichts.

Er fluchte. »Entspann dich. Lass mich rein.«

Sapphire ließ seine Hände los, setzte sich aufrecht hin und schloss die Augen. Sie lieferte sich ihm aus, ließ sich von ihm nach Belieben zurechtrücken und gestattete ihm, sie auf sich zu ziehen, bis er so tief wie möglich in ihr war.

Ein verzweifeltes Wimmern entrang sich ihr, und dann gleich noch eines. Wulfs Atem drang zischend durch zusammengebissene Zähne. »Ja«, knurrte er und packte ihre Hüften, um sie auf seinem Schwanz auf und ab zu bewegen. »So ist es richtig … mach weiter so, Katie … gib diese scharfen kleinen Laute von dir …«

Die Derbheit seiner Worte ließ sie noch feuchter werden. Sie konzentrierte sich auf das Tempo und ihren eigenen Atem, fand seinen Rhythmus und griff ihn auf – Stoß für Stoß. Er beschleunigte das Tempo, ließ seine schmalen Hüften kreisen und stieß fest und tief zu. Jetzt atmeten beide schwerer, und ihr Verlangen nahm immer mehr zu. Sie bewegte sich schneller und fiel in einen sinnlichen Rhythmus.

»Sieh mich an.«

Sapphire neigte den Kopf zurück und hielt die Augen fest geschlossen.

Seine Finger auf ihren Oberschenkeln packten schmerzhaft zu und hielten sie auf.

»*Arbeitest* du etwa?«, schnauzte er sie an.

Blitzschnell zerrte Wulf sie unter sich, presste sie mit seinem Körper auf die Matratze und tauchte bis zu den Eiern in sie ein. Sie keuchte und war verblüfft genug, um ihn anzusehen.

»Du dachtest wohl, ich würde es nicht merken?« Seine Faust schlang sich in ihr langes Haar und bog ihren Hals an seinen glühenden Mund. »Du dachtest, wenn ich mich vollständig auf dich konzentriere, würde ich nicht merken, dass du dich zurückhältst? Sex ist Sex. Den kann ich überall bekommen. Ich will *dich*. Und ich will dich ganz und gar. Das war die Abmachung.«

»Du bekommst, was du wolltest.«

»Nein, bisher nicht. Aber ich werde es bekommen.« Wulf begann sie mit langsamen, tiefen Stößen zu vögeln. »Ich kann das die ganze Nacht lang tun. Bis du mir gibst, was ich will.«

Sie versuchte, sich ihm zu verschließen, doch das ließ er nicht zu. Stattdessen rammte er sich hart und schnell bis in ihr Innerstes hinein und durchbrach die Konzentration, die sie brauchte, um Geist und Körper voneinander zu trennen. Sie geriet in Panik, keuchte heftig, und ihr Herz raste, bis ihr schwindlig wurde. Als sie darum rang, ihm zu entkommen, stellte sie fest, dass sie durch ihr Haar in seiner Hand und durch Wulfs zustoßenden Schwanz festgehalten wurde.

Das konnte er nicht lange durchhalten. Jedenfalls nicht, wenn er so weitermachte.

Sapphire schnappte nach Luft wie eine Schwimmerin, die zu lange unter Wasser war, änderte ihre Taktik und spreizte die Schenkel noch weiter, damit er tiefer in sie eintauchen konnte. Seine Haut war von einer schlüpfrigen Schweißschicht überzogen, und er rang um Atem. Er richtete seinen Oberkörper über ihr auf, fing ihren Blick ein und hielt ihn fest.

Mit einem trägen, verführerischen Lächeln füllte er sie vollständig aus und legte wieder los. »O nein, Katie. So leicht werde ich nicht kommen.«

Er zog sich zurück, zerrte seinen Schwanz aus ihren

gierigen Tiefen und rammte ihn dann wieder in sie hinein. Dieser gezielte Stoß ließ ihre Innenwände brennen, ihre Haut rötete sich, und es war, als würde sich etwas in ihr verknoten.

»Das tut gut, stimmt's?« Seine Stimme war ungeheuer sinnlich. »Ich liebe es, wie du alles um mich herum zusammendrückst. Du bist so weich und feucht. Ich möchte lieber kommen als atmen. Aber ich kann warten.«

»Bloß das nicht.«

»O doch.« Wulf setzte sein verführerisch langsames Eintauchen und den ebenso langsamen Rückzug aus ihr fort und beobachtete sie dabei, um ihre Reaktionen zu studieren und alle Bewegungen, die sie verrückt machten, zu wiederholen.

Sie hatte keine Abwehr gegen seine sexuelle Belagerung. Ihr Körper stellte sich auf ihn ein und hieß ihn endlich willkommen. Nie hatte sie solche Lust verspürt. Sein Schwanz füllte sie in ihrem Inneren aus, als sei er für sie gemacht. Er wiegte die Hüften, und sie konnte ihr Stöhnen nicht mehr unterdrücken. Die Reibung war einfach unwiderstehlich und drängte sie, sich gemeinsam mit ihm zu bewegen. Als sie sich unter ihm herumwarf, glitten seine Hände zart und beschwichtigend über sie.

»Ganz ruhig.« Er zog sie enger an sich. »Kämpf nicht dagegen an. Hör auf, dich zu wehren.«

»Wulf …«

»Fühlst du, wie tief du mich aufnehmen kannst?« Sein Tonfall war ehrerbietig und zärtlich. »Und wie perfekt du zu mir passt? Du bist für mich geschaffen, Katie.«

Es war unmöglich, distanziert zu bleiben. Wenn er seine

Konzentration auf den Sex gerichtet hätte, hätte sie es ebenfalls getan. Aber er machte den Sex zum Teil eines größeren Ganzen, und sie war nicht stark genug, um dieser Verbindung zu widerstehen.

Er legte seine freie Hand um eine Brust, presste sie prall zusammen und hob sie an, damit sie die Aufmerksamkeiten seines Mundes entgegennehmen konnte. Die feuchte Glut seines Atems brannte auf der aufgerichteten Brustwarze. »Wenn du in meinem Bett bist, wirst du an diesen Ringen Talgorite tragen.«

Der königliche Stein von D'Ashier.

»Diese eine Nacht«, beharrte sie. Sie spannte sich in Erwartung ihres nahenden Höhepunkts an und reckte ihm eifrig ihre Hüften entgegen.

Seine Zunge war schwer vor Verlangen. »Du hast mir von dem Moment an gehört, als wir uns das erste Mal gesehen haben. Erst wenn wir in *meinem* Palast in *meinem* Bett liegen und ich tief in dir vergraben bin, wirst du wirklich wissen, wie vollständig du mir gehörst.«

Wulfs Besitzansprüche umschlangen sie ebenso spürbar wie sein Körper.

»Du verfluchter Kerl. Wulf, du kannst mich nicht …«

Er beschleunigte sein Tempo. »Du bist so feucht … so heiß … Ich bin der letzte Mann, der dich jemals berühren wird.«

Sie stöhnte und konzentrierte sich nur noch auf die brodelnde Glut in ihrem Inneren. Ihr gesamtes Können und ihre Ausbildung fielen von ihr ab. Sie konnte nur noch fühlen, wie sich Wulfric in ihr und über ihr bewegte, und er sah so gut aus, dass es ihr den Atem verschlug und den Verstand raubte. Sie wölbte sich ihm entgegen und presste sich an ihn. »Bitte …«

Er ließ ihr Haar los, richtete sich über ihr auf, stieß seine Arme unter ihre Kniekehlen und öffnete sie gänzlich für seine besitzergreifenden Stöße. »So ist es richtig, Katie«, drängte er sie. »Halte nichts zurück …«

Wulf tauchte noch tiefer in sie ein. Es war beinahe schmerzhaft, und doch wieder nicht. Er war so geschickt und wusste, wo sie am empfindlichsten war. Immer wieder rieb er mit seiner breiten Eichel über diese eine Stelle und brachte sie damit um den Verstand.

Schweiß tropfte von ihm auf sie herab und brandmarkte sie mit seinem Geruch. Aus den Tiefen von Wulfs Kehle stieg ein Knurren auf, ein animalischer Laut reiner Lust, als er sie immer heftiger ritt. Sie packte seine muskulösen Schenkel, grub ihre Nägel in die steinharte Oberfläche, und ihr ganzes Wesen wurde von einer so glühenden Lust verschlungen, dass es ihr beinahe Angst einjagte.

Als ihr Orgasmus sie endlich erschütterte, wölbte sie sich wie ein gespannter Bogen. Ihre Möse zuckte um ihn herum und molk ihn, während sich die straffen Muskeln immer wieder um seinen eintauchenden Schwanz zusammenzogen. Er hielt sie mit seinem Blick gefangen und beobachtete mit greifbarer männlicher Genugtuung wie sie in Stücke zersprang, während kräftige, heiße Strahlen weißen Samens in ihren gierigen Körper strömten.

»Katie«, stöhnte er. »Katie …«

Erschauernd schlang er sich um sie und begrub das feuchte Gesicht an ihrem Hals.

Als sich Wulf aus Katies Körper zurückzog, wimmerte sie im Schlaf. Er verstand ihr Gefühl des Verlusts, denn er empfand es ebenso heftig. Es war verstörend. Noch nie hatte er den Wunsch verspürt, noch länger in einer Frau zu bleiben, wenn seine körperlichen Bedürfnisse erst einmal gestillt waren. Wozu hätte das auch gut sein sollen?

Bei Katie ließ sich das leicht beantworten – er steckte damit unbestreitbare Ansprüche ab. Wenn er in ihr war, konnte sie keinem anderen gehören.

Die emotionalen Überbleibsel des Geschlechtsakts frustrierten Wulf, daher stand er mit der Absicht auf, die Hüterin wieder anzuschalten, doch seine Knie waren ganz weich. Diese Frau hatte seine Energien aufgezehrt und noch dazu seinen Willen untergraben, von hier fortzugehen. Nie in seinem ganzen Leben hatte er einen so heftigen Höhepunkt gehabt.

Jetzt sah er sie an. Sie lag immer noch auf dem Rücken, in tiefem Schlaf versunken. Ungeduldig wartete er darauf, dass die Kraft in seine Gliedmaßen zurückkehrte, damit er sich anziehen und in sein Leben in D'Ashier zurückkehren konnte.

Sie drehte sich um, rollte sich zusammen und suchte unbewusst seine Wärme. Ihre sonnengebräunte Haut war von seiner Glut gerötet, und ihr Haar lag wirr um sie herum. Sie seufzte seinen Namen.

»Katie.« Wie von allein streckte sich seine Hand nach ihr aus.

Selbst jetzt wollte er sie. Er wollte sie eng an sich schmiegen und ihr die Wärme geben, die sie suchte.

Wulf ballte die ausgestreckte Hand zur Faust, zog sich

auf die Füße und nahm seine Hose wieder an sich. Er zog sie an, verschnürte den Kordelzug und weigerte sich, auf das Bett zu blicken, während er die Frontplatte seines Siegelrings drehte. Augenblicklich stand er auf der Transporterplattform seines Palasts in D'Ashier.

Seine Augen brannten, doch er sagte sich, das läge sicher an der Erschöpfung und der Erleichterung, wieder zu Hause zu sein.

7

Sapphire erwachte und streckte sich mit erhobenen Armen ausgiebig von Kopf bis Fuß. Wundheit und schmerzende Muskeln in diversen Körperteilen ließen sie zusammenzucken, doch ihr Mund verzog sich zu einem katzenhaften Lächeln. Wulf war ein dominanter Liebhaber gewesen, aber seine Berührungen waren so sanft und seine Konzentration auf ihre Lust so umfassend gewesen, dass sie die Erfahrung in vollen Zügen genossen hatte.

Sie drehte den Kopf zur Seite und erwartete, Wulf neben sich vorzufinden, doch er war nicht da. Mit einem Stirnrunzeln hob Sapphire den Kopf, um die Schatten des Zimmers zu durchsuchen.

»Hüterin?«

»Ja, Herrin?«

»Es freut mich, dass du wieder da bist. Öffne die Vorhänge.«

Der goldene Samt teilte sich, und Sonnenschein durchflutete das Zimmer. Sapphire blinzelte, damit sich ihre Augen schneller auf die Helligkeit einstellten.

»Wulf?«

Sie bekam keine Antwort.

»Seine Hoheit weilt nicht mehr im Haus.«

Wulf war fortgegangen, wie er es ihr versprochen hatte.

Sapphire schwang die Beine über die Bettkante und blieb einen Moment lang sitzen, um ihre Gedanken zu ordnen. Sie würde Wulf in einen fernen Winkel ihres Gedächtnisses verbannen müssen. Sie hatten einen geraubten Moment miteinander verbracht und sich vorübergehende Genüsse gegönnt. Jetzt war es an der Zeit, dieses Erlebnis hinter sich zu lassen.

Das war allerdings leichter gesagt als getan, begriff sie, als ihre Augen zu brennen begannen. Sie hielt sich am Rand der Matratze fest und stand vorsichtig auf. Die Enge in ihrer Brust erschwerte ihr das Atmen, und sie zwang sich, tief Luft zu holen und langsam wieder auszuatmen.

»*Soll ich vielleicht einen* Mästare *zu Euch schicken?*«

»Nein. Mir fehlt nichts.«

Im nächsten Moment glitten die Türen zu ihrem Zimmer auf. Da sie sich rasch an einen Computer gewöhnte, der tat, was er wollte, griff Sapphire nach einem Laken, um sich zu bedecken. »Ich habe dir doch gesagt ...«

»Guten Morgen, du Schlafmütze.«

Beim Klang der vertrauten tiefen Stimme, die das Befehlen gewöhnt war, hielt sie inne und starrte den Mann an, der die Türöffnung ausfüllte.

Wulfs Lächeln ließ ihre Knie weich werden. »Ich wollte dir das Frühstück im Bett servieren.«

Erleichterung überflutete sie, und Sapphire stellte verblüfft fest, dass sie zu Boden sank.

Im nächsten Moment kniete er neben ihr und hob mit zarten Fingerspitzen ihr Kinn an. »Weinst du?«

Sie schüttelte heftig den Kopf und rieb sich die Augen.

Sein Grinsen wurde schalkhaft. »Du hast mich vermisst.«

»Dafür warst du nicht lange genug fort.«

Er hob sie schwungvoll hoch, hängte ihr den Morgenmantel aus roter Seide um, der auf dem Frisiertisch bereitlag, und begab sich mit ihr in das Atrium. »Du Lügnerin.«

»Du arroganter Mistkerl.«

»Ah, Katie, ich liebe es, wie du mit mir sprichst.«

»Weil es für dich das Normalste auf der Welt ist, dass Frauen dich in den Mund ...«

Er schnitt ihr mit einem schnellen, groben Kuss das Wort ab.

Sie wandte sich ab, begrub ihr Gesicht an seinem Hals, um ihr Lächeln vor ihm zu verbergen, und atmete den Duft seiner Haut ein. »Du hast dein Wort gebrochen.«

»Ich habe gesagt, ich würde heute fortgehen, und das werde ich auch, aber es ist noch früh am Tag. Uns bleiben noch etliche Stunden.« Er schmiegte seine Wange an ihr Haar. »Und jetzt mach die Tür auf.«

Sie hob den Kopf und sah, dass sie vor der Heilkammer standen. Ein Wedeln ihrer Hand genügte, um die Sperrung aufzuheben. »Warum sind wir hier?«

Sein smaragdgrüner Blick war unglaublich heiß, aber noch heißer war das intime Timbre seiner Stimme. »Weil du nach der letzten Nacht wund sein musst.«

Als er sie auf die Füße stellte, überzog Röte ihre Wangen. Sie, die berühmteste Kurtisane von Sari, errötete. Es war ein untrügliches Anzeichen dafür, wie ungemein intim diese Liebesnacht gewesen war.

Als sie wenige Momente später aus der Heilkammer herauskam, fühlte sich Sapphire wie eine neue Frau.

Wulfric erwartete sie mit einer ausgestreckten Hand, und als sie danach griff, führte er sie hinaus in den Innenhof.

»Lass uns gemeinsam baden«, schlug er vor, als sie an dem sprudelnden Badebecken unter freiem Himmel vorbeikamen. »Und dann verbringen wir den Rest des Tages im Bett.«

»Ist das eine Übung dafür, wie wir uns den Abschied so schwer wie möglich machen?« Sie stieg die Stufen hinunter und ließ sich in das heiße, dampfende Wasser sinken.

Er griff nach dem Kordelzug seiner Hose. »Wird es schwierig für dich sein?«

Sapphire dachte gerade darüber nach, wie sie ihm am besten antworten sollte, als Dalen durch den Innenhof gerannt kam und sie beide aufschreckte. Ohne ein Wort packte er Wulfric am Arm und wollte ihn wegzerren.

»Was tust du da?«, fragte Wulf, der sich nicht von der Stelle rührte.

»Kommt, Eure Hoheit.« Dalens Gesicht war ernst. »Wir müssen Euch verstecken. Sofort!«

»*Herrin. Verzeiht mir*«, sagte die Hüterin in ihrem gedämpften abendlichen Tonfall.

Sapphire, die augenblicklich besorgt war, sah Wulf an. »Geh. Versteck dich.«

Ihr ängstlicher Ton gab Wulf den Anstoß, sich in Bewegung zu setzen. Er ließ sich von Dalen hinter dichte Sträucher ziehen. Dann machte Dalen auf dem Absatz kehrt und rannte ein paar Meter, um sich lässig neben dem Becken auszustrecken.

Sapphire folgte ihren Instinkten, als sie aus dem Becken sprang und sich zu einer tiefen Verbeugung zusammenklappte. Es gab nur zwei Menschen, denen man solche Hochachtung erweisen würde. Keinen von beiden wünschte sie zu sehen.

Nicht jetzt.

»*Karisette.*«

Beim Klang der Stimme des Königs kniff sie die Augen fest zu.

»Ich habe deiner Hüterin gesagt, dass ich dich mit meinem Erscheinen überraschen möchte. Ich wusste, dass du dich ebenso sehr freuen würdest, mich zu sehen, wie ich mich freue, dich zu sehen. Erhebe dich. Du hast mir gefehlt.«

Benommen richtete sie sich auf und sah ihm in die Augen. »Willkommen, mein König.«

Aus der Deckung mannshoher Farnwedel beobachtete Wulf, wie der König von Sari mit begehrlichen Blicken auf Katie zuging. Zwei Dutzend königliche Wachen traten hinter dem Monarchen ein und breiteten sich aus, um einen Kreis um das Atrium zu bilden; die Goldfäden in ihren tiefblauen Uniformen glitzerten im Sonnenschein.

Die Uniformen der sechs königlichen Wachen, die bei Katie wohnten, waren mit Silberfäden durchwirkt – anscheinend tat das ihre Zugehörigkeit zur Garde der Königin kund. Eine interessante Entwicklung.

Als Wulf zusah, wie der König die Arme um Katie schlang, wurde er von neidischer Wut erfüllt. Früher am Morgen, als er in seinen eigenen Palast zurückgekehrt war, hatte er die Absicht gehabt, sie nie wiederzusehen, doch der Gedanke daran, dass sie nackt im Bett lag und ihre

Haut nach seinem Schweiß roch und von seiner Leidenschaft gerötet war, hatte sich als unwiderstehlich erwiesen. Noch ein paar Stunden, hatte er sich gedacht. Mehr Zeit mit ihr würde die schärfsten Kanten seines Verlangens abstumpfen.

Doch als er sie jetzt mit ihrem ehemaligen Liebhaber sah und glühende Eifersucht verspürte, wusste er, dass er sich etwas vorgemacht hatte. Er konnte sie keinem anderen Mann überlassen. Nicht, wenn es so einfach sein würde, Ansprüche auf sie zu erheben, sie unwiderruflich zur seinen zu machen und sie immer dann in seiner Nähe zu haben, wenn er das Bedürfnis verspürte, sie zu berühren.

Es war die Wahrheit gewesen, als er der Hüterin gesagt hatte, er könne Katie mehr geben als der König – im Bett und auch außerhalb davon. Als seine Konkubine würde es ihr an nichts fehlen, und sie würde wieder die Stellung einnehmen, die sie kürzlich verloren hatte – eine Stellung, für die sie eine jahrelange Ausbildung absolviert hatte. Natürlich galt es noch, die Frage der Logistik und der Familienbande zu klären … Aber auch daraus würde er seinen Nutzen ziehen.

Katies heisere Stimme wehte zu ihm herüber, und Wulf ballte die Hände zu Fäusten. Ihre herrlichen Rundungen waren vor den ausgehungerten Blicken des Königs entblößt. Ungeachtet des Aufgebots an Wachen um sie herum verspürte Wulf den gefährlichen Drang, mit einem Satz aus seinem Versteck zu springen, sie zu bedecken und sie vor allen Augen außer seinen eigenen abzuschirmen.

»Mein König, was führt Euch zu mir?«, fragte sie.

»Mein Herz.« Der Monarch sank auf die Knie, schlang

die Arme um Katies Hüften und begrub das Gesicht an ihrem straffen Bauch, als sei sie die Herrscherin und er der Bedienstete.

Wulfs Reaktion auf diesen Anblick war nicht das, was er erwartet hätte. Er sah die Zuneigung des Königs nicht etwa als Schwäche an, sondern als Bedrohung.

Katies Finger fuhren durch das zerzauste blonde Haar des Königs. Sie gurrte so leise, dass Wulf nicht hören konnte, was sie sagte.

Der König zog sie zu sich hinunter, und als sie auf die Knie sank, stieß der Monarch sie auf den Rücken und stieg über sie.

Wulf machte einen Satz nach vorn, wurde jedoch von einem verzweifelten Klammergriff zurückgehalten.

Seine Konzentration hatte voll und ganz dem Geschehen vor ihm gegolten, daher war ihm entgangen, dass Dalen verstohlen wieder Posten hinter ihm bezogen hatte. Auch die Wachen konnten ihre Blicke nicht von dem Drama losreißen, das vor ihnen seinen Lauf nahm.

Der *Mästare* schüttelte den Kopf und bildete mit den Lippen die Worte: *Sie werden Euch töten.*

Wulf war bereit, das Risiko trotzdem einzugehen, doch er wurde von Katies entrüstetem Schrei aufgehalten.

Der König war ebenso bestürzt und ließ sich daher mühelos abwerfen.

»Ihr müsst jetzt zu Eurer Königin zurückkehren, Eure Majestät.« Katie sprang auf, wich zurück und schlang die Arme um ihren nackten Körper.

»Glaubst du etwa, das hätte ich nicht versucht?« Der König erhob sich in wallenden saphirblauen Gewändern und siedete vor Frustration. »Ich habe alles versucht – vollständige Dunkelheit, dein Parfüm und dein Badeöl, Aphrodisiaka. Nichts hat sich bewährt. Sie besitzt keine Leidenschaft, keine Glut, und sie ruft nichts davon in mir wach.« Flehentlich hielt er ihr seine Hand hin. »Ich verzehre mich nach *dir*.«

Ihre steifen Schultern lockerten sich. »Das tut mir leid.«

»Komm zu mir«, befahl der König.

Sie schüttelte den Kopf.

»Ich bin der König.«

»Und Ihr habt Pflichten gegenüber Eurem Volk.«

»Und was ist mit der Pflicht, die du mir schuldest? Ich habe in den letzten fünf Jahren ausschließlich dich geliebt. Du gehörst mir, Sapphire.«

»Ich hatte mich durch einen Vertrag an Euch gebunden. Ich habe Euch nie gehört.«

Der König kniff die Augen zusammen. »Unser Vertrag ist aufgehoben. Du musst aus freiem Willen zu mir kommen. Und jetzt komm.«

»Nein.«

»Du *verweigerst* dich mir?«

»Ja«, sagte Katie schlicht.

»Du liebst mich«, behauptete er. »Du bist wütend auf mich, weil ich dich abgeschoben habe.«

»Wie könnte ich Euch lieben, mein König? Ihr gehört einer Frau und seid in eine andere verliebt, und ich bin keine von beiden.«

»Es wird nie aus sein zwischen uns.« Der König begann mit kraftvollen, aufgewühlten Schritten umherzulaufen. »Wenn ich erneut um dich werben muss, dann werde ich es tun. Wenn ich dich gefügig machen muss«, sagte er und stach mit einem Finger in die Luft, »dann werde ich es tun. Ich werde alles tun, was erforderlich ist, Sapphire.«

Katie neigte elegant den Kopf, als Zeichen, dass sie die Drohung verstanden hatte. »Ihr werdet tun, was Euch beliebt, Eure Majestät.«

Er sah sie einen spannungsgeladenen Moment lang finster an, wandte sich dann mit wirbelnden Gewändern ab und stürmte hinaus, von den Wachen im Gänsemarsch gefolgt.

Im nächsten Moment meldete die Hüterin: »*Seine Majestät ist aufgebrochen, Herrin.*«

Dalen ließ Wulf in dem Moment los, als Katie auf den Boden sank.

Er ging neben ihr in die Hocke und versuchte, sie in seine Arme zu ziehen, doch sie schreckte vor ihm zurück. Er blickte sie finster an. »Fürchte dich nicht. Niemand wird dich gegen deinen Willen nehmen.«

Sie sah ihm beim Sprechen nicht in die Augen. »Geht nach Hause, Eure Hoheit. Die Hüterin hat die Informationen, die Ihr braucht, um die Grenze gefahrlos zu überqueren, und sie wird Euren Transport organisieren.«

Wulf riss sie an sich. »Sprich mit mir.«

»Ich bin nicht mehr in der Stimmung, mit Euch ins Bett zu gehen«, sagte sie ausdruckslos. »Ihr solltet jetzt gehen.«

Er spannte sich an, tief verletzt. »Bestraf mich nicht für die Fehler eines anderen Mannes.«

Katie machte den Mund auf, um Einwände zu erheben, und seine Lippen bemächtigten sich ihres Mundes; er packte sie an den Ellbogen, damit sie ihm auf halbem Wege entgegenkam.

Für endlose Momente hing sie regungslos in seinen Armen, und ihre Lippen bewegten sich nicht unter seinem Mund. Er änderte die Taktik und zeigte ihr mit seiner sanften, zielstrebigen Zunge, wie sehr er nach ihr lechzte. Leise, lockende Laute stiegen aus seiner Kehle auf. Er rieb seinen behaarten Brustkorb an ihren weichen Brüsten, bis ihre Brustwarzen hart wurden und sich aufstellten, um seine Berührungen herauszufordern. Er kam ihrem Wunsch nach und hob eine Hand, um sie auf das üppige Fleisch zu legen; sein Daumen und sein Zeigefinger zogen an der strammen Spitze – genauso, wie sie es mochte.

Katie ergab sich. Mit einem ausgehungerten Knurren öffnete sie ihren Mund für ihn und ließ ihn an einer Leidenschaft teilhaben, die so übermächtig war, dass sie Könige und Prinzen gleichermaßen versklavte. Wulfs Zunge schoss sofort in ihren Mund hinein und schlang sich um ihre Zunge.

Seine Hände legten sich auf ihre Pobacken und zogen sie auf seinen Schoß. Sie wimmerte. Er riss den Mund von ihren Lippen los, presste sie auf den Boden und legte sich zwischen ihre gespreizten Schenkel.

Wulf blickte in ihr gerötetes Gesicht mit den traurigen Augen hinunter und fragte: »Wie kannst du mich nach der letzten Nacht fortschicken?«

»Du tust so, als hätten wir die Wahl. Als bestünde für uns die Möglichkeit, zusammen zu sein. Und du weißt, dass es nicht so ist.«

»Ich weiß, dass ich mehr will. Und du willst auch

mehr.« Er saugte und knabberte an ihrem schmalen Hals und an ihrer Kehle. Mit kreisförmigen Bewegungen seiner Hüften drängte er die harte Länge seines Schwanzes zwischen ihre feuchten Schamlippen.

Er wollte nicht, dass sie an irgendetwas dachte. *Er* selbst wollte in dem Moment nicht denken. Es war schrecklich, etwas so sehr zu wollen und es nicht haben zu können.

»Der Zeitpunkt, zu dem wir uns hätten trennen können, ist vorüber, Katie.«

»Du würdest dein Königreich und deine Freiheit für Sex aufgeben?«, wandte sie mit heiserer Stimme ein. »Dann bist du nicht der Mann, für den ich dich gehalten habe.«

Wulf hob den Kopf, um ihr in die Augen zu sehen. »Ich würde D'Ashier um keinen Preis auf Erden aufgeben. Aber du … Nichts, was du hast, gehört wahrhaft dir, nicht einmal dein Körper. Der König kann jederzeit kommen und dich holen. Solange du hierbleibst, wirst du niemals frei sein.«

Katie schnaubte. »Tu nicht so, als wäre ein Leben mit dir besser. An deiner Seite wäre ich auch nicht frei. Du würdest mich genauso behandeln wie er. Du unterscheidest dich nicht von ihm.«

»Ich bin ganz anders als er, weil du dich nach mir und nach dem verzehrst, was ich mit deinem Körper tun kann. Ich sehe es daran, wie du mich ansiehst, und ich fühle es in deiner Art, mich zu berühren.« Sein Mund senkte sich zu ihrem Ohr hinunter. »Ich habe dir versprochen, heute aufzubrechen. Und genau das werde ich tun.«

Seine Zunge kreiste um ihre Ohrmuschel. »Aber dich nehme ich mit.«

»Mein Vater würde Jagd auf dich machen«, fauchte Sapphire, »und das Werk beenden, das die Söldner begonnen haben. Der König würde meine Entführung nutzen, um zu den Waffen zu rufen und einen Krieg anzuzetteln. Die Hölle wäre los ...«

»Wenn sie wüssten, wo du bist«, murmelte er, »könnte an dem, was du sagst, etwas dran sein.«

Wulfs Hände kamen an der Seite ihres Halses zusammen, und plötzlich war der Boden unter ihrem Rücken kalt. Verblüfft riss sie den Kopf herum und betrachtete mit großen Augen ihre Umgebung. Sie lag unter ihm auf einer Transporterplattform; ihr Atrium und die vertraute Umgebung ihres Hauses waren verschwunden. In ihrer Panik bemerkte sie das Wappen an der Mauer und erkannte es wieder – das Wappen der königlichen Familie von D'Ashier, das Wulfs Siegelring geschmückt hatte.

»Du kannst dich auf etwas gefasst machen«, keifte sie.

Wulfric schirmte sie mit seinem Körper ab, bis ein Bediensteter mit einem dicken Gewand aus talgoritrotem Samt vortrat. Erst dann erhob er sich und bedeckte sie. Sapphire zog sich in eine sitzende Haltung hoch und hielt den schweren Stoff vor ihren Brüsten umklammert. Königliche Wachen, die rote und goldene Uniformen trugen, säumten die Wände des Transporterraums. Als sie sich respektvoll verbeugten, wurde ihr klar, dass sie Wulfrics Rückkehr erwartet hatten, was auch durch die rasche Verfügbarkeit des königlichen Gewands, in das sie gehüllt war, bezeugt wurde.

»Was zum Teufel hast du getan?«, brachte sie atemlos hervor.

Er hielt ihr seine Hand hin. Sapphire ignorierte sie, sprang auf und ließ das Gewand absichtlich auf dem Boden zurück.

Wulf trat vor sie und versperrte den Wächtern hinter ihm den Blick auf ihre Nacktheit. Mit einem nackten Fuß trat er den Umhang in die Luft, fing ihn mit einer Hand auf und hielt ihn ihr hin. »Bedecke dich.«

Sie reckte das Kinn in die Luft. »Nein.«

Er bewegte sich so schnell, dass sie keine Zeit hatte, ihm auszuweichen. Ehe sie auch nur keuchen konnte, hatte Wulfric sie in sein königliches Gewand gewickelt und über die Schulter geworfen.

»Du verfluchter Kerl, Wulf.« Sie rang darum, ihre Arme zu befreien. »Ich bin ganz schön sauer auf dich.«

Er ignorierte sie, bewegte sich auf den Ausgang zu und bellte unterwegs Befehle. »Gebt die Koordinaten für einen Rücktransfer ein und schickt einen Zug Soldaten hin. Ich habe das System der Hüterin so konfiguriert, dass es von der Signatur dieser Plattform aus Transporte erlaubt, und daher werdet ihr das Vorhaben von dort aus in Angriff nehmen müssen. Treibt die Bediensteten und die Wachen zusammen und bringt sie nach D'Ashier. Bringt den Computerchip des Hauses an euch – unbeschädigt. Nichts und niemand, der meine Anwesenheit in Sari verraten würde, darf dort zurückbleiben.«

Sapphire rief: »Stell mich hin, ehe ich dir wehtue.«

Wulfric erhob seine Stimme, um sie zu übertönen.

Sie biss ihn.

Er klatschte ihr mit seiner freien Hand auf den Hintern. »Lass das.«

»Du *weißt*, dass du das nicht tun kannst, du arroganter Blödmann!«

Sie fühlte polterndes Gelächter, das seinen Körper vibrieren ließ, und sah die entsetzten Gesichter seiner Männer. Sie sah sie mit finsteren Blicken an.

»Unterrichtet den König von meiner Rückkehr.« Er ging auf die Tür zu. »Aber ich will bis morgen von niemandem gestört werden.«

Wulf legte seine Hände besitzergreifend auf ihren Hintern. »Ich werde für einige Zeit beschäftigt sein.«

Wulfs langbeinige Schritte durchmaßen die anscheinend endlose Länge des Flurs mit den weißen Steinwänden mühelos. Die Wachen, die in unterschiedlichen Abständen aufgestellt waren, verbeugten sich, wenn er an ihnen vorbeikam, und starrten mit weit aufgerissenen Augen Katie an, die sich auf seiner Schulter wand und fluchte. Sie hatte das Vokabular eines abgehärteten Soldaten und scheute sich nicht, es zu benutzen. So war er in seinem ganzen Leben noch nicht beschimpft worden. Er stellte fest, dass er die wüsten Beleidigungen enorm genoss, wenn sie aus Katies Mund kamen.

Die Türen zu seinem Serail glitten seitlich in die Wände, als er sich näherte. Bei seinem Eintreten erhob sich ein Chor eifriger Begrüßungen und Seufzer über seinen halbnackten Auftritt. Als seine Konkubinen ihm entgegeneilten, hielt er sie in Schach, indem er die Hand hob, die im Moment nicht damit beschäftigt war, Katies Hinterteil zu streicheln.

»Eure königliche Hoheit.«

Er drehte sich zu der älteren Frau um, die gleich rechts von ihm auf die Knie gegangen war.

»Sabine.« Er begrüßte seine Kammerfrau mit einem Lächeln. Früher einmal war sie die Konkubine seines Vaters gewesen. Jetzt war sie im Ruhestand und diente Wulf, indem sie für Ordnung in seinem Harem sorgte. »Du darfst dich erheben.«

»Wen habt Ihr denn da?«, fragte sie und zog sich anmutig auf die Füße.

Als er auf das große rechteckige Becken zuging, das den Mittelpunkt des Raums bildete, lief sie neben ihm her. Drei Spritzbrunnen durchbrachen die ruhige Wasseroberfläche; ihre plätschernden Geräusche vermischten sich mit den melodiösen Stimmen seiner Konkubinen und dem Zwitschern von Vögeln in den unterschiedlichen Käfigen, die zur Zierde um das Becken herumstanden. Die schwüle Luft duftete stark nach üppigen Treibhausblumen, verschiedenen Parfüms und luxuriösen Badeölen. Mit Edelsteinen besetzte Türen säumten die Wände; jede Pforte führte in die Privatgemächer einer Konkubine. In den Sonnenschein getaucht, der durch das massive Oberlicht in der Decke strömte, funkelten die kostbaren Juwelen und erzeugten mit ihrem Blinken eine grandiose Wirkung.

Er ließ Katie von seiner Schulter gleiten und achtete sorgsam darauf, sie nicht loszulassen, während er gleichzeitig dafür sorgte, dass sie sich nicht aus seinem Gewand befreien konnte. »Sabine, das ist Katie.«

»Sapphire«, verbesserte ihn Katie gereizt.

Mit einem breiten Grinsen sagte er zu Sabine: »Sie braucht ein Bad und angemessene Kleidung. Ich will ihren

Körperschmuck ausgetauscht und die Saphire durch Talgorite ersetzt haben. Ihr Haar soll sie offen tragen. Bring sie in meine Gemächer, wenn du mit ihr fertig bist.«

Sabine musterte die zerzauste Katie mit abschätzenden Blicken, als die Tragweite seiner Worte zu ihr vordrang. Abrupt wandte sie sich um und sah ihm in die Augen. »I-in *Eure* Gemächer, Eure Hoheit?«

»Genau das habe ich gesagt.« Schwungvoll riss er die wallenden Stoffbahnen seines Gewands von Katie, sodass sie aus dem verhüllenden Stoff hinaus und nach vorn gewirbelt wurde.

Sie stolperte, fand wieder Halt und funkelte ihn wütend an. »Fürchtest du dich etwa davor, es selbst zu tun, Wulf? Wir wissen beide, dass ich es mit dir aufnehmen kann.«

Ihre Aufmüpfigkeit und der Gebrauch seines Vornamens ließen seine Konkubinen nach Luft schnappen, doch er lachte.

»Ja, und das hat mich ziemlich für dich eingenommen.« Seine Stimme war ein heiseres Murmeln, und seine Augen waren auf den Anblick ihres nackten Körpers geheftet.

Entzückt von ihrer Schönheit beobachtete Wulfric, wie ihr Blick durch den Raum schweifte. Ihre dunklen Augen verweilten kurz auf jeder der Frauen, die um das Becken herumstanden und sie ihrerseits mit Neugier, aber auch Argwohn beäugten. Ihr Gesicht nahm einen angespannten Ausdruck an, und ihre Hände ballten sich an den Seiten zu Fäusten. Erst jetzt erkannte er seinen Fehler, sie ausgerechnet *hierher* zu bringen. Ins Serail. Abgelenkt von seiner Lust hatte er nur daran gedacht, wie er sie am schnellsten in einem Zustand wiederbekam, in dem sie bereit für

ihn war – für den Sex, den er über viele Stunden gemeinsam mit ihr zu genießen gedachte.

Er öffnete den Mund, um sie zu beruhigen, doch ehe er
ein Wort herausbekam, machte Katie auf dem Absatz
kehrt und floh.

8

»Wachen!« Sabine schlug Alarm, ehe Wulf reagieren konnte. Die Türen öffneten sich, und vier Wachen stürmten in den Raum.

»Verschließt die Tür«, brüllte er, als Katie mit einem Satz durch die Luft sprang, um den Soldaten anzugreifen, der ihr am nächsten stand. Mit ihrer Nacktheit verblüffte sie den Mann und machte ihn anfällig für ihren Angriff. Sie trat ihm gegen den Brustkorb, und er fiel flach auf den Rücken; dann wandte sie sich ab, um sich die anderen vorzunehmen.

Wulf raste hinter ihr her.

»Rührt sie nicht an!« Seine Stimme war rau vor Furcht. Bilder von den Verletzungen, die sie sich im Holoraum zugezogen hatte, traten ihm vor Augen, und sein Magen schien sich in seinem Bauch zu verknoten. »Wenn ihr sie verletzt, könnt ihr etwas erleben!«

Seine Stimme erklang so nah, dass Katie den Kopf drehte. Ihr grimmiger Gesichtsausdruck verriet ihre Entschlossenheit, einen anderen Weg zu finden, der aus dem Raum hinausführte.

Fast geschafft …

Er hätte sie um Haaresbreite erwischt, als sie gerade von dem verschlossenen Ausgang abließ und blitzschnell aus seiner Reichweite sprang. Er fluchte. Wieder rannte sie in den Raum hinein und zu der Tür auf der gegenüberliegenden Seite des Beckens. Schreie und schrilles Kreischen zerrissen die Luft, während verblüffte Konkubinen aus dem Weg stoben. Die Vögel in ihren Käfigen stießen alarmierte Rufe aus, flatterten hektisch mit den Flügeln und ließen Federn durch die Luft wirbeln.

Katie umrundete das Becken auf einer Seite. Wulf katapultierte sich diagonal über die Ecke des Beckens, und sein ganzer Körper streckte sich, während er über das Wasser hinwegflog. Er erwischte sie und verrenkte sich mitten in der Luft, um die Hauptlast des Aufpralls abzufangen, als sie auf den Marmorboden knallten und ein paar Meter weit schlitterten.

»Lass mich los.« Sie wehrte sich gegen ihn. Er rollte sich mit ihr herum, bis er auf ihr lag und sie mit seinem Körper unter sich festhielt.

Beide atmeten schwer, und die Spannung der Jagd ließ sein Herz rasen. Der Duft drakischer Lilien stieg ihm in die Nase, und die Erleichterung darüber, dass er sie nach ihrem panischen Fluchtversuch in seinen Armen hielt, erhitzte sein Blut. Als sich Katies nackte Brüste an seine Haut pressten, verlagerte sich seine Konzentration. Das Verlangen nach ihr strömte wie eine starke Droge durch seine Adern, und sein ganzer Körper wurde heiß und hart.

Wulf hob den Kopf. »*Raus*, alle miteinander!«

Vage nahm er die Geräusche von Schritten wahr, die sich entfernten, und von Türen, die zuschlugen, doch seine Konzentration galt nur der Frau in seinen Armen.

Wulf fiel über ihren Mund her und stöhnte vor Lust, als

sie seinen Kuss mit ebensolcher Glut erwiderte. Er liebte Katies Körper, der so stark und geschmeidig war. Sie konnte kämpfen und ihn verletzen – sie verfügte über das Wissen und die Ausdauer –, aber sie berührte ihn dennoch mit großer Zärtlichkeit. Jahre der Kampfausbildung hatten ihren Leib gestählt, und trotzdem gab es an ihr noch weiche Stellen, mit üppigen Rundungen und tiefen Einschnitten, die sich an seinen Körper anpassten.

Katie wehrte sich jetzt wieder, sogar während ihre Zunge gierig in seinem Mund herumstöberte. Sie wollte ihn nicht begehren, aber sie konnte ihm nicht widerstehen. Diese Anziehungskraft heizte seine Lust bis zum Siedepunkt an.

Wulf ließ den Kuss abreißen und begrub das Gesicht an ihrer Kehle. »Wehr dich nicht gegen mich«, murmelte er an ihrer duftenden, geröteten Haut. »Ich werde dafür sorgen, dass es schön für dich ist.«

Keuchend wölbte sie sich ihm entgegen. »Lass mich los.«

»Das kann ich nicht.« Er packte ihre Handgelenke und hielt ihre Arme über ihrem Kopf fest. Dann zog er eine straffe Brustwarze in seinen Mund und neckte sie mit seiner Zunge, ehe er fest daran saugte.

»Oh!« Katie verrenkte sich bei dem Versuch, ihn davon abzuhalten. »Nein …«

Wulf nahm sich ihre andere Brust vor und knabberte mit seinen Zähnen an der harten Spitze, bevor er sie zart leckte, um den stechenden Schmerz zu lindern. »Hör auf zu zappeln«, grummelte er und wand dann seine Zunge um ihre straffe Brustwarze.

Katie versuchte ihn abzuschütteln, doch die Bewegung

zwang sie lediglich, die Beine zu spreizen. Seine Hüften senkten sich zwischen ihre Schenkel und fanden dort sofort ihren Platz, weil sie für ihn geschaffen war.

»Wulf. Nein.«

»Erinnerst du dich noch an letzte Nacht?«, gurrte er. »Und daran, wie gut es war?« Seine Hüften bewegten sich an ihren, und sein steinharter Schwanz rieb sich an ihrer Klitoris. »Wir sind dafür bestimmt ... du und ich.«

Als er ihre Muschi mit seinem langen, harten Schwanz massierte, stöhnte sie: »Lass mich oben sein.«

Wulf knurrte, als er daran dachte, was er letzte Nacht empfunden hatte, als sie ihr Handwerk ausgeübt hatte. »Warum? Damit du dich an die Arbeit machen kannst?«

Er hielt mit einer Hand ihre Handgelenke fest und zwängte die andere Hand zwischen seinen und ihren Körper, um den Kordelzug zu lösen. Sein Handgelenk rieb sich an ihr, und sie gab ein Fauchen der Lust von sich.

»Hast du mich etwa nicht deshalb geraubt?«, fragte sie provozierend. »Bin ich etwa nicht genau deshalb gemeinsam mit all deinen anderen Frauen hier in deinem Serail? Damit ich arbeite?«

Grob und ungeduldig schob er den Bund seiner Hose hinunter und befreite seinen Schwanz. Mit einer geschickten Drehung zog er sie auf sich und trat die Hose von seinen Beinen. »Das war ein Fehler«, sagte er mürrisch. »Ich hatte mir nichts dabei gedacht.«

»Jetzt denkst du auch nicht klar.« Als er zwischen den blütenzarten Falten eintauchte und sich in ihre enge, weiche Umklammerung grub, keuchte sie auf.

Sie stützte sich mit ihren Händen auf seinem Brustkorb

ab, und die feuchten Wände ihrer Muschi saugten an seiner Eichel.

Er zwang sich zu warten. »Es ist deine Entscheidung, Katie. Du hast gesagt, du könntest es mit mir aufnehmen. Zeig mir, dass du es kannst, und nimm mich ganz in dich auf.«

Jeder Muskel in Katies geschmeidigen Schenkeln zeichnete sich deutlich ab, weil es sie große Mühe kostete, sich über ihm aufrecht zu halten. Der Anblick ihres entblößten Körpers mit den straffen Muskeln war so erotisch, dass Wulf der Schweiß ausbrach. Sie gab ein so aufreizendes und verlockendes Bild ab. Er konnte sich nicht vorstellen, dass er sich jemals daran sattsehen würde.

»Stellt Euch das zufrieden, Eure Hoheit?« Mit einem geübten Schwung ihrer Hüften nahm sie ihn bis zum Anschlag in sich auf, und die entblößten Lippen ihrer Scham küssten das untere Ende seines Schafts. »Ist es das, was Ihr wolltet?«

Wulfs Atem drang zischend durch zusammengebissene Zähne. Seine Finger wollten sich in den glatten Marmor unter ihm krallen, fanden aber keinen Halt.

Ihre Hände hoben sich, um durch ihr Haar zu gleiten, und ihre Brüste reckten sich wollüstig vor. Katie leckte mit zusammengekniffenen Augen ihre Lippen, erhob sich über ihm, streichelte mit ihren Innenwänden seinen Schwanz und zog ihn in eine glühende intime Umarmung.

»Katie«, stöhne Wulf, der sich vollständig in ihr verloren hatte. »Du bist so wunderschön.«

Dann begann sie zu tanzen, der Körper einer Verführerin, der sich über ihm und um ihn herum schlängelte; ihre

Hüften kreisten und senkten sich, und ihre Hände spielten mit ihrem Haar und machten es zu einem anmutigen Vorhang aus dunkler Seide.

»War es das, was du im Sinn hattest?«, gurrte sie, während sie ihn mit atemberaubender Geschicklichkeit und einstudierter Eleganz ritt. »Die Geliebte deines Feinds zu rauben und sie in deinem Serail zu vögeln? Ihm seine hochgeschätzte Kurtisane wegzunehmen und sie als eine von vielen in deinen Stall einzugliedern?«

»Was?«, brachte er erstickt hervor, als sie ihre inneren Muskeln um die gesamte Länge seines pochenden Schwanzes herum spielen ließ und ihm damit den Verstand raubte.

»Denkst du jetzt an ihn?«, stachelte Katie ihn an, und ihre kehlige Stimme war vor Leidenschaft rau. »Wünschst du, er könnte dich sehen? Wünschst du, er beobachtete mich dabei, dass ich dir gebe, was ich ihm nicht geben wollte?«

Mit einem wütenden Knurren zog Wulf sie flach auf sich und drehte sich mit ihr um, damit sie wieder unter ihm lag. »Der König hat nichts damit zu tun. *Nicht das Geringste!*«

»Du lügst.« Ihre Augen glänzten, und bei diesem Anblick schnürte sich seine Brust zusammen. »Weshalb sonst brächtest du mich hierher? Wo ich mit ihnen allen zusammen bin!«

»Weil ich ein Idiot bin.« Er presste die Worte mit glühenden Küssen in ihre Kehle hinein. »Seit ich dich das erste Mal gesehen habe, kann ich nicht mehr klar denken.«

»Wulf …« Ihre Stimme brach.

Die Fülle der Gefühle zwischen ihnen machte ihn benommen, doch er hieß sie willkommen. Er war am Leben. Das Herz schlug kräftig in seiner Brust. Seine Lunge atmete Luft, und in seinen Armen lag eine schöne, begehrenswerte Frau, die er bewunderte. Eine Frau, die so fühlte wie er – beide waren sie leichtsinnig und außer Kontrolle geraten.

Er verflocht seine Finger mit ihren und zog ihre Arme über ihren Kopf. »Ich möchte, dass es schön für dich ist.«

»Es ist zu schön«, flüsterte sie, und ihre Hände drückten seine Hand.

Sein Brustkorb spannte sich an ihrem, als er ihren Händedruck erwiderte. »Das ist wahr. Und es ist eine Sache zwischen uns beiden und niemand anderem.«

Sie drückte ihn tief in ihrem Inneren an sich und liebkoste ihn mit diesen kleinen, straffen Muskeln, die ihn verrückt machten. Er ließ den Kopf neben ihren sinken. »Ich will mich nicht zurückhalten, Katie. Ich will dich hart und tief nehmen.«

Ihre Zunge tauchte in sein Ohr ein, und ein Schauer überlief ihn. »Tu das. Lebe dieses Verlangen aus, um es zu exorzieren.«

Mit einem Ächzen reiner Lust schlang er sich um sie und begann zuzustoßen, trieb sich voll drängendem Wahnsinn wüst in sie hinein, und seine Pobacken kniffen sich in einem schnellen Rhythmus zusammen und lockerten sich wieder, während er sich so tief es ging in ihr Innerstes drängte.

Es genügte nicht. Er fragte sich, ob es jemals genügen würde, ob er jemals tief genug in sie eindringen würde ...

Katie schluchzte und schrie seinen Namen, und sie wölbte sich jedem seiner Stöße entgegen, zerkratzte ihm den schweißnassen Rücken und grub ihre Nägel in seine Haut. Und während er versuchte, sich tief in sie hineinzugraben, versuchte sie, in ihn hineinzukriechen.

Die Lust baute sich auf und schwoll an wie eine steigende Flut, bis sie sich über seine Lippen ergoss.

»Katie … ja, so ist es richtig … du bist so eng … so heiß … so verdammt gut …«

Um sie herum nahm die Lautstärke aus wildem Fauchen und Stöhnen zu. Wulf wurde vage bewusst, dass er derjenige war, der diese unbändigen Laute der Lust ausstieß, doch er konnte nicht aufhören – er wollte es auch gar nicht.

Sein Höhepunkt schlang sich um seine Wirbelsäule und packte seine Eier wie eine Faust. Er wollte das Tempo drosseln, damit es länger dauerte, aber das war ganz unmöglich, wenn sie ihn so anflehte, wie sie es gerade tat, ihn anflehte, sie noch härter und noch tiefer zu nehmen. Der Steinboden ließ seine Knie schmerzen, doch der Schmerz verankerte ihn in der Gegenwart, in diesem Moment, in dieser Frau. Der Frau, die ihn begehrt hatte, als er nur noch hatte sterben wollen.

Wulf biss die Zähne zusammen und versuchte mit eiserner Willenskraft gegen diese unglaubliche Lust anzugehen. Aber Katie schrie seinen Namen, gelangte unter einem Schwall aus Lauten zum Höhepunkt und zog unter köstlichen inneren Zuckungen ihren Körper um ihn zusammen. Sie zog ihn mit sich in den Orgasmus, indem sie von unten an ihm zerrte. Er erlag mit einem jubelnden Schrei männlichen Triumphs. Er kam heftig; sein gemarterter Schwanz zuckte bei jedem dicken Strahl, und seine Kiefer waren angespannt, während er seine nasse Lust in ihre bebenden Tiefen entleerte.

Die verheerende Kraft seines Höhepunkts ließ Wulf erschauern, und er rang schwer nach Luft. Katies gieriger Körper hielt ihn weiterhin mit Nachbeben gepackt, die ihm den Verstand raubten. Er drückte ihr zärtliche, dankbare Küsse auf eine Gesichtshälfte und den Hals. Dann ließ er ihre Hände los, umarmte sie und zog sie mit sich auf die Seite.

Wie hatte diese Besessenheit so rasch von ihm Besitz ergreifen können? Warum musste sie sich ausgerechnet auf diese Frau richten, eine Frau, die nie für ihn bestimmt gewesen war? Sein Verstand war so benebelt, dass er nicht klar denken konnte. Seine Arme schlangen sich noch enger um sie.

Katie war unter seine Schulter gezwängt, und Wulf konnte an ihrer extremen Entspannung erkennen, dass sie schlief. Er verließ sie nur für den Zeitraum, der notwendig war, um aufzustehen und seine Hose hochzuziehen. Dann hob er sie auf seine Arme.

»Hüter, schick Sabine zu mir.« Er trug Katie auf den Ausgang zu. Im nächsten Moment hörte er, wie hinter ihm eine Tür geöffnet wurde.

»Ja, Eure Hoheit?«, fragte Sabine.

Wulf blieb stehen und drehte sich zu seiner Kammerfrau um. Als sie sich aus einer tiefen Verbeugung aufrichtete, bemerkte er zu seiner Verwunderung die tiefe Röte auf ihren Wangen. Dann fiel ihm wieder die Ausgelassenheit ein, mit der er Katie genommen hatte, und sein eigenes Gesicht rötete sich ebenfalls, und das auch, weil er an diese Verlegenheit nicht gewöhnt war. Alle mussten sie gehört haben. Sabine musterte die schlafende Katie mit neu erwachtem Respekt.

»Ich werde dich rufen lassen, wenn sie aufwacht«, sagte er. »Du wirst dich in meinen Räumlichkeiten um sie kümmern.«

Er setzte sich wieder in Bewegung.

»I-ihr nehmt sie mit zu Euch?«, fragte Sabine ungläubig. »Es wird nur einen Moment dauern, ein Zimmer für sie herzurichten.«

Er schüttelte den Kopf. Wie Katie war auch er zutiefst erschöpft und wünschte sich nichts anderes als sein eigenes Bett und Katie zusammengerollt an seiner Seite. »Das wäre dann alles, Sabine.«

»Ich entschuldige mich für die ungenügenden Vorbereitungen, Eure Hoheit.« Die Kammerfrau eilte hinter ihm her. »Ihr Zimmer wird in Kürze bereit sein.«

»Du brauchst dich nicht zu entschuldigen. Und du hast mich missverstanden. Sie wird gemeinsam mit mir meine Gemächer bewohnen.«

Wulf brauchte sich nicht umzudrehen, um zu wissen, dass Sabine sprachlos war. Ihm ging es genauso. Es war so, als hätte man ein Trauma durch stumpfe Gewalteinwirkung auf den Kopf erlitten, was gefährlich war, wenn man bedachte, dass er seinen kühlen Verstand brauchen würde, um seinem Vater sein Vorgehen zu erklären.

Die hochgeschätzte Konkubine des Königs von Sari zu rauben, um Lösegeld für sie zu fordern, war *eine* Sache.

Das hieß, man beabsichtigte, sie zurückzugeben, und ein Krieg war unwahrscheinlich.

Sie trotz aller Risiken zu behalten war dagegen etwas ganz anderes.

Wärme und Behaglichkeit waren die beiden ersten Dinge, die Sapphire wahrnahm, als sie wieder zu Bewusstsein kam. Mit geschlossenen Augen kostete sie diese Empfindungen aus, ehe sie von anderen Eindrücken bombardiert wurde – dem harten Bein eines Mannes zwischen ihren Schenkeln, stark ausgeprägter Brustmuskulatur unter ihrer Wange, warmen Lippen, die auf ihr Haar gepresst waren, und Wulfs Duft, der ihrer Haut anhaftete.

Sie schlug die Augen auf und erblickte eine vollkommen fremde Umgebung. Über ihr erhob sich ein großer Baldachin aus rotem Samt mit passenden Vorhängen, die an jeden der vier Bettpfosten gebunden waren. Nicht weit entfernt befand sich eine kleine Sitzgruppe mit Intarsien und bunten Kissen. Dahinter sah sie eine Reihe von Fenstern, fast so groß wie die Türen von Transportschleusen.

Neugierig befreite sich Sapphire trotz seiner schläfrigen Proteste aus Wulfs Umarmung und trat an eines der Fenster, um die Aussicht zu betrachten. Da der königliche Palast von D'Ashier hoch oben auf einem Berg stand, überblickte man von dort aus die aufblühenden Städte in der Ebene. Die Sonne ging gerade unter und tauchte den Ausblick, der sich ihr bot, in einen rötlich goldenen Schimmer.

Sie zuckte zusammen, als sich Wulfs warme Arme von

hinten um sie schlangen. Mit einem lautlosen Ausatmen legte er sein Kinn auf ihren Kopf.

»Es ist atemberaubend«, flüsterte sie ehrfürchtig.

Seine Arme schlossen sich enger um sie. »Dasselbe dachte ich gerade über dich.«

Sapphire schmiegte sich an ihn und zuckte dann zusammen, als sie die Prellungen auf ihrer rechten Pobacke spürte. Jetzt erinnerte sie sich wieder daran, wie sie auf dem gekachelten Boden neben dem Badebecken zusammengekommen waren, und sie streckte eine Hand nach der schmerzenden Stelle aus. Wulf stieß ihre Finger zur Seite.

»Lass mich das machen«, murmelte er, denn er wusste genau, wo er reiben musste, um den Schmerz zu lindern.

»Du kannst mich nicht hier gefangen halten.«

Er stöhnte, als hätte er es mit einem schwierigen Kind zu tun. »Es muss nicht so sein.«

»Wie könnte es denn sonst sein? Mein Vater ist der General der sarischen Armee. Ich war während der letzten fünf Jahre Konkubine des Königs von Sari – *deines Feinds* –, und es widerstrebt ihm, mich zu vergessen. Wenn sie entdecken, dass ich gegen meinen Willen entführt worden bin ...«

Wulf drehte sich zu ihr um. »Warum muss es gegen deinen Willen gewesen sein? Bleib freiwillig bei mir, und dein Vater würde zu deinem Fürsprecher. Ohne die volle Unterstützung des Generals hätte der König Schwierigkeiten, etwas zu unternehmen.«

Wulfs smaragdgrüne Augen glänzten in den Schatten, die die untergehende Sonne warf. »Ich kann dich glücklich machen. Ich kann dir Dinge geben, von denen du nie wusstest, dass du sie willst.«

Sapphires Herzschlag setzte aus, und dann schlug es rasend schnell. »Was hast du mir anzubieten?«

»Einen Platz in meinem Leben und in meinem Bett. Ich werde dich verwöhnen, dich mit Geschenken über- schütten und mit dir an Orte reisen, die du schon immer sehen wolltest.«

»An welchen Zeitraum hattest du gedacht?«

»So lange es uns beiden Spaß macht.« Er schmiegte sei- ne Hand an ihre Wange, und sein Daumen strich über ihre Haut.

»Daraus könnte niemals etwas werden.«

»Ich habe gesehen, wie dein Vater mit dir umgeht«, fuhr Wulf fort. »Er wird dich nicht gefährden.«

»Der König braucht die Zustimmung meines Vaters nicht.«

Sie schlüpfte aus seiner Umarmung und bewegte sich wieder auf das Bett zu. Es ging ihr nicht um die Dinge, die er gesagt hatte, sondern um die Dinge, die er nicht gesagt hatte. »Du hast viele sehr schöne Frauen, an denen du dich weitaus gefahrloser erfreuen kannst. Stattdessen ge- fährdest du eine ganze Nation für dein zeitweiliges Ver- gnügen.«

Hinter ihr herrschte Schweigen.

Sie wartete, aber als sich der Moment in die Länge zog, warf Katie einen Blick über die Schulter. Sie achtete sorg- sam darauf, dass ihr Gesichtsausdruck nichts verriet.

Wulfric starrte sie an und fuhr sich dann mit einer Hand durch sein dunkles Haar. »Was willst du von mir hören?« Er wandte den Blick ab. »Dass mein Schwanz meinen Verstand außer Kraft setzt? Ich sagte dir doch schon, dass es mehr ist als das. Es ist nicht leicht für mich.«

»Ich weiß.«

Und sie wusste auch, dass sie nicht bleiben konnte. Sie würde fortgehen müssen, und zwar schon bald, bevor diese fatale Situation eskalierte. Wulf hatte ihr in Sari eine Woche seiner Zeit gegeben. Vielleicht könnte es ihr gelingen, eine Woche in D'Ashier zu bleiben. Dann würde sie fortgehen, ehe ihr Verlangen nach Wulf zu etwas Tieferem wurde. Der Verlust wäre sonst nur noch schmerzhafter.

»Ich habe Hunger«, sagte sie. »Und ich will baden. Dann will ich meine *Mästares* sehen.«

»Dann bleibst du also?« Wulf kam zu ihr und sah ihr forschend ins Gesicht.

»Eine Zeit lang.«

»Wie lange?«

»So lange es uns beiden Spaß macht.«

Sie entfernte sich von ihm und stellte den notwendigen Abstand her, indem sie sich durch einen Bogengang in ein privates Bad dahinter begab. Der gewaltige Raum war umwerfend, die Wände mit juwelenbesetzten Fliesen gekachelt. Brunnen sprühten einen stetigen Strom angewärmten Wassers in das Badebecken. Sprudelnde Düsen in den Tiefen gaben einen subtilen Duft an die schwüle Luft ab. Die Decke bestand aus Glas mit geringem Emissionsvermögen, durch das der Nachthimmel über ihnen zu sehen war, während an den farbenfrohen Wänden simuliertes Kerzenlicht schimmerte.

Es war das Paradies eines Wollüstigen und passte daher perfekt zu Wulfric. Er hatte einen Heißhunger auf das Leben und wandelte stets am extremen Ende jedes Spektrums. Er war wild und unbändig, was sie gleichzeitig lockte und abstieß. Wie es wohl sein würde, einen solchen Mann zu zähmen? Sie bezweifelte nicht nur, dass es möglich war, sondern auch, dass ihr das Ergebnis gefallen hätte, wenn es möglich wäre.

Sapphire stieg in das warme Wasser, tauchte unter die Oberfläche und schwamm an das gegenüberliegende Ende. Als sie auftauchte, um Luft zu holen, bemerkte sie Wulfrics finsteren Blick. Er glitt ins Wasser. Sie wartete, bis er sich ihr näherte, und begab sich dann bereitwillig in seine Arme.

»Katie ...«

Sie brachte die unvermeidlichen Fragen mit einem Kuss zum Verstummen und neigte den Kopf, um seinen Mund besser mit ihren Lippen versiegeln zu können. Ihre Zunge liebkoste seine, ehe sie sie zwischen ihre Lippen zog und daran saugte.

Als er sich bewegte, um sie an den Beckenrand zu pressen, glitt sie unter Wasser und begab sich zu dem halb versunkenen Sims, auf dem diverse Badeöle und Seifen in geriffelten Glasflaschen bereitstanden. Als sie nach einem Behälter griff, fühlte sie, wie Wulfs Hände über ihre Hüften glitten.

»Ich kann dich an mein Bett binden, damit du dableibst«, drohte er.

Sapphire goss die Flüssigkeit in ihre Hand und sah ihn mit einer hochgezogenen Augenbraue über die Schulter an. »Wenn du mich gefangen hältst, werde ich mich dir verweigern und dich abwehren. Zweifle nie daran.«

Sie rieb ihre Hände aneinander und erzeugte intensiv duftenden Seifenschaum, drehte sich dann um und massierte den Schaum in seinen Brustkorb ein. Er sah ihr mit glutvollen Augen unter gesenkten Lidern zu. »Ich kann dich auch ohne Ketten festhalten.«

»Wirst du mich mit diesem prachtvollen Körper versklaven?« Sie streichelte mit eingeseiften Händen über seine gebräunte Haut.

»Kann man dich versklaven?«

»Warum solltest du so etwas wollen?« Ihre Fingerspitzen glitten über seine breiten Schultern und an seinen muskulösen Armen hinab. Sie bewunderte die harten Muskelstränge, die sich unter seiner Bauchdecke abzeichneten, und ging dann um ihn herum, um seinen ebenso muskulösen Rücken zu waschen. Die Haut auf ihren Handflächen prickelte und brannte von den Berührungen. Die Stärke der Anziehungskraft zwischen ihnen machte sie kurzatmig. Es war Wahnsinn, aber sie konnte nichts dagegen tun. »Genügen dir mein Verlangen und meine Bewunderung nicht?«

Als sie seine Muskeln knetete, stöhnte er und warf den Kopf zurück. »Nein.«

Wieder seifte sie ihre Hände ein, fuhr damit durch sein Haar und massierte mit ihren Fingerspitzen seine Kopfhaut. »Wäre es dir lieber, dass ich jammere und händeringend auf dich warte, wenn du fort bist? Und mich bei deiner Rückkehr an dich klammere, weil du zu lange weg warst? Du wirkst auf mich nicht wie der Typ Mann, der

eine Geliebte zu schätzen wüsste, die ihm ständig dramatische Szenen macht.«

Wulf drehte sich zu ihr um und packte sie, zog sie unter
das Wasser und presste seinen Mund auf ihren. Mit einem
kräftigen Schwung beförderte er sie beide nach oben, und
sie durchbrachen die Wasseroberfläche in einer wüst auf-
spritzenden Fontäne. Sie prustete und strich sich das nasse
Haar aus den Augen. Er lachte in sich hinein, ehe er sie
noch einmal küsste. »Ich riskiere einen Krieg für dich. Dafür will ich mehr als dein Verlangen. Die eine oder andere
dramatische Szene würde nicht schaden.«

»Ich habe das nicht gewollt.« Sapphire schlang ihm ihre
Arme um die Schultern und drückte dabei ihre Brüste an
ihn. Sein Blick verfinsterte sich.

»Ich habe es auch nicht gewollt.« Er ließ die Arme sinken, um ihre Beine um seine Hüften zu schlingen. »Ich
habe keine Zeit für diese Form von Besessenheit.«

»Was du brauchst, ist eine fremdländische Prinzessin mit
ausgezeichneten politischen Verbindungen.« Ihre Stimme
war tief und rau, ein hörbares Anzeichen dafür, welche
Wirkung es auf sie hatte, sich an seinen breiten nackten
Körper zu klammern.

»Eines Tages.« Wulf stieß eine Hand in ihr nasses Haar
und bog ihren Nacken zurück. »Aber im Moment bist
du diejenige, die ich will. Und ich werde mich nicht zu-
friedengeben, bevor du mich ebenso sehr willst wie ich
dich.«

»Was bringt dich auf den Gedanken, es sei nicht so?«

»Du würdest fortgehen, wenn es dir möglich wäre.«

»Aber bestimmt nicht, weil ich dich nicht genug will.«

»Beweise es.« Sein Lächeln bewirkte, dass sich ihre Zehen einrollten.

Sapphire erwiderte sein Lächeln. Sie streckte die Beine aus und stellte ihre Füße wieder auf den Beckenboden. »Ich bin noch nicht fertig damit, dich zu waschen.«

»Du willst schon wieder arbeiten?«

Sie verflocht ihre Finger mit seinen und zog ihn zu den flachen Stufen. »Ich arbeite nicht. Ich berühre dich, weil mir jeder Vorwand dafür recht ist.«

»Du brauchst keine Vorwände. Du brauchst mich noch nicht einmal um Erlaubnis zu bitten.«

Mit behutsamem Drängen brachte sie Wulf dazu, sich auf die flache oberste Stufe zu setzen. Sie begann seine Beine zu waschen und knetete dabei die Muskeln seiner Waden und seiner Oberschenkel. Von dort aus arbeitete sie sich zu seinem prall aufragenden Schwanz vor und legte eine Pause ein. Er war so hart und dick, als hätte er sie nicht gerade erst vor wenigen Stunden bis zur Erschöpfung gevögelt. Es war ein köstlicher Anblick. Bei der Erinnerung daran, wie er sich unter ihrer Zunge angefühlt hatte, lief ihr das Wasser im Mund zusammen.

»Katie …« Wie er ihren Namen aussprach, ließ sie erschauern. In seiner Stimme, die immer tief und dunkel war, schwang eine sinnliche Drohung mit. »Wenn du mich noch länger so ansiehst, gebe ich dir genau das, wozu du mich aufforderst – hier und jetzt auf dieser Stufe.«

Eilig wusch sie den Rest von ihm, denn die tiefe Röte auf seinen Wangenknochen und seine Hände, die zu Fäusten geballt waren, verrieten ihr unmissverständlich, dass er dicht davorstand, seine Drohung wahrzumachen. Wenn der Gedanke auch noch so verlockend war, hatte Sapphire doch etwas anderes im Sinn. Mit beiden Händen schöpfte sie Wasser und spritzte es über seine Hüften, um die Seife abzuspülen.

Wulf war nahezu ganz hingestreckt, sein Körper angespannt und seine Augenlider schwer, doch er war dennoch äußerst wachsam. So vor ihr ausgebreitet, bot er einen hocherotischen Anblick, und seine kantigen Gesichtszüge waren von einer herben Schönheit.

Sie beugte den Kopf zu ihm hinunter und nahm seinen Schwanz in den Mund.

Mit einem Ächzen bog er sich ihr entgegen, und seine Hände gruben sich in ihr Haar, um sie noch näher an ihn zu drängen. Sie saugte fest an ihm und hielt die dicke Eichel zwischen der feuchten Glut ihrer Zunge und dem gewölbten Gaumen gefangen. Mit einer Hand umfasste sie das untere Ende seines Schwanzes, legte die andere Hand um seinen Hodensack und rollte mit zarten Fingern seine Eier herum. Sie stöhnte, als sein Schwanz anschwoll und im Rhythmus seines Herzschlags pochte.

Wulf begann heftig zu keuchen, und seine Finger bohrten sich in ihre Kopfhaut. »Du Verführerin … dieser scharfe kleine Mund …«

Er hielt ihren Kopf fest, bäumte sich in den Hüften auf und schob sich tief zwischen ihre saugenden Lippen. Dann stieß er sie plötzlich von sich und glitt mit einem abscheulichen Fluch ins Wasser.

»Wulf?« Frustriertes Verlangen ließ ihren Mund prickeln. Ihr Blut war aufgeheizt und wurde durch ihre eigene Gier schnell durch ihre Adern gepumpt.

Der Blick, den er ihr zuwarf, war wutentbrannt. »Du willst es auf nichts weiter als Sex beschränken.«

»Es kann nicht mehr sein.«

»Es kann alles sein, was wir daraus machen.« Er nahm ein Gefäß vom Sims und schwamm auf sie zu. Seine Mundpartie war verkniffen.

Offenbar hatte Wulf das Wort »Nein« noch nicht oft genug gehört.

»Warum willst du, dass es mehr ist?«, fragte sie. »Du hast gesagt, das, was dein Interesse an mir geweckt hätte, sei mein Verlangen nach dir gewesen, in der Heilkammer. Verlangen führt zu Sex.«

Wulf baute sich vor ihr auf. Er schraubte den Verschluss von dem Behälter in seiner Hand ab, und der Duft drakischer Lilien stieg auf.

»Dein Verlangen hat mich wiederbelebt«, korrigierte er sie. »Aber was mich als Erstes fasziniert hat, war die Klinge an meiner Kehle. Und wie du mich vor deinem Vater versteckt hast.«

»Momente der Unzurechnungsfähigkeit.« Gegen ihren Willen hob sich ihre Hand und legte sich leicht auf seine Hüfte. Das beifällige Brummen, das aus seinem Brustkorb aufstieg, brachte ihre Fingerspitzen dazu, sein festes Fleisch unruhig zu kneten. Es fiel ihr schwer, dem Wunsch zu widerstehen, sich eng an ihn zu pressen.

»Ja. Und es kamen weitere solche Momente, die sich wie Perlen auf einer Schnur aufgereiht und zu Tagen voller Wahnsinn geführt haben, an denen ich an nichts anderes als an dich gedacht habe. Und du hast an nichts anderes als an mich gedacht.«

»Mit der Zeit würden wir es vergessen.«

»Bevor ich zu meiner letzten Patrouille aufgebrochen bin«, sagte er und seifte seine Hände ein, »habe ich Sabine aufgefordert, vier meiner Konkubinen auszuwählen. Ich war unentschlossen und habe daher überhaupt keine Entscheidung getroffen.«

Die Bilder, die vor Sapphires geistigem Auge vorüberzogen, weckten Eifersucht in ihr.

»Ich erinnere mich noch daran, dass sie unterschiedliche Haarfarben hatten«, fuhr er fort, »aber als ich heute das Serail betreten habe, wusste ich beim besten Willen nicht mehr, wer sie waren. Selbst wenn sämtliche Frauen vor mir aufgereiht wären, bezweifle ich, dass ich diese vier herausgreifen könnte. So erfreulich diese ausschweifende Nacht auch war – sie war in keiner Weise denkwürdig.«

Er nahm ihre schmerzenden Brüste in beide Hände und drückte zu.

Sapphires Atem stockte.

»Du dagegen …« Er lächelte. »Ich weiß, dass du ein Muttermal auf der Hüfte und ein paar Sommersprossen auf einer Schulter hast. Ich weiß, wie du riechst und wie du dich anfühlst. Du bist einzigartig für mich. Lebendig. Von dir will ich mehr als Sex. Ich will mehr mit dir tun als dich vögeln.«

Fasziniert beobachtete sie ihn, während er ihre Brüste mit zunehmend kleineren Kreisen liebkoste. Als er ihre Brustwarzen erreicht hatte und daran zupfte, bis sich die Spitzen stramm aufstellten, entkam ihr ein leises Stöhnen der Lust.

»Ich will mehr über dich erfahren«, murmelte er. »Dich äußerlich und innerlich vollständig kennenlernen.«

Er wusch ihren Körper langsam und widmete ihr ebenso viel Aufmerksamkeit, wie sie ihm gewidmet hatte. Als wohlige Ermattung ihre Gliedmaßen schwer werden ließ, griff er zwischen ihre Beine und rieb ihr geschwollenes Fleisch. Er säuberte sie und neckte sie zugleich, bis sie sich an seine Schultern klammerte, um nicht hinzufallen.

Es gab nichts, was ihre Fähigkeit standzuhalten überstieg – mit Ausnahme eines zärtlichen Wulfric. Wusste er überhaupt, was er bei ihr anrichtete? Tat er es vorsätzlich?

»Spül die Seife ab«, ordnete er an.

Als sie wieder aus dem Wasser auftauchte, erwartete er sie schon.

»Komm her.« Sein Ton war einschmeichelnd. Er umfasste ihre Taille, hob sie auf den Beckenrand und setzte sie so hin, dass ihre Beine im Wasser baumelten. Dann stieß er ihre Knie auseinander.

Sie wusste, was er vorhatte. Ihre eifrige Muschi hieß seine Aufmerksamkeiten mit glitschiger Nässe willkommen. Ihr Atem ging flacher, ihr Herz raste. Wulf lächelte heimtückisch, denn er wusste verdammt gut, was er bei ihr anrichtete. Sie grub ihre Ferse in seine Wade und zog ihn näher zu sich.

Er setzte sich auf die Stufen und spreizte mit seinem Daumen und dem Zeigefinger ihre Schamlippen. »Du willst mich.«

»Bestimmte Teile von mir wollen dich.«

Sein Lächeln wurde breiter. »Ich werde nicht ruhen, ehe jeder Teil von dir mich will.« Er rieb sie mit einem gemächlichen Gleiten seiner Fingerspitzen. »Sieh nur, wie feucht du bist. Du bist unersättlich.«

»Wulf …« Sie wimmerte leise, als er seinen Kopf auf ihre Muschi senkte und ihr einen tiefen Zungenkuss gab. Seine Zunge streichelte und marterte sie.

»Ich möchte dich hier kennenlernen.« Er leckte sie wieder, und primitive männliche Bedürfnisse ließen seine grünen Augen leuchten. »Ich will mir deinen Geschmack einprägen. Und wie du dich anfühlst.« Er zog ihre Klitoris in seinen Mund und saugte daran. Flatternd schnellte seine Zunge über den empfindlichen Nervenstrang.

Ihre Beine begannen zu zittern. Sapphire legte die Hände um seinen Nacken und zog ihn näher zu sich heran. Er senkte den Kopf, und sein dichtes, nasses Haar kitzelte die Innenseiten ihrer Oberschenkel, während er sie mit seiner Zunge fickte. Ihr Körper stand in Flammen, und ihre Hüften bäumten sich auf und reckten sich dem Orgasmus entgegen, den er ihr absichtlich vorenthielt.

Es war alles so neu für sie – die Verführung, der Mangel an Selbstbeherrschung, das Geschenk, nichts anderes tun zu müssen als die Aufmerksamkeiten entgegenzunehmen, mit denen er sie so großzügig überhäufte. Sie beobachtete ihn mit zusammengekniffenen Augen, vernarrt in den Anblick eines so attraktiven Mannes – eines feindlichen Prinzen –, der ihr derart intime Dienste erwies. Wulf knurrte vor Lust, und diese unzivilisierten Laute lösten den Spannungsknoten in ihrem Schoß und sprengten ihn schließlich durch einen erschütternd intensiven Orgasmus. Sie schrie auf, und die intensiven Gefühle schnürten ihren Brustkorb zu. Dankbarkeit. Und Sehnsucht.

»Wunderbar«, lobte er sie, und seine Zunge ließ sie sachte von den letzten Zuckungen ihres Höhepunkts herabsinken.

»Hör auf«, flehte sie, denn sie war jetzt zu empfindlich, um die geschickten Berührungen seiner Zunge länger zu ertragen.

Stattdessen fing er wieder von vorn an und bearbeitete ihr bebendes Fleisch, bis sie zum Höhepunkt kam, noch heftiger als zuvor. Dann begann er wieder von vorn. Und gleich noch einmal.

»Bitte.« Sie stieß ihn von sich. »Ich kann nicht mehr.«

Seine Lippen waren geschwollen und glänzten, während er sie eingehend musterte. »Ist deine Lust jetzt gestillt? Bist du reif für eine Mahlzeit und ein Gespräch?«

Sapphire lächelte. »Ich bin reif für ein Nickerchen.«

Wulf hielt sich am Beckenrand fest und stemmte sich aus dem Wasser. Tropfend blieb er über ihr stehen und umfasste mit einer Hand seinen langen, schweren Schwanz. Seine Faust bewegte sich schnell und grob auf und ab und molk das geschwollene Glied, auf das sie so versessen war. Sein Samen bildete einen Tropfen auf der Spitze, bevor er dickflüssig auf den Kachelboden spritzte. Als er fertig war, hob und senkte sich Wulfs Brustkorb rasch. Dann lächelte er schief. »Das habe ich seit Jahren nicht mehr getan.«

»Du hättest es auch jetzt nicht zu tun brauchen.« Sie war willig, obwohl sie sexuell übersättigt war. Dennoch hätte sie ihn freudig in sich aufgenommen, und das wusste er. Er wollte etwas Erstaunliches klarstellen – er hatte die Absicht, ebenso viel zu geben, wie er sich nahm.

»Doch, gerade jetzt.« Er bückte sich und säuberte seine Hände im Wasser. Sapphire glitt in das kühle Nass zurück und wusch sich noch einmal, ehe sie auf den Stufen aus dem Becken stieg.

Wulf erwartete sie am oberen Ende und hielt ihr seine Hand hin, um ihr aus dem Becken zu helfen. Dann presste er die Lippen zu einem raschen Kuss auf ihre Stirn. Er verflocht seine Finger mit ihren und führte sie in die hinterste Ecke, wo eine durchlässige Liege mit einem Gebläse zum Trocknen bereitstand. Als die warme Luft um sie herumwirbelte, zog er Sapphire eng an sich. Sie drängte ihn, ihr noch näher zu kommen, sodass keine Luft zwischen ihnen durchdringen konnte.

Er war zärtlich und hielt seine Kraft in Schach. Seine großen Hände streichelten ihre Wirbelsäule mit solcher Ehrerbietung, dass unter ihren geschlossenen Augenlidern Tränen hinausrannen, doch die Heißluft ließ dieses Indiz im Nu verschwinden.

Als sie trocken waren, hüllte er sie beide in seine losen Gewänder und führte Sapphire zu seinem Schlafzimmer.

»Essen und Wein«, sagte er zum Palasthüter. Dann machte er sich detailliert an die Bestellung einer Mahlzeit, die ganz nach ihrem Geschmack war, ein Festmahl, bei dem keine ihrer liebsten Speisen fehlte. Ihr wurde klar, dass er gut aufgepasst hatte und bemüht gewesen war, sich alles zu merken. Oder war es ihm leichtgefallen? Möglicherweise war nichts weiter erforderlich als größte Wachsamkeit, wie man sie von einem kriegerischen Prinzen erwarten sollte.

»*Wie Ihr wünscht, Eure Hoheit.*«

Und so nahmen sie eine leichte Mahlzeit zu sich, bestehend aus verschiedenen Sorten Konfekt, Früchten und einer Käseplatte, bevor Wulf Sabine befahl, sich ihnen anzuschließen.

»Erhebe dich, Sabine«, wies er sie an, nachdem sie ihm einen Schmuckkasten hingehalten und sich vor ihm auf den Boden geworfen hatte.

Die Kammerfrau erhob sich. »Ich habe Kleidungsstücke für die neue Konkubine gebracht. Ich habe auch Talgorite gebracht, Eure Hoheit, und das hier.« Sie hielt ihm eine lange, dicke goldene Kette mit einem zylindrischen Anhänger hin. »Genau nach Euren Wünschen.«

Wulf streckte seine geöffnete Hand aus, und Sabine drapierte die Kette auf seiner Handfläche. Er drehte sich zu Sapphire um, zog sie ihr über den Kopf und legte sie ihr dann um den Hals.

»Der Chip deiner Hüterin«, erklärte er.

Sapphire hob den Anhänger hoch, der zwischen ihren Brüsten lag, sah ihn an und bewunderte das Wappen der königlichen Familie von D'Ashier, das in das Gold eingraviert war. Sie warf Wulf einen fragenden Blick zu.

Er zucke die Achseln. »Ich habe eine Schwäche für diese Hüterin.«

Sabine verbeugte sich. »Der König respektiert Euren Wunsch, ungestört zu sein, Eure Hoheit, doch er drängt Euch baldmöglichst zu einem Treffen.«

»Morgen.«

»Geh zu ihm«, drängte Sapphire. »Er muss krank vor Sorge um dich gewesen sein.«

Wulf zog süffisant eine Augenbraue hoch, doch seine

Mundwinkel umspielte ein zufriedenes Lächeln. »Du hast vergessen, wo du bist, Katie. Ich nehme hier keine Befehle entgegen. Ich erteile sie.«

»Aber ganz bestimmt nicht mir, Eure königliche Arroganz.«

»Ach nein?« Er sprang über das Bett und zog sie in seine Arme. Sie quietschte und lachte dann schallend, als er sie kitzelte.

»Hör auf!« Sie schlug auf ihn ein. »Jetzt hör schon auf ... Bitte, Wulf.«

Er lachte. »Du bettelst. Ich bin begeistert.«

»Und du nennst *mich* ›unersättlich‹?«

»Ich bin erschöpft davon, mit dir Schritt zu halten.«

Sapphire schlang ein Bein um seines und wand sich, bis sie oben war. Sie setzte sich rittlings auf seine Hüften, und er gestattete ihr, seine Hände auf seinem Bauch festzuhalten. »Es gibt sicher viele Dinge, um die du dich kümmern musst, nachdem du so lange fort warst.«

»Nichts, was nicht bis zum Morgen warten kann. Nach der heutigen Nacht werde ich sehr beschäftigt sein. Du wirst tagsüber nicht viel von mir zu sehen bekommen.« Sein Tonfall klang unbeschwert, doch seine Miene war ernst.

»Vielleicht hat dein Vater neue Informationen über den Angriff auf dich.«

»Wenn er mich dringend bräuchte, würde er es sagen.«

»Du bist nicht der Typ Mann, der für das Vergnügen seine Pflicht vernachlässigt, aber für mich tust du es immer wieder.«

Wulfric blickte finster drein. »Es gibt so vieles, was ich

nicht erklären kann. Ich brauche Zeit zum Nachdenken, bevor ich meinen Vater treffe.«

»Und du kannst in meiner Gegenwart klar denken?«, zog sie ihn auf. »Ich beneide dich. Ich kann in deiner Gegenwart überhaupt nicht klar denken.«

Er zog ihre Hand an seinen Mund und drückte einen Kuss auf ihren Handrücken. Der Blick, mit dem er sie ansah, war verheißungsvoll. »Also gut, ich gehe zu ihm.«

»Prima.« Sie strich ihm das Haar aus der Stirn und glitt dann von ihm hinunter. »Ich sehe dich, wenn du zurückkommst.«

»Ich rate dir, hier zu sein.«

»Wohin könnte ich denn gehen?« Sapphire blinzelte ihm mit gespielter Unschuld zu. Seine Augen verengten sich zu schmalen Schlitzen.

Wulf wälzte sich vom Bett, ließ seinen schwarzen Bademantel fallen und schlüpfte in das dunkelrote Gewand, das Sabine für ihn bereithielt. Er trat vor den Kleiderschrank und tippte den Code ein, der eine gesicherte Schublade öffnete, in der seine Krone lag – ein dezenter goldener Reif, der großzügig mit Talgoriten besetzt war. Als er sich in seinen königlichen Gewändern, die hinter ihm wogten, und mit dem schwarzen Haar, das in dem simulierten Kerzenlicht schimmerte, zu ihr umdrehte, schlug Sapphire das Herz bis zum Hals. Seine schmale Taille war mit einer goldenen Schnalle gegürtet, und ein V-Ausschnitt gab den Blick auf seinen kräftigen Brustkorb und die braun gebrannte Haut frei.

»Du verschlägst mir den Atem.« Ihr Mund verzog sich sehnsüchtig, und sie hob eine Hand schützend über ihr

rasendes Herz. Wulfric war die Verkörperung jedes Mär-
chenprinzen, den sie sich jemals ausgemalt hatte – nur dass
dieser Mann hier noch erotischer und viel gefährlicher
war. Die Entschlossenheit, mit der er der Anziehungskraft
zwischen ihnen auf den Grund ging, war sowohl liebenswert als auch verheerend.

Er blieb still stehen. Die aufgewühlten Gefühle in seinen smaragdgrünen Augen zogen sie in ihren Bann. Verlangen, Verwirrung. Sie wusste genau, wie ihm zumute war.

»Für den Rest meines Lebens«, sagte sie, »werde ich
dich so in Erinnerung behalten, wie du jetzt in diesem
Moment aussiehst.«

Wulfs Stimme war heiser, als er sprach. »Wie zum
Teufel soll ich von hier fortgehen, wenn du mich so ansiehst?«

»Ich wollte nur, dass du weißt, was dein Anblick bei mir
bewirkt.«

Er starrte sie so lange an, dass sich Zweifel in ihr regten,
ob er fortgehen würde. Endlich wandte er sich ab und
ging ohne ein weiteres Wort.

Sapphire seufzte innerlich, als sie ihre Aufmerksamkeit
Sabine zuwandte und sie anlächelte, weil sie sich inbrüns-
tig wünschte, an diesem fremden Ort eine Freundin zu
finden. Die Kammerfrau kam zögernd auf sie zu.

»Dann wollen wir doch mal sehen, was du mitgebracht
hast.« Sapphire wies auf den Schmuckkasten und klopfte
dann neben sich auf die Matratze. »Setz dich zu mir. Du
kannst mir beim Auswählen behilflich sein.«

»Das darf ich nicht«, erwiderte Sabine. »Es ist verboten,
das Bett Seiner Hoheit zu berühren.«

»Ich verstehe.« Sapphire zog nachdenklich die Stirn in Falten. Aus Gründen der Sicherheit war das absolut einleuchtend. Gleichzeitig machte es aber auch die Ausnahmeregelung, die für sie getroffen worden war, noch rätselhafter. Unterschätzte Wulf tatsächlich ihre politischen Beziehungen? »Du siehst mich seltsam an, Sabine. Sag mir eines: Findest du Prinz Wulfrics Benehmen ungewöhnlich?«

»Das wäre reichlich milde ausgedrückt«, antwortete Sabine trocken. »Wenn ich eine fantasievollere Frau wäre, würde ich glauben, ein ganz anderer Mann sei zu uns zurückgekehrt.«

»Kannst du mir sagen, was an seinem Verhalten untypisch für ihn ist?«

Ein Lächeln zog an Sabines Mundwinkeln. »Zuerst einmal gibt es ein Schlafzimmer, das für seinen Gebrauch der Kurtisanen reserviert ist. Dennoch befindet Ihr Euch in seinen privaten Räumlichkeiten, in seinem Bett. Und er hat die Absicht, Euch hierzubehalten. Das ist der Umstand, der mich am meisten verwundert.«

»Ich verstehe.« Sapphire verbarg die Freude, die ihr das Wissen bereitete, dass sie etwas Besonderes war. Sie wurde nicht so behandelt wie seine anderen Frauen.

Die Kammerfrau fuhr fort. »Ebenso seltsam ist, dass er Euch erlaubt, so mit ihm zu reden, wie Ihr es tut – Ihr nennt ihn bei seinem Vornamen und widersprecht ihm sogar.« Sabine nahm den Deckel von dem Kasten, und eine überwältigende Auswahl von Schmuckstücken kam zum Vorschein. »Ihr seid in seinen Augen etwas Besonderes. Wenn Ihr geschickt manövriert, könntet Ihr große Macht erlangen. Ich kann Euch dabei helfen.«

Sapphire bewunderte die Frau für ihre Gerissenheit. Eine wirklich gute Kammerfrau wusste, wie sie für sich selbst und die ihr unterstellten Frauen eine möglichst vorteilhafte Position einnahm. Sapphire würde jedoch nicht lange genug bleiben, um den Beistand zu brauchen.

Eine Woche. Länger nicht. Und sie wusste, dass selbst dieser Zeitraum schon lange genug war, um zu gewährleisten, dass sie nicht unversehrt von hier fortgehen würde.

9

»Wulfric.« Anders, der König von D'Ashier, begrüßte seinen Sohn mit offensichtlicher Freude.

»Vater.« Wulf sank auf ein Knie und küsste den Rücken der Hand, die ihm entgegengestreckt wurde.

»Danke, dass du in deinem vollen Terminkalender Zeit für mich gefunden hast«, spottete der König trocken. »Ich bin sicher, dass es eine ziemlich große Zumutung ist, zwischen Söldnern und schönen nackten Frauen die lästige Pflicht eines Treffens mit deinem Vater unterzubringen.«

Wulf lachte, während sein Vater ihn auf die Füße und in seine Arme zog und ihm auf den Rücken klopfte. Der König war nicht so groß wie er, aber ebenso muskulös, was dem Monarchen einen untersetzten Körperbau mit breitem Brustkorb verlieh.

»Ich habe doch schon mit dir gesprochen«, rief Wulf seinem Vater ins Gedächtnis zurück, »als ich das erste Mal zurückgekehrt bin. Ich hatte erwartet, dieses Treffen würde deine vordringlichsten Sorgen bis zum Morgen zerstreuen.«

»Du hast dreißig Minuten mit mir gesprochen, und es war nur von dem Hinterhalt die Rede«, beklagte sich Anders. »Du hast mit keinem Wort deinen Verbleib seitdem erwähnt oder was du in all der Zeit getrieben hast. Du warst aufgewühlt und sichtlich abgelenkt. Dann bist du wieder fortgegangen und mit einer schönen Gefangenen zurückgekehrt.«

»Katie ist keine Gefangene.«

Anders versank in einem Berg aus bunten Seidenkissen und bedeutete Wulf, dasselbe zu tun. Über ihnen hing an einer Kuppeldecke ein einzelner massiver Kronleuchter, umgeben von einem Deckengemälde mit zahlreichen Sonnen. Simuliertes Kerzenlicht erhellte den geschwungenen Sitzbereich und ließ die silbernen Strähnen schimmern, die das rabenschwarze Haar des Königs erst recht betonten. Trotz der gewaltigen Größe des privaten königlichen Wohnzimmers wurde durch die freizügige Verwendung von Farben und die Fellteppiche auf dem kalten Steinboden eine intime Atmosphäre erzeugt.

»Nach allem, was man so hört, ist sie eine Wildkatze«, sagte Anders und rückte die Schleppe seiner talgoritroten Gewänder zurecht. »Und du glaubst, ich würde nicht von Neugier zerfressen? Du kennst mich überhaupt nicht, wenn du dachtest, ich könnte bis zum Morgen warten.«

»Eine Wildkatze.« Wulf lächelte, während er sich hinsetzte. »Das ist eine treffende Beschreibung.« Er konnte immer noch fühlen, wie sich ihre Nägel in die Haut auf seinem Rücken und seinen Pobacken gegraben hatten.

»Sabine hat mir berichtet, mit deinem heutigen Auftritt in deinem Serail hättest du einen Skandal verursacht. Die anderen Konkubinen sind begierig auf ähnliche Aufmerksamkeiten von deiner Seite. Du wirst ein vielbeschäftigter Mann sein, wenn du versuchst, diese Nachfrage zu decken. Wie sehr ich dich darum beneide!«

Wulf zuckte zusammen, denn es war ihm immer noch

peinlich, dass ein so zügelloser Geschlechtsakt derart öffentlich stattgefunden hatte. »Nach der Rückkehr in meine Gemächer werde ich Vorkehrungen für die Frauen treffen.«

Anders zog die Augenbrauen hoch. »Vorkehrungen? Meinst du etwa eine Art Zeitplan? Oder hat deine Gefangene dich erschöpft? Lass dir ein oder zwei Tage Zeit, mein Sohn. Du bist noch jung, du wirst schnell wieder zu Kräften kommen.«

»Die Erholung ist nicht das Problem, ich komme ganz von allein wieder zu Kräften.« Schon der Gedanke an Katie reichte aus, damit er steif wurde und bereit war. Aber wie sie auf ihn reagierte – als sei sie für ihn geschaffen ... Er konnte einfach nicht genug von ihr bekommen.

»Ich hatte auch meine Lieblinge.« Anders streckte einen Arm über ein Kissen und machte es sich bequem. »Sabine war eine von ihnen. Es ist berauschend, solange es anhält. Genieße es.«

»Das tue ich doch.« Wulf beugte sich vor und stützte seine Unterarme auf seine Schenkel. »Vielleicht kannst du verstehen, warum es mir widerstrebt hat, sie zurückzulassen.«

Anders saß einen Moment lang da und schwieg versonnen. »Wer ist sie? Wo hast du sie gefunden?«

»Ich weiß nicht, wo ich anfangen soll. Und es ist, offen gesagt, auch ganz egal, wie ich dir die Informationen unterbreite. Sie werden dir ohnehin nicht gefallen.«

»Fang da an, wo du aufgehört hast«, schlug sein Vater vor. »Berichte mir, was dir zugestoßen ist. War es dir möglich, während deines Aufenthalts in Sari nützliche Informationen an dich zu bringen?«

Wulf holte tief Atem und begann seinen Bericht mit

dem Moment, als er in der Heilkammer das Bewusstsein wiedererlangt hatte, und ließ ihn damit enden, dass er jetzt im privaten Wohnzimmer des Königs saß. Als er ausgeredet hatte, wappnete er sich gegen die Reaktion seines Vaters, denn er erwartete, dass sie explosiv ausfallen würde. Er täuschte sich nicht.

»Du bist ein Genie!« Anders sprang auf. »Das ist fantastisch. Jetzt haben wir sie an den Eiern. Eriksons Tochter und Gunthers Lieblingskonkubine …«

»*Ehemalige* Konkubine.«

»Kein Wunder, dass du solche Freude an ihr hast.« Sein Vater rieb sich lachend die Hände.

Wulf stand auf. »So ist es aber nicht.«

Anders erstarrte. Er kniff die Augen zusammen. »Denk mit deinem anderen Gehirn. Sie ist ein Druckmittel und noch dazu eine sexy Frau. Verliere nicht aus den Augen, wer sie ist.«

Wulf konnte es nicht aus den Augen verlieren. Ihr Vorleben machte sie zu der Frau, die sie war, einer Frau, die er respektierte und faszinierend fand.

Sein Vater blickte finster. »Du kannst sie nicht behalten, Wulfric. Erikson wird früher oder später kommen, um sie zu holen, wenn wir nicht innerhalb eines angemessenen Zeitraums eine Lösegeldforderung stellen. Und er wird die Rückendeckung des Königs haben, falls dieser Idiot so verliebt in sie ist, wie du sagst.«

»Nicht, wenn sie bleiben will.« Katie hatte zwar nicht unumwunden gesagt, dass sie bleiben wollte, aber er würde sie dazu bringen. Er war fest dazu entschlossen.

Anders stand da, die Hände in die Hüften gestemmt,

und seine Lippen verzogen sich zu einem fiesen Lächeln, das Wulf dazu brachte, seine Hände zu Fäusten zu ballen. »Was zum Teufel hat sie zwischen den Beinen? Wie schafft sie es, dass ihr beide nach ihr lechzt, du und Gunther ...« Er unterbrach sich. Eine Erkenntnis ließ seine Augen aufleuchten. »Sie ist eine *Spionin*.«

»Nein, verdammt noch mal!«

»Denk nach, Wulfric! Sie hat *fünf Jahre lang* mit dem König von Sari geschlafen! Sie muss sich etwas aus ihm machen.«

»Sie war ihm vertraglich verpflichtet.«

»Blödsinn. Andernfalls ist deine Gefangennahme nicht einleuchtend. Warum zum Teufel wurdest du zu ihr geschickt und nicht in den Kerker des Palasts gesperrt? Warum hat ihre Hüterin dir gestattet, ihr Treffen mit Erikson zu beobachten? Konkubinen haben keine Kampfausbildung. Warum ist sie so gut unterrichtet?« Anders stach mit dem Finger in die Luft, um seinen Worten Nachdruck zu verleihen. »Weil sie eine verfluchte Attentäterin oder eine Spionin ist, deshalb!«

Wulf stand steif da, sein Herz hämmerte. »Katie wollte nicht mitkommen. Das weißt du. Ich habe sie gegen ihren Willen hierhergebracht.«

»Du weißt nicht, wo dir der Kopf steht! Erst behauptest du, sie wollte hierbleiben. Dann behauptest du, sie wollte nicht herkommen. Entscheide dich.« Der König schnaubte. »Das ist die älteste weibliche List in der Geschichte der Menschheit – sich zieren. Du kannst jede Frau haben, die du willst, Wulfric. Die Tatsache, dass sie die einzige Frau ist, die sich dir widersetzt, macht es für dich unwiderstehlich, sie zu besitzen. Aber ihre Ablehnung schmilzt dahin, wenn du sie nimmst, oder etwa nicht? Das ist alles nur eine gewaltige Show, die sie abzieht.«

»Du wirfst mir vor, ich sei verwirrt? Dabei deutest du an, sie wollte mich nicht, und dann sagst du, sie will mich doch ... und all das im selben Atemzug?«

»Ganz gleich, unter welchem Gesichtspunkt man es betrachtet«, gab Anders zurück. »Ihre Motive sind suspekt.«

Wulf ließ sich in die Kissen sinken und begrub das Gesicht in den Händen. Schweiß brach ihm aus, und sein Brustkorb schnürte sich zusammen und erschwerte ihm das Atmen. Die verdächtigen Umstände, unter denen er der wunderschönen Sapphire begegnet war, ließen sich nicht leugnen, aber er hatte seine Sache verdammt gut gemacht, sie trotzdem zu leugnen. Nach den Gräueln seiner Gefangenschaft war er so dankbar für ihre Aufmerksamkeiten gewesen.

Alles, was sein Vater sagte, konnte durchaus wahr sein. Er kannte Katie erst seit so kurzer Zeit. Wie also hätte er die Wahrheit hinter ihren Motiven ergründen können?

»Wulfric.« Der König ging vor ihm in die Hocke. »Ich habe noch nie erlebt, dass du dich wegen einer Frau so gebärdest. Vielleicht haben sie ein Aphrodisiakum in die Luft der Heilkammer gepumpt. Vielleicht trägt sie es mit ihrem Parfüm oder ihrer Lotion auf.«

Wulf atmete hörbar aus. »Ich befasse mich mit ihr. Ich werde hinter ihre wahren Absichten kommen.«

»Vielleicht sollten wir sie deinem Bruder geben. Er kann ...«

»*Nein.*« Wulfs Tonfall duldete keinen Widerspruch.

»Duncan ist noch ein Junge, er ist noch kein richtiger Mann. Er wäre ihr nicht gewachsen.« Wulf stand auf und fühlte sich plötzlich erschöpft. »Sie gehört mir. Ob sie meine Geliebte oder mein Fehler ist, ist eine Entscheidung, die ich sehr wohl selbst treffen kann.«

Der König richtete sich auf. »Ich mache mir Sorgen um dich.«

»Das ist nicht nötig.« Wulf sah fest in Augen von der Farbe seiner eigenen Augen. »Meine Liebe gilt vor allem D'Ashier. So war es schon immer. Und so wird es immer sein.«

Dennoch verursachte die Möglichkeit, Katie könnte ein falsches Spiel mit ihm spielen, einen stechenden Schmerz in seiner Brust. Er verbeugte sich. »Wir sehen uns morgen früh.«

»Ja.« Der König blickte grimmig. »Ich erwarte dich.«

Der Anblick, den Wulfric bei seiner Rückkehr in sein Zimmer vorfand, traf ihn wie ein körperlicher Schlag. Seine Eingeweide zogen sich zusammen, und er wurde kurzatmig. Katie erwartete ihn auf seinem Bett, ihr Körper war mit funkelnden roten Talgoriten geschmückt. Ihre schön geschnittenen Gesichtszüge strahlten von innen heraus, als sie ihn sah.

Was auch immer zwischen ihnen war – es konnte keine reine Lüge sein. Es musste etwas Wahres daran sein. Wenn er in ihr war, war ihre Reaktion auf ihn echt und kam von Herzen. Das wusste er.

Sabine kam aus dem Badezimmer und warf sich auf den Boden, sowie sie ihn sah. »Eure Hoheit.«

Sein Blick löste sich keinen Moment lang von Katie.

»Du siehst aus, als fühltest du dich nicht wohl.« Katie zog die Stirn in Falten. »Was ist passiert?«

Sie erhob sich von dem Bett und kam auf ihn zu. Das transparente rote Gewand, das sie trug, umspielte schimmernd ihre üppigen Rundungen und gewährte ihm verlockende Ausblicke auf die zarte schneeweiße Haut darunter.

Falls sie tatsächlich eine Waffe war, dann war sie die perfekte Waffe.

»Erhebe dich, Sabine«, sagte er mürrisch. »Richte ein Zimmer für Sapphire bei den anderen Konkubinen her. Sie wird dir in Kürze folgen.«

Wulf hörte, wie sich die Türen hinter der Kammerfrau schlossen. Gleichzeitig verschloss sich etwas in seinem Inneren.

Katie blieb vor ihm stehen. »Du hast mich Sapphire genannt.« Sie schien auf eine Erklärung zu warten, doch in ihren dunklen Augen stand ein wissender Ausdruck. »Du willst mich nicht wegschicken. Ich kann es dir im Gesicht ansehen.«

»Ich muss morgen früh aufstehen.«

Sie schüttelte den Kopf. »Darum geht es hier doch gar nicht, oder? Dein Vater hat etwas gesagt, das dich aus der Fassung gebracht hat.«

Er konnte es nicht lassen, sie zu umarmen. Sein Kopf schmerzte. Er wusste nicht, was oder wem er glauben sollte, und solange er das nicht mit Sicherheit wusste, hatte er die Verpflichtung gegenüber dem Königshaus, sich selbst und sein Volk zu schützen.

Wulfric drehte Katie grob mit dem Rücken zu sich und stieß sie bäuchlings auf das Bett.

»Was tust du da?«, fragte sie, und ihre Stimme war heiserer als sonst.

Wulf beugte sich über sie und brachte seine Lippen dicht an ihr Ohr. »Sag mir eines, Katie. Wieso sollte eine professionelle Konkubine Kampftechniken einstudieren? Du besitzt die Kenntnisse eines Meuchelmörders.« Er schob ihr Kleid bis zu ihrer Taille hoch und ließ seine Hand zwischen ihre Beine gleiten. Zu fühlen, wie warm und weich sie war, erregte ihn noch mehr. Sein Schwanz wurde schwer. Er war bereit für sie.

»I-ich ... Mein Vater hat darauf bestanden, dass ich lerne, mich selbst zu verteidigen.« Sie keuchte, als er ihre Muschi öffnete und sein Zeigefinger ihre Klitoris umkreiste. »In der weiterführenden Schule war ein junger Mann ... mmm ... das tut gut.«

»Sprich weiter«, befahl er und biss die Zähne zusammen, als er fühlte, wie feucht seine Finger wurden. Während sich Katies Haut erhitzte, stieg ihm der Duft einer verlockenden willigen Frau in die Nase und machte ihn beinahe verrückt. Sie brauchte kein Aphrodisiakum auf ihren Körper aufzutragen; sie selbst war von Natur aus das reinste Aphrodisiakum. Jedes Mal, wenn er sie berührte, fühlte er sich wild und unbeherrscht. Wenn er ihr vollständig vertrauen könnte, würde er in der immensen animalischen Anziehungskraft zwischen ihnen schwelgen. Aber so, wie die Dinge standen, hatte er das Gefühl zu ertrinken. Und der Teufel sollte ihn holen, wenn er allein unterging.

»Eines Tages hat er mich nach Hause begleitet. Er hat versucht ...«

Wulf stieß zwei Finger in sie hinein und unterdrückte ein Knurren, als er das enge und doch seidenweiche Gewebe fühlte. Er begann seine Finger in einem gemächlichen Rhythmus in ihr zu bewegen, da er entschlossen war, sie auf dieselben niederen Gelüste zu reduzieren, unter denen er litt. Rein und raus. Er krümmte die Finger und rieb diese hinreißende Stelle in ihrem Inneren.

»Oh ...«, stöhnte Katie und wand sich auf eine Art, die ihm den Schweiß aus den Poren jagte, allein von der Anstrengung, sich zurückzuhalten. »Ich kann nicht denken, wenn du mich so berührst.«

Wulf beobachtete, wie sie ihre Wange an den Samt seiner Tagesdecke schmiegte und die Augen schloss. Selbst jetzt wollte er sie trotz seiner inneren Zerrissenheit ebenso sehr, wie er atmen wollte. Und er würde sie bekommen. So, wie sie jetzt dalag, würde er sie nehmen, mit dem Gesicht nach unten, damit sie nicht sehen konnte, was sie bei ihm anrichtete.

»Er hat versucht, sich Freiheiten herauszunehmen ...«
Ihre Hüften bewegten sich kreisend in seiner Hand, als sie sich nahm, was sie brauchte, und ihre Muschi sich gierig um seine Finger herum zusammenzog. »Aber mein Vater k-kam rechtzeitig nach H-hause. Es ist kein dauerhafter Schaden angerichtet worden, aber h-hinterher wollte ich wissen, wie ich mich verteidigen kann.«

»Du hast es bis zum Äußersten getrieben«, knurrte er. »Du bist dazu ausgebildet zu töten. Und nicht nur einen Gegner, sondern etliche.«

»Ich mache keine halben Sachen.« Ihre Verärgerung kräftigte ihre Stimme. »Du übrigens auch nicht.«

»Ist deine Loyalität etwa keine halbe Sache? Du verrätst deinen Vater und deinen König, um mich zu beschützen.«

Katie schlug die Augen auf, hob den Kopf und sah ihn über die Schulter finster an. »Heute Abend musstest du dir etwas über mich anhören, das dich wütend auf mich gemacht hat. Wenn du auf Streit aus bist, dann sieh mir ins Gesicht. Wenn du vögeln willst, dann mach schon. Such es dir aus, aber komm zur Sache.«

Wulf fauchte wütend vor Verwirrung und Frustration, während er mit geschickten Fingern die Schnalle seines Gewands öffnete. Die beiden überlappenden Stoffbahnen fielen zur Seite, und er nahm seinen Schwanz in die Hand. Ohne ein Wort steckte er ihn grob in sie hinein.

Sie schrie auf, als er sie mit einem einzigen brutalen Stoß ausfüllte und sie mit der Wucht seines Eindringens flach auf das Bett presste.

»Hast du die Männer schon immer verrückt gemacht?«, fragte er barsch. »Bin ich nur einer von vielen, die bei dir den Verstand verlieren?« Er hob ihre Knie auf den Rand der Matratze und hielt ihre Hüften unbeweglich fest, damit sie sich ihm nicht entziehen konnte. Dann begann er, sich in sie zu rammen, und sie grob und schnell zu vögeln.

»Ja«, fauchte sie ihn an. »Ist es das, was du von mir hören willst? Dass du mir nichts bedeutest? Dass ich dich in jeder Hinsicht reinlege?«

Katie war glühend heiß und eng, so unglaublich eng, dass Wulf glaubte, er würde vor Lust sterben. Kein Mann konnte eine endlose Lust wie diese überleben. Er nahm sie wie ein Besessener, denn genauso kam er sich vor, als er versuchte, in sie hineinzukriechen, um ihre Motive zu erkennen und die Wahrheit über ihre Gefühle für ihn nachzuprüfen.

»Du lügst«, keuchte er. »Ich bedeute dir etwas.«

Ihre hilflosen Schreie spornten ihn an, als wären es Peitschenhiebe. Er ritt sie mit tiefen, langen Stößen und knurrte jedes Mal, wenn er auf das Ende von ihr traf. Die Ekstase, die sich in Spiralen um sein Rückgrat schlang und sein Blut zum Kochen brachte, war einfach unglaublich. Es begeisterte ihn, mit ihr zu schlafen. Er lechzte nach der Nähe, dem Gefühl von Verbundenheit, das er nur bei Katie empfand.

Sie hatte die Fäuste in das Bettzeug gekrallt und kam seinen Stößen entgegen, nahm ihn so brutal, wie er sie nahm. Ihre Möse packte seinen Schwanz und drückte in einem so köstlichen Rhythmus zu, dass er haarscharf vor dem Höhepunkt stand. Er griff unter sie, neckte ihre Klitoris und genoss es, wie sie seinen Namen wimmerte. Er koordinierte seine Stöße mit den Bewegungen seiner Finger.

»Wulf … das tut so gut … so gut …«

Er schlang seinen sich abplagenden Körper um ihren.

»Katie«, flüsterte er und wünschte, er hätte niemals seinen Vater aufgesucht, wünschte, er wäre mit ihr in diesem Zimmer geblieben, in Unwissenheit über die Vorurteile Außenstehender und die Zweifel, die sie hervorriefen.

Das hier war echt.

Er fühlte, wie sie sich von Kopf bis Fuß versteifte, und dann zog sich ihre Muschi um seinen zustoßenden Schwanz herum zusammen. Er hielt an dem tiefsten Punkt in ihrem Innern still und gestattete ihrem Körper, ihn bis zum Orgasmus zu melken. Er erschauerte an ihrem Rücken, während er sich mit einem schmerzlichen Stöhnen der Lust in sie ergoss. Die Zuckungen waren endlos und beinahe zerstörerisch, und auf jeden Samenstrahl folgte ein Erschauern, das seinen ganzen Körper erschütterte.

Wulf folgte ihr auf das Bett hinunter und drehte sie dann beide auf die Seite. Sie blieben dicht nebeneinander liegen, ihre Körper waren immer noch miteinander verbunden.

Als sich sein unregelmäßiger Atem verlangsamte, bemerkte er, wie sich ihre Finger mit seinen verflochten und ihre derart miteinander verbundenen Hände auf ihr rasendes Herz pressten. Er zog sie eng an seine Brust und gab zugunsten der Vorstellung, tief in ihr zu bleiben, seinen Plan auf, sie in die Unterkünfte der Konkubinen zu schicken. Er wollte mit ihr verbunden bleiben.

Falls sie die Verräterin war, für die sein Vater sie hielt, setzte Wulf jedes Mal, wenn er mit ihr schlief, sein Leben aufs Spiel. Sie könnte ihn töten, wenn er am angreifbarsten war. Sein Tod würde D'Ashier ins Chaos stürzen, und da er der Anführer der Streitkräfte des Landes war, würde sein Verlust zu einer vorübergehenden Verletzlichkeit führen, die sein Feind mühelos ausbeuten konnte.

Seltsamerweise erschreckte ihn die Gefährdung seines Lebens nicht, oder jedenfalls nicht genügend, um Katie fortzuschicken. Ja, es ließ sich nicht bestreiten, dass ihre Begegnung ein äußerst unwahrscheinlicher Zufall war, aber bisher hatte sie ihn schließlich nicht umgebracht.

»Wenn du mich zu Sabine schickst«, flüsterte Katie grimmig, »dann werde ich dir das niemals verzeihen.«

Statt einer Antwort schmiegte er sich tiefer in sie hinein und legte ihre miteinander verflochtenen Hände auf eine ihrer üppigen Brüste.

Als sie gemeinsam in Katies Bett in Sari gelegen hatten, hatte er geglaubt, wenn er sie hier in seinem Palast und in seinem Bett hätte, würde sich das Gefühl legen, einer tickenden Uhr unterworfen zu sein. Doch statt des Gefühls von Dauerhaftigkeit, das er erwartet hatte, fühlte er jetzt einen gähnenden Abgrund zwischen ihnen, der sich langsam verbreiterte.

Er hielt sie noch fester und wusste, dass er sie behalten musste, bis er nicht mehr nach ihr lechzte. Nichts würde sich ihm in den Weg stellen. Nicht einmal sie selbst.

10

Sapphire setzte sich mit einem Ruck im Bett auf, und ihr vom Schlaf benebelter Verstand versuchte festzustellen, was sie geweckt hatte. Mit ungeduldigen Fingern strich sie sich das Haar aus den Augen und sah zu ihrer Verblüffung einen Mann vor der Tür stehen, die Beine weit gespreizt und die fleischigen Arme vor einem unglaublich breiten Brustkorb verschränkt.

Er war enorm kräftig und mindestens zwei Meter groß. Seine Schultern besaßen eine gigantische Breite und verjüngten sich zu schmalen Hüften und Oberschenkeln, die den Umfang von Baumstämmen hatten. Seine Haut und seine Augen waren so dunkel wie die Nacht, sein Schädel war kahl, und große goldene Kreolen schmückten seine Ohrläppchen.

Sie musterte sein leuchtend rotes Wams mit den freizügig eingewebten Goldfäden und den Orden. Lächelnd sagte sie: »Du musst der Hauptmann der Palastwache sein.«

Die Augen des Mannes leuchteten im ersten Moment überrascht auf, ehe er mit einer tiefen, polternden Stimme antwortete: »Der bin ich.«

»Guten Morgen, Hauptmann.«

Er verbeugte sich und hielt die Arme dabei weiterhin verschränkt. »Mein Name ist Clarke, Herrin.«

»Das ist ein ungewöhnlicher Name. Er gefällt mir.« Sie lächelte ihn strahlend an.

Seine dunklen Lippen zuckten an den Mundwinkeln.

Da sie den Tag mit einer Erkundung von Wulfs Haus beginnen wollte, ließ Sapphire eine Hand über den edlen Stoff ihres roten Gewands gleiten. Sie fragte sich, ob Wulf ihr Entschluss aufgefallen war, sich in seinen Farben zu kleiden. Vielleicht war er zu aufgewühlt gewesen. Sein Vater hatte ihm Zweifel an ihr eingeflößt, was sie erwartet hatte, wenn man bedachte, wer sie war.

Obgleich ihr die neuerliche Anspannung zwischen ihnen und der dadurch hervorgerufene Anflug von Verzweiflung in ihrem Liebesakt verhasst waren, wusste Sapphire, dass es für Wulf wichtig war, den Tatsachen ins Auge zu sehen – sie raubten sich die gemeinsame Zeit.

Dennoch würde sie Wulf immer hoch anrechnen, dass er letzte Nacht auf sein Herz gehört hatte. Er hatte vorgehabt, sie wegzuschicken. Stattdessen hatte er sich um sie geschlungen und sie keinen Moment lang losgelassen. Die vage Erinnerung an einen zärtlichen Kuss, ehe er heute Morgen fortgegangen war, machte sie regelrecht wehrlos. Kummer war wohl unvermeidlich, aber Wulf war es wert. Sie hatte ihre große Leidenschaft erlebt und gefühlt, dass sie erwidert wurde. Sich das Unmögliche zu wünschen – mehr Zeit und weniger Hinderungsgründe – würde nur von dem ablenken, was ihnen vergönnt war.

Als sie aus dem Bett glitt, wandte sie ihre Aufmerksamkeit wieder dem Hauptmann zu. »Gibt es etwas, das ich für dich tun kann, Clarke?« Als er sie fragend ansah, wurde sie deutlicher. »Warum bist du hier?«

»Seine Hoheit Prinz Wulfric hat mir befohlen, Euch heute zu begleiten.«

Mit einem nachdenklichen Nicken ging sie ins Badezimmer, wusch sich rasch und tauchte nach ein paar Minuten in einem langen weißen Bademantel auf. »Ich muss mich anziehen. Wie soll ich mich kleiden?«

Clarke runzelte die Stirn. »Meine Befehle lauten, Euch zu folgen, ganz gleich, wohin Ihr gehen wollt.«

Dann glaubte Wulf also, sie könnte mit dem Gedanken an eine Flucht spielen. Ihr Mund verzog sich sarkastisch.

»Armer Hauptmann«, sagte sie mitfühlend zu Clarke. »Was für ein erbärmlicher Auftrag.«

Sie lachte über die Bereitwilligkeit, mit der er nickte, und freute sich über das Lächeln, mit dem er ihr Gelächter quittierte. Vielleicht konnte sie einen weiteren Verbündeten für sich gewinnen. Sicherheitsfragen und militärische Strategien zählten zu ihren Interessengebieten. Es wäre faszinierend, sich mit diesen Aspekten im königlichen Palast von D'Ashier zu befassen und somit Fluchtwege zu ermitteln. Natürlich würde sie ihre Neugier sorgsam im Zaum halten müssen … »Was tätest du normalerweise heute?«

»Das Training meiner Männer überwachen.«

»Ausgezeichnet.« Sie rieb sich die Hände. »Ich liebe jede Form von Training. Was hältst du davon, dass *ich* heute *dir* auf Schritt und Tritt folge?«

Clarke zögerte.

»Ich habe nichts vor und wüsste nicht, wohin ich gehen könnte. Ich finde keinen großen Gefallen an der Vorstellung, den ganzen Tag in diesem Zimmer zu verbringen. Dir geht es doch auch so, oder nicht?« Sie lächelte, als sie den Ausdruck des Unbehagens sah, der sich auf seinem Gesicht breitmachte. »Dann wäre das also geregelt. Ich werde nachsehen, ob ich in dem Berg von Kleidungsstücken, den mir Sabine gestern Abend gebracht hat, einen Schutzanzug finde.«

Unter den bezaubernden Gewändern, die ihr zur Verfügung gestellt worden waren, befanden sich bedauerlicherweise keine praktischen Kleidungsstücke. Sie brauchten fast eine Stunde, um einen Dämmanzug in ihrer Größe aufzutreiben, doch diese Verzögerung erwies sich als Glücksfall. Als sich Sapphire endlich angemessen gekleidet hatte, war der Hauptmann mittlerweile vollkommen sicher, dass er nicht den Wunsch verspürte, an irgendwelchen weiblichen Beschäftigungen teilzuhaben. Jedweder Zweifel, den er daran gehegt hatte, sich von ihr begleiten zu lassen, war ausgeräumt.

Während sie durch die steinernen Korridore wanderten, joggte Sapphire, um mit Clarke Schritt zu halten. Als sie sich seinen Männern auf dem Übungsplatz anschlossen, der in einem großen, offenen Innenhof untergebracht war, hatte sie sich warmgelaufen und war geschmeidig.

Der Hauptmann war sogleich in seinem Element, während er die Aufteilung der Wachen in mehrere Gruppen überwachte, von denen jede ein bestimmtes Gebiet der Gefechtsausbildung in den Mittelpunkt stellte. Sie sah den Männern aufmerksam zu und achtete auf ihre Stärken und Schwächen.

Dann wandte sie sich an Clarke. »Welche dieser Männer sind direkt verantwortlich für den Schutz von Prinz Wulfric?«

»Die Männer, die Rot mit schwarzen Streifen tragen.«

»Ich möchte euch etwas zeigen, das euch interessieren könnte. Würdest du diese Männer bitte zu uns rufen?«

Clarke musterte sie neugierig und befolgte ihren Wunsch. Kurz darauf standen zwanzig Männer im Halbkreis um sie und Clarke herum. Sapphire reckte das Kinn in die Luft, zog die Schultern zurück und fragte: »Hat einer von euch in den Konfrontationen gekämpft?«

Fünf Männer traten vor, und sie bemerkte an ihren Uniformen ganz spezielle Litzen, die bei den anderen Männern fehlten.

Sapphire absolvierte den Spießrutenlauf und inspizierte jeden der Männer sorgsam. »Ich vermute, mindestens einer oder zwei von euch haben beim Parieren ihre Glefe verloren, wenn ihr einen Schlag so abgefangen habt …«

Sie erreichte den letzten der Männer, nahm seine Waffe und aktivierte die Klinge. Anmutig sprang sie vor und demonstrierte die komplizierte Kombination aus Beinarbeit und Angriff, die von den Streitkräften D'Ashiers gewöhnlich eingesetzt wurde.

»Das passiert selbst den Besten«, sagte eine der Wachen, wenn auch nicht ohne eine gewisse defensive Haltung.

»Das ist wahr. Aber ich kann euch zeigen, wie ihr es schafft, dass es weniger oft passiert. Hat jemand Lust, es mit mir vorzuführen?«

Nach kurzem Zögern nickte Clarke, und einer der fünf Männer zog seine Glefe und stellte sich vor sie hin. Sapphire verbeugte sich tief und griff dann an. Der Mann parierte anfangs nur zurückhaltend, dann jedoch mit zunehmendem Elan, als er ihre Geschicklichkeit erkannte. Nach wenigen Momenten schlug sie ihm die Glefe unter Einsatz einer Technik aus der Hand, die sie und ihr Vater perfektioniert hatten.

»Verflucht noch mal«, murmelte er mit weit aufgerissenen Augen, als sich die Klinge ausschaltete und der Griff ein paar Meter über den Boden schlitterte, ehe er liegen blieb.

Wulfs Wachen begannen aufgeregt durcheinanderzureden.

»... genau so war es ...«

»... ist mir auch passiert ...«

Sie drehte sich zu ihnen um. »Da ihr Prinz Wulfric beschützt, würde ich euch gern nicht nur zeigen, wie ihr das tun könnt, was ich gerade getan habe, sondern auch, wie ihr vermeidet, dass es euch zustößt.«

Es war nicht gerade loyal, Wulfs Männer im Stil ihres Vaters auszubilden, aber da sie die Absicht hatte, in Erfahrung zu bringen, wie Wulfric sie ohne Transporter aus ihrem Palast hierhergebracht hatte, sagte sie sich, es sei nur gerecht. Das Wissen, das sie preisgab, würde sarische Truppen keiner größeren Gefährdung als bisher aussetzen, doch es würde es erschweren, Wulf erfolgreich anzugreifen. Trotz ihres Schuldbewusstseins bei dem Angebot, sie zu trainieren, war sie fest entschlossen. Sie würde wertvolle Informationen von ihrem Liebhaber beschaffen, doch sie würde auch einen wertvollen Teil ihrer selbst hier zurücklassen.

Clarke blickte finster auf sie herunter. »Wo habt Ihr das gelernt?«

»Man sollte eine Frau nie nach ihren Geheimnissen fragen.« Sapphire hob die Glefe vom Boden auf und reichte sie dem Mann, dem sie die Waffe aus der Hand geschlagen hatte.

Während der Hauptmann darüber nachdachte, ob er ihr Angebot annehmen sollte oder nicht, zog sich das Schweigen in die Länge.

Sapphire zuckte die Achseln und wandte sich ab. »Falls du beschließen solltest, mein Angebot anzunehmen, findest du mich dort drüben im Schatten.«

»Herrin?«

Sie warf einen Blick über die Schulter. »Ja?«

Clarke warf ihr seine Glefe zu. Geschickt machte sie auf dem Absatz ihres Stiefels kehrt und fing sie auf.

»Prima.« Sie lächelte ihn strahlend an. Die Vorstellung, Wulfs Schutz zu verstärken, erfüllte sie mit Freude. Vielleicht könnte ihr Wissen ihm eines Tages das Leben retten. Dieser Gedanke linderte ihre Melancholie und ihr Schuldbewusstsein.

Voller Elan stürzte sie sich in die Ausbildung der Männer.

Als Wulf auf der Suche nach seinem Vater durch den steinernen Flur schritt, war seine Stimmung angespannt.

Er hatte den Tag damit zugebracht, alles nachzuholen, was in seiner Abwesenheit vernachlässigt worden war, aber er war nicht mit Leib und Seele bei der Sache gewesen. Katie ließ sich nicht aus seinem Hinterkopf vertreiben – sie war ein sinnliches Rätsel, das er lösen musste. Er konnte sich kaum konzentrieren. Vier der Männer, die für den Angriff auf ihn verantwortlich gewesen waren, hatte man gefangen genommen, und jetzt wurden sie verhört. Er hoffte, bald genügend Informationen zu haben, um das Geheimnis zu lösen, das den Hinterhalt umgab, in den er gelockt worden war, sowie seine anschließende »Schenkung« an Katie.

Wulf bog um eine Ecke und trat auf den halbkreisförmigen Vorbau hinaus, der einen Ausblick auf den zentralen Innenhof des Kasernengeländes bot. Sein Vater stand mit stocksteifem Rücken am Geländer.

Von Treppen auf beiden Seiten flankiert und unter einem Vordach gelegen, war die Galerie vor der Hitze der untergehenden Sonne geschützt, die die Wachen unten im Hof in einen rötlichen Lichtschein tauchte. Wulf schloss sich Anders am Geländer an, blickte nach unten und versuchte dahinterzukommen, was den Ärger des Königs hervorgerufen hatte.

»Was ist los, Vater?«

Dann sah er sie.

Katie kauerte inmitten eines Kreises von Palastwachen und bereitete sich auf das Kampftraining mit einer seiner persönlichen Wachen vor.

»Was zum Teufel tut sie da?«, stieß Wulf ungehalten durch die Zähne hervor, denn der Anblick von ihr in Gefahr, ob echt oder eingebildet, machte ihn nervös.

Sein Vater drehte sich zu ihm um, und Wulf sah, dass seine Gesichtszüge vor Wut verzerrt waren. »Sie sabotiert uns von innen heraus! Sie war den ganzen Tag dort unten und hat die Männer im Gebrauch von Glefen umgeschult. Jetzt geht sie zum Nahkampf über. Sie wird uns alle zugrunde richten. Ihr Vater wird kommen, um sie zu holen, und unsere Männer werden unbrauchbar sein, weil dieses Miststück sie dazu umschult zu scheitern.«

Die Wache stürzte sich auf Katie, und sie prallten in einem Gewirr aus Gliedmaßen in Schutzanzügen aufeinander. Die umstehenden Wachen sprangen hastig aus dem Weg, als sich die beiden Körper in der Mitte des Kreises herumwälzten und heftig miteinander rangen.

»*Aufhören!*« Wulfs Stimme hallte durch den Hof.

Alle erstarrten und blickten zu dem Balkon hinüber, mit Ausnahme der beiden selbstvergessenen Kämpfer im Mittelpunkt des Geschehens.

Wulf raste los und sprang mit langen Sätzen zur Treppe, um die Auseinandersetzung zu beenden, bevor Katie verletzt werden konnte. Aus dem Augenwinkel nahm er eine dunkle Gestalt wahr, die über den Rasen gerannt kam. Seine Schritte stockten auf den Stufen, als sein Bruder Duncan zu der Menge eilte. Der Prinz stürmte durch die Wachen, zerrte Katie am Kragen ihres Schutzanzugs von ihrem Gegner weg und schlug ihr brutal mit dem Handrücken ins Gesicht, ehe Wulf die Gefahr erkannt hatte.

»*Nein.*«

Voller Mordlust stürmte Wulf die Stufen des Vorbaus hinunter, rannte über das Gras und stürzte sich auf seinen Bruder. Katie fiel zu Boden.

Wulf zog seinen Arm zurück und schlug fest zu. Gleich darauf ließ er den nächsten Schlag folgen, und dann noch einen. Der Hagel aus Schlägen, den er mit beiden Fäusten niedergehen ließ, kam zu schnell, um ihn abzuwehren.

»Wulfric!«, brüllte sein Vater. »Aufhören!«

Aber er hörte nicht auf, weil er zu wütend war, um den Befehl zu befolgen. Eine Vielzahl von Armen hielt ihn zurück und zerrte ihn von seinem hingestreckten Bruder, obwohl er beträchtlichen Widerstand leistete. Duncan duckte sich angesichts der Wut seines Bruders ängstlich, doch der Anblick einer zerknautschten und verletzten Katie dämmte jede Hoffnung auf Gnade ein.

Wulf schüttelte alle ab, die ihn zurückhielten. »Du hast kein Recht, mein Eigentum anzurühren!«

Der König packte ihn mit brutaler Gewalt an der Schulter. »Was zum Teufel ist los mit dir? Die Frau hat sich geweigert, einen direkten Befehl zu befolgen. Disziplinarmaßnahmen waren notwendig und angemessen.«

»Sie konnte mich nicht hören, und das weißt du selbst verdammt gut.«

Er entwand sich der Hand seines Vaters, ging zu Katie und kniete sich neben sie. Mit einer Hand auf ihrem Kinn drehte er behutsam ihr Gesicht zu sich um, damit er sich ein Bild von dem Ausmaß ihrer Verletzungen machen konnte. Ihr rechtes Auge schwoll bereits zu, und ihr Wangenknochen verfärbte sich, aber sie vergoss nicht eine einzige Träne.

Der erbitterte Blick, den Wulf auf Duncans Rücken warf, als sein Bruder abzog, versprach Vergeltung. Sein Bruder war auf dem Weg zu den Heilkammern, ein Weg, der dem jungen Mann schnell allzu vertraut sein würde, falls er jemals wieder auf den Gedanken kommen sollte, Katie anzurühren.

Wulf half ihr beim Aufstehen und zog sie schützend an seine Seite. Sein glühender Blick schweifte über ihre

Zuschauer hinweg. »Niemand außer mir wird diese Frau maßregeln. Habe ich mich klar ausgedrückt?«

Der König verzog hämisch die Lippen. »Und was hältst du für eine angemessene Strafe? Sie in die Unterwerfung zu vögeln?«

Angewidert wandte sich Wulf ab und winkte den Hauptmann der Palastwache zu sich. »Bring sie zu einer Heilkammer.«

Es schmerzte ihn, sich jetzt von ihr zu trennen, aber ihm blieb gar nichts anderes übrig. Seine Gehorsams-verweigerung gegenüber dem König musste angesprochen werden, und Katie brauchte sofort medizinische Behandlung.

Als der Hauptmann sie wegführte, sagte Katie zu niemandem ein Wort.

Anders fuhr sich mit beiden Händen durchs Haar. »Ist dir klar, was du getan hast, Wulfric? Du hast die Autorität deines Königs und deines Bruders untergraben, um den Feind zu verteidigen.«

»Sie ist nicht der Feind.«

»Empfändest du es anders, wenn ich dir sagte, dass sie vorsätzlich *deine* persönlichen Wachen zur Umschulung ausgewählt hat? Sie ist eine Schlange, die nur darauf wartet zuzuschlagen. Gib sie gegen Lösegeld frei, oder schick sie in eine Arresteinrichtung. Das ist ein königlicher Befehl.« Anders marschierte davon.

Wulf blieb allein mitten auf dem Hof stehen und kämpfte mit dem Gefühlsaufruhr in sich, ohne einen Schimmer, wie er damit umgehen sollte. Die letzten Wochen seines Lebens hatten ihn in einer Weise verändert, auf die er sich niemals hätte vorbereiten können. Er wäre beinahe gestorben und hatte sich dann in den Armen einer wunderschönen Frau wiedergefunden. Das Leben, das er wiedererlangt hatte, war durch seine Zuneigung zu ihr unwiderruflich verändert worden.

»Katie.« Auch wenn es noch so irrational war, wollte er ihr Versprechen, dass sie bei ihm bleiben würde. Er konnte die schlimmsten Tage überstehen, wenn sie nur seine Nächte versüßte.

Mit raschen, ungeduldigen Schritten ging er auf den medizinischen Trakt der Kaserne zu. Als er um eine Ecke bog, stieß er fast mit Duncan zusammen, der aus einer der Heilkammern kam.

»Wulfric, verdammt noch mal.« Duncan stolperte, ehe seine Füße wieder Halt fanden. »Was zum Teufel sollte das alles?«

Wulf atmete tief ein, um sich zu beruhigen, ehe er antwortete. »Rühr sie nie wieder an. Hast du mich verstanden?«

»Vater hat gesagt, sie ist der Feind!«

»Sie ist vor allen Dingen eine Frau. Ich dulde nicht, dass Frauen geschlagen werden. Und ganz gleich, wer sie ist, sie gehört *mir*. Ich werde mich mit ihr befassen.«

Duncan zog bockig die Mundwinkel hinunter. »Um das zu bekräftigen, hättest du mich nicht gleich halbtot schlagen müssen.«

»Ich habe die Beherrschung verloren, aber ich werde mich nicht dafür entschuldigen. Du hättest sie nicht schlagen dürfen. Das war falsch.«

Wulf hob den Blick und sah über Duncans Schulter in

die nächste Heilkammer, vor deren Tür der Hauptmann Wache stand. Seine Stirn legte sich in Falten. Als er an seinem Bruder vorbeigehen wollte, verstellte ihm Duncan den Weg.

»Wie wäre es anstelle einer Entschuldigung«, sagte sein Bruder, »mit einer kleinen Gefälligkeit?«

Wulf wandte Duncan wieder seine Aufmerksamkeit zu. »Was für eine Gefälligkeit?«

»Ich würde gern selbst ein paar Verträge kaufen und mein eigenes Serail gründen.«

»In Ordnung«, willigte Wulf mürrisch ein. »Du bist jetzt alt genug.«

»Können wir morgen den Händler in Akton aufsuchen?«

»Nein. Es gibt viel zu viel anderes, um das ich mich dringend kümmern muss. Aber du kannst meinen Konkubinen einen Besuch abstatten und nachfragen, ob welche darunter sind, die dich nehmen würden. Mit denjenigen, die dazu bereit sind, kannst du den Grundstock für dein eigenes Serail schaffen. Ich werde sie aus ihren Verträgen entlassen.«

Duncans Erstaunen war so groß, dass sein Gesichtsausdruck beinahe komisch wirkte. »Soll das ein Witz sein?«

»Du tätest mir einen Gefallen damit.«

Die nächste Tür öffnete sich, und Katie trat in einem weißen Morgenmantel hinaus. Ihre Blicke trafen sich, und sie sah ihn mit vollkommen gefühllosen Augen an. Dann wandte sie sich ab und entfernte sich rasch von ihm. Clarke hielt gehorsam mit ihr Schritt.

Wulf schob seinen Bruder zur Seite. »Katie.«

Sie beschleunigte ihre Schritte.

»Disziplin, Bruder.« Duncans Ton war höhnisch. »Die Gefangene scheint nicht zu wissen, wer hier das Sagen hat. Ihr Ungehorsam könnte ansteckend sein, wenn du dich nicht vorsiehst.«

Katie machte abrupt auf dem Absatz kehrt und kam wieder auf sie zu. »Lauf, Junge.« Ihre Stimme triefte vor Gehässigkeit. »Ehe ich beende, was dein Bruder begonnen hat.«

Duncan wankte ein paar Schritte zurück. Wulf schob ihn zur Seite, um Katie abzufangen. »Geh, Duncan. Und zwar sofort.«

Wulf riss Katie mit einer stählernen Hand auf ihrem Arm aus der Gefahrenzone und zerrte sie in die entgegengesetzte Richtung. »Du vergisst dich«, sagte er barsch.

»Wie bitte?« Sie gaffte ihn an.

»Er ist ein Prinz von D'Ashier.«

Sie blieb stehen und riss sich aus seinem Griff los. »Von mir aus kann er der König sein! Er kann mir gestohlen bleiben.«

Wulf presste sie an die Wand. Seine Hand schlang sich um ihren Nacken, bedacht darauf, sie sanft zu berühren, und doch musste er ihr die Lage unmissverständlich klarmachen. Sein Mund senkte sich zu ihrem Ohr hinab, damit kein anderer seine Worte hören konnte.

»Du musst gehorchen«, befahl er ihr in einem aufgebrachten Flüsterton. »Du musst höflich sein. Du musst Respekt erweisen. Und zwar um deiner eigenen Sicherheit willen.«

»Das kommt überhaupt nicht infrage. Ich bin keine Sklavin und auch keine Gefangene.« Sie versuchte ihn von sich zu stoßen, doch er hielt sie fest.

»Du bist hier in einer gefährlichen Lage. Deine Verbindungen zu deinem Vater und dem König von Sari machen dich verdächtig.«

Jetzt begann sie, sich ernsthaft zu wehren. Ihr Morgenmantel sprang auf und entblößte ihre Nacktheit. Der Anblick von Talgoriten, die die Ringe in Katies Brustwarzen und in ihrem Nabel schmückten, ließ sein Blut kochen. Er presste seinen erhitzten Körper von Kopf bis Fuß an sie und erinnerte sich wieder an ihren Anblick vor der Heilkammer an jenem ersten Tag. Und an die letzte Nacht, in der sie Rot getragen hatte. *Seine* Farbe.

Als sein Schwanz an ihrem Bauch anschwoll, erstarrte sie.

»Lass mich los.« Sie sah ihn mit leuchtenden dunklen Augen an. »Schick mich nach Hause.«

Er gab Clarkes hoch aufragender Gestalt ein Zeichen, sich zu entfernen.

Gefühle ließen ihre heisere Stimme vibrieren. »Du weißt, dass unsere Zeit abgelaufen ist.«

»Unsere Zeit kann nicht abgelaufen sein. Ich will dich immer noch.«

»Man kann nicht immer haben, was man will, Wulf.« Katie wehrte sich von Neuem gegen ihn, und ihr üppig gerundeter Körper wand sich an seinem schmerzenden Schwanz.

Er atmete tief ein und versuchte das Verlangen zu bändigen, das ihn gepackt hatte. Stattdessen stellte er fest, dass ihm der Duft ihrer Haut in die Nase drang. Die Heilkammer hatte ihr den Duft drakischer Lilien genommen, doch sie übte immer noch einen einzigartigen Reiz auf ihn aus.

»Katie, hör auf. Ich bin nicht … ich selbst. Wenn du nicht aufhörst, dich an mir zu reiben, presse ich dich an die Wand und nehme dich im Stehen, gleich hier.«

Sie stieß seine Schultern von sich. »Du kannst mich nicht gegen meinen Willen hier festhalten. Ich werde eine Möglichkeit finden, nach Hause zurückzukehren.«

Als Reaktion auf ihre Worte hämmerte sein Herz heftig.

»Ich werde dich dazu bringen, dass du hierbleiben willst.« Seine Zunge glitt um den Rand ihrer Ohrmuschel. Er griff zwischen sich und sie, stieß den Bund seiner Hose hinunter und befreite seinen Schwanz, der heraussprang und sich zwischen ihnen erhob, prall und so steif, dass es schmerzhaft war. »Ich werde dafür sorgen, dass du entflammst wie ich.«

Sapphires Blick war auf Wulfs Penis geheftet und konnte sich nicht von ihm losreißen. Er war so dick und lang und reckte sich so brutal zwischen ihnen vor. In seinem Verlangen war Wulf so unverfroren, dass er sich sogar schamlos im Freien entblößte.

Als Wulfs freie Hand unter ihren Morgenmantel glitt und sich auf ihre Hüfte legte, keuchte sie vor Furcht und Lust. Seine sinnliche Drohung hing zwischen ihnen in der Luft und ließ Sapphire erschauern. Es machte Wulf umso gefährlicher, dass er wusste, wie sehr sie ihn begehrte, und nicht zögerte, dieses Wissen gegen sie zu verwenden.

»Was zum Teufel tust du da?« Sie reckte das Kinn in die Luft.

Sein Lächeln erreichte seine Augen nicht. »Mein Vater hält dich für eine Spionin oder eine Attentäterin.«

»Mir ist egal, was er von mir hält.«

»Mir nicht.« Sein Tonfall besaß eine Schärfe, die sie zum Verstummen brachte. »Und doch habe ich mich ihm widersetzt, meinen Bruder blamiert und D'Ashier gefährdet. Für dich. Trotzdem scheinst du nicht dasselbe zu empfinden wie ich. Du erinnerst mich ständig daran, dass es für dich ein Leichtes ist, mich abzuservieren.«

Mit Wulfs Hand auf ihrer Kehle, seinem Bein zwischen ihren Beinen und von seinem ganzen Körper an die Wand gepresst, konnte sich Sapphire nicht von der Stelle rühren. Sie fluchte und biss ihm so fest ins Ohr, dass es blutete, doch er ließ sie nicht los. »Was willst du von mir?«, fragte sie barsch. »Meine Liebe? Meine Hingabe? In dem Wissen, dass wir uns trennen müssen und dass diese Trennung mich umbrächte, wenn du mir mehr bedeuten würdest, als du es bisher tust?«

»Ja«, knurrte er. »Für alles, was ich für dich aufs Spiel gesetzt habe.«

Er ließ ihre Kehle los. Seine Hände glitten auf die Rückseiten ihrer Oberschenkel, hoben sie hoch ...

»Wulf!«

... und ließ sie mit einem gequälten Stöhnen auf seinen ungezügelten Schwanz sinken.

Sapphire keuchte, während sich seine dicke Eichel gewaltsam ihren Weg durch Gewebe bahnte, das noch nicht bereit war, ihn aufzunehmen. Sie war feucht, aber nicht nass. Er presste sie an die Wand, stieß mit den Hüften zu, arbeitete sich in sie vor und kämpfte um jeden brennenden Zentimeter, den er eroberte.

»Du tust mir weh«, flüsterte sie.

Wulf erstarrte.

Ihre Hände bewegten sich auf seine Schultern und fühlten die dicken Muskelstränge, die sich unter ihren Handflächen anspannten. Sie wölbte sich gegen das Eindringen seines Körpers in ihren und presste die Brüste an seinen Brustkorb.

Zitternd legte er seine feuchte Stirn an ihre. »Du vernichtest mich. Du kennst kein Erbarmen. Du könntest bleiben oder fortgehen. Dir ist das ganz egal, weil du dir nicht wirklich etwas aus mir machst.«

»Ich darf mir nicht zu viel aus dir machen.«

»Du lässt mich nicht in dich ein.«

»Wenn ich mir nichts aus dir machen würde, lägen die Dinge ganz anders. Es muss so sein, wie es ist, *weil* ich mir etwas aus dir mache.«

»Wenn es um dich geht, bin ich durch meine mangelnde Selbstbeherrschung nicht mehr Herr meiner selbst«, zischte er wütend, und in seinem Ton schwang Selbstekel mit. »Ich hätte beinahe meinen Bruder umgebracht, weil er dir wehgetan hat, und dann tue ich noch Schlimmeres. Ich versuche, auf die einzige Weise in dich zu gelangen, auf die du mich einlässt.«

»Ich verzeihe dir.« Sapphire legte eine Hand auf seinen Nacken und presste ihre Schläfe an seine. Er hielt sie ohne Kraftanstrengung aufrecht, balancierte sie mit nur der halben Länge seines Schwanzes in ihr. »Du wärest fast gestorben. Ich war das Erste, was du anschließend gesehen hast, und ...«

Seine Hand schloss sich enger um ihre Taille. »Du verstehst überhaupt nichts, wenn du *das hier* für Dankbarkeit hältst.« Um seine Worte zu betonen, bewegte er den Schwanz in ihr. »Ich wünschte, es wäre so. Dann könnte ich dich mit Edelsteinen und Schmuckstücken beschenken und wäre mit dir fertig. Ich hätte fortgehen können, wie du es von mir gefordert hast, und deine Freiheit hätte ich als Entschädigung für deine Gastfreundschaft ansehen können.«

Mit zitternden Händen drehte Sapphire seinen Kopf zu sich um. Sie konnte seine zusammengebissenen Zähne durch seine Wangen fühlen. Seine Pupillen waren geweitet; von dem Smaragdgrün waren nur schmale Ränder um die schwarze Mitte geblieben. Sein kräftiger Körper bebte an ihrem und widerlegte seine Behauptung, es fehle ihm an Selbstbeherrschung. Er war unglaublich geil, und doch gelang es ihm, sich in Schach zu halten.

Seine Augen glänzten fiebrig: »Ich wollte nie ein anderer sein als derjenige, der ich bin. Bis jetzt.«

»Ich würde dich nie ändern. *Niemals.* Ich bin begeistert von allem, was du bist, und ich will dich genauso, wie du bist.«

Du lässt mich nicht in dich ein ...

Sapphire griff mit einer Hand zwischen sich und ihn und begann mit langsamen, zarten, kreisförmigen Bewegungen ihrer Fingerspitzen ihre Klitoris zu reiben.

»Katie ...?«

»Ich will dich in mir haben.«

Sein Atem stockte. Dann senkte er den Kopf auf ihre Brust. Seine Zunge schlang sich um eine geschmückte Brustwarze und streichelte die Unterseite. Er erregte sie rasch und mit atemberaubender Geschicklichkeit. Sie wurde heißer und feuchter, und das ließ ihre Muschi wie einen maßangefertigten Handschuh über seinen Schwanz gleiten. Er fand bis zum Anschlag in ihr Platz, und mit einem scharfen Ausatmen, das eine Wolke heißer Luft über ihre feuchte Brust blies, wich die Anspannung aus ihm.

Sie wurde von dem intensiven Gefühl durchdrungen, sich mit der ergänzenden anderen Hälfte ihrer selbst verbunden zu haben, die sie erst zu einem vollständigen Ganzen machte. Dieses Gefühl wurde für sie ebenso essentiell wie das Atmen. Aber es war zu schnell gegangen. Und es war viel zu beängstigend.

Sie hatte nicht gewusst, dass Sex mehr als nur körperliche Lust bereiten konnte – niemand hatte ihr das je gesagt. Sie hatte geglaubt, der Genuss würde größer und das Verlangen intensiver sein, aber sie hätte sich niemals auf dieses Gefühl des Einsseins vorbereiten können, das daraus erwuchs, sich auf emotionaler Ebene mit einem Mann zu verbinden. Ihn zu lieben.

Sapphire wusste, dass es für Wulf dasselbe war – ein Lustmensch, der durch seine Rolle als Kronprinz derart eingeengt wurde, dass nur die Erwartung seines Todes ihn befreit hatte.

»Ich wusste, dass es dazu kommen würde«, hauchte sie, als sie auf dem Punkt zwischen körperlicher Lust und seelischem Schmerz balancierte. »Ich wusste, dass wir gezwungen sein würden zu wählen – zwischen dem Rest unseres Lebens und einander. Und ich wusste, wie wir uns beide entscheiden würden. Ich habe versucht, stark zu sein ...«

»Ich liebe deine Stärke.« Er küsste sie lange und bedächtig, ein Verschmelzen von Lippen und Zungen, das dazu führte, dass sich ihre Muschi gierig um seine Härte zusammenzog. Schwer atmend sprach er mit seinem Mund auf ihren Lippen. »Aber ich muss wissen, dass du eine Schwäche für mich hast.«

Sapphire schlug ihre Füße in Wulfs Kreuz übereinander, zog sich hoch und spannte ihre inneren Muskeln an, um die gesamte Länge seines Schwanzes von der Wurzel bis zur Spitze fest zu umklammern.

Er stöhnte. Schweiß sprenkelte seine Stirn. »Nimm mich. Ich habe schon zu viel von dir genommen.«

Sie senkte sich wieder auf ihn und zischte vor Lust, als sie fühlte, wie endlos tief er in sie hineinglitt. »Ich mag es, wenn du mich nimmst.«

Wenn sie mit ihm zusammen war, konnte sie ihre Leidenschaft hemmungslos ausleben. Ohne jeden Gedanken, ohne jede Berechnung. Das war eine Form von Freiheit, die sie nie gekannt hatte und nach der sie jetzt schon süchtig war.

Sie lehnte sich an die Wand und ließ die Arme sinken, da sie wusste, dass seine Kraft ausreichte, um ihr Gewicht mühelos zu tragen. Sie öffnete sich ihm in jeder Hinsicht und zeigte ihm mit ihren Augen und mit ihrer wehrlosen Haltung, dass sie ihm gehörte. Wenn auch nur für den Moment.

Wulf begann sie zu vögeln, erst mit kurzen Stößen, die nicht sehr tief in sie drangen, dann mit größerer Kraft und Geschwindigkeit, wobei sich seine Arme im Takt mit seinen Hüften bewegten und sie auf ihn hinunterzogen, während sein Schwanz sich einen Weg durch die Enge nach oben bahnte.

Es war unzivilisiert und wild, und sie liebte es. Mit allem, was dazugehörte, von den hastigen und verzweifelten Anfängen bis hin zu seinem wildwütigen Drang, es zu beenden.

Wulf riss ihre Hüften hoch und runter, während er sich in sie hineinrammte und seine dicke Eichel so tief in sie hineinstieß, dass sich ihre Zehen einrollten und verkrampften. Immer wieder streichelte er die Stelle tief in ihr, die sie besinnungslos vor Lust machte und ihren Lippen Schreie entriss, die ihn nur noch mehr anspornten.

»Die Laute, die du von dir gibst«, knurrte er. »Ich höre sie sogar, wenn du nicht bei mir bist.«

Der Geruch seiner Haut, moschusartig und exotisch, berauschte sie ebenso sehr wie das rhythmische Reiben seines Hosenbunds an den Innenseiten ihrer Oberschenkel. Sie stöhnte und schloss die Augen.

»Ich komme«, keuchte sie, und alles in ihrem Inneren spannte sich an. Ein ungestümer, pulsierender Höhepunkt löste endlich die Spannung. Ihre Möse umklammerte Wulfs zustoßenden Schwanz, kräuselte sich um ihn herum und molk seinen dicken Schaft mit ekstatischen Zuckungen.

Wulf fluchte und quetschte sie an die Wand, und sein Brustkorb hob und senkte sich an ihren Brüsten, als er seinen Samen in harten, schnellen Strahlen in sie spritzte. Es war eine Wohltat. Und so dekadent. Zu fühlen, wie er sich mit derartiger Wildheit in ihr entlud.

Er rieb seine klatschnasse Stirn an ihrer und keuchte:

»Ich bin so liebestoll nach dir wie ein Jugendlicher nach seiner ersten Frau.«

»Ich wünschte, ich wäre deine Erste«, hauchte sie. »Deine Einzige.«

Ein kleines Lächeln zog einen seiner Mundwinkel hoch. »Ich bin dankbar für die Erfahrung, die ich habe, denn sonst würde ich an meiner Fähigkeit zweifeln, dir Lust zu bereiten.«

»Du bereitest mir große Lust.« Ihre Hände legten sich auf seine, die ihre Hüften hielten. »Ich will immer noch mehr.«

Seine Gesichtszüge wurden ernst, verloren jede Leichtfertigkeit und nahmen eine Trostlosigkeit an, die bewirkte, dass sich ihre Brust zusammenschnürte. »Wie viel Zeit kannst du für mich erübrigen?«

»Eine Woche. Vielleicht. Wenn ich mit meinem Vater sprechen und seine Sorgen zerstreuen kann.«

Wulf nickte. »Wirst du mir diese Zeit geben?«

»Wenn es sich machen lässt.« Sapphire drückte ihre Lippen auf seine Stirn. »Wenn es mir möglich wäre, bliebe ich bei dir, bis du genug von mir hast.«

»Oder bis du genug von mir hast.«

»Ich bezweifle, dass das möglich ist.«

In seinem Lächeln drückte sich grimmige Entschlossenheit aus. »Ich habe ein paar Tage. Ich beabsichtige, es dir vollkommen unmöglich zu machen.«

11

Sapphire starrte den Blutschmierer an, der Wulfs Bettlaken beschmutzte, und ihr Unterleib zog sich schmerzhaft zusammen.

Ihre Periode hatte eingesetzt. Pünktlich, wie sonst auch.

Du wusstest doch, dass es bevorstand. Aber vorgewarnt war nicht gleichbedeutend mit gewappnet.

Weder heute Nacht noch in den allerletzten Nächten vor ihrem Aufbruch würde sie Wulf gefällig sein können. Sie wusste von Sabine und aus eigener Erfahrung, dass Wulfs sexuelle Gelüste unersättlich waren. Noch vor ein paar Tagen – vor der abscheulichen Szene mit Prinz Duncan im Hof – hätte sie geglaubt, Wulf würde sie trotzdem bei sich haben wollen. Sie hätte geglaubt, er sei gewillt, ihre letzten gemeinsamen Tage ohne Sex miteinander zu verbringen. Jetzt wusste sie nicht mehr, was sie glauben sollte.

Er küsste sie nicht mehr, er schmuste nicht mehr mit ihr, er lächelte nicht mehr. Wenn sie sich liebten, taten sie es so leidenschaftlich wie eh und je, und es gab Momente, in denen sie das Gefühl hatte, ihn erreicht zu haben, ihn berührt zu haben. Dann sahen seine glänzenden Augen im Halbdunkel auf sie herunter, und sie malte sich Sehnsucht in ihnen aus. Wehmut. Ihre Lippen öffneten sich, begierig auf seinen Geschmack und auf das Gefühl, er nähme sie so gierig in sich auf, als könnte er nie genug von ihr bekommen.

Dann zog er sich zurück und wurde zu dem abgelenkten Prinzen, den sie überhaupt nicht kannte. Zu einem reservierten Fremden, der zwar nicht direkt kalt war, aber auch ganz bestimmt nicht warm. Er distanzierte sich emotional von ihr, ehe er körperlich auf Distanz gehen musste.

Sapphire begab sich ins Badezimmer und nahm ihre morgendlichen Waschungen gewohnheitsmäßig vor. Dann durchquerte sie den langen steinernen Gang zum Serail, wo sie um ihrer eigenen Sicherheit willen ihre Tage verbrachte. Nach den fünf Jahren, die sie in den Diensten des Königs von Sari verbracht hatte, waren ihr die Gespräche und das Gelächter der Frauen vertraut. Wenn sie las oder sich mit den Konkubinen unterhielt, half ihr das dabei, die Stunden zu verkürzen, in denen Wulf beschäftigt war.

Heute jedoch wünschte sich Sapphire, die Zeit würde stillstehen. Die anderen Frauen kamen zu ihr, lächelten zaghaft und versuchten sie in Gespräche hineinzuziehen, doch ihre schwermütige Stimmung vertrieb sie rasch. Sie bekam keinen Bissen hinunter und konnte sich auch nicht auf ein Buch konzentrieren. Sie konnte an nichts anderes denken als an den Moment, in dem Wulf zurückkehren und vor die Wahl gestellt werden würde. Würde er eine Konkubine zu sich rufen, um die Bedürfnisse zu stillen, die sie nicht stillen konnte? Oder würde er sie vielleicht früher nach Hause schicken? Sie konnte nicht gegen die Hoffnung ankämpfen, er würde aus der Isolation seines schützenden Panzers hervorkommen und wieder der Mann werden, der ihr Blut kochen ließ. Ein Mann, der gewillt war, um sie zu kämpfen und Anspruch auf sie zu erheben – koste es, was es wolle.

»Herrin.«

Sie drehte den Kopf und sah, wie Sabine auf sie zukam.

»Es ist an der Zeit, Euch bereitzumachen«, sagte die Kammerfrau.

Sapphire stieß den angehaltenen Atem aus und sprudelte hervor: »Meine Periode hat eingesetzt.«

»Oh ...« Sabine runzelte die Stirn. »Ich verstehe.«

»Das dachte ich mir schon«, murmelte Sapphire erbittert.

»Nun ja ...«, begann die Kammerfrau zaghaft. »Unter normalen Umständen ...«

»Unter normalen Umständen würdest du Seiner Hoheit keine Konkubine schicken, die ihre Pflichten nicht erfüllen kann.«

Sabine lächelte sie aufmunternd an. »Wir haben es hier mit einer ganz anderen Situation zu tun, Herrin.«

»Das wissen wir nicht mit Sicherheit. Ich zöge es vor, wenn wir uns an die Etikette hielten.«

»Ihr wollt ihn provozieren.« Sabine setzte sich auf die gepolsterte Chaiselongue ihr gegenüber.

»Das kann schon sein. Es wäre eine Erleichterung, ihn feurig zu sehen.« Sie rieb sich die brennenden Augen. »Er ist in einem so hohen Maß abgelenkt, dass ich glaube, manchmal vergisst er, dass ich hier bin. Ich komme mir vor wie ein Einrichtungsgegenstand. Er weigert sich, irgendetwas Persönliches mit mir zu besprechen. Er ...«

»Er ruft Euch jede Nacht zu sich und behält Euch bis zum Morgen da«, warf Sabine trocken ein.

»Aber nur, weil der Sex fantastisch ist. An unseren anregenden Gesprächen liegt es gewiss nicht. Er spricht nur über militärische Manöver. Letzte Nacht war ich schon eingeschlafen, bevor er überhaupt ins Bett kam.«

»Und Ihr habt bis zum Morgen durchgeschlafen?«, fragte Sabine mit einem spöttischen Lächeln.

»Nein, das nicht, aber das unterstreicht doch nur, was ich sage. Wenn ich ihm nicht zu Diensten sein kann, wozu werde ich ihm dann von Nutzen sein? Wir haben nichts anderes getan. Wir haben gegessen. Er hat an seinem Schreibtisch gearbeitet. Ich habe geschlafen. Abgesehen vom Sex habe ich keinem anderen Zweck gedient.«

Wulf hatte sie aus seinem Inneren ausgesperrt. Genau das hatte er *ihr* bei einer früheren Gelegenheit vorgeworfen. Er ließ sie freizügig an seinem Körper teilhaben, doch alles andere hatte er weggesperrt.

»Seine Distanziertheit ist schon schlimm genug. Ich bin nicht bereit, mich auch noch zurückweisen zu lassen ...« Sapphire erschauerte.

»Herrin, ich schlage vor ...«

»Es tut mir leid, Sabine«, sagte sie mit stiller Autorität. »Seine Hoheit hat dir gesagt, du sollst mir in allen Dingen gehorchen. Tu bitte, was ich verlange. Richte dich nach der Etikette.«

Sabine stand auf und verbeugte sich. »Wie Ihr wünscht.« Sie bedeutete einem gertenschlanken Rotschopf, ihr zu folgen.

Eine Stunde später sah Sapphire zu, wie die Konkubine

mit dem flammend roten Haar zwei von Wulfs Wachen aus dem Serail folgte. Es war deutlich zu erkennen, dass die Frau schon früher mit Wulf geschlafen hatte; Eifer und Vorfreude drückten sich in der Leichtigkeit ihrer Schritte aus. Sie war hübsch, groß und schlank, und sie hatte einen üppigen Mund und ein bereitwilliges Lächeln.

Sapphire wandte sich mit unruhigem Magen ab. Sie begann rastlos um das Becken herumzulaufen. Clarke lief neben ihr her.

»Meiner Meinung nach war das eine ganz schlechte Idee«, murrte er. »Idiotisch und nicht genügend durchdacht.«

»Ich muss es wissen.«

»Das ist die List einer Frau, die nur dazu gedacht ist, Männer wahnsinnig zu machen. Damit werdet Ihr Euch bloß Schwierigkeiten einhandeln.«

Sapphire blieb abrupt stehen. »Glaubst du etwa, ich mache das gern? Es ist mir verhasst. Ich finde es grässlich, dass ich mir etwas aus ihm mache. Ich finde es grässlich, dass meine Brust so eng zugeschnürt ist und ich aus Luftmangel nicht klar denken kann. Ich finde es grässlich, dass er mich dazu gebracht hat, mir etwas aus ihm zu machen.« Ihre Hände ballten sich an ihren Seiten zu Fäusten. »Diese ganze Situation ist mir ein *Gräuel*.«

Seine dunklen Augen wurden weicher. »Warum habt Ihr es dann dazu kommen lassen?«

Vor ihrem geistigen Auge sah Sapphire, wie Wulf den Rotschopf in seine Arme zog. Wie er der Frau einen dieser verheerenden Küsse zum Geschenk machte, die sie nicht mehr von ihm bekam. Wie er mit seinen geschickten Händen die schlanke Gestalt der Konkubine liebkoste …

Sie zitterte. Wie lange war die Konkubine jetzt schon fort? Zu lange ... viel zu lange ...

Die Türen zum Serail öffneten sich. Sie drehte sich abrupt um. Als Wulfric mit der Konkubine im Schlepptau den Raum betrat, griff Sapphire nach Clarkes stämmigem Arm, um sich auf ihn zu stützen. Wulf machte nur einen Schritt in den Raum hinein, blieb stehen, legte seine Hände auf die Schultern des Rotschopfs und drückte der Frau einen flüchtigen Kuss auf die Stirn. Dann drängte er sie, zu Sabine zu gehen, die bereitstand.

Sapphire hob eine Hand auf ihre Brust. Es war schmerzhaft zu sehen, wie Wulfric die Konkubine küsste, wenn die Geste auch noch so keusch war. Da sie einen Moment brauchte, um sich wieder zu fassen, wandte sie sich blind ab und flitzte durch den Raum. Sie kam nicht weit. Wulf überholte sie und vertrat ihr geschickt den Weg. Er war salopp gekleidet, und unter der weiten Hose und der ärmellosen Tunika zeichnete sich die schlummernde Kraft seines Körpers in jeder Kontur seiner großen Gestalt deutlich ab.

»Sieh mal an«, sagte er gedehnt und sah sie mit einem glühenden Blick an. »Vögeln kann ich sie also, aber es stört dich, wenn ich sie küsse?«

Sie reckte das Kinn in die Luft.

Er packte sie an der Taille, und als er sie enger an sich zog, tanzten die Muskeln in seinem Bizeps. »Von Anfang an habe ich deine Aufrichtigkeit bewundert, Katie. Warum fängst du jetzt an, alberne Spiele mit mir zu spielen?«

Sie starrte die goldene Haut seiner breiten Brust an, die durch den V-Ausschnitt seiner Tunika zu sehen war. »Meine ...« Sie seufzte. »Ich habe meine Menstruation.«

Ein Muskel an seinem Kiefer zuckte. »Ich verstehe.«

»Wirklich?«

»Ja.« Wulf legte einen Finger unter ihr Kinn, zog es hoch und musterte sie. »Habe ich die Prüfung bestanden?«

Mit glühenden Wangen riss sie den Kopf zur Seite.

»Ist das der Moment, um dir zu sagen, wie sehr du dich in mir täuschst?«, fragte er heiser. »Um deine Sorgen mit Beteuerungen meiner unsterblichen Zuneigung zu beschwichtigen?«

»Es ist grausam von dir, mich zu verhöhnen.« Sie warf einen Blick auf ihn, weil sie es einfach nicht lassen konnte. Sein Anblick war jedes Risiko wert, das sie eingegangen waren.

Zum ersten Mal seit Tagen verzog sich sein Mund zu einem zärtlichen Lächeln. »Deine List hat sich bewährt. Du hast meine ungeteilte Aufmerksamkeit.«

Sapphires Atem stockte. »Wirklich?«

»Als mir gesagt wurde, das Zimmer im Anbau für die Konkubinen sei hergerichtet, war ich erstaunt, aber ich dachte, vielleicht hättest du ein Rollenspiel vor oder wolltest mich auf irgendeine Weise necken. Schon allein der Gedanke hat mich erregt. Ich kann dir nicht sagen, wie enttäuscht ich war, eine andere Frau dort vorzufinden. Eine kalte Dusche wäre gütiger gewesen.«

Die Starre wich aus ihren Schultern. Entkräftet ließ sie sich gegen ihn sacken und klammerte sich an seinen geliebten Körper.

Er hielt sie eng an sich gepresst. »Meine süße Katie. Ich würde jeden Mann umbringen, der dich berührt. Empfindest du mir gegenüber nicht dieselbe Habgier?«

209

»Doch …« Sie begrub ihr Gesicht in dem gelockten Haar auf seiner Brust. »Aber du warst so abgelenkt. Ich nahm an, deine Gefühle hätten sich gewandelt. Ich hatte gehofft, du würdest mir das Gegenteil beweisen. Ich hätte dich fragen sollen, aber …«

»Psst«, sagte er beschwichtigend, und seine Hände schmiegten ihre Rundungen an ihn. »Ja, du hättest mich fragen sollen. Aber andererseits hast du deine Menstruation, die den Verstand von Frauen anscheinend benebelt.«

Sapphire knurrte ihn zum Schein an.

Er lachte.

»Du hast mich seit Tagen nicht mehr angelächelt«, stellte sie fest. »Ich hatte beinahe vergessen, was das bei mir anrichtet.«

»Ich stehe unter enormem Stress.« Die Falten der Anstrengung, die sich in den letzten Tagen um seinen Mund herum gebildet hatten, wurden tiefer.

»Aber du sprichst nicht mit mir darüber.«

»Ich will unsere gemeinsame Zeit nicht damit belasten.«

Sie schnaubte. »Du verbringst jeden Moment damit, mich durch Gespräche über Strategien auf Distanz zu halten und …«

Sein Kopf sank auf ihren, und sein heißer, geöffneter Mund, der ihre Lippen bedeckte, brachte sie wirksam zum Verstummen. Seine Hände legten sich auf ihre Schulterblätter und pressten ihre Brüste an seinen Brustkorb, während seine Zunge hervorschnellte und aufreizend in ihren Mund glitt. Sie drängte sich eng an ihn und hielt sich an seinen schmalen Hüften fest, um sich nicht in seiner unerwarteten Demonstration von Leidenschaft zu verlieren.

Eine Stunde ohne einen Kuss von ihm war zu lang. Die letzten beiden Tage waren so qualvoll gewesen.

Mit einem Stöhnen zog er sich von ihr zurück.

»Ich halte dich nicht auf Distanz«, leugnete er mürrisch und lehnte seine Stirn an ihre. »Ich spreche über militärische Angelegenheiten, weil du so viel davon verstehst. Ich bewundere deine Gedankengänge, und ich respektiere deine Ansichten. Ich bespreche diese Dinge mit dir, weil ich dir zeigen möchte, wie viel Wert ich auf dein Wissen lege.«

»Du Lügner. Du sperrst mich aus. Und jetzt küss mich noch einmal.«

Ein schwaches Lächeln zog an einem seiner Mundwinkel. »Du lässt nicht zu, dass ich mich schone, stimmt's?«

»Für was willst du dich denn schonen? Für eine andere Frau? Nein, das werde ich nicht zulassen. Ich habe mich dir für eine Woche vollständig hingegeben. Es ist nicht fair, wenn du mir dafür nichts von dir zurückgibst.«

»Ich rette mich *vor dir*«, verbesserte er sie mit einem resignierten Stöhnen. »Was mir zusetzt, ist nicht mangelndes Interesse, sondern zu großes Interesse.«

»Wulf.« Sie rümpfte die Nase. »Wir benehmen uns wie Idioten.«

»Stimmt. Lass uns gehen. Ich will mit dir allein sein. Wir haben so wenig Zeit.« Er verflocht seine Finger mit ihren und führte sie zurück in seine Räumlichkeiten.

Als die Türen zu seinem Schlafzimmer aufgingen, wurde Sapphires Blick sofort von den Unmengen von Landkarten und Notizen angezogen, die auf Wulfs Schreibtisch herumlagen.

»Wenn du meinen Ansichten Respekt erweisen willst, dann sag mir, was dir Sorgen bereitet«, sagte sie herausfordernd.

Er machte es sich in dem tiefer gelegenen Sitzbereich bequem und zog sie auf seinen Schoß und an seine Brust. Seine Hände streichelten ihre Arme, und seine Finger glitten spielerisch über ihre Handflächen. »Die vier Söldner, die wir in Gewahrsam genommen haben, hatten so gut wie keine wichtigen Informationen. Sie konnten nur sagen, dass ich für einen anderen Zweck gefangen genommen wurde, dann aber gegen ihren Anführer eingetauscht worden bin, als er von einer sarischen Grenzpatrouille ergriffen wurde. Das ist zwar interessant, aber nicht wirklich hilfreich.«

Sie stieß frustriert den Atem aus. »Ich kann diese Ungewissheit nicht ertragen. Ich mache mir Sorgen, was dir zustoßen wird, wenn ich fortgehe.«

Er schmiegte sein Gesicht an ihren Nacken. »Meine persönlichen Wachen sind mittlerweile der Neid der ganzen Palastwache. Du hast sie gut ausgebildet. Du beschützt mich weiterhin, wie du es schon getan hast, seit wir uns begegnet sind.«

»Weshalb sollten sich die Söldner so viel Mühe damit machen, dich gefangen zu nehmen, und dich dann ohne größere Umstände wieder hergeben?« Sapphire drehte sich auf seinem Schoß um, damit sie ihn ansehen konnte. »Man sollte meinen, sie würden ihren Anführer opfern, um die Belohnung zu fordern, die sie für dich bekommen hätten.

Wulf ließ ihre Hand nicht los. »Es sei denn, er war der

Einzige, der meinen Wert kannte und wusste, wer ihn bezahlen würde.«

»Ein Lösegeld von deinem Vater? Vielleicht Talgorite?« D'Ashier zeichnete sich durch die größten Vorkommen des Steins überhaupt aus.

»Ja. Jeder, der Talgorit als Energiequelle nutzt, hätte ein Motiv.«

»Das eröffnet endlose Möglichkeiten.« Sie konnte die Last der Erschöpfung fühlen, die sich auf ihn herabsenkte, und wusste, dass sie alles tun würde, was in ihrer Macht stand, um ihm zu helfen, die Wahrheit zu erfahren. Als sie den Palast von Sari verlassen hatte, hatte sie sich eine Aufgabe gewünscht. Jetzt hatte sie eine, etwas, das sie nach ihrer Rückkehr nach Hause beschäftigen würde.

»Das ist allerdings wahr.« Er erhob die Stimme. »Hüter Ich bin ausgehungert.«

»Ich werde mich darum kümmern, Eure Hoheit.«

Wenige Momente später trafen mehrere Diener ein und brachten Platten mit Speisen und gekühltem Wein. Wulf fütterte Sapphire mit seinen langen Fingern, die ihr verführerische Happen ihrer Lieblingsspeisen in den Mund steckten. Sie prägte sich seinen Anblick ein, während sich seine Augen mit ungewöhnlicher Konzentration auf ihre Lippen richteten und er ganz und gar darauf fixiert war, sie zu bedienen und sie glücklich zu machen. Der Vorfall mit der Konkubine am früheren Abend schien dafür gesorgt zu haben, dass Wulf wieder daran dachte, wie wenig Zeit sie miteinander hatten. Nicht genug Zeit, um auch nur einen Moment auf Funkstille, Zweifel oder kindische Zuneigungsprüfungen zu vergeuden.

Solche Momente gewährten ihr, selbst wenn sie noch so flüchtig waren, winzige Einblicke in das Leben, das sie hätten führen können, wenn sie andere Menschen gewesen wären. Ihr kriegerischer Liebhaber war das perfekte Gegenstück zu ihr, so ähnlich und doch anders genug, um sie dauerhaft zu faszinieren. Er überraschte sie immer wieder und war ihr doch so vertraut, und sie fühlte sich wohl in seiner Nähe.

Sie war rasend verliebt in diesen unmöglichen Mann. Das Essen, mit dem er sie so zärtlich und doch so erotisch fütterte, hätte von ihr aus nach gar nichts schmecken können, denn sie war viel zu gefesselt von ihren panischen Herzschlägen, um dem Geschmack Beachtung zu schenken.

Später packte Wulf sie in sein Bett, deckte sie zu und schmiegte sich an ihren Rücken. Die schwere Last seiner Erektion zwängte sich in das Tal ihrer Pobacken. Er hielt sie eng an sich gezogen, ließ keinen Zwischenraum zwischen ihren Körpern, begrub sein Gesicht an ihrem Hals und schlief rasch ein.

Sie blieb noch stundenlang wach, denn sie fürchtete sich davor, einzuschlafen und auch nur einen Moment mit ihm zu verpassen.

12

Sapphire saß im Serail auf dem Beckenrand und ließ die nackten Füße unruhig in dem warmen Wasser baumeln. Ihre Woche mit Wulfric ging morgen zu Ende, was ein Gefühl von Dringlichkeit hervorrief, das sie beinahe um den Verstand brachte. Sie war so verzweifelt, dass ihre Periode vorzeitig aufgehört hatte. Das war zwar nur ein kleiner Segen, doch sie wusste ihn zu schätzen.

»Ihr seid unglücklich«, sagte Clarke.

Sie sah ihn an. Sie hatte ihn lange beschwatzen und ihm gut zureden müssen, ehe der reservierte Hauptmann der Palastwache eingewilligt hatte, sich mit ihr an das Becken zu setzen, statt in strammer Haltung hinter ihr zu stehen. Als er sich erst einmal mit ihren Wünschen abgefunden hatte, hatte er die Hosenbeine seiner Uniform hochgekrempelt, sich hingesetzt und seine prallen Waden bis auf halbe Höhe in das Wasser eingetaucht.

»Ich bin es«, stimmte sie ihm zu.

»Habt Ihr Heimweh?«

Sie lachte leise. »Ich bin noch nicht lange genug fort, um Heimweh zu haben, aber andererseits habe ich eigentlich gar kein Zuhause mehr, in das ich zurückkehren könnte. Mein Vater unternimmt ausgedehnte Reisen, und meine Mutter hat einen Lehrstuhl an der Akademie der sinnlichen Künste. Diese Professur kostet sie einen großen Teil ihrer Zeit. Das Haus, in dem ich wohne, gehört eher dem König als mir, und jetzt wird mir klar, dass ich niemals dorthin zurückkehren kann. Ich bin nicht sicher, ob es ratsam für mich wäre, Sari überhaupt zu verlassen.«

Clarkes Blick war mitfühlend. »Vielleicht könntet Ihr eine Möglichkeit finden, Euch hier häuslich einzurichten.«

»Ich könnte hier nicht glücklich sein. Der König unterstellt mir böswillige Absichten, und Wulfrics Lösung besteht darin, mich einzusperren, damit ich in Sicherheit bin.« Sapphire versetzte dem Wasser einen Tritt und beobachtete, wie die flüssigen Perlen in eine der drei Fontänen sprühten. »Ich kann meine Tage nicht damit verbringen, seiner Lust zu dienen. Dieses Leben habe ich gerade hinter mir gelassen. Und dafür war ich dankbar. Ich will es nicht zurückhaben.«

Der Hauptmann blieb stumm.

»Und was würde aus mir, wenn er heiratet?«, fuhr sie fort. »Ich könnte es nicht ertragen, ihn mit einer anderen Frau zu teilen.« Sie erinnerte sich an das eisige Auftreten und die tiefe Erbitterung, mit der sich die wunderschöne Königin Brenna in einem unnahbaren Panzer abgekapselt hatte. Sapphire würde niemals zulassen, dass ihr so etwas zustieß. Sie weigerte sich.

»Seine Hoheit ist ein Narr«, knurrte Clarke.

»Clarke!« Sie sah sich um und vergewisserte sich, dass seine hochverräterische Bemerkung nicht belauscht worden war.

»Er steckt den Kopf in den Sand. Eines Tages wird er

aufblicken und erkennen, was er verloren hat. Bis dahin wird es zu spät sein.«

»Dagegen lässt sich keine Abhilfe schaffen. Von dem Moment an, als ich hinter seine Identität gekommen bin, wusste ich, dass aus uns nichts werden kann. Und er wusste es auch. Das Ende war so sicher wie der Anfang.«

Clarke schüttelte den Kopf. »Das glaube ich nicht. Meiner Meinung nach lässt sich das ändern, wenn es einen guten Grund dafür gibt.«

»Du bist genauso halsstarrig wie Prinz Wulfric.« Sapphire legte ihre Hand auf seine. »Für den Fall, dass sich mir nicht noch einmal eine Gelegenheit bietet, möchte ich dir sagen, wie sehr ich dich ins Herz geschlossen habe, Clarke. Du bist ein anständiger Kerl, und jeder, der dich als seinen Freund bezeichnen darf, kann sich glücklich schätzen.«

Er grummelte, und eine tiefe Röte breitete sich auf seiner dunklen Haut aus. »Dann könnt Ihr Euch glücklich schätzen.«

Die Türen zum Serail öffneten sich, und beide drehten die Köpfe, weil sie sehen wollten, wer eintrat. Prinz Duncan kam hereinstolziert. Sapphire beäugte ihn vorsichtig. Der junge Prinz kam täglich in die Unterkünfte der Konkubinen, um diejenigen zu ködern, die daran interessiert waren, in seinen Flügel des Palasts zu ziehen.

Durch ihn konnte Sapphire flüchtige Blicke auf einen jüngeren Wulfric erhaschen. Duncan hatte ähnlich dunkles Haar und grüne Augen und war genauso groß wie sein Bruder. Aber mit seinen neunzehn Jahren hatte er noch einen knabenhaften Körperbau. Ihm fehlten Wulfrics breite Schultern und seine muskulöse Statur, und sein Brustkorb war nahezu unbehaart.

Ihr Mund verzog sich sarkastisch. Nach Angaben der Frauen, die in sein Serail umgezogen waren, machte er das, was ihm an Erfahrung fehlte, durch jugendlichen Elan wett. Und anscheinend war er freundlich und charmant zu ihnen, etwas, das sich Sapphire nur mit Mühe vorstellen konnte, da er sie immer voller Bosheit und Heimtücke anstarrte, wie er es auch jetzt tat.

Duncan kam auf sie zu. Sowohl sie als auch der Hauptmann wurden nervös.

»Komm mit mir«, befahl ihr der junge Prinz.

Sie sah Clarke an.

Duncan zog sie hoch und riss sie eng an sich, als ihre nassen Füße auf dem Kachelboden ausglitten. »Du brauchst ihn gar nicht anzusehen. Er kann mich nicht aufhalten.«

Er wollte sie hinter sich herzerren.

Der Hauptmann sprang mit einer Anmut auf, die für einen Mann seiner Größe erstaunlich war. »Eure Hoheit, Prinz Wulfric hat mir befohlen, sie auf Schritt und Tritt zu begleiten.«

»Dann komm eben mit. Du kannst zusehen.«

Sie versuchte, sich seiner schmerzhaften Umklammerung zu entziehen. »Ich habe meine Menstruation«, log sie.

»Nicht nach Angaben des Hüters. Was glaubst du wohl, warum ich bis jetzt gewartet habe?«

Clarke vertrat ihm den Weg. »Ich habe auch den Befehl erhalten, sie zu beschützen.«

Duncan lachte schrill. »Du hast seine Absichten missverstanden, Hauptmann. Du beschützt nicht etwa *sie*, sondern alle anderen *vor ihr*.«

»Du lügst.« Sapphires Ton war kalt. Einen Moment lang glaubte sie, er würde sie für ihre Frechheit schlagen. Sie war darauf vorbereitet, den Schlag abzuwehren. Er würde sie nicht noch einmal überrumpeln.

»Du vergisst deine gesellschaftliche Stellung, Gefangene«, höhnte er. »Du wirst mich mit ›Eure Hoheit‹ ansprechen, und du wirst mir den Respekt erweisen, der mir zusteht.«

»Ich bin keine Gefangene.«

Er lachte wieder, und das Geräusch war noch schriller als zuvor. »Was glaubst du wohl, warum du hier in D'Ashier bist?«

Sie ließ sich nicht zu einer Antwort herab.

»Lass es mich dir sagen«, erbot er sich mit gehässiger Schadenfreude. »Du bist die Tochter von Grave Erikson, dem Mann, der uns in den Konfrontationen besiegt hat. Du bist die Lieblingskonkubine des sarischen Königs, unseres Feinds. Du bist für uns sehr gewinnbringend. Wir werden dich gegen Informationen und Kriegsgefangene eintauschen. In der Zwischenzeit hat Wulfric die Kriegsbeute genossen und alles über die vielgepriesenen militärischen Strategien deines Vaters in Erfahrung gebracht. Danke übrigens für deine Bereitwilligkeit, seine militärischen Fachkenntnisse an uns weiterzugeben.«

Sie zuckte zusammen, als hätte er sie geschlagen.

Der Prinz grinste selbstgefällig. »Wulfric sperrt dich den ganzen Tag über ein. Was glaubst du wohl, warum er das tut? Du bist offensichtlich in der Lage, dich selbst zu verteidigen, also kann das nicht seine Absicht gewesen sein. Was glaubst du wohl, wo er die letzten Tage war? Er hat die Abmachungen für deine Übergabe ausgehandelt. Bald wirst du nach Hause geschickt werden, und ich habe die Absicht, vorher meinen Spaß mit dir zu haben.«

Er begann wieder, sie zur Tür zu zerren. Dieses Mal leistete sie keinen Widerstand, denn ihr drehte sich der Kopf von dem, was er gesagt hatte, doch ihr Verstand schien nicht fähig zu sein, die Lage zu erfassen. Wenn man die Situation in diesem Licht betrachtete, war alles furchtbar einleuchtend. Wulfs Distanziertheit und seine Ablenkungsmanöver, die ständigen Wachen um sie herum, die langen Stunden, die er außerhalb des Palasts verbrachte, und auch, wie er sie nach Strategien ausgefragt hatte.

Konnte sie den Beweis für Duncans Worte die ganze Zeit vor Augen gehabt und ihn vor lauter Liebeskummer übersehen haben?

Ihre Hand legte sich auf ihren unruhigen Magen.

Als Clarke versuchte einzuschreiten, warf sie ihm einen warnenden Blick zu. Er konnte sich nicht gegen den Prinzen behaupten. Er hatte nicht das Recht und die Befugnis. Sie würde nicht mit ansehen, dass er ihretwegen bestraft wurde.

Der Hauptmann folgte mit zusammengebissenem Kiefer und geballten Fäusten.

Als sie die Türen erreichten, fing Sabine sie ab. »Eure königliche Hoheit.« Sie warf sich auf den Boden. »Bitte, viele der anderen Konkubinen sind bereitwillig. Wählt eine andere, ich bitte Euch.«

»Erhebe dich, Sabine«, befahl der Prinz. »Prinz Wulfric

hat mir gesagt, ich könnte mich bei seinen Konkubinen bedienen.«

»Wenn sie *gewillt* sind.«

Duncans Lächeln war das eines Raubtiers. »Wir wissen doch alle, dass diese Wildkatze vorher gern kämpft, aber am Ende dann doch willig ist.«

Sapphire keuchte. »Für *dich* werde ich niemals willig sein.«

Duncan dachte gar nicht daran, weitere Argumente vorzubringen. Er zog sie in den Korridor, wo ihn zwei Wachen erwarteten, die seine persönlichen Farben trugen, Rot und Weiß. »Bringt sie in meine Gemächer.«

Er lief durch den Gang und überließ sie der Obhut seiner Wachen.

Sapphire schritt schnell zur Tat, da sie gar keine andere Wahl hatte. Sie kannte sich in keinem anderen Flügel des Palasts aus, daher musste sie hier und jetzt etwas unternehmen.

Sie ballte die Hand zur Faust, riss den Unterarm zur Seite und brach der Wache rechts neben ihr die Nase. Als der Mann gequält und erstaunt aufheulte, packte sie seinen Arm, schwenkte schnell nach links und benutzte seinen taumelnden Körper, um die andere Wache niederzuschlagen.

Dann rannte sie los und rang darum, mit ihren nassen Füßen auf dem Marmor voranzukommen.

Sie erinnerte sich an den Tag ihrer Ankunft. Daher wusste Sapphire, dass sich der Transporterraum wenige Meter von Wulfs Gemächern im selben Korridor befand. Sie musste nur schnurgerade durch den langen Korridor sausen. Wenn es ihr gelang, ihren Verfolgern davonzulaufen und den Abstand zwischen ihnen zu vergrößern, könnte sie es schaffen, sich dort einzuschließen und sich in Sicherheit zu befördern.

Wulfs Wachen säumten in regelmäßigen Abständen den Flur, da sie seinen Flügel des Palasts bewachten, doch nicht einer der Männer rührte sich, um sie aufzuhalten. Sie flog an ihnen vorbei und war erstaunt darüber, dass sie Beihilfe zu ihrer Flucht leisteten, doch sie hatte keine Zeit, um sich Gedanken über ihre Motive zu machen.

Sie wurde von hinten gepackt, und ihr blieb die Luft weg. Das schwere Gewicht eines männlichen Körpers ließ sie auf den harten Boden schlagen. Bestürzt rang sie um Luft. Als ihr Angreifer sie umdrehte, konnte sie nicht atmen.

Duncan saß rittlings auf ihr, und seine Augen strahlten vor grausamer Lust.

»Das wird mir Vergnügen bereiten«, knurrte er wütend und riss an ihrem hauchdünnen Gewand.

Sapphire holte kräftig aus und schlug ihm die Faust gegen die Schläfe.

Er brüllte auf und fiel zur Seite. Sie wand sich, riss das Knie hoch und zielte auf seine Hoden, doch er bewegte sich, was dazu führte, dass sie stattdessen seinen Oberschenkel traf.

»Du Miststück!«, zischte er und drückte ihren Oberarm wie ein Schraubstock zusammen.

Sie zog den Kopf ein, um einem Schlag auszuweichen, doch sein Körpergewicht stieß sie auf den Rücken. Er stieg über sie. Sie zerkratzte ihm das Gesicht, und ihre Nägel hinterließen Blutspuren. Duncan zwängte eine ihrer Hände unter ihre Hüfte und hielt die andere über ihrem Kopf fest. Dann leckte er die Seite ihres Gesichts vom Kiefer bis zur Schläfe.

»Wirst du jetzt endlich schreien?«, knurrte er.

»Du kannst deinen Tod wohl kaum erwarten?« Sie riss ihr Knie wieder hoch, streifte diesmal seinen Hodensack und raubte ihm damit den Atem.

Duncan richtete sich mit erhobener Faust über ihr auf. Sie befreite die Hand unter ihrer Hüfte und schlug ihm ihren Handballen ins Auge. Sein Kopf wurde zurückgeschleudert, und er schrie.

Dann verstummte er abrupt, und seine Augen wurden groß, ehe sie in seinen Kopf zurückrollten. Er brach über ihr zusammen, eine erdrückende Last. Clarke ragte über ihnen auf und schwang das Heft seiner Glefe.

Erleichterung durchflutete sie. »Zieh ihn von mir runter.«

Der Hauptmann packte den bewusstlosen Prinzen am Kragen, schleuderte ihn zur Seite und hielt ihr seine Hand hin. Er zog sie auf die Füße. Sie sah sich um und bemerkte, dass die Wachen im Flur die Blicke sorgsam abgewandt hielten, um bloß nichts zu sehen.

»Ich muss fortgehen.« Sie humpelte zum Transporterraum.

»Ihr wisst nicht mit Sicherheit, dass Prinz Duncan die Wahrheit gesagt hat.«

»Ich weiß nicht mit Sicherheit, dass er sie *nicht* gesagt hat. Ich habe meinen Vater und mein Land gefährdet. Und wofür?«

»Für die Liebe.«

Sie blieb stehen und packte Clarkes kräftige Hand. »Lass mich gehen. Siehst du es denn nicht? Ich kann nicht bleiben. Ich hätte nie bleiben können, noch nicht einmal vor diesem Zwischenfall.«

Er zögerte und nickte dann. »Ihr werdet Kleidung zum Wechseln brauchen.«

»Dazu fehlt uns die Zeit. Duncans Wachen werden bald mit Verstärkung kommen.«

Clarke warf einen Blick zurück in Richtung Serail. Sie folgte seiner Blickrichtung. Weiter unten versperrten Wulfs Wachen den Flur und taten so, als hätten sie Schwierigkeiten mit einer Tür. Trotz ihrer Sorge besaß sie die Geistesgegenwart, die Hilfe zu würdigen, die ihr die Männer zukommen ließen. An jenem Tag, an dem sie die Männer im Kasernenhof ausgebildet hatte, hatte sie einige neue Freunde gewonnen.

»Kommt schon«, drängte Clarke und schlug einen leichten Galopp an. Trotz all ihrer Schmerzen und Wehwehchen folgte sie ihm und konnte mit ihm Schritt halten. Die Türen des Transporterraums öffneten sich, als sie darauf zukamen, und schlossen sich auf einen schroffen Befehl hinter ihnen. Als sie im Transporterraum standen, befahl Clarke ihr, sich auf die Transporterplattform zu begeben, und beugte sich über die Steuerkonsole.

»Verdammt noch mal«, murmelte er.

»Was ist?«

»Die Steuerung ist eingeschränkt, sie lässt nur Transporte innerhalb der Staatsgrenzen von D'Ashier zu, und selbst hier nur von Plattform zu Plattform.«

»Warum?« Ihr Blick blieb auf die Tür gerichtet.

»Prinz Wulfric war besorgt, Euer Vater würde Euren Transport zurückverfolgen und Euch hier ausfindig machen.«

Sapphires Gedanken überschlugen sich. »Beam mich nach Akton. Von dort aus schaffe ich es, nach Sari zu kommen.«

»Akton ist wie alle Grenzstädte. Dort seid Ihr nicht sicher, und schon gar nicht so unzureichend bekleidet, wie Ihr es jetzt seid.« Er zog die Schultern zurück. »Ich komme mit Euch.«

»*Nein.* Du musst hierbleiben. Schieb die Schuld für die heutigen Vorfälle auf mich. Sag ihnen, ich hätte Prinz Duncan verwundet und sei auf eigene Faust geflohen. Sag ihnen, du hättest mich aufzuhalten versucht.«

»Herrin …«

»Du musst hierbleiben und Prinz Wulfric sagen, dass er meine *Mästares* freilassen muss. Ich weiß, dass er es tun wird.« Sie warf einen nervösen Blick auf die Tür. »Und jetzt gib die Koordinaten ein! Uns läuft die Zeit davon.«

Clarke wirkte, als wollte er Einwände erheben.

»Ich kann auf mich selbst aufpassen«, versicherte sie ihm. »Das weißt du doch.«

Als er die Hand nach den Steuerelementen ausstreckte, brachte Sapphire ein schwaches Lächeln zustande. »Ich danke dir, mein Freund. Ich hoffe, wir begegnen uns eines Tages wieder.«

Der Hauptmann holte tief Atem und gab eine Tastenkombination in die Steuerkonsole ein.

Sapphire blinzelte und stellte fest, dass sie im Freien

stand, auf der öffentlichen Transporterrampe von Akton. Die Plattform war brechend voll. Von allen Seiten war sie von Frauen umgeben, die, wie sie, nur spärlich bekleidet waren. Wie eine Schar farbenprächtiger Vögel standen Frauen jeder Körpergröße und mit allen erdenklichen Figuren in einem überwältigen Spektrum aus transparenten Gewändern herum. Die natürliche Brise trug die Gerüche der Wüste und der schmackhaften Speisen mit sich, die von Straßenhändlern angeboten wurden.

Verblüfft über die große Menge von Fußgängern suchte sie ihre Umgebung ab. Ein leuchtend rotes Transparent, das über der Straße gespannt war und im Wind flatterte, fiel ihr ins Auge:

JEDEN DRITTTAG VERSTEIGERUNG
DER VERTRÄGE VON KONKUBINEN

Als Befürchtungen in ihr aufwogten, rechnete sie im Kopf das Datum aus. Sie zuckte zusammen. *Verdammter Mist.*

13

»Ich habe dich gewarnt.«

Wulf hielt Duncan am Hals fest und presste ihn gegen die Wand seines Wohnzimmers; die Füße seines Bruders baumelten etliche Zentimeter über dem Boden.

»Wulfric, b-bitte«, murmelte Duncan durch seine geplatzten und geschwollenen Lippen. »Es tut mir leid. Ich ... mir war nicht klar ...«

»Du Lügner. Ich habe dir gesagt, du würdest einen hohen Preis dafür bezahlen, wenn du sie noch einmal anrührst.« Wulf warf seinen Bruder angewidert in die Ecke und drehte sich dann zu dem Hauptmann der Palastwache um. »Verständige General Peterson. Teile ihm mit, Prinz Duncan würde sich der Infanterie anschließen. Ihm soll weder Sonderbehandlung noch Rücksichtnahme gewährt werden. Er wird die Grundausbildung gemeinsam mit allen anderen neuen Rekruten durchlaufen. Sowie er sie abgeschlossen hat, will ich, dass ihm für die nächsten drei Jahre die unbeliebtesten Aufgaben zugeteilt werden. Ich erwarte wöchentliche Berichte vom General persönlich.«

»Um Himmels willen, Wulfric. Nein«, stöhnte Duncan und rollte sich in der Fötushaltung zusammen.

Der König trat vor. »Die Abreibung, die du ihm verpasst hast, genügt. Er ist dein Bruder.«

»Erinnere mich nicht daran, Vater. Das zählt im Moment nicht gerade zu den Dingen, auf die ich stolz bin.«

Wulf beugte sich über Duncan und rang darum, seine Wut und seine hilflose Frustration zu zügeln. »Du hast keine Ahnung, welches Glück du gehabt hast, weil es dir nicht gelungen ist, deine Pläne für Katie in die Tat umzusetzen.« Er richtete sich auf und ließ die Schultern kreisen, um die Spannung zu lockern, die sich in ihnen festgesetzt hatte. »Ich will, dass Seine Hoheit augenblicklich abtransportiert wird. Die Benutzung einer Heilkammer wird erst nach Eintreffen am Zielort gestattet. Schick ihn mit öffentlichen Verkehrsmitteln hin, nicht durch Beamen.«

»Verdammt noch mal, Wulfric«, brüllte Anders. »Das ist barbarisch.«

»Ist es etwa nicht barbarisch, eine Frau zu vergewaltigen? Die Strafe sollte dem Verbrechen angemessen sein.«

»Es ist ihm nicht gelungen.«

»Aber bestimmt nicht deshalb, weil er es nicht versucht hat. Wäre Katie eine Frau, die sich weniger zu helfen weiß, dann wäre die Sache ganz anders ausgegangen.« Bei diesem Gedanken ballten sich Wulfs Hände zu Fäusten. »Jetzt weißt du, wie man sich fühlt, Duncan, wenn man von einem wesentlich stärkeren Gegner brutal behandelt wird. Deine Kraft gegenüber einer Frau einzusetzen ist untragbar. Du bist verzogen und faul, und daran gebe ich mir selbst die Schuld. Ich habe mich zu sehr auf die Lage der Nation konzentriert und den Unwägbarkeiten meiner eigenen Familie zu wenig Beachtung geschenkt. Mit dieser Vernachlässigung ist jetzt Schluss.«

Er gab dem Hauptmann ein Zeichen. »Bring ihn zur

Landeschleuse, Hauptmann, und kehre dann zu mir zurück. Wir haben viel miteinander zu besprechen.«

Als sie allein waren, wandte sich Wulf zu seinem Vater um.

Anders starrte ihn an. »Ich verstehe dein Bedürfnis zu verteidigen, was dir gehört, und deinen Bruder Respekt zu lehren, aber drei Jahre Exil sind eine zu harte Strafe.«

»Das wird sich zeigen. Es war die leichteste Strafe, die mir auf die Schnelle eingefallen ist.«

»Und das ausgerechnet wegen Eriksons Tochter.« Anders begann umherzulaufen. »Das ist es, was ich nicht verstehe. Warum bist du so schnell bei der Hand, für *sie* Partei zu ergreifen?«

Wulf blickte finster. »Sie hätte mich auf hundert verschiedene Arten verletzen können, aber sie hat nichts anderes getan, als sich um mich zu sorgen und mich zu beschützen.«

Er wandte den Blick ab; seine Kehle war zugeschnürt.

Katie war fort.

»Wulfric ...«

Wulf schnitt Anders mit einer unwirschen Geste das Wort ab. »Das reicht jetzt, Vater. Du bist ebenso sehr dafür verantwortlich wie Duncan. Du hast ihn mit deinen Verdächtigungen und deinem Hass auf Sari gegen sie aufgehetzt.« Eilig stieß er den Atem aus. »Geh jetzt, bitte. Wir können später darüber reden. Im Moment muss ich erst einmal ihre Verfolgung aufnehmen. Sie ist allein, unzulänglich bekleidet und noch dazu verletzt. Wenn ihr hier auf dem Staatsgebiet von D'Ashier etwas zustößt, haben wir einen Krieg am Hals.«

Anders zögerte und ging dann ohne ein weiteres Wort.

Im nächsten Moment kam der Hauptmann zurück. »Prinz Duncan ist bereits unterwegs. General Petersen dankt Euch für das Vertrauen, das Ihr ihm geschenkt habt.«

Wulf nickte ungeduldig. »Habt ihr das Nanotachsignal aufgespürt, das sie aussendet?«

Er war dankbar dafür, dass er die Voraussicht besessen hatte, in ihrer ersten Nacht in D'Ashier den Peilsender in ihre rechte Pobacke zu implantieren. Sie war von dem Sex am Becken des Serails derart erschöpft gewesen, dass sie kaum gewimmert hatte, als er ihr den Chip eingesetzt hatte, während sie schlief. Abgesehen von einer kurzen Erwähnung ihrer Wundheit in den ersten ein oder zwei Tagen hatte sie keinen weiteren Gedanken auf dieses Unbehagen verschwendet.

»Ja.«

»Ausgezeichnet. Gehen wir!« Wulfs Augen verengten sich, als der Hauptmann zögerte. »Was ist?«

»Es steht mir nicht zu, Euch zu widersprechen, Eure Hoheit.«

»Falls du etwas zu sagen hast, Hauptmann, erteile ich dir hiermit die Erlaubnis, es zu tun.«

Das dunkle Kinn wurde in die Luft gereckt und die breiten Schultern in einer defensiven Haltung hochgezogen, die Wulf nervös machte. »Ich finde, Ihr solltet im Palast bleiben und mir erlauben, die Suche und den sicheren Rücktransport von Katie Erikson nach Sari zu organisieren.«

»Sie fällt unter meine Verantwortung.«

»Ich kann einen Trupp zur entlegensten Grenze führen, wo wir ihre Bediensteten in der Nähe des sarischen Stützpunkts freilassen können. Ein Fußweg von ein paar Kilometern, und sie wären zu Hause.«

»Nein.«

Clarke verstummte mit unbeteiligter Miene.

Wulf stieß hörbar den Atem aus. »Das ist eine heikle politische Angelegenheit. Sie erfordert geschickten persönlichen Einsatz und sorgfältige Beaufsichtigung.«

»Verzeiht mir, Eure Hoheit«, sagte der Hauptmann, »aber Ihr seid nicht objektiv.«

»Meine Sorge kommt ihr zugute«, knurrte Wulf.

»Nur, wenn sie selbstlos ist.«

Wulf trat an die Fensterwand mit dem Ausblick über die Hauptstadt unten im Tal. Dort blieb er mit den Händen hinter dem Rücken und gespreizten Beinen stehen. Er blickte auf das Land hinunter, das sich vor ihm erstreckte. D'Ashier war eine anspruchsvolle Gebieterin, die ihn bedrängte und ihn dazu antrieb, sie emporzuheben und ihr Größe zu verleihen. Millionen Menschen verließen sich darauf, dass er für sie sorgte, und er rang Tag für Tag darum, ihre Erwartungen zu erfüllen. Wenn er genug von seinem Blut und Schweiß einfließen ließ, konnte sich D'Ashier tatsächlich an allen Nationen messen.

Das einzige Ziel, das er jemals angestrebt hatte, war, ein guter Monarch zu sein. Er trachtete danach, gerecht und stark zu handeln und die Rechte und Ländereien seines Volks skrupellos zu beschützen. Er hatte gelernt, schnelle lebensverändernde Entscheidungen zu treffen, und er hatte gelernt, ungeachtet des Ausgangs nicht im Nachhinein an sich zu zweifeln. Ein mächtiger Herrscher konnte sich Luxus wie Reue oder Selbstbezichtigungen nicht leisten. Sein Wort war Gesetz, und das Gesetz durfte nicht zaudern.

Und doch war die größte und wichtigste Entscheidung seines Lebens eine, die er vor sich hergeschoben hatte. Aus Furcht, sich verletzlich zu machen oder sich zu irren, hatte er sich geweigert zu sehen, was er direkt vor Augen hatte.

Wulf drehte sich um. »Du bist der Meinung, ich solle sie gehen lassen?«

»Sie ist eine stolze Frau«, sagte der Hauptmann, »intelligent und stark. Sie ist tagsüber verkümmert, während sie auf Eure Rückkehr gewartet hat. Sie hatte Langeweile, und sie war einsam. Eine Frau mit einer solchen Vielzahl von Begabungen braucht es, sich nützlich zu machen. Es kann gut sein, dass sie ihre Heimat, ihr Land und ihre Familie für Euch geopfert hätte. Ich glaube, sie hätte es getan, wenn Ihr angeboten hättet, sie zu Eurer Ebenbürtigen zu machen und ihr Eure Achtung und Zuneigung zu erweisen.« Clarke verbeugte sich respektvoll. »Ich hoffe, Ihr nehmt keinen Anstoß an meinen Beobachtungen, Eure Hoheit.«

»Du magst sie.«

»Selbstverständlich. Sie hatte nichts an sich, was nicht liebenswert gewesen wäre.«

»Du hast ihr bei der Flucht geholfen.«

Der Hauptmann sagte nichts, und das genügte ihm als Antwort.

Wulfs Blick glitt auf sein Bett im Nebenzimmer. Wie würde er jemals wieder schlafen können, ohne sie in seinen Armen zu halten? Wie würde er die Tage in dem Wissen überstehen, dass sie nachts nicht da sein würde?

»Ich weiß deine Offenheit zu schätzen, Hauptmann, aber ich nehme ihre Verfolgung selbst auf«, sagte er. »Wir machen uns sofort auf den Weg nach Akton.«

Das konnte einfach nicht wahr sein.

Sapphire schloss die Augen und betete, wenn sie sie wieder aufschlug, würde die Versteigerung pure Einbildung gewesen sein. Sie schlug die Augen auf.

Aber dieses Glück war ihr nicht vergönnt.

Verflucht noch mal.

Hätte sie doch bloß genug Zeit gehabt, in einen Schutzanzug zu schlüpfen. Dann hätte sich deutlich gezeigt, dass sie keine Konkubine der Unterschicht war, die sich gezwungen sah, ihren Vertrag zu versteigern. Jetzt würden Erklärungen, die sie zu ihrer Situation abgeben musste, ihre Flucht hinauszögern und sie Zeit kosten. Sie konnte sich den Zeitverlust nicht leisten, denn falls Wulf beschließen sollte, ihre Verfolgung aufzunehmen, würde er das unverzüglich tun, und jede Verzögerung ihrerseits würde zu ihrer Gefangennahme führen.

Tief in ihrem Inneren wusste sie, dass Duncan sich in Wulf täuschte, aber das hieß noch nicht, dass er sich darin täuschte, was die königliche Familie in ihrer Gesamtheit mit ihr zu tun beabsichtigte. Wenn der König von D'Ashier sie als Druckmittel gegen ihren Vater einsetzen wollte, dann würde er es tun, und Wulf würde ihn nicht daran hindern können. Das durfte sie nicht riskieren. Sie durfte es sich niemals erlauben, den Menschen, die sie liebte, zur

Last zu fallen, und solange sie in D'Ashier blieb, war sie sowohl für ihren Vater als auch für Wulf eine Bürde.

Angespornt von diesem Gedanken bewegte sich Sapphire eilig voran und schlängelte sich auf ihrem Weg zur Straße durch die Menschenmenge.

Bedauerlicherweise zog ihre rasche Flucht Aufmerksamkeit auf sich. Die Kostspieligkeit, die ihrem Gewand deutlich anzusehen war, sorgte dafür, dass diese Aufmerksamkeit weiterhin auf sie gerichtet blieb. Als sie sich gerade aus der Schar der Frauen lösen wollte, wurde sie geschnappt und am Ellbogen von einem Mann festgehalten, von dessen lüsternem Blick ihr flau im Magen wurde.

»Lass mich los«, befahl sie leise und zornig. »Ich bin nicht hier, um versteigert zu werden.«

Der Blick des Mannes, der sie festhielt, glitt ohne Eile an ihrem Körper hinab, der durch ihr transparentes Gewand so leicht zu erkennen war.

»Zier dich nicht, Süße«, redete er ihr gut zu. »Es wird im Handumdrehen vorbei sein, und dann hast du wieder eine Anstellung. Eine Schönheit wie du sollte sich mühelos einen wohlhabenden Gönner schnappen können.«

Sapphire riss sich los und fauchte ihn an: »Ich sagte doch schon, dass ich nicht zur Versteigerung hergekommen bin.«

Diesmal riss sie rasch den Ellbogen zurück und beförderte den Mann auf den Boden, als er nach ihr greifen wollte. Unter der Wucht ihres Hiebs brach seine Nase, und er schrie und sank mit seinem heftig blutenden Gesicht zwischen den Händen auf die Knie.

»Was geht da drüben vor?« Ein weiterer Mann, der mit

der gleichen schwarz-weißen Uniform bekleidet war wie der erste, bahnte sich einen Weg durch das Gewühl.

»Diese verfluchte Frau hat mir einen Schlag auf die Nase versetzt!« Die Stimme des Mannes wurde durch seine Hände gedämpft. »Ich glaube, sie hat mir die Nase gebrochen.«

Sie funkelte die beiden Männer finster an. »Ich habe ihm gesagt, dass ich nicht für die Versteigerung hergekommen bin, aber er wollte nicht auf mich hören.«

Der Mann musterte sie prüfend, mit derselben Unverschämtheit, die schon sein Kollege an den Tag gelegt hatte. »Dann ist es wohl ein ziemlich großer Zufall, dass du in dieser Aufmachung gleichzeitig mit all den anderen Frauen hier eingetroffen bist.«

Sie stemmte die Hände in die Hüften. »Es spielt keine Rolle, ob es Zufall war oder nicht. Meinen Vertrag, wenn ich einen hätte – was nicht der Fall ist –, zu verkaufen oder zu behalten, wäre meine persönliche Angelegenheit.«

»Keineswegs«, säuselte eine schmierige Stimme hinter ihr. »Du hast die Aufmerksamkeit eines meiner besten Kunden auf dich gezogen.«

»Sie macht uns Ärger, Braeden«, sagte der unverletzte Mann.

»Das wird sich mit der Zeit legen.«

Sapphire schnaubte angewidert und drehte sich zu dem Besitzer der öligen Stimme um. Überrascht stellte sie fest, dass er auf eine exotische Art gut aussah. »Dein bester Kunde wird die Enttäuschung verkraften müssen. Und du auch. Ich bin nicht zu verkaufen.«

Braedens Lächeln überzog sie mit einer Gänsehaut. »Ich

fürchte, du wirst hier diejenige sein, die ihre Enttäuschung verkraften muss. Karl Garner mag feurige Frauen, die ihm das Bett wärmen, und das Temperament, das du zur Schau gestellt hast, hat seinen Appetit angeregt. Karl bekommt alles, was er will.«

»Karl soll sich zum Teufel scheren.«

Braeden streckte eine Hand aus und griff nach der goldenen Kette mit dem Anhänger, in den der Chip ihrer Hüterin eingelassen war. Sein Daumen glitt über das eingeätzte königliche Wappen von D'Ashier, ehe sie ihm die Kette aus der Hand riss.

»Du scheinst eine Diebin zu sein«, sagte Braeden und starrte sie mit kalten, dunklen Augen an. »Möglicherweise bin ich gewillt, der Versuchung zu widerstehen, dich den Behörden auszuliefern. Vorausgesetzt, du arbeitest mit mir zusammen.«

»Seine Hoheit Prinz Wulfric persönlich hat mir diese Kette gegeben. Ich unterstehe seinem Schutz. Um deines eigenen Wohlergehens willen schlage ich vor, du lässt mich unauffällig weitergehen.«

Die Menschenmenge um sie herum brach in schallendes Gelächter aus. Gedemütigt und frustriert wollte sich Sapphire wieder einen Weg durch das Gedränge bahnen. »Wenn du mir nicht glaubst, kannst du dich bei dem Hauptmann der Palastwache erkundigen. In der Zwischenzeit werde ich mich auf den Weg machen, da du keine Befugnis hast, mich aufzuhalten.«

Als die Männer erneut versuchten, sie aufzuhalten, wehrte sie sich. Die Frauen um sie herum stoben mit verblüfften Schreien auseinander und sorgten für eine willkommene Ablenkung. Drei weitere Männer in schwarzweißer Kleidung versuchten sie einzufangen, doch kurz darauf lagen sie alle mit unterschiedlich starken Verletzungen auf der Transporterrampe. Ehe die fürchterliche Situation noch schlimmer werden konnte, sprang Sapphire die Treppe zu der Hauptverkehrsstraße hinunter und rannte los.

Es wäre hilfreich gewesen zu wissen, wohin sie lief, aber im Moment war ihr jede Richtung recht, die von den Auktionatoren fortführte. Als sie um eine Ecke bog, entdeckte Sapphire eine Gruppe von öffentlichen Kommunikatoren. Sie wählte den, der am weitesten von der Straße entfernt war, verbarg sich hinter dem Sichtschutz und lugte behutsam hinaus, um zu beobachten, wie ihre Verfolger an ihr vorbeirannten. Dann konzentrierte sie sich darauf, den Kommunikator zu aktivieren.

Sie sah den Schlitz für einen Kreditchip, doch der nützte ihr nichts. Sie untersuchte die Oberseite und die Seiten des Geräts, um zu sehen, ob es eine Möglichkeit gab, die Verbindungen, die sie für ihren Anruf brauchte, kurzzuschließen. Erst als sie die Unterseite abtastete, entdeckte sie das kleine runde Loch. Als sie sich vorbeugte, um es sich genauer anzusehen, streifte ihre Halskette, die weit vor ihrem Körper hing, das Gerät.

Das Display hellte sich auf.

Ermutigt versuchte Sapphire, den Anhänger in die Öffnung zu stecken, und als sich das dreidimensionale Hologramm des königlichen Wappens von D'Ashier langsam über dem Kommunikator im Kreis drehte, wurde ihr schwindlig vor Erleichterung. Von allen verfügbaren Wahlmöglichkeiten auf dem Eingabefeld waren nur SENDEN und EMPFANGEN aktiviert. Sie gab den Code ein, um die Anruferidentifikationssperre aufzuheben, und dann die Nummer ihres Vaters. Mit einem stummen Gebet drückte sie die Verbindungstaste.

Sie wartete noch auf eine Leitung, als sie von hinten gepackt wurde. Wut und Frustration lösten sich in ihrem Schrei, während sie gewaltsam zu dem Mann namens Braeden herumgerissen wurde.

»Kannst du kein Nein…?« Sie keuchte, als sie das schmerzhafte Brennen des Stichs in ihrem Oberarm spürte.

Mit offenem Mund blickte sie nach unten und sah, wie eine Spritze aus ihrem Fleisch gezogen wurde.

Wieder wollte sie schreien, doch die Welt versank in Dunkelheit.

14

Wulf lief unruhig auf der Landepiste des Militärstützpunkts in den Außenbezirken von Akton auf und ab. Die Piste wurde selten benutzt, da das Beamen viel schneller ging und praktischer war. Dennoch war für den gelegentlichen Transport großer Maschinen und Waffen der Flugverkehr erforderlich, und die Nähe zur Grenze mit Sari machte Akton zu einem erstklassigen Standort, um von dort aus Gegenmaßnahmen in Gang zu setzen, wenn es notwendig war.

Fünf Stunden waren vergangen, *fünf verdammt lange Stunden,* seit Katie den Palast verlassen hatte. Fünf Stunden, die ihm wie fünf Jahre erschienen. Zu der Furcht um ihr Wohlergehen kam erschwerend sein Bedürfnis hinzu, ihr zu sagen, dass Duncan gelogen hatte. Wulf konnte sie nicht in dem Glauben fortgehen lassen, es sei seine Absicht gewesen, sie auszunutzen. Und wenn ihr etwas zustieß, bevor er sie fand …

Er wurde fast wahnsinnig. Sein Herz schlug heftig, und seine Eingeweide waren schmerzhaft verkrampft.

In wenigen Momenten würde die Sonne untergehen, und in der ebenholzschwarzen Dunkelheit der Wüstennacht würde sich Akton in ein Labyrinth funkelnder Lichter verwandeln. Wo war sie? War sie verletzt oder in

Gefahr? Wie hatte er so blind für den Verrat seiner eigenen Familie sein können?

Er fletschte die Zähne.

Das Nanotachsignal war schwach – zu schwach, wenn man bedachte, wie nahe sie ihr sein mussten. Da das Nanotach durch ihre Lebenskraft angetrieben wurde, konnte das schwache Signal nur eines von zwei Dingen bedeuten: Sie war entweder bewusstlos, und das schon seit einiger Zeit, oder sie schwebte in Todesnähe. Beide Szenarien machten ihn regelrecht wild und brachten das Animalische in ihm hervor.

»Eure Hoheit!«

Wulf drehte sich zu dem jungen Lieutenant um, der auf ihn zugerannt kam.

Der Offizier verbeugte sich tief, ehe er aufgeregt weitersprach: »Ich glaube, wir haben sie gefunden!«

»Wo?«

»Heute Nachmittag kam es zu einem Tumult im öffentlichen Transportzentrum. Eine Frau, die der Beschreibung der Herrin entspricht, hat behauptet, sie stünde unter Eurem persönlichen Schutz, bevor sie von etlichen Männern belästigt wurde.«

Ein Knurren drang aus Wulfs Kehle. »Wer waren diese Männer?«

»Angestellte von Braedens Auktionshaus.«

Wulf erstarrte. Es war Dienstag.

Ihm wurde augenblicklich die Bedeutung des Dritttages klar. Eine Frau, die so schön war wie Katie, würde sich Braeden wohl kaum entgehen lassen. Nahezu nackt würde sie unwiderstehlich für ihn sein. Fluchend ging er auf den

Hangar und die Transporterplattform zu, die darin untergebracht war. »Trommele deine Männer zusammen, Lieutenant.«

Wenige Momente später stand er im Foyer von Braedens florierendem und gut ausgestattetem Auktionshaus. Da er als früherer Kunde mit dem Etablissement vertraut war, begab er sich geradewegs zum Hinterzimmer.

Er wusste, dass er einen einschüchternden Anblick bot, als er mit wehenden blutroten königlichen Gewändern den Raum betrat und sich ein vollzähliges Kontingent königlicher Wachen auffächerte, um die Personen im Raum einzukreisen. Als die überraschten Männer voller Ehrerbietung auf den Boden sanken, wartete er ungeduldig. Er sagte nichts und erteilte ihnen auch nicht die Erlaubnis, sich zu erheben, sondern zwang sie, zu seinen Füßen liegen zu bleiben.

»Eure Hoheit«, murmelte Braeden aalglatt, »ich war in Unkenntnis darüber, dass Ihr der Auktion heute beiwohnen wolltet. Ich befürchte, es können keine Gebote mehr abgegeben werden, aber ich bin sicher ...«

»Wo ist sie?« Die finstere Drohung, die in Wulfs Stimme mitschwang, brachte den Geschäftsinhaber dazu, verwirrt die Stirn in Falten zu legen.

»Ich bitte um Verzeihung«, sagte Braeden, um Zeit zu gewinnen. »Ich weiß nicht, von wem ...«

Wulf riss ihn grob auf die Füße. »Du hast heute im Transportzentrum eine Frau belästigt, die meinen Schutz für sich in Anspruch genommen hat. Wo ist sie?«

Der Auktionator erbleichte. »Eure Hoheit, ich versichere Euch, ich hatte keine Ahnung, dass sie die Wahrheit gesagt hat. Ihre Aufmachung war ...«

»Ich frage dich noch einmal«, wiederholte Wulf mit unheilvoller Sanftmut. »Wo ist sie?«

Braeden wies mit seinem Kinn auf die Treppe. »Im Freudenraum am oberen Ende der Treppe.«

Während Wulf darum rang, seine nahezu mörderische Wut zu beherrschen, zitterte der Arm, der Braeden festhielt. »Ist sie von jemandem angerührt worden?«

»I-ich glaube n-nicht.« Der Auktionator schluckte schwer. »Der Meistbietende ist gerade nach oben gegangen.«

Wulf warf einen Blick über die Schulter, und eine der Wachen sonderte sich eilig von der Gruppe ab und rannte die Stufen hinauf. »Ist ihr in irgendeiner Form etwas zuleide getan worden?«

»Ich habe ihr einen kleinen Cocktail verabreicht, den ich bei lebhaften weiblichen Wesen gelegentlich einsetze«, gestand Braeden. »Eine Mischung aus schwachen Beruhigungsmitteln und einem Aphrodisiakum.« Er erhob die Stimme. »Sie war unbändig, Eure Hoheit! Sie hat fünf meiner Männer verletzt!«

Wulf stieß ihn von sich. Als er sprach, klang seine Stimme barsch. »Für die Misshandlung einer Person, die meinen Schutz in Anspruch genommen hat, beschlagnahme ich dein Geschäft.«

Braeden begann zu flehen.

»Ruhe! Für die illegale Entführung einer Frau und den Versuch, ihre Gunst gegen ihren Willen zu verkaufen, wirst du unverzüglich in das nächste Gefängnis gebracht, und dort wirst du bleiben, bis du für deine Verbrechen vor Gericht gestellt wirst. Ich kann dir nur raten zu beten, dass ich sie unberührt vorfinde, Braeden. Wenn nicht, werde ich dich persönlich kastrieren.«

»Und anschließend bekommst du es mit mir zu tun«, fügte der Lieutenant kühl hinzu.

Ein zustimmendes Murmeln erhob sich in den Reihen seiner Männer.

Wulf überdachte noch einmal die Ereignisse dieses langen Tages, denn bisher war er derart außer sich gewesen, dass er sie nicht klar genug beurteilt hatte. Er dachte an Sabines Versuch einzuschreiten und Duncan von seinem Vorhaben abzuhalten. Und auch daran, wie die anderen Konkubinen bereitwillig ihre Dienste anstelle von Katie angeboten hatten. Er überlegte, wie seine eigenen Männer die Wachen seines Bruders ferngehalten hatten, damit sie entkommen konnte. Er erinnerte sich an seine Diskussion mit dem Hauptmann, der sie ganz offensichtlich bewunderte. Und er dachte an den Lieutenant und die Männer, die seinem Befehl unterstellt waren und jetzt ihrem Wunsch Ausdruck verliehen, sie nötigenfalls zu rächen.

In der kurzen Zeit, die sie mit ihm verbracht hatte, hatte Katie den Respekt seiner Untertanen errungen. Sogar die Bestürzung seines Vaters enthüllte die Furcht des Monarchen vor ihrer zunehmenden Macht im Palast.

Katie war das perfekte Gegenstück zu ihm. Eine Kriegerin wie er, ein Lustmensch, eine starke Frau und eine Stütze, die man bewundern und respektieren musste. Eine Geliebte, die er sowohl achten und ehren als auch lieben und verwöhnen konnte. Er war tief bekümmert bei dem Gedanken, was er beinahe verloren hätte – eine wunderbare Gemahlin für D'Ashier, die ideale Gefährtin für ihn.

Mit neuerlicher Zielstrebigkeit wandte er sich der Treppe zu. Er würde sie an sich binden, damit sie nie wieder voneinander getrennt werden konnten.

Sapphire hörte sogar durch das Surren in ihren Ohren, dass die Tür geöffnet wurde. Sie war benebelt und konnte nicht klar denken. Alles war trüb und wirr.

Sie hob den Kopf und strengte sich an, durch den hauchdünnen Vorhang zu sehen, der das Bett umgab. Da entdeckte sie den breiten, muskulösen Rücken eines Mannes, der sich gerade entkleidete, und sie drückte die Augen fest zu und ließ den Kopf mit einem Stöhnen wieder auf das Kissen sinken.

Sie nahm an, sie könnte ihm den Rücken zuwenden – das Muskelrelaxans, das ihr verabreicht worden war, machte sie träge, nicht unbeweglich –, doch das Aphrodisiakum brachte sie um den Verstand. Sie zwang sich, so still wie möglich zu halten, denn jede Bewegung verursachte ein prickelndes Gefühl, das glühend über ihre Haut strich, ihr Fleisch erhitzte und ihr das Atmen erschwerte. Sie war vollständig nackt, doch sie griff nicht nach dem Seidenlaken, das sie längst von sich getreten hatte. Es war unerträglich gewesen, den Stoff auf ihrer übersensiblen Haut zu fühlen, und ihre Sittsamkeit war diese Marter nicht wert.

»Wenn ich du wäre«, brachte sie mit einer von Beruhigungsmitteln verschliffenen Stimme hervor, »würde ich auf der Stelle umkehren und um mein Leben laufen.«

Sie hörte ein verführerisches Glucksen, das wie Rauch über ihren Körper wehte und jedes Nervenende entfachte.

Als das Surren in ihren Ohren schlimmer wurde, biss sie die Zähne zusammen.

»Kronprinz Wulfric wird bald kommen, um mich zu holen.« Sie hoffte, das entsprach der Wahrheit. »Er ist ein sehr eifersüchtiger Mann. Wenn du mich anrührst, könnte er dich durchaus töten.«

»Gehörst du ihm?« Die klangvolle, tiefe Stimme des Mannes hallte durch ihren Schädel.

Sapphire wollte etwas ganz anderes sagen, doch was hervorkam, war die Wahrheit. »Ja.«

Durch den unerträglichen Lärm in ihrem Kopf glaubte sie Schritte zu hören, die barfuß auf sie zutappten.

»Nach allem, was ich erkennen kann«, murmelte er, »wären ein paar Momente in deinen Armen die Mord-drohung wert.«

»Tu das nicht«, flehte sie leise, denn ihr Brustkorb war so fest zugeschnürt, dass sie nicht lauter sprechen konnte. »Ich ... ich liebe ihn. Ich könnte es nicht ertragen, berührt zu werden ...«

Sie spürte, dass er plötzlich vollkommen stillhielt, und nahm auch die Anspannung wahr, die sein Körper aus-strahlte.

Als er wieder etwas sagte, war seine Stimme heiser und klang noch tiefer. »Den Prinzen? Ist er es, den du liebst?«

Sie seufzte, von tiefer Sehnsucht erfüllt. Dann drehte sie sich um und wandte sich von ihm ab. Der plötzliche Schmerz ihres auf unnatürliche Weise hervorgerufenen Verlangens ließ sie stöhnen. »Er wird kommen ... Es ist noch nicht zu spät ... um fortzugehen ...«

Die hauchdünnen Vorhänge wurden geöffnet, und die Matratze sackte unter dem Gewicht des Mannes zusammen. Er war ihr so nah, dass sie die Hitze fühlen konnte, die von seiner Haut abgestrahlt wurde, doch er fasste sie nicht an.

»Erwidert er deine Liebe?«

Sapphire stöhnte gegen eine Woge von Lust an, die seine Nähe und der sinnliche Geruch seiner Haut mit sich brachten. »Geh weg«, keuchte sie.

»Liebt er dich?«, wiederholte er.

»Nein ... aber er begehrt mich ... er wird um mich kämpfen.«

»Dann ist er ein Narr. Wie könnte er sich deiner Liebe sicher sein und sie nicht erwidern?«

Sein heißer, offener Mund presste sich auf ihre Schulter und sandte Empfindungen aus, die lodernd über ihr Fleisch rasten. Gegen ihren Willen presste sie sich an seinen Mund, denn ihr Körper war begierig auf Erlösung von dieser chemisch hervorgerufenen Folter. Als ihr Herz das Blut schneller durch ihre Adern pumpte, verschlimmerte sich das Surren in ihren Ohren. Seine Zunge schnellte seitlich über ihren Hals. »Ich will dich lieben«, flüsterte er.

Sapphire lachte mit leisem Spott. »Da bin ich mir ganz sicher, denn sonst lägest du nicht in diesem Bett. Begierig darauf zu sterben.«

Das krause Haar auf seinem Brustkorb streifte ihren Rücken, und ihr Atem stockte. »Ich will mit dir schlafen.« Sein Tonfall war feurig, obwohl er durch ihre Schulter gedämpft wurde. »Von dem Moment an, als ich dich das erste Mal gesehen habe, musste ich dich haben. Ich werde dich langsam und tief nehmen. Ich werde dich verwöhnen. Dir Lust bereiten, bis die Sonne aufgeht.«

»W-was?« Sie schmiegte sich an seinen erregten Körper und fühlte die Glut und die Härte seiner Erektion an ihren Pobacken.

»Du hast Schmerzen. Lass mich dir helfen.«

Erhobene Stimmen draußen vor der Tür drangen in ihren benebelten Verstand vor und versetzten sie in Panik. »Geh jetzt, bitte«, drängte sie ihn. »Ich … sie haben mir etwas gespritzt. Ich will das nicht.«

Sein Atem strich über ihre Wange. »Stell dir einfach vor, ich sei der Mann, den du liebst. Gib dich mir hin, als sei ich er. Ich werde dafür sorgen, dass du den Prinzen vergisst, der dich nicht verdient hat. Ich werde ihn aus deinem Gedächtnis löschen, damit du an nichts anderes mehr denken kannst als an mich – einen Mann, dessen einziges Verlangen es ist, dir zu Diensten zu sein.«

Seine Zunge fuhr ihre Ohrmuschel nach, und verbotene Lust ließ sie schnurren. »Ich brauche dich.« Jetzt, wo die Stimme ihr so nahe war, war sie ihr quälend vertraut. »Ich brauche dich ebenso sehr, wie ich das Atmen brauche.«

Ihr Herz blieb stehen.

Wie sehr sie sich erträumt hatte, ihren leidenschaftlichen Wulf wiederzuhaben, den, der sich im Obsidiandunkel ihres Schlafzimmers verborgen und ihr den Atem damit verschlagen hatte, wie vollständig er sie für sich gefordert hatte.

Sapphire kapitulierte mit einem unterdrückten Aufschrei, drehte sich in seinen Armen um und zog ihn an sich.

»*Wulf.*«

Wulf stöhnte und hieß sie mit einem gedämpften Laut der Erleichterung willkommen, als sich Katie in seinen Armen umdrehte. Wie wunderbar sie sich anfühlte, als sie jetzt eng an ihn geschmiegt war, nach diesem Tag der qualvollen Suche und der Sorge um sie.

Sie liebte ihn. Er konnte es nicht lassen, sie eng an sich zu drücken und sich zu geloben, sie nie mehr loszulassen.

Heute Nacht würde er ihr mit jeder Berührung seiner Lippen und mit jedem Streicheln seiner Hand seine tiefe Zuneigung zeigen. Er würde ihr die Welt versprechen und für den Rest seines Lebens bestrebt sein, sie ihr zu geben. Sein Leben, einst eine endlose Strecke von Tagen der Pflichterfüllung und Nächten voll bedeutungslosem Sex, würde ein Leben werden, das durch Freude, Liebe und süße, atemberaubende Leidenschaft angereichert war.

Sein Mund senkte sich auf ihren hinab, und er zog sie enger an sich, bis ihre weichen, üppigen Brüste an seinen Brustkorb quetscht wurden und sie ihren geschmeidigen Oberschenkel über seine Beine geworfen hatte. Irgendwo tief in seinem Inneren konnte Wulf die Verbindung zwischen ihnen fühlen. Von Anfang an hatte er die Verknüpfung gespürt, und er war seiner Leidenschaft auf verbotenes, beängstigendes Territorium gefolgt. Er bereute es nicht – ungeachtet der vielen Schwierigkeiten, die ihnen noch bevorstanden.

Katie konnte nicht stillhalten. Ihr Fleisch war von dem Aphrodisiakum so heiß und überempfindlich, dass sie buchstäblich versuchte, aus ihrer Haut herauszukriechen.

»Bitte.« Sie rieb sich an seinem Oberschenkel und hinterließ eine glitschige Fährte. Tage waren vergangen, seit er sie das letzte Mal gehabt hatte. Zu fühlen, wie sie an ihm schmolz, war eine unwiderstehliche Lockung, die seinen Schwanz schmerzhaft anschwellen ließ.

»Wulf, ich brauche dich in mir.«

»Ganz ruhig.« Er rollte sich mit ihr herum, bis sie unter ihm lag, und spreizte dann die Beine. »Ich gebe dir, was du brauchst.«

Mit einem raschen Stoß war er tief in ihr, und sie kam. Ihr Rücken wölbte sich von der Matratze hoch, ihre feuchten Scheidenwände zogen sich gierig um seine volle Länge zusammen, und ihr kehliger Aufschrei der Erleichterung erfüllte den Raum, erfüllte sein Inneres und erhitzte sein Blut mit dem Wissen, dass er mit ihrem Körper Dinge tun konnte, die kein anderer Mann mit ihr tun konnte. Dass er sie an Orte führen konnte, von deren Existenz sie nichts gewusst hatte.

»So ist es richtig«, gurrte er und biss die Zähne gegen die verheerende Lust zusammen. Er zog sich aus ihr zurück, und sie packte mit stählernen Fingern seine Hüften und zerrte ihn wieder in sich hinein. Sie war sengend heiß, und sie tropfte. Ihre süße Muschi saugte begierig an seinem Schwanz, ein unglaubliches Gefühl, das ihn kehlig aufstöhnen ließ.

Auf ihr verzweifeltes Flehen hin begann Wulf, zwischen ihren Beinen loszulegen. Anfangs nahm er sie sanft, dann schneller und immer wilder, da sie ihn um mehr und um immer noch mehr anflehte.

Das Mittel, das sie ihr gespritzt hatten, zog ihre Orgasmen in die Länge. Etwas Vergleichbares hatte er in seinem ganzen Leben noch nicht gefühlt – ihr Körper molk seinen Schwanz, während er immer wieder hart und tief in sie hineinstieß.

»Katie.« Er keuchte, als sich seine Eier zusammenzogen und sein Schwanz heftig pochte. Er brauchte das. Mit ihr verbunden zu sein, tief in ihr zu sein.

»Ja«, schluchzte sie, und ihre Hüften hoben sich jedem seiner Stöße entgegen. »Das tut so gut … so gut …«

Mit einem wilden Aufschrei reiner Lust warf er den Kopf zurück und spritzte dicke, heiße Strahlen in sie hinein. Sein Höhepunkt wurde durch ihren in die Länge gezogen, und er fühlte die Zuckungen ihrer köstlichen Möse eine nach der anderen um sich herum. Er klammerte sich an sie, drückte mit offenem Mund dankbare Küsse auf ihre Schulter und ihre tränenüberströmten Wangen und fand im Geschlechtsakt eine Freude, von deren Existenz er nie etwas gewusst hatte – bis er Katie gefunden hatte.

Sapphire stöhnte, als Wulf seinen Schwanz aus ihren bebenden Tiefen zog. »Verlass mich nicht.«

»Niemals.« Er streckte sich neben ihr aus und schob die Finger einer Hand in die schweißfeuchten Ansätze ihres wirren Haares. Mit der anderen Hand streichelte er ihre Hüfte und ließ sie schwielig daran hinabgleiten.

Sie spreizte lüstern die Beine, und ihr heißes Gesicht

presste sich an seinen Hals, wo der würzige Geruch seiner Haut besonders stark war. Verzweifelt sog sie ihn in sich ein, denn durch die Orgasmen, die er ihrem gemarterten Körper so geschickt entrungen hatte, war ihre rasende Gier nur mäßig gestillt.

»Du bist hier«, flüsterte sie, und ihre Hand presste sich auf seinen Brustkorb. »Ich bin so froh, dass du hier bist.«

»Ganz ruhig ... ich gebe dir, was du brauchst.«

Ihre Wirbelsäule wölbte sich, als seine Finger ihre entblößten Schamlippen öffneten. Ihm lagen ihre Lust und ihre Bedürfnisse so sehr am Herzen. Er gab ihr das Gefühl, der einzige Mensch in seiner Welt zu sein – eine Frau, die er wie einen Schatz hütete und anbetete.

Sein Daumen streifte ihre Klitoris, und sie keuchte. Ohne das Aphrodisiakum waren seine Berührungen knisternd, doch mit dem Mittel waren sie nahezu schmerzhaft, denn der Ansturm all dieser Empfindungen überlastete ihre empfindlichen Nerven ohnehin schon. Seine Fingerspitzen glitten über die zuckende Öffnung ihrer Muschi und neckten sie.

»Mehr«, flehte sie. »Ich brauche dich.«

Sein Kopf senkte sich auf ihre Brust, und seine Zunge schlang sich um eine aufgestellte Brustwarze.

»Ja.« Sapphire zog sich auf eine Schulter hoch und schob die stramme Spitze in die Oase seines talentierten Munds. »Saug an mir.«

Mit einem beschwichtigenden Murmeln stieß Wulf zwei lange, dicke Finger in sie hinein. Sie wimmerte, und ihre Hände ballten sich um das Bettzeug zu Fäusten. Jedes

Saugen an ihrer Brustwarze fand einen Nachhall in ihrer Muschi, und ihr Gewebe zog sich um den willkommenen Vorstoß eng zusammen.

Er hob den Kopf. Als seine Finger in sie hineinstießen, musterte er sie mit einem besitzergreifenden Schimmer in den Augen. »Du bist klatschnass von meinem Sperma. Du bist voll davon.«

Sapphire leckte sich die ausgedörrte Unterlippe, und ihre Kehle bewegte sich heftig, während er sie langsam und lässig mit seinen Fingern fickte. »Ich liebe es, wenn du in m-mir kommst. Du wirst ganz dick und hart, und du stößt so t-tief in mich hinein.«

Wulf knurrte, und der rohe Laut grollte durch den Raum.

»Du v-verlierst die Selbstbeherrschung.« Sie keuchte, und ihre Hüften pressten sie an seine Hand. »Du rammst dich in mich, bis ich glaube, ich b-bin am Ende meiner Kräfte. Die Geräusche, die du von dir gibst ... als täte es dir zu gut ...«

»Das tut es.« Seine Zunge stieß in ihr Ohr vor und entlockte ihr einen Aufschrei. »Ich frage mich, ob ich es überleben werde. Dann frage ich mich, wie schnell ich es wohl wieder tun kann, es noch einmal erleben kann.«

»Ich fühle es, wenn du kommst. So heiß. So dick. So endlos. Ich liebe es.« Bei der Erinnerung daran gelangte Sapphire zum Höhepunkt und kam um seine Finger herum.

»Du vernichtest mich.« Er stieß drei Finger in sie, und seine Zunge stieß in ihr Ohr, während er dafür sorgte, dass sie angespannt und atemlos blieb und in ihrem Orgasmus verharrte. »Du reißt mich in Stücke. Ich kann nicht genug von dir kriegen.«

»Wulf...« Sie ließ das Bettzeug los und streckte die Arme nach ihm aus, weil sie ihn über sich fühlen musste, ihn an sich geschmiegt spüren wollte. Ihre Handflächen pressten sich flach auf seinen schweißnassen Rücken, und sie hob den Kopf, um ihre heiße Stirn an seine Schulter zu pressen.

»In mir«, keuchte sie. »Ich brauche dich in mir.«

Sein Unterarm stützte sein Gewicht, während seine Finger weiterhin durch ihre Zuckungen glitten.

»Das ist für dich, Katie.« Seine Stimme war dunkel und heiser. »Nicht für mich.«

Sie legte den Kopf in den Nacken und drückte die Lippen auf seinen Mund. Ihre Brustwarzen, die so hart und empfindlich waren, wurden noch straffer, als sie das Haar auf seiner Brust streiften. Der Nachhall ihrer Wonne ließ ihre Muschi zucken, und ihr ganzer Körper war in seinen verliebt. »Dann tu es für mich«, drängte sie ihn.

Seine Hand, die ihr Haar gepackt hielt, löste sich, und er bestieg sie. Sie verkniff sich einen lautstarken Protest, als seine Finger sie leer und gierig zurückließen. Mit angehaltenem Atem wartete sie, während er sich an ihr rieb und seine dicke Eichel durch ihre vermischten Körpersäfte glitt.

Als sie ihn kaum noch erwarten konnte und sich danach verzehrte, ihn in sich pochen zu fühlen, war sich Sapphire ihrer Verwundbarkeit schmerzlich bewusst. Die Spritze, die ihr verpasst worden war, ließ sie nach Sex lechzen. Ihr Verlangen nach Wulf dagegen kam aus ihrem Inneren und war unabhängig von allem, auf das sie Einfluss hatte. Nichts würde am Morgen noch so sein wie vorher, während sich gleichzeitig nichts verändert haben würde. Sie konnte ihn nicht behalten.

Wulf kniete sich hin, legte eine Hand unter ihren Oberschenkel und zog ihn über seinen, um sie noch weiter zu öffnen. Seine Hüften kreisten, und er stieß sich kaum mehr als einen Zentimeter weit in sie hinein. Als sie ihre andere Ferse in die Matratze stemmte und sich ihm entgegenbog, um ihn noch tiefer in sich aufzunehmen, gab er einen tadelnden Laut von sich und hielt auch dieses Bein fest.

»Langsam und entspannt«, gurrte er. Ihre Möse war weit gespreizt und wartete verzweifelt darauf, gefüllt zu werden. Gedehnt zu werden.

Ihre Nägel krallten sich in das Laken. »Hart und tief.«

Seine großen Hände bewegten sich über ihre Brüste, und mit seinen erhitzten Handflächen knetete er das geschwollene Fleisch. »Du wirst zu früh wund sein. Wir haben noch Stunden vor uns.«

»Ich brauche dich.«

»Vertrau mir.« Er stieß sanft zu und drang noch weitere zwei Zentimeter in sie ein. »Bei mir kann dir nichts passieren.«

Sie stöhnte, dankbar für seine Sorgfalt und Aufmerksamkeiten. Es begeisterte sie, dass er schon vor ihr genau wusste, was sie wollte und brauchte, aber sie fand es schrecklich, dass er recht damit hatte, behutsam vorzugehen. Ihr Verlangen war geradezu quälend und brachte sie dazu, sich unter ihm zu winden, zu betteln und zu flehen, zu weinen und zu fluchen, während er sich gewissenhaft und mit Muße tiefer in sie vorarbeitete.

»Du bist so verflucht scharf«, brachte er durch zusammengebissene Zähne hervor, und Schweiß tropfte aus den langen, dunklen Strähnen seines Haars. »Ich liebe es, dich zu vögeln. Ich liebe deinen Gesichtsausdruck, wenn du kommst. Jedes Mal, wenn ich dich sehe, verzehre ich mich danach, diesen Ausdruck auf deinem Gesicht zu sehen.«

»Ich verzehre mich danach, ihn dir zu zeigen.« Sie schlug ihre Füße in seinem Kreuz übereinander, riss an ihm und zischte vor Lust, als er sich vollständig in ihr begrub.

Dann begann der Ritt. Das reizvolle langsame Gleiten. Das Eintauchen und Zurückziehen. Das erlesen köstliche Gefühl, wenn die ausgestellte Unterseite seiner Eichel überempfindliche Nerven streichelte. Sie hätte schwören können, dass sie jede pulsierende Ader, jeden Tropfen Erregungsflüssigkeit und jeden Schlag seines rasenden Herzens fühlte.

Instinktive, klägliche Rufe kamen über ihre Lippen, primitive Laute der Kapitulation und der Gier, die das Alphatier in ihm wachriefen. Sie sah es in seinen Augen, in seinem zusammengebissenen Kiefer und auch daran, wie sich sein Brustkorb trotz seines strikt eingehaltenen langsamen Tempos vor Anstrengung hob und senkte.

»Tiefer«, flehte sie. »Härter.«

Wulf widersetzte sich Letzterem, während er Ersterem nachgab, indem er ihre Beine auf seine Schultern legte und sich über ihr aufrichtete. Ihre Hüften reckten sich höher, wogegen seine sich geradewegs nach unten bewegten und seinen Schwanz in ihre fernsten Tiefen stießen. Bei jedem

Eintauchen erreichte er die Talsohle und zog sich dann bis zur Spitze aus ihr zurück. Als sie diesen langen, dicken Schaft spürte, der sich in voller Länge tief in sie hineinschob, gelangte sie rasch zum Orgasmus und wurde darin herumgewirbelt wie Sand in einem Wirbelsturm.

Seine Arme umschlangen sie und hielten sie regungslos fest, während er sich abrackerte und sein Atem über ihr Ohr strömte. Sapphire fühlte das Knurren, ehe sie es hörte, und sie nahm die Anspannung wahr, die ihn in den Momenten vor seinem Orgasmus ergriff. Er behielt das langsame Tempo bei, obwohl es ihn umbringen musste, doch sein Eifer nahm zu. Sein strammer Hodensack klatschte fester gegen ihre Pobacken und kurbelte ihre Lust an.

Ihre Fingerspitzen klammerten sich an seinen angespannten Rücken, und sie hauchte: »Komm in mir. Füll mich mit dir aus.«

»Katie«, knurrte er wütend.

Er wurde noch dicker und härter. Durch die zusätzliche Dehnung ihrer inneren Muskeln kam sie wieder zum Höhepunkt, und er schrie heiser ihren Namen, als er explodierte und seine kräftige Gestalt sich so, wie sie es liebte, an sie presste. Damit sagte er ihr, dass er der Macht des gegenseitigen Verlangens ebenso hilflos ausgeliefert war wie sie.

Wulf verharrte an ihrem tiefsten Punkt und entleerte, nachdem er sich ein letztes Mal in sie gerammt hatte, seine Lust in sie. Sie kam in glühenden, feurigen Strömen.

Seine Schläfe war an ihre gepresst, als er keuchte: »Ich liebe dich. O mein Gott, ich liebe dich.«

Er zerbrach in ihren Armen. Sie hielt ihn bis zum Ende der Sturzflut, die durch sie beide toste.

Wulf reckte den Oberkörper hoch, um auf sie hinabzublicken. »Erzähl mir, was dir heute zugestoßen ist.«

Sie atmete tief ein. Ihre dunklen Augen leuchteten und waren wunderschön. »Ich möchte nicht reden. Ich möchte dich nur in meinen Armen halten.«

Er schnupperte an dem duftenden Einschnitt zwischen ihren Brüsten. »Wir haben vieles miteinander zu bereden. Und Pläne für unsere Zu ...«

»Nein. In den nächsten Stunden bist du kein Prinz, du bist einfach nur mein Geliebter. Es gibt kein Morgen und auch keinen anderen Tag danach. Es gibt nur die heutige Nacht und dieses Bett.« Ihre Muschi umklammerte seinen Schwanz und streichelte ihn, bis er sich in ihrem Innern zu regen begann.

»Duncan hat mir erzählt, was er zu dir gesagt hat. Nichts davon ist wahr.«

»Ich weiß.«

Er bemächtigte sich ihres Mundes mit seiner Zunge, die vorpreschte und dabei ihre Zunge liebkoste. Die Dankbarkeit für ihr Vertrauen versetzte ihm einen tiefen Schmerz in der Brust. Als sie sich ihm ungeduldig entgegenwölbte, rollte sich Wulf auf den Rücken und klemmte einen Arm unter seinen Kopf. »Treib mit mir, was du willst, um diese chemischen Substanzen aus deinem Körper herauszuschwemmen.«

»Du bist mein Traummann.« Sie lächelte, und alles in ihm verknotete sich. »Wusstest du das?«

Katie kletterte eifrig auf ihn, setzte sich rittlings auf seine Hüften und nahm ihn bis zum Anschlag in sich auf. Sie wimmerte vor Lust, als sie sich auf ihm niederließ. Er hielt ihrem Blick stand, und seine Brust schnürte sich zusammen, während er ihre Konturen in dem schwachen Mondschein betrachtete, der durch das kleine Fenster hinter ihr ins Zimmer fiel.

»Verlass mich nie mehr.« Seine Stimme klang jetzt belegt und unsicher. »Ich werde dich bis ans Ende des Universums verfolgen. Ich werde dich niemals fortgehen lassen.«

Als sie sich über ihm in Bewegung setzte, knickte sie in der Taille ab und forderte seinen Mund für sich. Sie ritt ihn langsam und zärtlich. Genüsslich kostete er aus, wie sich ihr Körper auf seinen presste – ihre Brüste zu fühlen, die seinen Brustkorb streiften, die samtene Feuchtigkeit ihres Körpers, der an seinem Schwanz auf und ab glitt, ihr Haar, das zart seine Schulter streichelte.

Abgesehen von der beschwichtigenden Liebkosung seiner Handfläche auf ihrem Schenkel zwang sich Wulf stillzuhalten. Er biss die Zähne zusammen, und seine Hände klammerten sich an die Kissen, als er fühlte, wie die endlose Serie ihrer Orgasmen sie um ihn herum zusammenzog. Ihr üppiger Körper wurde von künstlich verstärkten Empfindungen gemartert, gepeinigt und zermürbt, und es gab nur eines, das er tun konnte, um ihr zu helfen: Er konnte ihr erlauben, seinen Körper zu benutzen, um ihren eigenen Schmerz zu lindern. Er wünschte, er hätte mehr für sie tun können.

Sie keuchte, und ihr Körper erschauerte über ihm und

um ihn herum. Die Berührung ihrer Hände auf seiner Haut war ehrerbietig. Sie gab ihm das Gefühl, etwas Besonderes und von enormer Wichtigkeit für sie zu sein. Sie sagte ihm täglich auf zahllose Arten, wie viel Lust er ihr bereitete. Wie sie ihn ansah, ihn küsste, mit ihm sprach – all das weckte *Gefühle* in ihm. Noch nie hatte er so viel empfunden wie in ihrer Gegenwart.

Seine Augenlider senkten sich, und er hielt sie mit dem Gedanken fest, dass er sie nie mehr fortgehen lassen würde, ihr nie mehr gestatten würde, sich aus seiner Reichweite zu entfernen.

Katie ritt seinen Körper stundenlang, doch schließlich vertrieben Schweiß und Geschäftigkeit die chemischen Stoffe aus ihrem Körper. Der letzte Geschlechtsakt verlief langsam und zärtlich. Nur sie beide, allein auf der Welt. Ihr Körper lag ausgebreitet unter ihm, und sie warf den Kopf unruhig von einer Seite auf die andere, während er sie gemächlich und mit Bedacht liebte.

Er nahm sie mit zärtlicher Lust und presste sie auf die Matratze, damit sie unter seinen trägen, rhythmischen Stößen hilflos dalag. Mit den Lippen auf ihrer schweißnassen Haut flüsterte er Koseworte, die ihre Schönheit und ihre Leidenschaft priesen.

Wie anders es doch war, sie zu lieben, wenn er mit ganzem Herzen bei der Sache war. Sex wie diesen hatte er noch nie erlebt, ein Zusammenkommen von mehr als bloßen Körpern. Als die Sonne gemessen am Himmel aufging, schmeckte er eine Spur von Melancholie in ihrem Kuss, doch die Erschöpfung hinderte ihn daran, das Thema eingehender zu erkunden. Seine Augenlider waren schwer, und als er einschlief, hielt er Katie eng an sich geschmiegt.

Wulf besaß das sorgsam entwickelte Gespür eines Kriegers. Es war schon Vormittag, als seine Sinne ihm sagten, dass sie nicht mehr allein im Zimmer waren.

Er bewegte sich instinktiv, um Katie mit seinem Körper abzuschirmen, und war erstaunt über die Geschwindigkeit, mit der sich eine dunkle Hand durch die Bettvorhänge schlängelte, um eine Neurosignaturplakette auf die Haut ihres Oberarms zu klatschen. Sein Körper sank augenblicklich auf die Matratze.

Katie war unter ihm weggebeamt worden.

Mit einem Wutgeheul rollte er sich vom Bett, schlüpfte unter den wallenden Vorhängen durch und streckte die Hand nach der Glefe aus, die auf seiner Hose lag. Er aktivierte die Klinge im letzten Moment, bevor die erste Offensive seines Angreifers ihn beinahe in zwei Hälften geschnitten hätte.

Er parierte den Hieb, trat mit den Beinen um sich und verschaffte sich damit genug Zeit, vom Boden aufzuspringen und auf den Füßen zu landen. Einen Moment lang erstarrte er überrascht, als er seinen Gegner erkannte, dann parierte er rasch den nächsten Angriff.

»General Erikson«, grüßte er kurz angebunden und erleichtert, weil Katie in liebevollen Händen war. Dann wappnete er sich gegen den offensichtlichen Zorn ihres Vaters.

»Prinz Wulfric.«

Grave Erikson stand ihm mit einer Glefe in jeder Hand

gegenüber, und die beiden funkelnden weißen Klingen, die in entgegengesetzte Richtungen kreisten, erschufen einen undurchdringlichen Schild für seinen Körper.

»Nackt wie am Tage Eurer Geburt«, knurrte der General und trat einen Stuhl aus dem Weg. »Wie angemessen, dass Ihr Euer Leben so beendet, wie Ihr es begonnen habt.«

Bei dieser Unheil verkündenden Äußerung sprang er mit einem Satz nach vorn, wobei eine Klinge zustieß und die andere parierte.

Wulf nahm vage die Geräusche wahr, mit denen seine Wachen ins Zimmer zu gelangen versuchten. Er nahm eine andere Position ein, mit dem Gesicht zur Tür, und sah, dass Erikson einen Unterbrecher am Bedienfeld angebracht hatte. Wulf war erleichtert. Wenn seine Männer in den Raum gelangten, erhöhte sich das Risiko, dass Katies Vater verletzt werden könnte, ganz enorm.

Während seines defensiven Kampfs brannte Schweiß in Wulfs Augen. Er war nicht bereit, Gefahr zu laufen, dass der Vater der Frau, die er liebte, verletzt wurde. Dabei musste er seine ganze Geschicklichkeit aufbieten, um zu verhindern, dass Eriksons Klingen seine Abwehr durchbrachen. Die Wut, die den General zu seinen Taten anstachelte, schien unermesslich zu sein. Und tödlich.

»Schlag zurück, du verfluchter Kerl!«, brüllte Erikson.

»Das kann ich nicht. Katie würde mir niemals verzeihen, wenn ich Euch etwas antäte.«

Plötzlich trat der General entschlossen zurück und schaltete seine Klingen aus. Vorsichtig folgte Wulf seinem Beispiel. Dunkelheit senkte sich über das Zimmer, als das Laserlicht zurückgenommen wurde und verschwand.

»Ihr seid wesentlich besser geworden, Eure Hoheit, seit
wir das letzte Mal gegeneinander angetreten sind«, sagte
Erikson mit einer winzigen Spur von Atemlosigkeit. »Und
Ihr wart damals schon verdammt gut.«

Wulf neigte den Kopf, um das Kompliment zu quittie-
ren, doch seine Augen blieben wachsam, und in seiner
Haltung drückte sich angespannte Erwartung aus. »Wo
sind Eure Männer?«

»Ich bin allein gekommen. Wenn ich Männer mitgebracht hätte, wäre das ein feindlicher Einfall gewesen. Ich
bin nicht als Angehöriger des Militärs hier, sondern in
meiner Eigenschaft als Vater.«

»Ich muss sie wiederhaben, General.«

»Ihr habt keinen Anspruch auf sie.«

»Ich liebe sie.«

»Erzählt mir bloß nichts von Liebe!«, schnauzte Erikson
ihn an. »Wisst Ihr, wie ich meine Tochter aufgespürt habe?
Ihre gestrige Misshandlung auf dem Markplatz ist heute
das Tagesgespräch. Wenn Ihr sie nicht beschützen könnt,
habt Ihr sie nicht verdient.«

Wulfs Gesicht rötete sich. »Ich würde mein Leben dafür
aufs Spiel setzen, sie zu beschützen.«

»Ihr habt sie *geraubt!*« Der General trat vor. Seine
Hände lagen so angespannt auf dem Heft der Glefen, dass
die Knöchel seiner Finger weiß hervortraten. »Ihr habt sie
aus einer Umgebung herausgeholt, in der man sie verehrt,
und sie an einen Ort gebracht, an dem sie geschmäht wird.
Und von allen Seiten bedroht. Wo sie eine Zielscheibe für
jeden ist, der einen Groll gegen Sari hegt.«

Wulf richtete sich auf und verhüllte seine Nacktheit mit

majestätischer Würde. »Ich habe in Bezug auf Eure Tochter viele Fehler gemacht, General, aber ich bin bereit, sie
alle zu berichtigen. Katie liegt mir sehr am Herzen.«

»Sie bedeutet Euch nichts. Vergesst, dass es sie gibt.«

»Das kommt überhaupt nicht infrage«, gelobte Wulf.

Eriksons Augen wurden schmal. »Ihr müsst an mir vorbei, um an sie heranzukommen. Es wäre weitaus weniger
mühsam, Euch eine neue Konkubine aus D'Ashier zu
suchen.«

Wulf trat einen Schritt vor.

Der Gürtel, den der General um die Taille trug, gab
warnende Pieptöne von sich. »Die Zeit ist um, Eure
Hoheit.«

Mit einer raschen Verbeugung beamte sich Erikson zurück.

Bestürzt über das abrupte Ende des Gesprächs und den
Verlust von Katie, nachdem er sie gerade erst wiedergefunden hatte, stand Wulf erstarrt da.

Katie war fort, ohne zu wissen, dass er sie zu seiner Gemahlin machen wollte.

Sie hatte ihn gestern verlassen, und seitdem hatte er ihr
nichts versprochen, was sie dazu bewegen würde, es sich
anders zu überlegen. Würde seine Liebeserklärung genügen, um sie an ihn zu binden? Sie hatte sich so standhaft
geweigert, über morgen oder die Zukunft zu reden, als
hätten sie keine. Er konnte ihren letzten bittersüßen Kuss
noch auf seinen Lippen schmecken. Verzweiflung durch-
fuhr ihn wie ein Peitschenhieb.

Sie würde nicht zurückkommen. Sein Gefühl sagte es
ihm.

15

»Ich weiß, dass er mich liebt, Daddy, aber das genügt nicht.«

Sapphire lief im Arbeitszimmer ihres Vaters auf und ab. Ihr Brustkorb war von einem dumpfen, pochenden Schmerz befallen.

»Liebst du ihn?«, fragte ihr Vater, der auf dem Damastsofa saß, mit sanfter Stimme.

Sie seufzte tief und sah ihn mit einem zerknirschten Lächeln an. »Rettungslos.«

Von Wulf getrennt zu sein gab ihr das Gefühl, einen Teil ihrer selbst zu vermissen. Sie vermisste die Arroganz, mit der er ihre ungeteilte Aufmerksamkeit forderte, und auch seine Art, seine gesamte Aufmerksamkeit auf sie zu konzentrieren. Sie vermisste sein Gelächter und den Klang seiner Stimme, der sie, je nachdem, in welcher Stimmung er war, beruhigen oder erregen konnte. Sie vermisste den Geruch seiner Haut und das Gewicht seines Körpers auf ihrem. Sie war süchtig danach und verzehrte sich manchmal so schrecklich nach ihm, dass sie bebte.

Grave ließ sie nicht aus den Augen, während sie unruhig umherlief. »Möchtest du hierbleiben, bei deiner Mom und mir? Möchtest du wieder nach Hause gehen?«

Nach Hause.

Waren wirklich erst Wochen vergangen, seit sie außer sich vor Freude über das Geschenk ihrer Freiheit gewesen war? Es schien eine Ewigkeit her zu sein. »Ich bin dort nicht zu Hause, Daddy. An das Haus sind Bedingungen geknüpft, und ich bin nicht bereit, sie zu erfüllen.«

»Ich verstehe. Wie wäre es denn mit einem Urlaub?« In seinen dunklen Augen stand Sorge. »Einer Reise ins All? Manchmal ist Ferne die beste Medizin.«

Sie blieb nachdenklich stehen, dann lächelte sie ihn strahlend an. »Das ist eine wunderbare Idee. Ich werde den Söldner aufspüren, der für den Angriff auf Wulf verantwortlich war.«

»*Was?*«

»Ich muss herausfinden, warum Wulf angegriffen wurde und welche Absicht dahinterstand. Ich muss wissen, ob er noch in Gefahr schwebt.«

»Du bist nicht in der Verfassung, dich auf eine solche Jagd zu machen«, protestierte er. »Dazu musst du bei klarem Verstand sein, sonst bringst du dich in Gefahr.«

»Ich bin bei klarem Verstand.« Sie sah sich in dem holzgetäfelten Zimmer um und schöpfte Trost aus seiner Vertrautheit. »Ich werde ja doch an Wulf denken, ganz gleich, was ich tue. So kann ich diese Konzentration wenigstens auf etwas Positives richten.«

Grave beugte sich vor. »Du sprichst hier nicht von einer kurzen Spritztour. Es könnte dich Jahre kosten, Gordmere zu finden. Der Gedanke, du könntest so lange fort sein, ist mir unerträglich.«

Sapphire ließ sich neben ihm auf das Sofa sinken. »Es ist das Beste, was ich tun kann. Ich bin ganz sicher.«

»Vielleicht solltest du erst noch mal mit deiner Mutter reden.«

Sie blickte auf ihre Hände hinunter. »Mom ist hoffnungslos romantisch.«

Er lächelte nachsichtig. »Wie wahr.«

»Ich bereue nichts.« Sapphire blickte auf und sah ihrem Vater in die Augen. »Du müsstest sehen, wie engagiert er ist und wie viel von sich er D'Ashier gibt. Er ist zielstrebig, unbeirrt und standhaft ... außer, wenn es um mich geht. Von einem solchen Mann geliebt worden zu sein, selbst wenn es nur für kurze Zeit war, ist den Kummer wert.«

Ihr Vater hob eine Hand und strich ihr das Haar aus dem Gesicht. »Ich bin stolz auf dich.«

»Danke, Daddy.« Sie schmiegte ihre Wange an seine Handfläche. »Außerdem muss jemand Gordmere Einhalt gebieten. Ich kann das tun. Ich bin ohne Weiteres dazu fähig.«

»Es sieht dir nicht ähnlich, vor Schwierigkeiten davonzulaufen.«

Sie blickten beide in die Richtung, aus der die melodiöse Stimme gekommen war. Sasha Erikson kam zur Tür herein und brachte greifbare Energien mit sich.

Sapphire rümpfte die Nase. »Du machst dir keine Vorstellung davon, wie entschlossen Wulf sein kann, Mom, oder wie stur. Je unmöglicher die Umstände für uns sind, desto beharrlicher wird er. Wenn ich erst einmal von der Bildfläche verschwunden bin, wird er Gelegenheit haben, alles noch einmal zu durchdenken. Dann wird ihm klar werden, dass es die richtige Entscheidung für uns beide war.«

»Wenn ihr einander liebt, ließe sich vielleicht ...«

»Das ist ganz ausgeschlossen, Mom. Seine Familie ... Ich habe etwas Besseres verdient.«

»Selbstverständlich«, sagte Grave beschwichtigend. »Ich würde niemals zulassen, dass du im Leben des Mannes deiner Wahl nicht die wichtigste Person bist.«

Sie wandte sich an ihren Vater. »Dann wirst du mir also helfen, von hier fortzugehen?«

»Wenn es das ist, was du wirklich willst, werde ich mich darum kümmern.« Grave zog sie eng an sich und drückte ihr einen Kuss aufs Haar.

»Ja! Ich gehe packen.« Sapphire sprang auf und rannte aus dem Zimmer.

Sasha bewegte sich auf ihren Mann zu, mit diesem gleitenden Gang, der von Natur aus sinnlich war und die Verbindung zwischen ihnen unvermeidlich gemacht hatte. Ein einziger Blick hatte ihm genügt, um zu wissen, dass er sie zu seiner Frau machen würde. Alles andere war von vornherein ausgeschieden.

Sie setzte sich auf den Platz, den ihre Tochter gerade erst frei gemacht hatte, und lehnte ihren blonden Schopf an seine Schulter. »Ich fühle mit ihr, Grave. Warum musste sie sich ausgerechnet in den einen Mann verlieben, den sie unmöglich haben kann?«

»Es ist nicht unmöglich, aber es ist überaus schwierig, und der Preis ist hoch. Sie würden beide teuer dafür bezahlen.«

»Wir würden auch dafür bezahlen.«

»Ja. Ich bin nicht sicher, ob einer von uns bereit oder gewillt ist, die Kosten zu tragen.«

Sasha neigte den Kopf zurück und blickte zu ihm auf.

Seine Hand glitt über den eleganten Schwung ihrer Wirbelsäule. »Es wird nicht lange dauern, bis der Prinz kommt, um sie zu holen. Er ist unglaublich scharf auf sie. Er kann nicht klar denken.«

»Vielleicht geht Liebe mit der Lust einher? Warum behalten wir sie nicht hier, bis er kommt, damit die beiden es herausfinden können?«

Grave stieß seinen Atem aus. »Weil das kein Märchen ist, Sasha. Um mit ihm zusammen zu sein, müsste sie alles aufgeben. Sich von ihrer Heimat lossagen. Auch Wulfric könnte alles verlieren, was ihm lieb und teuer ist – darunter auch den Thron. Ich weigere mich, es den beiden leichtzumachen.«

»Arme Katie.« Sasha schlang ihrem Mann die Arme um den Hals und zog seinen Mund auf ihre Lippen. »Dann helfe ich ihr wohl besser beim Packen.«

Sapphire sah zu, wie der letzte ihrer Koffer von der Transporterplattform verschwand. Verabschiedet hatte sie sich bereits. Jetzt blieb ihr nichts anderes mehr zu tun, als sich auf die Reise zu begeben.

Die Abreise fiel ihr schwerer, als sie es sich vorgestellt hatte. Sie war schon viele Male im All gewesen, da sie aus einer Vielzahl von Anlässen mit dem König gereist war. Doch dieses Mal war es etwas anderes. Sie ließ ihr altes Leben hinter sich und fragte sich, wie sie sich selbst im Lauf der Zeit neu erfinden würde. Sie konnte den Teil von sich nicht zum Verstummen bringen, der zu Wulf zurückkehren und alles nehmen wollte, was er ihr geben konnte.

Aber sie wusste, dass sie niemals glücklich sein würde, wenn sie ihn nicht für sich allein hatte, und das konnte er ihr niemals geben, wenn er durch die Loyalität gegenüber seiner Familie und seiner Krone zerrissen war.

Sapphire wappnete sich mit der wiedergewonnenen Überzeugung, dass sie das Richtige tat, als sie sich auf die Transporterplattform stellte. Sie drehte sich um, weil sie dem Controller ein Zeichen geben wollte, dass sie bereit war, sich einzuschiffen, blinzelte aber überrascht, als Dalen neben ihr auf die Plattform trat.

»Was tust du da?«, fragte sie.

»Ich komme mit Euch.«

»Ich brauchte nur deine Hilfe mit dem Gepäck.«

»Aber ich *möchte* mit Euch fortgehen, Herrin.« Er lächelte. »Ich wollte schon immer reisen, und Ihr werdet Hilfe brauchen, um Euch häuslich einzurichten.«

»Ich werde mich nirgendwo häuslich einrichten, Dalen. Es wird gefährlich und ermüdend sein, es wird keine Zeit für Annehmlichkeiten geben ...«

»Das klingt reizvoll.«

»Du bist gerade erst von D'Ashier zurückgekehrt.«

»Seht ihr? Danach wird mir diese Reise wie ein Urlaub vorkommen.«

Sapphire musterte den attraktiven blonden Mann sorgsam. »Warum?«

Er verstand. »Ihr könnt auf Euch selbst aufpassen, aber mir wäre wohler zumute, wenn ich bei Euch wäre. Mein ältester Bruder war während der Konfrontationen Captain unter Eurem Vater. Er schwört, dass der General ihm das Leben gerettet hat. Meine Familie steht hoch in der Schuld

Eurer Familie. Euch Beistand zu leisten ist das Mindeste, was ich tun kann.«

»Das ist nicht …«

»Ich weiß, dass es nicht nötig ist.«

»Also gut.« Sie zuckte die Achseln. »Wenn es dir nicht gefällt, brauchst du es nur zu sagen, und ich treffe Vorkehrungen für deine Rückkehr nach Sari.«

»Einverstanden.« Dalen wippte auf den Fersen und grinste.

Sie signalisierte dem Controller ihre Bereitschaft. Im nächsten Moment befanden sie sich in der Transportschleuse des interstellaren Transportmittels *Argus*. Sie würden zwei Tage brauchen, um Tolan zu erreichen, wo Tarin Gordmere nach ihren Informationen zuletzt gesehen worden war.

Sie warf einen Blick auf Dalen und lächelte über seine knabenhafte Aufregung. Vielleicht würde es gut sein, jemanden bei sich zu haben, den sie kannte, wenn sie ihr neues Leben in Angriff nahm.

Ein Leben ohne Wulfric.

»Was soll das heißen – ihr könnt sie nicht finden?«

Wulfs Geduld hatte sich etwa eine Stunde, nachdem Katie weggebeamt worden war, gen Ende geneigt. Jetzt, eine Woche später, war keine Spur mehr davon übrig.

Der Hauptmann sah ihm in die Augen, ohne zusammenzuzucken. »Wir haben ihr Nanotachsignal gestern verloren und waren nicht in der Lage, es wiederzufinden.«

»Ihr habt es *verloren*? Was zum Teufel soll das heißen?«

»Entweder sie hat das Nanotach entfernt, oder sie befindet sich außerhalb der Reichweite unserer Empfänger.«

Wulf trommelte mit seinen Fingern in raschem Stakkato auf die Schreibtischplatte. »Außer Reichweite? Wie weit würde sie reisen müssen, um außer Reichweite der Empfänger zu sein?«

Der Hauptmann schürzte die Lippen, ehe er antwortete: »Das Nanotachsignal wäre überall auf dem Planeten auffindbar.«

Wulf stand auf. »Willst du mir damit etwa sagen, sie sei *im All?*«

»Die Möglichkeit besteht, Eure Hoheit.«

»Verflucht noch mal.«

Er hatte die ganze Zeit ungeduldig darauf gewartet, dass Katie Kontakt zu ihm aufnehmen würde. Er wäre gern von sich aus auf sie zugegangen, hatte sich aber Sorgen gemacht, wenn er das täte, würde er sie dem König gegenüber in eine gefährliche Lage bringen. Er hatte mit Sicherheit geglaubt, sie würde sich an ihre letzte gemeinsame Nacht und an seine Liebeserklärungen erinnern und eine Möglichkeit finden, sich bei ihm zu melden.

Er konnte nicht wissen, ob sie aus freien Stücken fortgegangen war – oder ob man ihr keine andere Wahl gelassen hatte.

»Finde General Erikson. Und zwar *sofort!*«

»Guten Abend, General.«

Wulf beobachtete, wie Katies Vater lässig von seinem Buch aufblickte. Der General hatte es sich auf einem grünen Sofa bequem gemacht und schien nicht im Geringsten verwundert zu sein, Wulf zu sehen, als sei es ein alltäglicher Vorfall, dass plötzlich ein feindlicher Prinz in seinem

Arbeitszimmer stand. Natürlich hatte Wulf deutlich klargestellt, dass er Katie nicht kampflos gehen lassen würde. Und er bezweifelte, dass der General jemals durch irgendetwas zu überrumpeln war.

»Guten Abend, Eure Hoheit«, erwiderte Erikson. »Schön, Euch bekleidet zu sehen. Möchtet Ihr ein obergäriges Bier? Oder vielleicht etwas Hochprozentigeres?«

»Nein, danke. Ich bin wegen Katie hier. Wo ist sie?«

»Ihr kommt zu spät.« Erikson klappte das Buch zu. »Ich hatte Euch schon vor einer Woche erwartet.«

»Ich konnte es nicht riskieren, Kontakt zu ihr aufzunehmen und sie in Gefahr zu bringen.«

»Warum seid Ihr dann hier?«

»Ich muss wissen, dass es ihr gut geht, General.«

»Sie ist fort.«

»Ich weiß, dass sie im All ist. Wo genau ist sie?«

»Woher wisst Ihr das?« Die Augen des Generals wurden schmaler.

Wulf ging nicht auf die Frage ein. »Ich muss mit ihr sprechen.«

Erikson schüttelte den Kopf. »Sie hat ein Kapitel ihres Lebens abgeschlossen, Eure Hoheit. Geht nach Hause. Sucht Euch eine neue Konkubine.«

»General ...« Wulfs Hände ballten sich zu Fäusten. Katie konnte nicht einfach ein neues Leben beginnen. Jedenfalls nicht, ehe sie ihn angehört hatte. »Provoziert mich nicht. Mir ist nicht danach zumute.«

»Verdammt noch mal!« Grave warf sein Buch hin. »Es ist einfach erbärmlich, was für ein Theater Ihr und der König wegen Katie macht. Man könnte fast meinen ...«

Wulf sprang über den niedrigen Couchtisch und rang den General zu Boden. Erikson lachte, und der Kampf ging los.

»Wo zum Teufel ist sie?« Wulf wich einem Schlag ins Gesicht aus.

»Das wüsstet Ihr sicher gern!« Der General ächzte, als er für diese Stichelei einen Hieb in die Rippen einsteckte.

Sie balgten sich wie Schuljungen und kämpften aus animalischer Freude am Kampf, aber auch aus dem instinktiven Bedürfnis heraus, das Alphatier zwischen ihnen zu bestimmen.

»Ich werde nicht aufgeben, General. Jetzt nicht, und auch zu keinem späteren Zeitpunkt.«

»Das kann ich Euch nur raten«, gab Erikson zurück, »denn sonst verpasse ich Euch einen Arschtritt.«

Knurrend stürzte sich Wulf wieder auf ihn. Der General packte ihn an den Schultern und nutzte den Schwung, um Wulf auf einen nahen Sessel zu schleudern, der unter dem Aufprall zusammenbrach.

»Es reicht!« Der General zog sich zurück. »Wenn wir hier noch mehr Schaden anrichten, wird Sasha mich dazu verdonnern, auf dem Sofa zu schlafen.«

Keuchend lehnten sich beide schwer an das nächstbeste Möbelstück, das noch intakt war. Wulf blickte finster drein; der General dagegen grinste.

»Es war aber auch an der Zeit, dass Euer Temperament mit Euch durchgeht, Eure Hoheit. Ihr werdet es in den bevorstehenden Tagen brauchen.«

Wulf schnaubte. »Wo ist sie?«

Erikson presste die Handfläche auf seine Rippen. »Sie

hat sich auf den Planeten Tolan begeben, um den Söldner aufzuspüren, der den Angriff auf Euch organisiert hat – Tarin Gordmere.«

Katie beschützte ihn. Wieder einmal.

Wulf wischte sich den Schweiß von der Stirn. »Ist es zu spät für uns?«, fragte er grimmig. »Will sie, dass ich sie in Ruhe lasse?«

»Das würde ich nicht behaupten.« Eriksons Tonfall war trocken.

»Danke, General.« Wulf richtete sich auf. »Ich werde sie finden und unbeschadet zurückbringen.«

»Der König wird sie nicht so leicht an Euch abtreten«, warnte ihn Erikson. »Er hat sie aus ihrem Vertrag entlassen, aber freigegeben hat er sie nicht.«

»Ich verstehe.«

Der General sah ihn eindringlich an. »Es könnte passieren, dass wir uns erneut auf einem Schlachtfeld gegenüberstehen.«

Wulf nickte grimmig. »Ich würde Euch meinen Rücken zukehren, General.«

»Und ich würde Euch meinen Rücken zukehren, Eure Hoheit.«

Beide verbeugten sich einmütig.

Mit einer schnellen Drehung seines Siegelrings verschwand Wulf.

16

»Du bist unmöglich, Wulfric«, fauchte Anders. »Ich befehle dir, zu deinen Konkubinen zu gehen und dich endgültig von dieser sarischen Frau freizumachen.«

Wulf konzentrierte sich auf die Tiefe seiner Atemzüge und nicht auf die Wut, die so dicht unter der Oberfläche brodelte. Er wusste, dass sein kaum gezügelter Zorn den Umgang mit ihm unangenehm machte, daher mied er seinen Vater, so weit das möglich war.

»Wenn dir meine Stimmung nicht passt, Vater«, sagte er mit erzwungener Ruhe, »dürfte ich vielleicht vorschlagen, dass du dich aus meinen Räumlichkeiten zurückziehst?«

Der König ging auf und ab. »Ich bin hier nicht derjenige, der dich unerträglich findet. Die Bediensteten fürchten sich davor, in deine Nähe zu kommen, und die Wachen ziehen Strohhalme, um Pflichteinsätze auszulosen. Das geht jetzt schon lange genug so.«

Wulf rieb sich mit einer Hand das Gesicht. Katie hatte eine Woche Vorsprung und schien spurlos verschwunden zu sein. Er verstand nicht, wie sie überlebte. Sie benutzte keine Kreditchips. Wie bezahlte sie für die Dinge, die sie brauchte? Nahrung, Unterkunft, Verkehrsmittel? Die Sorge um sie nagte an ihm. Hatte sie Gordmere ausfindig gemacht und war verletzt worden … oder gar Schlimmeres?

Er biss die Zähne aufeinander. Er wusste, dass sie auf sich selbst aufpassen konnte, aber er wollte nicht, dass sie in die Verlegenheit kam, es tun zu müssen.

Als von der Tür ein leises Summen zu ihm drang, erteilte er schroff die Erlaubnis zum Eintreten. Der Hauptmann kam mit einer Verbeugung ins Zimmer.

»Eure Majestät. Eure Hoheit.« Er richtete sich auf und sah Wulf in die Augen. »Die kleine Gruppe von Wachen, die Ihr angefordert habt, trifft die notwendigen Vorbereitungen für die Reise nach Tolan.«

Wulf nickte. »Ausgezeichnet. Ich werde in Kürze bereit sein.«

»Du wirst nicht mit ihnen aufbrechen«, sagte der König mit bedrohlicher Sanftmut.

»Doch, das werde ich.«

»Ich bitte um Erlaubnis, Euch zu begleiten, Eure Hoheit«, sagte der Hauptmann.

»Gewährt.«

Mit einer Verbeugung verließ der Hauptmann das Zimmer.

Wulf ging auf sein Schlafzimmer zu, wo Bedienstete seine Sachen packten. Er wurde von einer kräftigen Hand auf seinem Ellbogen zurückgehalten und sah seinen Vater an. Er rang darum, nach diesem unerwarteten Einschreiten die Fassung wiederzuerlangen, und fragte: »Was tust du da?«

»Der manerianische König und seine Tochter treffen heute ein.«

»Ich weiß.«

»Du sollst die Prinzessin in Erwartung einer möglichen Heirat treffen.«

»In dem Fall solltest du besser Duncan zu dir rufen. Ich werde nicht hier sein.«

Die Stimme des Königs bebte vor Zorn. »Ich habe mich im Hintergrund gehalten und Duncan und dir freie Hand gelassen, aber vergiss nie, dass *ich* der König bin. Du wirst mir gehorchen.«

»Tu das nicht, Vater.«

Der Mund des Königs verhärtete sich. »Ein Zusammenschluss mit Maneria, Wulfric! Kannst du dir vorstellen, welche Macht und welchen Einfluss D'Ashier besäße?«

»Ja, das wäre eine ausgezeichnete Partie.« Wulf legte seine Hand auf die Hand seines Vaters. »Aber die Prinzessin von Maneria kann warten. Katie ist meinetwegen in Gefahr.«

Anders murrte. »Ich war sicher, für dich würde D'Ashier immer an erster Stelle stehen. Ich hätte mir niemals ausgemalt, dass du so selbstsüchtig sein könntest.«

»Es tut mir leid, dass du es so empfindest.« Er bog die Finger seines Vaters auseinander, entzog ihm seinen Arm und entfernte sich.

»Wulfric! Du wirst dich nicht von mir abwenden, ehe ich dich entlasse.«

Wulf hielt inne. Mit ausdrucksloser Miene drehte er sich vorsichtig zu seinem Vater um.

»Du wirst mir zuhören«, befahl der König.

»Ich höre dir immer zu. Ich habe deine Einstellung bezüglich meiner Abreise gebührend zur Kenntnis genommen.«

»Das ist alles, was du dazu zu sagen hast?«

»Das ist alles. Katie ist auf Tolan und bringt sich in Gefahr, um mich zu rächen. Ich muss ihr dorthin folgen.«

»Und wenn ich dir befehle hierzubleiben?«

Wulf atmete matt aus. »Du würdest mich einsperren müssen. Und das würde keinen guten Eindruck auf die Prinzessin von Maneria machen.«

Die Hände des Königs ballten sich an seinen Seiten zu Fäusten. »Und wenn ich dir befehle, die manerianische Prinzessin zu heiraten?«

»Über Maneria können wir uns nach meiner Rückkehr unterhalten, Vater.«

»Ich verbiete dir, die Verfolgung von Eriksons Tochter aufzunehmen!«

»Ich muss packen.« Er verbeugte sich und wandte sich ab.

»Wulfric.« Die Stimme seines Vaters klang so gequält, dass er noch einmal stehen blieb. »Warum?«

Er kehrte mit ausgestreckten Händen zu seinem Vater zurück. »Als ich in dieser Höhle war ... der kleinste Lufthauch auf meiner Haut war qualvoll. Als ich in der Heilkammer aufgewacht bin und Katie dort stehen sah, glaubte ich, ich sei gestorben und sie sei meine Belohnung. Ich habe Freude empfunden. Dankbarkeit. Von diesem allerersten Moment an wusste ich, dass sie zu mir gehört. Ich *wusste* es ganz einfach. Und sie hat mich genauso angesehen. Ehe sie wusste, wer ich bin. Ich war nichts weiter als ein Verwundeter, der ihr nichts zu bieten hatte.«

»Sie wusste verdammt gut, wer du bist.«

»Nein, sie wusste es nicht. Das kann ich mit absoluter

Sicherheit sagen. Ich war da, als sie es erfahren hat. Ich habe ihr das Entsetzen und die Furcht angesehen. Die Verwirrung. Sie hat es nicht gewusst.«

»Du redest so, als sei sie die einzige Frau, die dich begehrt«, höhnte Anders. »Alle Frauen wollen dich.«

»Aber ich will nicht alle Frauen. Seit meiner Gefangennahme ertrage ich keine Berührungen. Ich habe keine Kammerdiener. Ich lasse mir von niemandem beim Ankleiden oder beim Baden helfen. Ich halte einen körperlichen Abstand zu anderen ein.«

»Mit Ausnahme der einen Person, von der du dich möglichst weit fernhalten musst!«

»Sie ruft Gefühle in mir wach. Ich sehe, schmecke und rieche sie … Alles andere ist für mich grau, aber sie schillert in leuchtenden Farben. Ich *brauche* ihre Berührungen. Ich lechze danach, ihre Hände auf mir zu fühlen. Ein Teil von mir ist in dieser Höhle gestorben. Alles, was übrig geblieben ist, existiert nur noch ihretwegen. Besser kann ich es nicht erklären. Ich brauche sie.« Wulf sank auf die Knie. »Ich bitte dich, Vater, verlang nicht von mir, dass ich zwischen D'Ashier und Katie wähle.«

»Du hast mich nie um etwas gebeten«, sagte Anders mit heiserer Stimme. »Ich wünschte, du würdest mich um etwas bitten, das ich dir geben kann.«

»Die Unterstützung ihres Vaters könnte das Abkommen mit Sari ermöglichen, das wir uns beide wünschen. Denk an die Zukunft«, sagte Wulf.

Die Stille, die auf seine Worte folgte, dehnte sich endlos aus. Das Warten war die reinste Qual.

»Das tue ich, Wulfric.« Der König nahm die Hände, die

Wulf ihm hingestreckt hatte, und zog ihn auf die Füße. Der verzagte Seufzer, den er ausstieß, bereitete Wulfric Kummer. »Hol sie, wenn du es denn tun musst. Aber ihre Anwesenheit in deinem Bett macht eine mächtige Allianz noch dringender erforderlich.«

Wulf umarmte ihn. »Mit der Logistik befassen wir uns zu gegebener Zeit.«

Stress und Enttäuschung zerfurchten das Gesicht des Königs und ließen ihn drastisch altern. »Ich werde mein Bestes tun, um die Manerianer zu besänftigen. Um deinetwillen, Sohn. Weil ich dich liebe.«

»Du wirst es nicht bereuen«, versprach ihm Wulf.

»Ich bereue es jetzt schon, aber mir fällt nichts anderes ein, um zu beschleunigen, dass du dich mit ihr langweilst.«

Als sich Wulfs Blick dem Fenster und der Aussicht auf sein geliebtes D'Ashier zuwandte, verknoteten sich seine Eingeweide. Er erinnerte sich daran, wie Katie nackt an diesem Fenster gestanden hatte, in den rötlichen Schimmer der untergehenden Sonne getaucht, ihr Körper weich und träge vom vorangegangenen Liebesspiel.

Er wusste nicht, ob er ohne eine seiner beiden Geliebten leben konnte – sie oder D'Ashier.

Er rieb sich den Brustkorb. »Ich muss jetzt gehen. Ich komme so bald wie möglich zurück.«

Sapphire schlich rasch durch die städtische Dunkelheit und hielt den Griff ihrer Glefe fest in der Hand. Der Söldner bewegte sich ungezwungen und locker über den Fußgängerweg und nahm überhaupt nicht wahr, dass sie ihn aus nächster Nähe beschattete. Auf der Straße herrschte nur schwacher Verkehr – wahrscheinlich aufgrund des kürzlich gefallenen leichten Nieselregens –, doch es waren genug Leute unterwegs, damit sie nicht auffiel.

Sie holte tief Luft und genoss den Geruch einer Regennacht, der ihr nur selten vergönnt war. Im krassen Gegensatz zu ihrer Heimat, einem Wüstenplaneten, war Tolan grün und saftig, voller Bäume mit goldenem Laub und überzogen mit Meeren aus wild wachsenden grünen Gräsern. Es war wunderschön hier. Ein Paradies. Leider wurde die Perfektion des Planeten durch die gewaltigen Städte und die Vorliebe für Metalle als Baustoff beeinträchtigt, die im Licht von Tolans Zwillingssonnen funkelten.

»Hast du Feuer?« Gordmere hielt eine Frau an, die ihm entgegenkam, um seinen Stumpen anzuzünden.

Sapphire schlüpfte unter den Vorbau eines geschlossenen Betriebs und tauchte im Schatten unter.

Nach der zweitägigen Reise nach Tolan hatte sie fast zwei Wochen gebraucht, um den Söldner ausfindig zu machen. Gordmere war verschlagen genug, um laufend seinen Decknamen zu wechseln, was es erschwerte, ihn durch das interstellare Netz zu überwachen. Es hätte noch länger dauern können, ihn aufzuspüren, wenn sie nicht in Erfahrung gebracht hätte, dass er zwei große Schwächen hatte – das Glücksspiel und seine Arroganz. Er fürchtete sich vor niemandem, und es schien, als könnte er auch dann nicht aufhören, wenn er schlechte Karten hatte. Manche Spielhöllen waren nachsichtiger als andere. Sowie sie herausgefunden hatte, welche der Spielhöllen zuließen, dass sich Spieler hoch verschuldeten, hatte sich alles Weitere von selbst ergeben.

In gewisser Weise war Sapphire dankbar für die Aufmerksamkeit, die diese Jagd erfordert hatte. In der Zeit, die sie damit verbracht hatte, Gordmere aufzuspüren, war sie vollauf beschäftigt gewesen, und das hatte sie daran gehindert, sich nach Wulf zu verzehren – zumindest bei Tageslicht. Die Nächte waren eine andere Angelegenheit.

Als Gordmere weiterlief, schloss sich Sapphire dem Fußgängerverkehr wieder an. Die stark duftenden Ranken, in denen der Rauch über seine Schulter wehte, reizten ihre Nasenlöcher.

Er blieb vor einem Eingang stehen und sah von links nach rechts. Sie ging an ihm vorbei und achtete sorgsam darauf, keine Aufmerksamkeit auf sich zu lenken. Da er nichts Verdächtiges feststellen konnte, verschwand er im Haus.

»Dalen«, flüsterte sie.

Die Antwort kam durch den winzigen Ohrhörer. *»Ja, Herrin?«*

»Er ist gerade reingegangen.«

»Ich sehe ihn.«

Sie seufzte. Es fiel ihr schwer, eine so wichtige Aufgabe jemand anderem zu überlassen, aber es war ein reiner Herrenclub, und ihr würde man keinen Zutritt gewähren. »Achte darauf, dass du dicht genug bei ihm sitzt, um seine Gespräche zu belauschen.«

»Verstanden. Macht Euch bitte keine Sorgen. Ich stelle mich sehr geschickt dabei an, Freundschaften zu schließen.«

»Ich werde in der Nähe auf dich warten.«

Sapphire drehte sich um und nahm den Aufzug zu dem kleinen Zimmer mit Blick auf den Club, das sie gemietet hatte. Es war eine Bruchbude, die sie trotz ihres Zustands immer noch zwei Kisten sarischen Wein kostete, viel mehr, als das schäbige Zimmer wert war. Aber daran war nichts zu ändern. Sie konnte den ungeschulten Dalen nicht allein lassen. Es konnte etwas passieren, irgendetwas könnte schiefgehen, und dann musste sie für alle Fälle in der Nähe sein.

Als sie die winzige Unterkunft betrat, wurde sie plötzlich von Rührung und Erschöpfung überwältigt. Das passierte jedes Mal, wenn sie allein war und nichts hatte, mit dem sie sich beschäftigen konnte.

Nichts anderes als ihre Gedanken an Wulf.

Als sie durch das schmutzige Fenster auf den Club hin-unterblickte, fragte sich Sapphire, was er wohl gerade tat. Verzehrte er sich nach ihr, wie sie sich nach ihm verzehrte? Fühlte er sich innerlich auch so hohl? Außerdem fragte sie sich wieder einmal, ob sie einen Fehler gemacht hatte und es nicht das Beste gewesen wäre, trotz allem zu ihm zu-rückzukehren.

Es war schon spät, als Dalen mit Gordmere aus dem Club wankte, beide leicht angeheitert. Am Fußgängerüber-gang trennten sich ihre Wege, und sie verließ ihre schäbige Unterkunft und nahm den Lift nach unten. Sie blieb vor-sätzlich hinter Dalen zurück, um sicherzugehen, dass er nicht verfolgt wurde. Als sie sich vergewissert hatte, dass er vor neugierigen Blicken sicher war, folgte sie ihm in ihr gemeinsames Hotelzimmer hinauf.

Wie fast alles in Tolan war auch ihre Unterkunft »mo-dern« aufgemacht, mit klaren Linien, neutralen Farben und Akzenten aus Metall und Stein. Sie fand es abscheulich und fragte sich, warum die Tolanier eine derart kalte, leblose Umgebung bewunderten, obgleich ihr Planet alles in allem so freundlich, warm und lebhaft war.

Dalen hatte es sich auf der beigen Chaiselongue in dem kleinen Wohnbereich bequem gemacht und erwartete sie dort. Er roch nach Parfüm und Sex, und sein benommenes Lächeln verriet ihr, dass er seinen Spaß mit den Konkubinen des Clubs gehabt hatte. Sapphire freute sich für ihn. Durch seinen Entschluss, sie auf ihrer Reise zu begleiten, hatte er alles, was er kannte und liebte, hinter sich zurückgelassen, und ihre Gesellschaft musste grässlich für ihn sein – im einen Moment war sie schnippisch, und im nächsten weinte sie.

Als sie neben ihm auf das Sitzmöbel sank, grinste er sie mit knabenhaftem Charme an. »Ich glaube, Euch wird gefallen, wie sich der heutige Abend entwickelt hat, Herrin.«

»Hat er etwas über Prinz Wulfric erwähnt?«

»Nein.«

Sie stöhnte.

»Aber«, fuhr Dalen fort, »er hat mir Arbeit angeboten.«

»Was?«

»Ich habe alles wiederholt, von dem Ihr wolltet, dass ich es sage. Ich habe ihm erzählt, dass ich aus meiner Anstellung entlassen worden bin, weil man mich beim Klauen erwischt hat. Ich habe meinem Missmut Luft gemacht und mich über das Fehlen von Arbeit beklagt. All das hat ihn überhaupt nicht beeindruckt. Es hat ihn gelangweilt, bis ich ihm erzählt habe, ich hätte früher mal im Palast von D'Ashier gearbeitet. Erst daraufhin hat er mir zugehört.«

Sapphire beugte sich vor. »*Und?*«

»Er wollte mehr wissen.« Dalen gähnte.

»Du hast ihm gesagt, dass du Kronprinz Wulfric persönlich kennst?«

Er nickte. »Er hat sich für alles interessiert, was ich ihm erzählt habe.«

»Wie sehr hat es ihn interessiert? Glaubst du, du könntest noch mal mit ihm reden?«

»Es kommt noch viel besser.« Dalen grinste. »Er hat gesagt, er sei dafür angeheuert worden, eine sehr prominente Gestalt gefangen zu nehmen, und seine Truppe sei in der jüngsten Zeit durch mehrere Zwischenfälle beträchtlich geschrumpft. Er hat mir angeboten, mich aufzunehmen.«

Sie blinzelte. »Er hat dir angeboten, dich zu *engagieren?* Um einen Kronprinzen gefangen zu nehmen? Er kennt dich doch gar nicht!«

Dalen lächelte selbstgefällig. »Ich sagte Euch doch, dass ich mich sehr geschickt dabei anstelle, Freundschaften zu schließen.«

»Das ist ja wundervoll.« Sie ließ sich in die Sitzpolster zurücksinken.

Hundert Szenarien hatte sie sich für den Umgang mit Tarin Gordmere ausgemalt, aber für ihn zu arbeiten war nicht darunter gewesen. Diese Lösung war jedoch perfekt. »Erzähl mir alles darüber.«

»Er sagt, er muss seine Truppe weiter ausbauen, bevor er etwas unternehmen kann, und er ist gewarnt worden, seine Zielperson sei ein Krieger mit großem Geschick. Er zögert, die Sache in Angriff zu nehmen, solange er nicht sicher sein kann, dass es erfolgversprechend ist. Bis dahin wird es anscheinend noch ein paar Wochen dauern.«

Sie blickte finster. »Nicht wenn er dahergelaufene Fremde anheuert.«

Dalen lachte. »Meine Arbeit im Palast war Gordmere ziemlich wichtig. Er ist mehrfach darauf zurückgekommen. Wenn ich das nicht gesagt hätte, hätte er mir das Angebot wahrscheinlich nicht gemacht.«

»Ich frage mich, ob er die Absicht hat, sich Wulf im Palast zu schnappen.« Sapphire rieb sich die Schläfen, während sie sich anstrengte, sämtliche Möglichkeiten auszutüfteln, und zu viele unbekannte Größen fand. Sie musste Wulf beschützen. Wenn ihm etwas zustoßen sollte …

Sie erschauerte. Ihm würde nichts zustoßen, weil sie dafür sorgen würde, dass er nie wieder in Gefahr geriet.

»Wann siehst du ihn wieder?«, fragte sie.

»Morgen.« Dalens blaue Augen strahlten. Die Vorfreude war ihm deutlich anzusehen. »Ihr hattet recht mit seiner Spielsucht, Herrin. Außerdem hat er eine Schwäche für Frauen.«

Sie lächelte kläglich. »Das war mir schon klar, denn du riechst danach.«

»Ich gehe davon aus, dass ich die nächsten Wochen damit verbringen werde«, sagte er mit einem verruchten Lächeln, »ihn und seinen ziemlich dekadenten Lebenswandel besser kennenzulernen.«

Sie rümpfte die Nase. Sie konnte nicht untätig zuschauen, sondern musste in irgendeiner Weise an der ganzen Sache beteiligt sein, selbst wenn ihr Anteil noch so unbedeutend war. Ihr kam ein Gedanke, und ein bedächtiges Lächeln machte sich auf ihren Lippen breit.

Dalen musterte sie wachsam. »Diesen Gesichtsausdruck

kenne ich inzwischen, Herrin. Er verheißt selten etwas Gutes.«

»Unsinn«, höhnte sie. »Es wird dich freuen zu erfahren, Dalen, dass du dir gerade eine Mätresse angeschafft hast.«

»Ich werde, was ihn angeht, etwas unternehmen müssen«, flüsterte Sapphire Dalen ins Ohr. Sie hatte ihm einen Arm um den Hals geschlungen.

Dalens Blick richtete sich auf den stämmigen Mann, der neben Gordmere an der Bar des Clubs stand. Laute Tanzmusik erschallte zur Begleitung der Sängerin, die auf der Bühne einen populären Hit schmetterte. Um sie herum wirbelten diverse Gäste im Takt und erschufen eine Atmosphäre von unbändiger, sorgloser Dekadenz.

»Wie zum Beispiel?«, fragte er.

»Ich habe mich noch nicht entschieden, aber er kann uns nicht leiden, und wenn er sich weiterhin bei ihm beklagt, könnte Gordmere beschließen, wir seien die Mühe nicht wert. Tor Smithson ist schon seit Jahren bei ihm, und wir sind nichts weiter als Fremde.«

Um den Anschein eines Liebespaars zu verstärken, schwang sie ein Bein über Dalens Beine. »Wir müssen lange genug an der Sache dranbleiben, um herauszufinden, wer Gordmere angeheuert hat.«

»Was soll ich als Nächstes tun?«

Sie beobachtete, wie Gordmere den Blick einer hübschen Konkubine auffing und sich in Bewegung setzte, um sie zu umgarnen. Smithson blieb allein zurück. Sapphire wollte sich auf die Füße ziehen. »Sorge dafür, dass Gordmere abgelenkt ist.«

Dalen packte ihren Arm. »Ihr werdet es *jetzt* tun?«

Sie sah seinen besorgten Blick und lächelte zuversichtlich. »Das geht jetzt schon seit drei Wochen so, und er hat dir immer noch nicht gesagt, wer ihn angeheuert hat, und dir auch keine Einzelheiten über den Auftrag erzählt. Er traut dir immer noch nicht, und das wird er auch nicht tun, solange Smithson ihm Zweifel in den Kopf setzt. Wir müssen ihn aus dem Weg räumen.« Sie stand auf. »Außerdem ist Smithson einer der Söldner, die Wulfric gefoltert haben. Er hat verdient, was ich ihm geben kann.«

Dalen packte ihr Handgelenk. »Ihr seid unbewaffnet.«

»Er auch«, hob sie hervor. »Mach dir keine Sorgen. In einer halben Stunde bin ich wieder da. Wenn ich bis dahin nicht zurück sein sollte, *dann* kannst du dir Sorgen machen.«

»Eure Beteuerungen lassen viel zu wünschen übrig«, murrte er, doch er kam aus der kleinen Nische heraus und machte sich auf den Weg zu Gordmere.

Sapphire schlich sich an die Bar und lächelte Smithson strahlend an. Sie bestellte ein Glas von einem hochprozentigen tolanischen Schnaps, den Dalen gern trank, der ihr jedoch auf den Magen schlug.

»Warum gehst du nicht nach Hause?« Smithsons Tonfall war grob. »Du hast hier nichts zu suchen.«

Sie taxierte ihn mit einem prüfenden Seitenblick, schätzte die Bedrohung ein, die er darstellte, und machte sich ein Bild von ihm. Ihr Vater hatte ihr immer geraten, vorbereitet zu sein, denn damit sei die Schlacht schon halb gewonnen.

»Zu Hause würde ich mich langweilen«, klagte sie schmollend.

Smithson musterte sie noch einmal und ließ sich deutlich anmerken, dass er angewidert war. »Das ist nicht meine Sorge. Ich sorge mich nur um meine Brieftasche. Dein Freund sieht dich jedes Mal an, wenn man ihm eine Frage stellt. Einem Mann, der vor jedem Paar Titten gleich in die Knie geht, kann man nicht trauen.«

Sapphire warf einen Blick über die Schulter. Dalen unterhielt sich angeregt mit Tarin Gordmere, der mit dem Rücken zu ihr stand. Der Barkeeper stellte das Getränk, das sie bestellt hatte, auf den Tresen, und sie schritt schnell zur Tat, ehe sie den rechten Zeitpunkt verpasst hatte. »Warum bringst du mich nicht zur Tür?«

»Du gehst?« Er musterte sie argwöhnisch. »Einfach so?«

»Sicher.« Sie zuckte die Achseln. »Ich will keine Scherereien machen. Schließlich brauchen wir das Geld.«

»Du findest auch allein zur Tür«, sagte er kühl.

Sie seufzte. »Also gut. Dann bleibe ich eben. Ich schaffe es niemals, ganz allein ein öffentliches Verkehrsmittel anzuhalten und ...«

Smithson packte ihren Ellbogen und zerrte sie zum Ausgang.

»Was ist mit Dalens Getränk?«, jammerte sie und stolperte hinter ihm her.

»Ich gebe es ihm, wenn ich wieder drin bin.«

Sie verbarg ihr Lächeln. »In Ordnung.«

Sowie sich die Türen hinter ihnen schlossen, legte Sapphire los. Das Überraschungsmoment war alles, was sie auf ihrer Seite hatte, also nutzte sie es. Sie drehte Smithson mit aller Kraft den Arm um und biss die Zähne zusammen, als sie den Knochen brechen hörte. Sein Schmerzgeheul war ohrenbetäubend. Sie hob einen Fuß, trat ihm in den Hintern und stieß ihn von der Tür weg, wo jemand sie hören könnte.

Der Eingang zum Club befand sich in einer schmalen Gasse, gleich um die Ecke von der Hauptverkehrsstraße, und daher war Zeit ein kostbares Gut. Ihr blieben nur wenige Augenblicke, wenn überhaupt, bis sie entdeckt werden würde.

Smithson ließ sich fallen, riss seine Beine zur Seite, um nach ihr zu treten, und zog ihr die Füße weg. Sapphire fiel nach vorn und landete auf ihm. Ehe sie reagieren konnte, hatte er seinen gesunden Arm um ihren Hals geschlungen und drückte zu. Keuchend und kratzend kämpfte Sapphire darum, den Druck auf ihrer Luftröhre abzuschwächen, doch der Söldner war zu stark. Punkte tanzten vor ihren Augen, und dann war sie von Schwärze umgeben. Wenige Sekunden von der Bewusstlosigkeit entfernt zerrte sie heftig an seinem gebrochenen Arm. Während sein gequältes Brüllen durch die schwach beleuchtete Gasse hallte, riss sie sich von ihm los.

Ihre Zeit wurde knapp. Wacklig zog sie sich auf die Füße und sog Luft in ihre brennende Lunge. Er hatte so brutal zugedrückt, dass ihr Hals pochte.

Smithson knurrte wütend, wälzte sich herum und schaffte es irgendwie, sich auf die Knie zu ziehen. »Ich bringe dich um.«

Als er die Hand nach seinem Stiefel ausstreckte, entdeckte sie den Griff des Dolchs, den er suchte. Er sah ihr fest in die Augen, und in seinem Blick stand nicht nur Blutrünstigkeit, sondern auch eine angeborene Schlechtigkeit, von der ihr eiskalt wurde. Dieser Mann verdiente sich seinen Lebensunterhalt mit der Menschenjagd und folterte Hilflose um des perversen Nervenkitzels willen, auf den sein krankes Gemüt so scharf war. Beinahe wäre es ihm gelungen, den Mann zu töten, den sie liebte.

»Es erleichtert mich, dass du das gesagt hast.« Sapphire wappnete sich innerlich gegen die abscheuliche Aufgabe, die ihr bevorstand. »Es ist nicht meine Art, einen Mann kaltblütig zu töten.«

Er holte nach ihr aus, und die tückische Klinge erwachte in seiner Hand funkelnd zum Leben. Sie trat zu. Eine Portion Glück und eine Menge Geschicklichkeit sorgten dafür, dass ihr Fuß sein Handgelenk traf und der Dolch in der Luft über ihnen kreiste.

Sie sprang auf und fing die Waffe. Mit einem diagonalen Hieb säbelte sie ihm den Kopf ab. Mit einem dumpfen Aufschlag landete er auf dem Boden.

»Aber mit Notwehr kann ich umgehen.«

17

»Katie Erikson ist hier, Eure Hoheit.«

Als der Hauptmann eintrat, blickte Wulf von dem Bildschirm auf. »Hast du sie mit eigenen Augen gesehen?«

Der Hauptmann nickte. »Wie sieht sie aus?«

»Dünner. Müde.«

»Diese hartnäckige Frau«, schimpfte Wulf, doch ihm war gleichzeitig beinahe schwindlig vor Erleichterung. Nach sechswöchiger Suche war Katie endlich wieder in Reichweite. Er stand auf, um sich bereitzumachen, doch als er sich kurz in seiner Unterkunft umsah, wich seine Vorfreude einem finsteren, angewiderten Blick.

Tolan war erst seit relativ kurzer Zeit Mitglied im Interstellaren Rat. Der Vorstoß des Planeten in die Hochtechnologie war so neu, dass sie noch als etwas galt, das man stolz zur Schau stellte. Alles um ihn herum war nüchtern und beinahe farblos. Er versuchte, sich seine sinnliche Katie an einem so tristen Ort vorzustellen, doch ihm war kein Erfolg beschieden. Der Umstand, dass sie ausschließlich seinetwegen hier in Tolan war, bewirkte, dass ihm schwer ums Herz wurde.

»Wo ist sie jetzt, Hauptmann?«

»Sie und der *Mästare* haben sich, wie von Gordmere bestimmt, in der Flughafenhalle eingefunden.«

Wulf begann seine Gewänder anzulegen. »Ich will sie sehen.«

»Eure Hoheit, ich empfehle nicht, dass Ihr mit mir kommt. Was, wenn Ihr gesehen werdet? Das könnte alles ruinieren. Es hat mich Wochen gekostet, an diesen Punkt zu gelangen.«

»Ich werde mich unauffällig verhalten und euch nicht im Weg sein.«

»Verzeiht, aber Euch ist es unmöglich, Euch unauffällig zu verhalten.«

Wulf grinste. »Es ist nicht ganz so schwierig, wenn du in der Nähe bist, Hauptmann. Du verstehst dich darauf, die Aufmerksamkeit auf dich zu lenken.«

Der Anflug eines Lächelns huschte über die dunklen Lippen des Hauptmanns und zog seine Mundwinkel hoch. »Wie Ihr befehlt, Eure Hoheit. Ich werde sie von dem Gespräch loseisen. Falls es mir gelingt, schlage ich vor, Ihr verschwindet schleunigst mit der Herrin und überlasst mir den Rest.«

»Ich kann dir versichern, dass es mir nicht das Geringste ausmacht, sie von dort fortzubringen.«

Innerhalb von Minuten waren sie auf dem Weg zur Flughafenhalle.

Sapphire setzte sich dekorativ auf Dalen in Pose und fuhr seine Ohrmuschel mit ihrer Zunge nach.

»Mmm«, schnurrte sie. Sie wölbte den Rücken und presste ihre Brüste an seinen Arm. Eine Hand glitt über seinen entblößten Oberkörper und durch sein goldenes Haar hinauf. Die Finger ihrer anderen Hand wanderten über seinen muskulösen Oberschenkel und sanken zwischen seine Beine. Er stöhnte, drehte den Kopf um und begrub sein Gesicht an ihrem Hals.

»Herrin«, keuchte er. »Ist all das wirklich notwendig?«

»Er muss glauben, dass wir ein Paar sind. Seit Smithsons Tod ist er schrecklich misstrauisch geworden.«

»J-ja, aber ...« Seine Hand legte sich auf ihr Handgelenk, damit sie stillhielt. »Ich bin nur ein Mann, und Ihr seid eine gut ausgebildete Konkubine. Meine Belastbarkeit hat Grenzen.«

Sapphire warf einen Blick über die Schulter auf die Anwesenden in dem kleinen Salon des Terminals Deep Space 10 und bemerkte den schlanken, blonden Mann, der gerade eintrat.

Sie drängte sich eilig an Dalen, setzte sich mit gespreizten Beinen auf seine Oberschenkel und schlang ihm die Arme um den Hals. »Er kommt zurück.« Sie schmiegte ihre Lippen an seine Kehle. »Du weißt, was du zu tun hast.«

»Ich kann aber nicht denken, wenn Ihr das tut!«

»Feilsche ein bisschen mit ihm um den Preis unserer Dienste«, flüsterte sie. »Es hat uns Wochen gekostet, an diesen Punkt zu gelangen, und du willst nicht zu eifrig wirken. Und was auch immer du tust, finde unbedingt heraus, wer ihn dafür angeheuert hat, dass er ...«

Hinter ihr grollte eine tiefe Stimme. »Schaff die Frau raus.«

Sapphire erstarrte. Sie drehte sich langsam um und rang darum, ihr Erstaunen zu verbergen. Sie scheiterte kläglich, denn ihr Mund sprang weit auf, als sie Clarke sah, der neben Gordmere stand, als seien sie alte Freunde.

»Für dieses Gespräch benötigen wir ihre Dienste nicht.«
Sein finsterer Blick taxierte sie unverfroren.

Sie blinzelte.

»Hast du noch nie einen echten Mann gesehen?«, fragte
Clarke höhnisch. Er packte sie am Ellbogen und zerrte sie
von Dalen fort, riss sie eng an sich und zerquetschte sie
beinahe an seinem kräftigen Brustkorb.

»Such mich auf, wenn du deinen hübschen Jüngling satt-
hast.« Er beugte sie über seinen Arm und biss behutsam in
ihr Ohrläppchen. »Geh jetzt zum Ausgang«, knurrte er.
Dann zog er sie hoch und stieß sie in Richtung Tür.

Sapphire wankte zur Tür und sah voller Erstaunen über
die Schulter zurück. *Was zum Teufel geht hier vor?* Da sie
abgelenkt war, prallte sie frontal gegen einen steinharten
Brustkorb und wurde aus dem Salon in das Gedränge im
Terminal gezerrt. »Was ...«

»*Katie.*«

Sie fühlte sich einer Ohnmacht nahe. Ihr Blick folgte
der goldenen Hand, die ihr Handgelenk umfasst hielt,
und glitt mit Lichtgeschwindigkeit an dem muskulösen
Arm hinauf. Für einen Sekundenbruchteil verharrte ihr
Blick auf den herrlichen Lippen, die im Moment wütend
zusammengekniffen waren, ehe sie mit weit aufgerissenen
Augen Wulfs erbosten Blick auffing. Tränen stiegen auf,
als sie die blanke Erleichterung und die Liebe sah, die
in den smaragdgrünen Tiefen schimmerten. Mit einem
freudigen Wimmern sprang Sapphire ihn an, schlang die
Beine um seine schmale Taille und fiel über seinen Mund
her.

Er ließ sich von ihr keinen Moment lang aus dem

Gleichgewicht bringen, drehte sich mit ihr um und presste sie an die Wand des Korridors. Sein Mund war unter ihren Lippen geöffnet und heißhungrig.

Ihr Herz raste. Sie hatte sich nach ihm gesehnt, sich so sehr nach ihm gesehnt. Nachts ließ sich die Erinnerung an ihn nicht leugnen und verlangte von ihr, allnächtlich von ihm zu träumen.

»Du hast mir gefehlt«, keuchte sie in seinen Mund hinein.

Wulf stieß seine Hüften an ihre weit gespreizten Schenkel und zeigte ihr die Tiefe seines Verlangens. »Du und Dalen ...«

Sein Brustkorb vibrierte heftig.

»Zwischen uns ist nichts.« Sie drängte sich an ihn, und ihr Blut raste.

Er biss in die empfindliche Stelle, an der ihr Hals in die Schulter überging. Seine Berührung war grob und kaum beherrscht. »Du hast ihn geküsst und dich an ihm gerieben ... Ich reiße ihn in Stücke ...«

»Nein.« Sie stöhnte, von seinem überreizten und gewaltig erregten Körper an die Wand gepresst. »Es war alles nur für dich.«

»Deine Gründe sind mir egal. Du gehörst mir!«

»Ja ...«

»Du gehörst mir ganz allein.« Seine Hand auf ihrer Taille schlang sich in ihr Haar und zog ihren Kopf zurück, um ihre Kehle zu entblößen. Er knabberte an der zarten Haut und leckte sie, und seine andere Hand hob sich, um ihre Brust zu packen, die Brustwarze zusammenzupressen und an dem Ring zu ziehen, bis sich die Brustwarze lüstern kräuselte. »Selbst wenn mein Leben davon abhinge, wirst du nie mehr einen anderen Mann berühren.«

»Du eifersüchtiger Narr.« Sapphire lachte, denn es erfüllte sie mit unaussprechlicher Freude, ihn in den Armen zu haben. Sie schloss ihre Schenkel enger um ihn, doch das war nicht nötig, da sein Körper sie fest an die Wand presste. »Ich täte alles für dich. Ich liebe dich.«

»Du wirst mein Untergang sein.« Wulf presste seine Stirn an ihre. »Du wirst mich um den Verstand bringen …«

»Wulf.« Ihre Hände streichelten seinen angespannten Rücken. Sie verstand, wie ihm zumute war. Sie hatte dasselbe empfunden, als sie die Konkubine zu ihm geschickt hatte. »Es gibt nur dich.«

»Nie wieder«, murmelte er mit den Lippen an ihrer Wange. »Rühr nie wieder einen anderen Mann an. Ich ertrage es nicht.«

Er trat von der Wand zurück und trug sie rasch fort. »Wir müssen von hier verschwinden.«

»Dalen! Ich kann ihn nicht einfach hier zurücklassen.«

»Der Hauptmann wird sich um ihn kümmern. Du musst dich jetzt um mich kümmern.«

Sapphire lehnte sich in seiner Umarmung zurück und fühlte die Muskulatur seiner kräftigen Oberschenkel, die ständig in Bewegung war, während er sich mühelos durch das Gedränge bewegte. Allein schon seine eindrucksvolle Erscheinung sorgte dafür, dass Pendler ihnen den Weg freimachten.

»Was tust du hier?«, fragte sie atemlos, von seinen kühnen Besitzansprüchen überwältigt.

Eine dunkle Augenbraue zog sich hoch. »Ich bin gekommen, um dich zu holen.«

Sein Gesicht wirkte blasser, seine Lippen strenger, doch er war immer noch bei Weitem der attraktivste Mann, den sie je gesehen hatte. Für keinen anderen hatte sie jemals annähernd so viel empfunden. Es war suchterregend, überwältigend und berauschend.

»Wulf. Du verschlägst mir den Atem.«

Als er tief einatmete, weitete sich sein Brustkorb. Seine Arme spannten sich enger um sie, und er ging schneller. »Du machst dir keine Vorstellung davon, wie sehr du mir gefehlt hast. Du bist so verflucht schön. Wenn ich dich auch noch so oft in Gedanken vor mir gesehen habe, ist dieses innere Bild dir doch nie gerecht geworden.«

Sapphire lächelte. »Ich sehe schrecklich aus.«

»Du siehst himmlisch aus.« Er presste seine Lippen auf ihre Schläfe und ließ sie dort liegen. Seine Stimme senkte sich. »Ich werde mich bessern. Ich werde mich ändern. Ich kann dich glücklich machen.«

Ihre Arme umschlangen seinen Hals. »Ich kann das nicht noch einmal durchmachen. Du hättest nicht kommen dürfen.«

»Ich konnte mich nicht von dir fernhalten. Ich konnte es noch nie. *Ich liebe dich.*«

Tränen rannen aus ihren Augen und befeuchteten beide Gesichter. »Wulf …«

»Sei still. Warte, bis wir allein sind. Ich muss dich etwas fragen.«

Sapphire zog den Kopf zurück, um ihm ins Gesicht zu sehen. Seine Züge waren so herb und entschlossen, doch in seinen Augen schwelte etwas. Sie errötete. »Ich weiß, was du willst.«

Sein Mund verzog sich zu einem Lächeln, das sie ungeheuer sexy fand. »Du weißt nicht alles. Aber du kannst gern alles wissen, wenn du mir bloß die Zeit gibst, von hier zu verschwinden.«

Auf der kurzen Taxifahrt zu Wulfs Unterkunft war sie an seine warme, kräftige Brust geschmiegt. Seine Hände streichelten ihre Arme, und sein Mund presste Küsse auf ihr Gesicht und ihren Hals. Sie sagten nichts, denn beide sehnten sich nach dem Moment, in dem sie endlich allein sein würden. Als das Fahrzeug vor dem Hotel eintraf, sprangen sie hinaus und eilten in seine Räumlichkeiten.

Wulf führte sie direkt in seine Suite. Der Vorraum ähnelte dem Rest der Stadt – viel Metall, silberne Farbe an den Wänden und glatt geschliffene Zementböden. Sapphire empfand die Kargheit des Dekors immer noch als ätzend. Sari und D'Ashier hatten schon vor langer Zeit die Schönheit des Taktilen wiederentdeckt. Das Bedürfnis, das zu würdigen, was menschlich war, erklärte auch, warum Krieger so sehr verehrt und Konkubinen so hoch geschätzt wurden.

»Hier entlang«, wies er sie an.

Sie begab sich mit ihm in das hintere Schlafzimmer. Bei dem Anblick, der sie begrüßte, stockte ihr Atem.

Bunte Teppiche schmückten den Boden; auf dem Bett lagen kuschelige Samtdecken und eine Vielzahl Kissen in den Farben von Edelsteinen verstreut. Die grelle Beleuchtung war ausgeschaltet; das Zimmer wurde von Unmengen flackernder Kerzen erhellt.

»Es ist wunderschön«, hauchte sie.

Wulf blieb hinter ihr stehen und schlang ihr die kräftigen Arme um die Taille. »Nur weil du hier bist.« Er drehte sie zu sich um und verschloss ihre Lippen mit seinen.

Sie schmolz unter seinem Kuss. Die Glut, die Funken zwischen ihnen sprühen ließ, war heißer als zuvor. Die Leidenschaft, die jedes Nervenende in ihrem Körper entfachte, strömte von ihren Lippen bis zu ihren Zehenspitzen. Benommen vor Sehnsucht löste sich Sapphire von ihm, um Atem zu holen, und sein Anblick nahm sie gefangen.

Sein Gesicht war gerötet, seine Lippen waren feucht und geöffnet, und er atmete schwer. Aber das, was sie am meisten erregte, war sein Blick – wild und entschlossen. Seine Wirkung auf sie war gewaltig und alterte wie ein guter Jahrgangswein; je länger sie ihn kannte, desto stärker wurde seine Wirkung auf sie.

»Ich werde dich jetzt lieben.« Wulfs Stimme war ein sinnliches Flüstern. Er streckte eine Hand aus, um sie auf ihre Brust zu legen, und sein Daumen strich über ihre Brustwarze. »Dann werden wir über unsere gemeinsame Zukunft reden, und du wirst dieses Zimmer nicht verlassen, bevor ich gesagt habe, was ich dir zu sagen habe. Verstanden?«

Sie zitterte und küsste ihn leidenschaftlich. Es war wirklich erstaunlich, dass dieser prachtvolle Mann sie genug liebte, um ihre Verfolgung aufzunehmen.

»Ich bete dich an.« Sie fühlte sein Erschauern. Ihre Worte setzten etwas Archaisches frei. Wulfs Hände waren grob, als seine Finger sich in ihr Gewand ballten und das zarte Kleidungsstück entzweirissen.

Sapphire war ebenso verzweifelt wie er. Sie rang darum, die Wärme seines Fleischs unter ihren Händen zu fühlen und zu wissen, dass es nicht nur ein weiterer Traum war. Als sie die goldene Kette mit dem Chip ihrer Hüterin sah, die um seinen Hals hing, hielt sie inne. Mit den Fingerspitzen zupfte sie den Anhänger von seiner Haut.

Er hielt sie an der Taille fest, während sie den Anhänger untersuchte. »Wir haben ihn bei Braeden gefunden. Seitdem habe ich ihn an meinem Körper getragen.«

Zärtlich strichen ihre Finger über das warme Metall. »Diese greifbare Erinnerung an dich hat mir gefehlt.«

Er zog ihr die restlichen Kleidungsstücke aus und presste sie auf das Bett. »Du wirst keine Andenken mehr brauchen. Für den Rest deines Lebens werde ich jede freie Minute so tief wie möglich in dir verbringen.«

Sie versank mit einem Seufzer in den weichen Samtdecken, doch mit der seidigen Beschaffenheit von Wulfs Haut konnte es das luxuriöse Material nicht aufnehmen. Sapphire konnte einfach nicht genug von ihm bekommen. Ihr geöffneter Mund presste feuchte Küsse auf seine Schulter. Sie leckte ihn, und sie biss ihn. Ihre Hände streichelten ihn, und ihre Nägel kratzten ihn. Ihre Beine schlangen sich um seine Hüften und pressten ihn an sich. Sie wollte ihn mit Haut und Haar verschlingen.

»Beeil dich«, drängte sie ihn.

Wulf lachte. »Davon träume ich jetzt schon seit Wochen. Lass es mich genüsslich auskosten.«

»Später.«

Mit einem herzhaften Lachen brachte er die breite Spitze

seines Schwanzes an ihre Pforte und stieß in sie hinein. »Du bist so eng, Katie.«

Er gab ihr einen leidenschaftlichen Zungenkuss und presste sich unbeirrbar und tiefer in sie. Ein leises Stöhnen der Lust stieg grollend in seine Kehle auf. »Ich habe mich so sehr nach dir verzehrt, dass ich dachte, ohne dich würde ich verrückt.«

»Ich liebe dich«, schnurrte sie, als er sich bis zum Heft in ihr versenkte. »Ich habe von dir geträumt. Ich brauchte dich so sehr.«

Sein Kopf sank neben ihren, und sein Atem ging schwer und abgehackt. Er zog sich aus ihr heraus und tauchte dann wieder tief in sie ein. Als sie sich ihm entgegenwölbte, um ihn zu drängen und ihn anzutreiben, begann er sie so zu nehmen, wie sie es brauchte; seine Hüften bewegten sich heftig, und sein Schwanz trieb sich mit verheerender Geschicklichkeit in sie hinein. Sein Mund senkte sich um eine stramme Brustwarze herum und saugte mit solcher Kraft daran, dass sie das Ziehen tief in ihrer schmerzenden Möse fühlen konnte.

Hilflose wimmernde Laute der Lust kamen über ihre Lippen. Es war so lange her. Zu lange. Es war ein erlesener Genuss, ihn zu fühlen, so dick und hart, wie er sich mit ungestümer Kraft zwischen ihre Schenkel trieb.

»Ja ... du fühlst dich so gut an ...«

Er murmelte Worte, die arrogant klangen, und dann wandte sich sein Mund ihrer anderen Brust zu. Sapphire stieß die Fersen in die Matratze und kam ihm ebenso kraftvoll entgegen, denn sie brauchte ihn genau da – ertrinkend in Lust, verzweifelt auf einen Orgasmus aus und hoffnungslos verliebt. Seine Selbstbeherrschung begeisterte sie, und es war einfach herrlich, so wichtig für ihn zu sein, dass sie seine einzige Schwäche war.

Er riss die Führung an sich, ragte über ihr auf und hakte seine Arme unter ihre Beine, damit er sich noch besser an ihr reiben konnte. Ihre Brustwarzen waren von dem leidenschaftlichen Überfall seines Mundes geschwollen und überempfindlich. Jetzt nahm er sie stürmisch, seine Hüften stampften wie Kolben, und sein gewaltiger Schaft bewegte sich durch gierig zupackendes Gewebe hin und her.

Mit schnellen, harten Stößen und kreisenden Hüften beraubte Wulf sie vorsätzlich ihrer Zurechnungsfähigkeit. Sein Anblick war aufwühlend, sein herbes Gesicht zu einer Grimasse der Lust verzerrt.

Weil er auf die innigste Weise mit ihr verbunden war.

»Ich liebe dich«, stöhnte er.

Seine von Leidenschaft verschliffenen Worte gaben den Ausschlag, und ihre Wirbelsäule bog sich im Höhepunkt. Sie wimmerte, während sie sich in Zuckungen unter ihm wand und ihr ganzer Körper von endlosen Beben verheert wurde.

»Mehr«, brummte er. Das Hämmern seines Schwanzes in ihrer Glut war erbarmungslos. »Komm noch einmal.«

»Nein ...«, stöhnte sie, denn sie war sicher, dass ein weiterer Orgasmus sie umbringen würde.

Wulf griff zwischen ihren und seinen Körper und rieb mit flinken Fingern geschickt ihre Klitoris. Ihr nächster Orgasmus war sogar noch heftiger als der vorangegangene. Als sie sich unter ihm wand, fühlte sie, wie er anschwoll.

Er rief ihren Namen, presste sie an seinen erschauernden Körper, und während er sich mit starken, dicken Strahlen tief in ihr ergoss, kamen ihm schmutzige Wörter über die Lippen.

Keuchend drehte Wulf sich um und zog sie auf sich, ohne sich von ihr zu lösen. Seine starken Arme hielten sie eng an ihn gepresst, während ihrer beider Atmung sich wieder normalisierte.

Er drückte ihr einen Kuss aufs Haar. »Ich möchte mich durch ein Handfasting mit dir verbinden, Katie.«

Sie hob den Kopf und sah ihn erstaunt an. »Handfasting?«

»Unsere Chancen stehen recht gut. Wir lieben uns, Katie. Das hätte ich niemals erwartet oder auch nur gewollt, aber es ist nun mal passiert. Und ich bedaure es nicht.«

»Handfasting?«, wiederholte sie.

»Ich habe ein paar Nachforschungen angestellt. In den ersten Jahren, nachdem D'Ashier seine Staatshoheit begründet hatte, schwebten der Monarch und seine Familie in großer Gefahr. Den Thron zu stabilisieren und die Erbfolge zu gewährleisten, war eine Priorität, die Vorrang vor der Etikette hatte. Wenn ein Angehöriger der königlichen Familie heiraten wollte, konnte er nicht immer warten, bis es sich ordnungsgemäß machen ließ. Nicht in Zeiten von Kriegen und Verrat.«

Sie nickte. »Das kann ich verstehen.«

Wulf nahm ihre Hand und zog sie auf sein Herz. »Der Brauch des Handfasting wurde eingeführt – eine formlose und doch verbindliche Vereinbarung, so bindend wie eine

Eheschließung. Sie erfordert nicht den Segen des Königs, der für eine formelle Bindung erforderlich wäre. Es bedarf nur des Willens beider Seiten.«

»Wulf.« Sie biss sich auf die Unterlippe. »Du würdest deinen Vater in einer so wichtigen Angelegenheit umgehen?«

Seine Hand schloss sich noch enger um ihre. »Er hätte trotz allem das letzte Wort. Falls er niemals seinen Segen gibt, würde die Verbindung eine morganatische Ehe. Du wärest meine Prinzgemahlin, nicht meine Königin, und unsere Kinder könnten niemals den Thron besteigen.«

»Unsere Kinder …« Sehnsucht durchbohrte ihre Brust mit einer solchen Kraft, dass sie erschauerte. Ihre Augen und ihre Kehle brannten. Sie würde alles verlieren, was sie jetzt besaß, doch sie würde etwas gewinnen, das so kostbar war, dass sie kaum wagte, es sich zu erträumen. Eine Ehe. Eine Familie. *Mit Wulf.*

Seine grünen Augen strahlten und waren laserscharf. Selten hatte er so entschlossen auf sie gewirkt. »Du hast mehr verdient, Katie. Ich wünschte, ich könnte dir mehr versprechen. Aber das ist alles, was ich dir im Moment anbieten kann – mein Herz, mein Bett, den Respekt und das Ansehen einer königlichen Gefährtin, sowie das Versprechen, dass ich alles tun werde, was in meiner Macht steht, um meinen Vater umzustimmen und seinen Segen zu erhalten. Ich glaube, dass es möglich ist. Und wenn er niemals nachgibt, würdest du dennoch mir gehören. Und ich dir. Nichts könnte die Gelübde brechen, die wir voreinander ablegen.«

Sie verschränkte ihre Finger auf seiner Brust und legte

das Kinn darauf. »Ich will nicht für ein Zerwürfnis zwischen dir und deiner Familie verantwortlich sein.«

Wulf zog ein Kissen unter seinen Kopf und sah ihr fest in die Augen. »Um glücklich zu sein, brauche ich dich in meinem Leben. So einfach und so kompliziert ist das. Ich kann mit allem fertigwerden, solange du mir gehörst. Solange du meine Liebe erwiderst.«

Tränen fielen. »Mein Vater ... wenn es wieder zu einem Krieg käme ...«

»Ich habe dem König von Sari Gesprächsbereitschaft signalisiert«, sagte er rasch. »Und er hat sich bereiterklärt, mich zu treffen, um die Möglichkeit von Waffenstillstandsvereinbarungen und neuen Staatsverträgen zu besprechen. Ich werde nicht sagen, dass es nie mehr zu einem Krieg kommen wird, aber ich schwöre, mein Bestes zu tun, um einen weiteren Krieg zu verhindern.«

»Das ist unmöglich.«

»Nein, eben nicht.« Wulfs Willenskraft war so stark, dass sie die Luft um sie beide herum auflud. »Ich werde nicht lügen und behaupten, es würde einfach für uns werden. Ich kann dir auch kein Happy End versprechen – dass alles wunderbar ausgeht und unsere Familien in friedlicher Koexistenz leben werden. Ich kann dir nur versprechen, dich zu lieben, mir Zeit für dich zu nehmen und dich zu achten und zu ehren. Ich werde dir nie einen Grund dafür geben, die Opfer zu bereuen, die du bringen wirst, um mit mir zusammen zu sein. Wir werden die Probleme und Sorgen gemeinsam meistern. Wir werden eine Möglichkeit finden. Und wenn wir sie nicht ausräumen können, dann haben wir immer noch einander.«

Ihr Herz zog sich schmerzhaft zusammen. »Ich liebe dich.«

»Und das ist alles, was wir brauchen. Sag Ja.«

Sapphire nickte, denn ihre Kehle war so zugeschnürt, dass sie nicht sprechen konnte. Er wollte sich an sie binden und war bereit, dafür persönlich und politisch einen ungeheuer hohen Preis zu bezahlen. Sie konnte sein Angebot nicht ablehnen. Sie wollte ihn unbedingt und brauchte ihn ebenso sehr wie er sie.

Er ließ sich so übertrieben zurücksinken, als wäre er total erledigt. »Gut.«

Sie bewerkstelligte ein Lächeln. »Du wirkst so erleichtert.«

Wulfs Lächeln war sündhaft und voller Glut.

Sie setzte sich auf und nahm seinen dicker werdenden Schwanz ganz tief in sich auf. »Was hättest du getan, wenn ich abgelehnt hätte?«

Wulf regte sich in ihr. »Ich hätte auf Plan B zurückgegriffen.«

»Und wie sähe der aus?« Sie hatte allerdings den Verdacht, es bereits zu wissen.

»Ich hätte dich noch einmal entführt und dich in meinem Bett festgehalten, bis ich dich davon überzeugt hätte, mich zu heiraten.«

Sie stieß einen gekünstelten Seufzer aus. »Ich hätte durchhalten sollen, bis du mit Plan B rausrückst.«

Eine schwarze Augenbraue wurde hochgezogen. Wulf packte ihre Hüften und hob sie hoch. »Tja ...« Er reckte sich ihr zu einem atemberaubenden Stoß entgegen. »Bloß weil Plan A geklappt hat, heißt das noch lange nicht, dass wir Plan B aufgeben müssen.«

Ihr Kopf fiel mit einem leisen Stöhnen zurück. »Ich gehöre ganz und gar dir.«

»Ja«, gurrte er und nahm sie. Liebevoll. »Wie wahr.«

Wulf war ausgehungert. Er saß an dem kleinen Metalltisch und machte sich heißhungrig über seine Mahlzeit her. Er sah Katie an, und ihm war weh ums Herz. Ihre bezaubernden Lippen waren zu einem nachsichtigen Lächeln verzogen, und in ihren dunklen Augen stand Liebe, während sie ihm zusah. Er dachte an ihre gemeinsame Zukunft und daran, dass er diesen herrlichen Anblick für den Rest seines Lebens jeden Tag sehen würde. So viel Freude hatte er nicht für möglich gehalten.

An der Tür summte es leise. Er erteilte die Erlaubnis zum Eintreten. Der Hauptmann und Dalen kamen herein. Sie verbeugten sich und richteten sich dann mit grimmigen Mienen auf.

»Was ist los?«, fragte er. »Was habt ihr in Erfahrung gebracht?«

Der Hauptmann trat vor. »Eure Hoheit. Wir haben herausgefunden, wer die Zielperson ist.«

Katie stand auf. Ihre Stimme klang gepresst, als sie sprach. »Der Prinz ist in Gefahr, stimmt's?«

Wulf erhob sich, ging zu ihr und zog sie in seine Arme.

Der Hauptmann schüttelte den Kopf. »Gordmere wurde dafür angeheuert, *Euch* gefangen zu nehmen.«

18

»*Ich* bin die Zielperson?«

Wulf blickte in Katies blasses Gesicht hinunter, und seine Eingeweide verknoteten sich. Er hielt sie noch fester, und sein Blick wanderte zwischen Dalen und dem Hauptmann hin und her.

»Es ist ein außerordentlicher Glücksfall, dass Ihr das Terminal vor dem Eintreffen des Kuriers aus Sari verlassen habt«, fuhr der Hauptmann fort. »Gordmere wurde ein Datenträger mit Videoaufnahmen von seiner Zielperson übergeben, die er nur unter dem Namen ›Katie Erikson‹ kennt. Wenn er sich das Material ansieht, wird er sich darüber klar werden, dass Dalens Mätresse und Katie Erikson ein und dieselbe Person sind.«

»Das verstehe ich nicht.« Sie blickte finster. »Sie waren doch vorher hinter Prinz Wulfric her …«

»Das war ein anderer Auftrag, der abgebrochen werden musste, als Gordmere von sarischen Truppen gefangen genommen wurde. Smithson hat Seine Hoheit gegen Gordmere eingetauscht und die Prämie eingebüßt.«

»Wer hat ihn engagiert?«

»Ich weiß es nicht. Diese Information hütet Gordmere äußerst sorgsam. Ich bin der Überzeugung, er ist der Einzige in der Gruppe, der jemals weiß, woher das Geld kommt.«

»Dann will also irgendjemand dort draußen immer noch Prinz Wulfric?«, fragte Katie.

Dalen nickte. »Gordmere hat die Absicht, die Bezahlung, die er durch Eure Gefangennahme einnimmt, dafür einzusetzen, diesen vorherigen Auftrag zu Ende zu führen.«

»Wie viele Käufer gibt es?«, fragte Wulf. »Ist es eine einzige Person, die hinter Katie und mir her ist?«

»Weshalb sollte jemand mich wollen?«, fragte sie zweifelnd. »Ich bin nicht wichtig.«

»Ihr seid bedeutenden Männern wichtig«, hob Dalen hervor. »Aber wie dem auch sei – meiner Auffassung nach handelt es sich um zwei voneinander unabhängige Aufträge.«

Wulf sah den Hauptmann an, der nickte. »Ich bin auch dieser Meinung, Eure Hoheit.«

Katies Hand umklammerte Wulfs Unterarm, der unter ihren Brüsten lag. »Und was tun wir jetzt?«

»Dalen ist außer Gefecht gesetzt, da seine Motive jetzt bekannt sind«, sagte der Hauptmann, »aber ich werde bei Gordmere bleiben und möglichst viel in Erfahrung bringen. Ich glaube nicht, dass er den Job aufgeben wird, obwohl seine Gruppe infiltriert wurde. Sowie er sich den Datenträger anschaut und sieht, wie gut seine Beute kämpfen kann, wird ihm klar werden, dass sie diejenige war, die Tor Smithson getötet hat. Nach allem zu urteilen, was ich in diesen letzten Wochen über seine Persönlichkeit zusammengetragen habe, wird Gordmere schon allein deshalb Jagd auf sie machen, um seinen Freund zu rächen.«

Wulf starrte Katie an. Die Offenheit, mit der sie seinen Blick erwiderte, beantwortete seine unausgesprochene

Frage. Ihn erschütterte das Wissen, dass sie für ihn einen Mann getötet hatte, den Mann, der ihn gefoltert hatte, bis er den Tod herbeigesehnt hatte.

Sein erster Schreck wurde rasch von seinem Stolz besiegt. Er würde für sie töten, für sie sterben und überhaupt alles tun, was für ihre Sicherheit notwendig war. Sie hatte immer wieder unter Beweis gestellt, dass sie für ihn dasselbe empfand. Er packte sie krampfhaft, denn seine Eingeweide wurden vom Griff der Furcht zerquetscht. Es war ein abscheuliches Gefühl, dass er so viel zu verlieren hatte.

»Weiß Gordmere, *warum* diese Person sie haben will?«

»Nein.« Der Hauptmann stieß hörbar den Atem aus. »Offen gesagt, ist es ihm auch ganz egal. Seine Befehle lauten, sie an einem noch nicht vereinbarten Übergabeort abzusetzen, und das ist alles, was ihn interessiert – wo es stattfindet und wie hoch die Bezahlung ist.«

Wulf presste seine Lippen auf Katies Haar und hielt sie als Reaktion darauf, dass sie sich erstaunlich fest an ihn klammerte, noch fester. Hier, fern von seiner Heimat und der Sicherheit, die sie für ihn darstellte, war er nicht in seinem Element. »Wenn wir gegen eine niederträchtige Truppe kämpfen müssen, täte ich es lieber auf vertrautem Boden.«

»Ich bin ganz Eurer Meinung. Hier auf Tolan ist es zu gefährlich.«

»Geh zurück zu Gordmere. Katie und ich werden am Morgen abreisen.«

»Wie Ihr befehlt, Eure Hoheit.« Der Hauptmann verbeugte sich. »Ich werde bei jeder sich bietenden Gelegenheit Kontakt zu Euch aufnehmen.«

Wulf wandte sich an Dalen. »Es ist zu riskant für dich, in deine bisherige Unterkunft zurückzukehren. Du wirst heute Nacht hierbleiben. Die Bediensteten werden für dein Wohlbefinden sorgen. Ich schulde dir viel für deine Unterstützung.«

Dalen verbeugte sich. Er sah Katie an und lächelte beruhigend. »Ihr seid in fähigen Händen, Herrin. Nicht, dass Ihr sie bräuchtet. Eure eigenen Hände sind fähig genug.«

Katie konnte sich ein schwaches Lächeln abringen. Keiner von ihnen verstand, was hier los war.

Wulf würde nicht ruhen, ehe er es wusste.

Ohne großes Trara wurde Kronprinz Wulfric Andersson von D'Ashier in der Botschaft des Interstellaren Rats auf dem fremden Planeten Tolan durch Handfasting mit Katie Erikson verbunden, einer gewöhnlichen Bürgerin von Sari.

Er trug keine Krone, nur eine schlichte rote Reiserobe. Die zukünftige Prinzgemahlin trug ein tiefrotes Kleid mit langen Glockenärmeln und schmal geschnittener Taille. Tief auf ihren Hüften saß ein geflochtener goldener Gurt mit Kettengliedern, der bis auf ihre Knie fiel. Am Ende baumelte das juwelenbesetzte Wappen des Königshauses von D'Ashier. Kleid und Gurt hatten sie in einem Laden in der Nähe von der Stange gekauft. Das juwelenbesetzte Wappen hatte der Prinz aus seiner Heimatwelt mitgebracht.

Die einzige andere anwesende Person war der Botschaftsgeistliche, ein dünner Mann mit einem gelangweilten Gesichtsausdruck, doch der veränderte sich, als er die Bewilligung überprüfte.

»Eure Hoheit.« Er verbeugte sich. »Es ehrt mich, den Vorsitz über Eure Eheschließung zu führen. Kommt mit mir. Für einen so bedeutsamen Anlass habe ich eine viel angemessenere Räumlichkeit zur Verfügung.«

Wenn es nach dem Prinzen gegangen wäre, hätte man sie ebenso gut im Frachtraum eines Transporters trauen können. Das, was für ihn zählte, war die Braut. Doch er folgte mit einer Hand an ihrem Ellbogen, und der Eifer beschwingte seine Schritte.

Der gewaltige Ballsaal der Botschaft verschlug Sapphire den Atem. Die Decke erhob sich mindestens vier Stockwerke über ihnen. Die Kronleuchter, die den Raum erhellten, hatten die Größe von kleinen Anti-G-Mobilen. Bänder aus silbernem und goldenem Satin, die kreuzweise vor dem Dachfenster über ihnen gespannt waren, sprenkelten den Sonnenschein, der auf dem Marmorboden glitzerte.

Das kurze Zeremoniell brachten sie benommen hinter sich. Sapphire konnte sich anschließend kaum noch an alles erinnern, nur an das beschwichtigende Timbre von Wulfs Stimme, während er sein feierliches Gelöbnis ablegte, und an den Einstich der Nadel in ihre Fingerspitze, als sie ihre Handflächen auf den Blutkollektor legten, um ihre Eheschließung in den interstellaren Archiven zu besiegeln.

Ihr Bewusstsein setzte erst wieder ein, als Wulf ihre Hand hob und ihr den goldenen Ehegelöbnisring mit dem Talgorit an den Finger steckte. An ihrer rechten Hand trug sie einen Siegelring, der eine wesentlich kleinere Ausgabe von Wulfrics Ring war – ihr Mittel, um sich in den Palast von D'Ashier zurückzubeamen, genauso, wie Wulfric es getan hatte, als er sie das erste Mal geraubt hatte.

Dann küsste er sie voller Leidenschaft und schlang seine Arme warm und schützend um sie. Alles zeichnete sich plötzlich in kristallener Klarheit ab. Wulfric gehörte ihr. Für immer.

»Ich liebe dich«, flüsterte er mit dem Mund auf ihren Lippen.

Tränen rannen über ihre Wangen. »Ich liebe dich auch, mein geliebter Wulf.«

D'Ashier, im königlichen Palast

»Nervös?«

Sapphire nickte, um Wulfs behutsame Frage zu beantworten, obwohl »nervös« der Beschreibung ihres inneren Aufruhrs nicht einmal nahe kam.

Er zog sie enger an seine Seite und bot ihr seine kräftige Gestalt als Stütze an. »Sei einfach nur du selbst.«

»Als ich deinem Vater das letzte – und einzige – Mal begegnet bin, lief diese Begegnung gar nicht gut ab«, rief sie ihm ins Gedächtnis zurück.

»Zu dem Zeitpunkt warst du die Konkubine eines Feinds. Jetzt bist du eine Prinzgemahlin von D'Ashier.«

»Ich bin ziemlich sicher, dass mich ihm das nicht gerade sympathischer macht«, murmelte sie, und ihre schwache Zuversicht ließ sie im Stich.

Er grinste und drückte ihr einen Kuss auf die Nasen-spitze. »Jedes Mal, wenn du zu zweifeln beginnst, werde ich dich daran erinnern, dass es zu spät ist, um es dir anders zu überlegen.«

»Für eine Frau ist es nie zu spät, es sich anders zu über-legen.«

»Für dich ist es zu spät«, knurrte er.

Ihre Lippen zuckten. »Ich liebe dich, mein arroganter Prinz.«

»Das hört sich doch schon viel besser an. Und jetzt lächele und zeige meinem Vater, wie sehr es dich begeis-tert, meine Frau zu werden.«

Sie richtete den Blick auf die Doppeltür zu dem Flügel des Palasts, den der König bewohnte.

Es war an der Zeit, Wulfrics Familie gegenüberzutreten.

Sapphires Finger waren mit Wulfs Fingern verflochten, als sie den familiären Empfangsraum betraten, einen Teil des Palasts, zu dem sie bisher keinen Zugang gehabt hatte.

Sonnenschein durchflutete das private Gemach, das trotz seiner beträchtlichen Größe eine intime Atmosphäre besaß, und fiel auf den dunkelhaarigen Mann, der in einem goldenen Lichtkreis stand. Der königliche Palast in Sari war wunderschön und viele Jahrhunderte alt. Der Palast von D'Ashier war wesentlich neuer und setzte im Design weitaus fortschrittlichere Technologie ein, was den Gebrauch von riesigen Fenstern erlaubte, ohne die Sicher-heit oder die Kühlleistung zu beeinträchtigen. Die Wände waren aus einem sehr schönen weißen Stein, der mit bun-ten Edelsteinen in allen Formen und Größen reich verziert war.

Sapphire kämpfte gegen den Drang an, sich im Kreis zu drehen und die Pracht des Gebäudes voller Verwunderung anzugaffen – einer Residenz, in der jetzt auch sie zu Hause war. Sie gelobte sich, jeden Quadratzentimeter auszukundschaften, und das bei der ersten Gelegenheit, die sich ihr bot.

Stattdessen wandte sie ihre Aufmerksamkeit dem Monarchen zu, der sie erwartete, und spannte sich gegen ihren Willen wieder an. Sie empfand die Verpflichtung, diese Begegnung um Wulfs willen erfreulich zu gestalten.

Der König von D'Ashier war beeindruckend. Ein gut aussehender Mann, ebenso viril und gesund wie seine Söhne, die ihm beide so ähnlich sahen. Er war eine imposante Erscheinung, groß, dunkelhaarig und mit breitem Brustkorb, ein Monarch, der schon allein durch seine starke Präsenz mühelos Respekt gebot. Die Falten der Anspannung um seinen Mund und seine Augen herum schmälerten seine Wirkung nicht, doch sie verrieten, wie er zu der Neuigkeit stand, die Wulf ihm im früheren Verlauf des Tages unterbreitet hatte.

Sapphire wollte gerade vor ihm niedersinken, als Wulfs Hand auf ihrem Ellbogen ihrer Bewegung Einhalt gebot. Sie warf ihm einen fragenden Blick zu.

Er schüttelte den Kopf.

»Verschaff mir nicht gleich einen schlechten Einstieg«, protestierte sie.

»Vater.« Wulf erhob seine Stimme. »Ich habe Katie geraten, einen Knicks zu machen, wie es sich für ihre neue Position geziemt.«

Die vollen Lippen des Monarchen, die Wulf von ihm

geerbt hatte, wurden schmaler. »Wie üblich tust du, was dir passt.«

Sie verbarg ihr Zusammenzucken und machte einen Knicks. »Eure Majestät.«

Der König musterte sie sorgfältig von Kopf bis Fuß. »Ich glaube, mein Sohn täuscht sich in dir. Aber Wulfric ist stur und tut, was er will. Ich muss mich darauf verlassen, dass er mit dir fertigwird, wenn es sich als notwendig erweist.«

»Ich liebe ihn. Er ist das Wichtigste in meinem Leben. Ich werde alles tun, was in meiner Macht steht, um seine Sicherheit und sein Glück zu gewährleisten und ihm Grund zu geben, stolz auf mich zu sein.«

Sapphire überraschte es nicht, dass Wulfs Vater nichts dazu sagte und sie weiterhin voller Feindseligkeit ansah, doch es verletzte sie trotzdem. Ihre Finger schlossen sich fester um Wulfs Hand.

»Entschuldige uns, Vater«, sagte Wulf mit scharfer Stimme. »Katie und ich müssen Vorbereitungen für unser *Shahr el Assal* treffen. Wir werden morgen nach dem Frühstück aufbrechen.«

»Wulfric.« Die Stimme des Monarchen nahm einen stählernen Klang an. »Du bist der Kronprinz. Das Volk wünscht sich einen Zusammenschluss, den es feiern kann, einen, der das Volk stärkt. Und bestimmt keinen, der es mit Sicherheit in einen Krieg führt.«

»Unsere Bindung ist unauflöslich, Vater«, wiederholte Wulf »Sie ist in den interstellaren Archiven beurkundet, die jeder einsehen kann. Wenn du willst, steht es dir frei, einen Empfang mit Würdenträgern und anderen wichtigen Persönlichkeiten zu veranstalten. Verdammt noch mal, wenn du willst, dass die Leute feiern, kannst du von mir aus eine zweite Hochzeit arrangieren. Du kannst dir jeden beliebigen Tag aussuchen, aber das ändert alles nichts daran, dass unsere Heirat eine unumstößliche Tatsache ist.«

Sapphire stand steif da. Wulf war so auf sie eingespielt, dass sie spürte, wie auch er eine steife Haltung einnahm.

Das Gesicht des Königs rötete sich. »Das ist eine Unverschämtheit.«

»Wir wissen deine Glückwünsche zu würdigen«, sagte Wulf trocken und führte sie fort. »Gute Nacht.«

»Das war grauenhaft«, flüsterte sie, während sie den Raum verließen.

Er drückte ihre Hand. »Du hast Glück, dass ich es wert bin.«

Sie schmiegte sich an ihn. »Ich hoffe, du denkst, dass ich es wert bin.«

»Du bist mir viel mehr wert. Ich würde jeden Krieg für dich führen.«

Als sie durch den langen Gang zu ihren Räumlichkeiten liefen, erkundigte sie sich nach Prinz Duncan, da sie wusste, dass dort ein weiterer Kampf auf ihn zukam, den er austragen würde, um mit ihr zusammen zu sein. »Warum war dein Bruder nicht beim König?«

Nach einer kurzen Erklärung der Einberufung zum Wehrdienst sagte er: »Nach übereinstimmenden Berichten hat er sich an das Soldatenleben angepasst. Er wird demnächst zum Oberleutnant ernannt werden.«

»Deine Strafe hat sich nicht negativ auf seine Gefühle dir gegenüber ausgewirkt?«

»Anfangs schon«, gestand Wulf. »Die Grundausbildung ist schwierig, und er ist auf meinen Befehl für die härtesten Aufgaben ausgewählt worden. Jetzt sagt er, dass er meine Entscheidung zu würdigen weiß.«

»Wird er mich ablehnen?« Sapphire musste ihre eigene Ablehnung überwinden und zweifelte an ihrer Fähigkeit, sich darüber hinwegzusetzen, selbst wenn sie es für Wulf tat. Sie hatte keine anerkennenswerten Züge an dem jungen Prinzen entdeckt, die seine schlechten Eigenschaften aufwogen.

»Nicht mehr als du ihn, kann ich mir vorstellen.« Seine Fingerspitzen streichelten die Mitte ihrer Handfläche. »Als ich ihn fortgeschickt habe, hat er verstanden, wie wichtig du mir bist. Jeder wird dir den Respekt erweisen, der dir zusteht, oder sie werden sich mir gegenüber verantworten müssen. Ich versichere dir, dass niemand scharf darauf ist, meine Geduld auf die Probe zu stellen. Und schon gar nicht Duncan.«

In der Nacht schlüpfte Sapphire aus dem Bett und tappte zu den riesigen Fenstern mit Ausblick auf die tiefergelegene Hauptstadt. Sie stand da, in Dunkelheit gehüllt, und fragte sich, ob sie der Aufgabe gewachsen war, die sie durch ihre Einwilligung, königliche Gefährtin zu werden, angenommen hatte.

Sie hatte von dem Glück geträumt, das es zwangsläufig mit sich bringen würde, Wulfric für sich allein zu beanspruchen, aber sie hatte ihn naiverweise nur als Mann betrachtet, nicht als Monarch. Sie sah in ihm ihren Geliebten, doch der Rest der Welt verehrte ihn als einen kämpferischen Kronprinzen, einen Krieger, dessen Fähigkeiten legendär waren. Mit dem Mann konnte sie es aufnehmen, aber war sie auch dem König gewachsen, der er werden würde?

»Ich liebe dich«, murmelte Wulf und schlang seine warmen Arme von hinten um sie.

Sie fragte sich – und das nicht zum ersten Mal –, wie ein Mann von seiner Statur sich so lautlos bewegen konnte. »Und die Liebe besiegt alles?«, fragte sie und schmiegte sich an ihn.

»Da hast du verdammt recht. Du kannst es dir jetzt nicht mehr anders überlegen. Du hast deutlich gemacht, dass ich dich als nichts anderes als meine Ehefrau haben kann. Ich bin die Bindung eingegangen, und jetzt bist du an der Reihe.«

»Du brauchst nicht gleich so verstimmt zu sein«, protestierte sie.

»Verstimmt? Katie, ich wusste in jener Nacht in Akton, dass ich dir einen Heiratsantrag machen würde. Wenn dein Vater nicht eingegriffen hätte, hätte uns eine Menge Leid erspart bleiben können. Nach sechs qualvollen Wochen habe ich das Recht, *verstimmt* zu sein.« Er zog sie vom Fenster fort. »Komm zurück ins Bett. Ich kann nicht schlafen, wenn du nicht neben mir liegst, und wir haben morgen einen hektischen Tag vor uns.«

»Ja, richtig. Du brichst morgen in die Flitterwochen auf«, neckte sie ihn, während sie ihm zum Bett folgte.

»Ich bringe dich an meinen liebsten Ort im ganzen Universum. Ich werde Decken auf dem Sand ausbreiten und dich unter den Sternen lieben. Ich werde deinen knackigen Körper vögeln, bis du dich nicht mehr rühren und an nichts anderes mehr denken kannst als an mich und daran, wie sehr ich dich liebe. Und wie sehr du mich liebst.«

Sie lächelte. »Muss ich bis morgen warten?«

Wulf riss sie in seine Arme und trug sie zum Bett.

19

Sie rasten mit waghalsiger Unbekümmertheit durch die Wüste.

Als das *Skipsbåt* mit hoher Geschwindigkeit über die Dünen flog, klammerte sich Katie eng an Wulfs Taille und lachte vor Freude. Der kühlende Wind peitschte ihr Haar, und die untergehende Sonne wurde von dem flimmernden Sand zurückgeworfen, der stets in Bewegung war. Leichten Herzens sausten sie durch die Luft zu der Stelle, an die er sie bringen wollte, wie er es ihr versprochen hatte.

Diese Oase war schon immer Wulfs Lieblingsort gewesen, seine Zufluchtsstätte, an der er sich ausruhte, um abzuschalten. Nach der heutigen Nacht würde es »ihr« Ort sein, an den sie gemeinsam vor den Problemen der Welt entkamen, eine Zuflucht für ihre Liebe, wenn die Anforderungen ihres Lebens zu groß wurden.

Sie waren allseits von Wächtern umgeben, die sie in diversen Anti-G-Modulen begleiteten. Die Oase vor ihnen war von Soldaten umstellt und die Kulisse bereits nach seinen speziellen Wünschen gestaltet. Aber alle würden Distanz wahren und Katie und ihm die Illusion gestatten, vollkommen allein miteinander zu sein.

Nur sie beide in ihrer eigenen Welt.

Als er ihr begeistertes Lachen hörte, beschleunigte Wulf, da er es kaum erwarten konnte, sie endlich wieder in seinen Armen zu halten und in der Tatsache zu schwelgen, dass sie endlich ihm gehörte.

Der Sand wellte sich sanft in der gleichbleibenden Brise. Er liebte diesen Planeten und seine wunderschöne Landschaft fast so sehr, wie er die Frau liebte, der es bestimmt war, beides mit ihm zu teilen. Sie überflogen die nächste Anhöhe, und er hörte ihren verwunderten Ausruf. Er lächelte. Vor ihnen erstreckte sich das Ziel ihrer Reise, eine Oase von mehreren Kilometern Breite mit einem Teich, der aus einer Quelle gespeist wurde und von üppiger Vegetation umgeben war, eine Seltenheit auf diesem Planeten, ein kleines grünes Paradies inmitten der glühend heißen Wüste. Ein weißes Zelt flatterte im milden Westwind und schützte ihre Nahrung und ihr Bettzeug.

Wulf kam langsam zum Stehen und ließ den Lenker los, um seine Hände auf ihre zu legen, die jetzt auf seinen Schenkeln ruhten. »Was sagst du dazu?«

»Es ist umwerfend«, hauchte sie. »O Wulf, ich glaube, das ist auch mein Lieblingsfleck im ganzen Universum.«

Er drehte den Oberkörper, um sie anzusehen. Ihre Wangen waren von der Fahrt gerötet, ihre dunklen Augen leuchteten vor Glück und Liebe, ihre Lippen waren feucht und zu einem hinreißenden Lächeln geöffnet. Wulf glitt vom Bike, zog sie an sich und wirbelte sie in seiner Freude, mit ihr allein zu sein, im Kreis herum. Sie warf den Kopf zurück und lachte, und er lachte ebenfalls und wusste, dass er grinste wie ein liebestrunkener Jüngling, und ebenso sorglos fühlte er sich auch. Wenigstens heute Nacht stand keine Gefahr zu befürchten, keine Anspannung, keine Arbeit. Heute Nacht gab es nur Katie.

Er wusste, wie sehr es sie verletzte, dass kein Empfang stattgefunden hatte, kein freudiges Familienfest. Sie hatte ihren Eltern nachträglich von ihrer Hochzeit berichten müssen, eine Mitteilung, die mit Tränen und Bestürzung aufgenommen worden war. Doch er war entschlossen, sie alle Unannehmlichkeiten vergessen zu lassen und sie so glücklich zu machen, dass solche Dinge nichts weiter als lästige Kleinigkeiten in einem Leben waren, das ansonsten von seiner Liebe zu ihr erfüllt war.

Wulf stellte sie ab, und sie rannten zum Teich, rissen sich die Kleider vom Leib und tauchten gleichzeitig in das von der Sonne gewärmte Wasser ein. Katie lachte wie eine schelmische Wassernymphe, während sie ihn nass spritzte. Er tauchte unter die Wasseroberfläche, um seine Arme um ihre Taille zu schlingen. Die Talgorite, die ihre Piercings zierten, glitzerten im Wasser, und er konnte es nicht lassen, ihren lächelnden Mund zu küssen und sie in sich einzusaugen, als sie sich ihm öffnete.

Katie umarmte ihn, und er stöhnte, schon wieder rasend vor Lust. Sie schlang ihm die Beine um die Taille, und er stieß seine Hüften gegen ihren weichen Körper. Ihr Mund löste sich von seinem, und sie leckte seine Kinnpartie und murmelte erotische Worte. Ihrem Tonfall und ihren Berührungen konnte er deutlich entnehmen, dass sie die Führung an sich reißen wollte, und das konnte er ihr unmöglich abschlagen.

»Trag mich ans Ufer«, flüsterte sie mit ihrer kehligen

Stimme. Er tat, was sie verlangte, und bewegte sich mit raschen Schritten voran.

Wulf legte sie behutsam auf die Unmenge von Decken und senkte seinen Körper dann über ihren. Sie zog ihn eng an sich und nahm ihn mit, als sie sich herumrollte, bis sie oben war.

Sie setzte sich rittlings auf seine Hüften und lächelte ihn an. »Mein Prinz«, gurrte sie, und ihre Finger streichelten seinen Brustkorb und streiften zart seine Brustwarzen. »Wie sehr ich deinen Körper und die Wonnen liebe, die er mir bereitet.«

»Katie.« Er stöhnte. Sie folterte ihn Tag für Tag, und er liebte es und wünschte sich, ihre Aufmerksamkeit würde sich für alle Zeiten auf ihn konzentrieren. Der Genuss, den sein Körper ihr bereitete, war für ihn so kostbar wie die Lust, die er aus ihrem Körper schöpfte.

Sie senkte sich auf ihn herab, bis ihre Brustwarzen an seinen Brustkorb gepresst waren. Sie wand sich, bis seine breite Eichel in dem feuchten Eingang ihres Körpers eingezwängt war.

»Fühlst du, wie bereit ich für dich bin?«, flüsterte sie mit ihren Lippen auf seinem Mund. »Wie nass mich schon allein dein Anblick macht?«

Ihre Lippen verließen seinen Mund, während sie tiefer nach unten glitt und seinen schmerzenden Schwanz in ihre saftige Möse einführte.

Mit einem abgehackten Stöhnen schloss er die Augen, als ihn die Lust mit enormer Kraft durchströmte. Er erschauerte, denn seine Liebe zu ihr und ihre kürzlich abgelegten Gelübde machten den Moment noch verheerender.

»Beobachte mich.« Sie richtete sich auf und setzte ihr Körpergewicht ein, um sich zu verankern; ihre entblößten Schamlippen klammerten sich an das untere Ende seines Schwanzes. »Sieh mir zu, wie ich dich reite.«

»Katie.« Während seine Augen sie unter schweren Lidern betrachteten, öffneten und schlossen sich seine Finger unruhig. »Du bringst mich um.«

Sie hob ihre Hüften und sah fest auf die Stelle, an der sie miteinander verbunden waren. Er zog sich auf seine Ellbogen hoch, schaute in ihre Blickrichtung und sah seinen Schwanz, der von ihren Säften glitzerte, während er aus ihrem Körper glitt. Katie stöhnte seinen Namen, bevor sie ihn wieder umfing. »Du fühlst dich so gut in mir an.«

»Du Hexe.« Die Gluthitze, die er tief in ihrem Inneren fühlte, brachte ihn beinahe um den Verstand. Er, ein Mann, der einst mühelos stundenlang gevögelt hatte, stand nach nur wenigen Stößen dicht vor der Explosion. Und warum? Weil er sie liebte und sich gegen sie nicht zur Wehr setzen konnte.

Und sie wusste es. Er konnte es in ihren Augen sehen.

Wulf biss die Zähne zusammen, und seine Fäuste gruben sich in die Decken. Sie ritt ihn mit herausragendem Können und unerträglicher Muße und hielt dabei den Kopf gesenkt, um zu beobachten, wie sie sich immer wieder auf seinem pochenden Schwanz aufspießte.

»Ich liebe es, wie du dich in mir anfühlst.« Der ehrfürchtige Klang ihrer Stimme ließ ihn qualvoll hart und dick werden. »Ich liebe es, wie du mich ausfüllst.«

»Ich bin für dich gebaut.« Schweiß feuchtete sein Haar an. Sie begann sich mit fieberhafter, ungestümer Leidenschaft auf ihm zu bewegen, und ihre Schenkel klatschten gegen seine, während sie ihn ohne jede Zurückhaltung ritt. »Für dich geschaffen.«

»Du gehörst mir«, keuchte sie, und ihre Nägel krallten sich in seinen Brustkorb. »Mir.«

»Ja.« Seine Muskeln spannten sich an, als süße Lust ihn rasch versengte. Er hatte ihr schon von dem Moment an gehört, als er sie von der Heilkammer aus das erste Mal gesehen hatte.

Derbe Worte der Wollust ergossen sich aus ihrem Mund und stachelten seine Lust an, bis er trunken vor Verlangen war, sich in ihr zu verströmen. Seine Eier waren straff und schmerzten, und seine Finger verkrampften sich in den Decken. »Katie ...«

»Ich zuerst.«

Ihre Hände glitten von seiner Brust, um sich zwischen ihre Schenkel zu senken. Sie begann ihre Klitoris im Takt der rasenden Stöße ihrer Hüften zu reiben. Der Talgorit in ihrem Ehegelöbnisring fing das Licht der Fackeln um sie herum auf. Die Zuckungen setzten in ihrem Inneren ein, die ersten Anzeichen ihrer Lust, und Wulf riss mit einem Fauchen die Führung an sich, wälzte sie beide herum und rammte sich brutal in sie, schwoll noch mehr an und dehnte sie, bis sie seinen Namen in die Wüstennacht hinausschrie.

Als Katie schlaff und nachgiebig unter ihm zusammensackte, verlangsamte Wulf das Tempo und genoss die winzigen Impulse, die durch ihre gesättigte Muschi rieselten. Er streichelte sie langsam und tief und besänftigte sie, während er gleichzeitig sein eigenes Verlangen zu rasender Begierde steigerte.

Ihre Fingerspitzen strichen über sein Knie. »Wulf…?«

»Ich bin noch nicht fertig«, stieß er aus und ließ die Hüften kreisen, als er in sie drang. Nach ihrem Orgasmus war sie noch enger. Noch heißer. Noch kuscheliger.

Sie streckte sich und wölbte ihm ihren üppigen Körper wie ein Geschenk entgegen. Seine Brust schmerzte bei ihrem Anblick. »Ich gehöre ganz allein dir.«

»Vergiss das nie.«

In dem simulierten Fackelschein glitzerten ihre dunklen Augen, die zu ihm aufblickten. »Du hast mich gefangen genommen«, schnurrte sie. »Mich geraubt. Nackt.«

»Und ich würde es wieder tun.« Er setzte den gemessenen Vorstoß und Rückzug fort, bearbeitete sie mit seinem steifen Schwanz und rieb die Stellen in ihr, die sie aufs Neue erregen würden.

»Du hast mich weggesperrt und bist über meinen Körper hergefallen.« Schmollend schob sie die Unterlippe vor. »Du bist ein verruchter Prinz, der mir seine Lust aufgezwungen hat.«

Wulfs Lächeln war raubtierhaft. Von Endorphinen berauscht, wollte seine Gemahlin spielen. In seiner derzeitigen Stimmung, von Lust entflammt und haarscharf davor, die Selbstbeherrschung zu verlieren, war er nur zu gern bereit, die Rolle des plündernden Eroberers zu spielen. »Du hast dich vor mir zur Schau gestellt.«

»Du hast mich in Versuchung geführt, es zu tun.«

»Ich werde dich wieder in Versuchung führen, Gefangene«, knurrte er. »Ehe ich mit dir fertig bin, wirst du mich anflehen, meine Lust zu stillen.«

»Niemals«, rief sie aus und verschränkte die Arme vor

ihren Brüsten, um sie zu bedecken. »Ich werde niemals flehen. Ich werde dir niemals nachgeben. Du wirst dir *nehmen* müssen, was du willst.«

Als er sah, wie sie sich sittsam bedeckte, während sie ihn gleichzeitig mit den Augen herausforderte, tanzte sein Blut. Sie war stark und geschickt, und sie war durchaus in der Lage, um Leben und Tod mit ihm zu kämpfen, wenn sie es wollte. Das liebte er an ihr. Es gab dem Spiel, das sie spielten, eine zusätzliche Ebene. Und es begeisterte ihn auch, dass sie den Sex dafür benutzte, sie nicht nur körperlich, sondern auch in anderer Hinsicht einander näherzubringen. Rasend vor Lust und Besitzgier stieß er härter in sie hinein, als er es beabsichtigt hatte. Sie keuchte.

»Bitte«, flehte sie. Sie grub die Fersen in die Erde, stieß ihn von sich und wand sich. Als sie sich von seinem Schaft befreit hatte, atmete er schwer.

»Katie.« Wulf kämpfte gegen den primitiven Drang an, sich auf seine Gefährtin zu stürzen und sie zu nehmen, bis das brodelnde Verlangen in ihm zur Ruhe kam. »Habe ich dir wehgetan?«

Ihre dunklen Augen waren auf seinen geröteten Schwanz geheftet, der von ihrem Höhepunkt feucht schimmerte und hochgereckt war. Er war so hart, dass die pochenden Adern als schroffes Relief hervortraten. Das sah selbst in seinen eigenen Augen brutal aus, und er hatte sich gerade ohne jegliche Raffinesse in sie gerammt.

Sie rollte sich auf den Bauch und begann von ihm wegzukriechen; ihre herrliche rosa Muschi war eine nahezu unwiderstehliche Lockung. Sie warf einen Blick über die Schulter und zwinkerte ihm zu.

Sie beruhigte ihn ... und forderte ihn unverhohlen dazu auf, ihr nachzusetzen und sie sich zu schnappen.

Mit einem wütenden Knurren stürzte er sich auf sie. Katie entwand sich ihm in einem Wirbel geschmeidiger Gliedmaßen. Er packte ihren Knöchel, und sie kreischte, ein Geräusch, das wirkungsvoller gewesen wäre, wenn sie nicht gleichzeitig gelacht hätte.

»Dir muss eine Lektion in Unterwürfigkeit erteilt werden«, sagte er mürrisch und zerrte sie zurück. »Ich bin dein Herr und Meister, und dein einziger Zweck besteht darin, meiner Befriedigung zu dienen.«

»Aber deine Gelüste sind nicht zu stillen!«

Wulf kletterte auf sie und presste seine Brust an ihren Rücken. Er knabberte an ihrem Ohrläppchen. »Dann musst du dich eben mehr anstrengen.«

Er presste seine Wange an ihre, packte ihre Hüften, hievte sie hoch und brachte sie in den richtigen Winkel, um ihn wieder aufzunehmen. Er stupste mit seiner Eichel an den winzigen Eingang ihrer seidigen Möse und zerrte sie auf ihn, raubte ihr das Gleichgewicht und drang bis zum Anschlag in sie ein.

Ihr Stöhnen wurde vom Nachtwind davongetragen.

Er richtete sich auf. Dann zog er sich zurück, stieß wieder zu und ächzte vor Lust. In dieser Haltung war sie so geneigt, dass er unendlich tief in sie eindringen konnte. Bis an den tiefsten Punkt, an dem sie sich zu einer weich gepolsterten saugenden Faust verengte. Sein Schwanz war so vernarrt in diesen Teil von ihr, dass er sie mit kleinen Samenstrahlen füllte, die er nicht zurückhalten konnte.

»Bitte.« Katies Stimme war vor Lust verschliffen. »Nicht noch mehr.«

»Aber du gehörst mir«, knurrte er. »Du hast es selbst zugegeben. Warum also sollte ich nicht mit dir tun, was ich will?«

»Weil ... du mich dazu bringen wirst, dass ich komme.«

Ein rauer Laut entrang sich ihm. »Damit hast du verflucht recht.«

Nichts ließ sich mit dem Gefühl vergleichen, wenn sie auf seinem Schwanz zum Höhepunkt kam, die winzigen Muskeln um ihn herum erschauerten und so fest zudrückten, dass er glaubte, sein Kopf würde vor Lust explodieren.

Er hielt ihre Hüften hoch und ließ sich qualvoll langsam aus ihr hinausgleiten. Wulf hielt erst still, als nur noch seine breite Eichel die zupackende Öffnung ihrer hinreißenden Möse auseinanderspreizte. Die Erwartung war die reinste Folter und zugleich die größte Lust. Sie beben zu fühlen und ihr atemloses Flehen zu hören.

Katie stützte sich auf die Hände und versuchte, ihn wieder für sich zu fordern. Obwohl sie kräftig war, hielt er sie in Schach, und die Bewunderung, die er ihrer körperlichen Kraft zollte, steigerte seine Lust nur noch. Es gab einfach nichts an ihr, das er nicht bis zum Wahnsinn liebte.

Er unterdrückte ein Stöhnen und stieß tief in sie hinein.

»Mmm ...« Ihre Wange lag auf der Decke, ihre Augen waren geschlossen, die Hände neben ihren Schultern zu Fäusten geballt.

Zu weit weg.

Seine Hände glitten an ihren Seiten hinauf und zwängten sich unter ihre Brüste. Sie zappelte, presste den Hintern an seine Lenden und klagte: »Nicht aufhören.«

»Aber du wolltest doch gerade noch, dass ich aufhöre«, sagte er gedehnt. Er zog sie eng an sich und richtete sich auf, bis er auf dem Boden kniete. »Du hast mich angefleht aufzuhören.«

Sie wimmerte, als er sich auf seine Waden hockte und sie auf seinen Schoß zog, ihre Beine zu beiden Seiten seiner Knie angewinkelt. Seine Hand bewegte sich nach oben und schlang sich um ihre Kehle. Die andere glitt zwischen ihre Beine, und seine Finger spreizten sich um die Stelle, an der sie miteinander verbunden waren. Er bedeckte sie von hinten, während die Üppigkeit ihrer Vorderseite und die Fleischlichkeit der Ansprüche, die er geltend machte, dem Nachthimmel schutzlos ausgesetzt waren. Wulf malte sich aus, was für einen Anblick sie bieten mussten – ihr vollständig entwickelter Kurtisanenkörper, der von seiner größeren Kriegergestalt dominiert wurde. Seine Haut war so viel dunkler als ihre, sein Haar so viel rauer. Ihre Beine spreizten sich, um zu zeigen, wie sich ihre eng anliegende kleine Öffnung bebend um den dicken, schweren Schaft dehnte, der tief in ihr steckte.

Katie griff hinter sich, legte eine Hand auf seinen Hinterkopf und strich mit den Fingern durch sein Haar. Dann lehnte sie sich zurück, und ihr Mund suchte seinen. Er gab ihr den Kuss, den sie wollte, und seine Zunge glitt in ihren Mund, während seine Fingerspitzen ihre empfindliche Klitoris neckten.

»Wulf«, hauchte sie in seinen Mund und wand sich an

ihm, während sie sich bemühte, die notwendige Reibung zu finden. »Hab Erbarmen.«

Er stupste sich in sie, und die Spitze seines Schwanzes streichelte die Stelle in ihrem Inneren, die sie erbeben ließ. Während er ihren Körper von Kopf bis Fuß bearbeitete, begann sie sich zu winden. Sein Ziel war es, sie vor Verlangen besinnungslos zu machen und in ihr eine glühende Begierde wachzurufen, die nur er stillen konnte.

»Kein Erbarmen, Katie.« Seine Stimme war heiser von der Anstrengung, die es ihn kostete, seinen bevorstehenden Orgasmus hinauszuzögern. »Ich will dich ganz und gar. Ich will alles.«

»Du hast es. Du hast es immer gehabt.«

»Bist du sicher?« Er ließ die Hüften kreisen und rührte in den zähen Säften, die seinen Schwanz umspülten. »Zeig es mir.«

Sie wimmerte und bäumte sich auf, doch ihr fehlte der nötige Schwung. Er wusste genau, was er ihr antat und was es für sie bedeutete, keinerlei Kontrolle über das Geschehen zu haben. Für Katie war Lust immer Arbeit gewesen. Etwas, das Konzentration und Zielstrebigkeit erforderte. Nach jener ersten Nacht in ihrem Bett hatte er beschlossen, ihr jedes Mal, wenn er sie nahm, die Kontrolle zu entziehen. Sie in ein Reich jenseits der Vernunft zu führen, bis außer all den Sinneseindrücken und ihm nichts mehr existierte. Sex war ein Mittel zu diesem Zweck; eine Reise, nicht das Ziel. Ihre Beziehung zueinander war das Auge des Sturms, der ihnen bevorstand. Diese Bindung musste stärker sein als Blut, kostbarer als Wasser, und sie musste ihnen tief unter die Haut gehen.

»Weißt du, wie du dich für mich anfühlst?«, murmelte er glutvoll mit seinen Lippen an ihrem Ohr. »Wie feucht und wie eng? Wie heiß? Du verbrennst mich, Katie. Du zerstörst mich. Als ich dich von der Heilkammer aus gesehen habe – wie du dich an dem Glas gerieben und mich mit deinen Blicken bei lebendigem Leib verschlungen hast –, habe ich mir dich so ausgemalt wie jetzt. Ausgehungert. Hilflos. Mir ausgeliefert. Vollständig. Weil ich über dich bestimmen kann und du ganz und gar mir gehörst.«

»D-dir ...«

»Für dich wollte ich leben. Um dir geben zu können, was du wolltest. Und damit ich fühlen kann, wie du dich an mich presst, ohne die Glasscheibe zwischen uns.«

Keuchend hielt sie ihm ihre Lippen hin, die von seinen Küssen geschwollen waren. »Nichts zwischen uns ...«

»Ich musste deine Hände auf mir fühlen. Wie sie mich heilen ...«

»*Karisem.*« Mein Geliebter.

»Katie ...«

Mit seiner Zunge in ihrem Mund, seinem Schwanz in ihrer Möse und seinen Fingern, die sie geschickt zwischen den Beinen rieben, kam sie mit einem zerrissenen Aufschrei zum Höhepunkt. Unter heftigem Beben und Schluchzen molk sie ihn mit ihren kleinen Zuckungen. Er stieß ein Knurren männlicher Genugtuung aus, und seine Arme schlossen sich noch enger um sie.

Ein Blitz raste durch sein Rückgrat und packte seine Eier. Samen brodelte und kochte, bis er durch seine schmerzhafte Erektion schoss und in einer heftigen Flut hervorbrach. Er drehte den Kopf zur Seite, biss ihr in die

Schulter und stöhnte an ihrer Haut, als der Orgasmus ihn durchzuckte, einem Ort in seinem Inneren entrissen, den erst sie erschaffen hatte. Einem Ort, den sie auffüllte, bis er überfloss und ihn ertränkte.

Wulf beugte sie nach vorn, legte sie hin, deckte sie mit seinem Körper zu und stieß schnell, aber keineswegs tief in sie hinein. Ihre Knie glitten unter ihr hinaus, und er folgte ihr, getrieben von dem primitiven Bedürfnis, sie zu brandmarken, sich wirklich mit ihr zu paaren, sich mit ihr zu vereinigen. Seine Finger verflochten sich mit ihren. Er streckte ihr die Arme über den Kopf, damit er sie von den Fingerspitzen bis zu den Zehen bedecken konnte. Der Sand gab unter ihr nach und federte sie ab, als er sie nahm wie ein Tier, unbezähmbar und wild in seinem Verlangen. Katie war voll und ganz bei der Sache – sie kam und kam und stöhnte jedes Mal, wenn er in sie eintauchte, seinen Namen.

»*Katie.*«

Als sich der Klammergriff seines Höhepunkts lockerte, fühlte Wulf, wie sich ihr Ring in seinen Finger grub. *Sie gehörte ihm.*

»Mir ganz allein«, keuchte sie, als hätte sie seine Gedanken gelesen. »Du gehörst mir jetzt auch.«

Er rieb seine schweißnasse Stirn an ihrer Schläfe. »Ich gehöre dir«, gelobte er. »Für immer.«

Außerhalb des Fackelscheins, der einen goldenen Kreis um sie bildete, schluckte die Schwärze der Wüstennacht die Welt und erschuf am Ufer ein winziges Paradies für die beiden Liebenden, deren Lüste jetzt gestillt waren.

Wulfs Fingerspitzen zeichneten Muster auf das nackte Fleisch von Sapphires Oberschenkel. »Was denkst du?«

»Dass du gut daran getan hast, mich zu verfolgen, weil der Sex mit dir einfach unglaublich ist.«

Sie kicherte, als er knurrte und sie unter sich zog.

»Der *Sex* war dein Grund, dich an mich zu binden?«

Sie blinzelte unschuldig und fragte: »Ist das etwa kein guter Grund?«

Wulf knabberte an ihrer Unterlippe. »Wenn es bloß so einfach wäre. Dann hätte ich noch Hoffnung, dass es von selbst erlischt. Und erträglicher wird.«

»Versprich mir, dass es niemals erlöschen wird.«

»Ich habe dir etliche Versprechen gegeben, und ich habe die Absicht, jedes von ihnen zu halten – darunter auch dieses. Ich liebe dich viel zu sehr. Selbst wenn diese Liebe halbiert würde, wäre sie immer noch unmäßig.«

Sie strich ihm eine rabenschwarze Strähne aus der Stirn. »Du hast mir versprochen, für mich zu sorgen.«

Er zog eine Augenbraue hoch. »Tue ich das etwa nicht?«

»Du hast mir seit dem Mittagessen nichts mehr zu essen gegeben.« Sie zog einen Schmollmund. »Und dann hast du mich mit deinem heißhungrigen Liebesspiel ausgelaugt.«

Die zweite Augenbraue wurde hochgezogen, um sich der ersten anzuschließen. »*Meinem* heißhungrigen Liebesspiel? Wenn ich mich recht erinnere, war ich derjenige, der heute Nacht als Erster sexuell ausgebeutet wurde.«

Sie tippte an ihr Kinn und tat so, als sei sie tief in Gedanken versunken. »Daran kann ich mich nicht erinnern.«

Er hielt sie unter sich fest und kitzelte sie. Er wollte nicht aufhören, selbst dann nicht, als Tränen aus ihren Augen strömten und sie ihn anflehte, sich zu erbarmen.

»Erinnerst du dich jetzt wieder daran?«

»Wulf!«, keuchte sie. »Lass mich los ... ich tue alles ...«

Er hielt inne. »Alles?«

Sie nickte, denn sie wusste, dass sie sich für alles begeistern würde, was er sich einfallen ließ.

»Diesem Angebot kann ich nicht widerstehen«, sagte er und ließ sie mit einem verruchten Lächeln frei.

Sie zog sich rasch auf die Füße. »Du grässlicher Ehemann! Du misshandelst mich, um deinen Willen zu bekommen.«

Er lehnte sich auf den Decken zurück und legte die Hände unter seinen Kopf. Mit betont tiefer Stimme sagte er: »Frau, hol uns was zu essen.«

Sie stemmte die Arme in die Hüften, und er lachte. »Bitte«, fügte er mit einem Zwinkern hinzu.

Sapphire zahlte ihm diese arrogante Bemerkung damit heim, dass sie verführerisch ihre nackten Hüften schwenkte, während sie sich entfernte, und ihm einen gespielt finsteren Blick über die Schulter zuwarf, ehe sie das weiße Zelt betrat.

Dort schnappte sie sich versiegelte Behälter mit Proviant und eine große Flasche Wein, ehe sie das Zelt wieder verließ. Sie hatte erst wenige Schritte gemacht, als sie merkte, dass sie nicht mehr allein waren.

Wulf nahm eine der Decken, ging auf sie zu und verhüllte ihren nackten Körper. Ihr fiel auf, dass er sich nicht die Mühe machte, seine eigene Nacktheit zu verbergen. Er trat zur Seite und gab den Blick auf ihren Besucher frei – einen Soldaten, den sie aus dem Palast kannte.

Der junge Offizier verbeugte sich vor ihr. »Verzeiht die Störung, Eure Hoheit.«

»Ist etwas vorgefallen, Lieutenant?«

Wulf legte seinen Arm um ihre Schultern. »Du erinnerst dich doch sicher, dass ich dir erzählt habe, ich hätte Sari in dem Bemühen, die Beziehungen zwischen unseren Ländern zu stabilisieren, Gesprächsbereitschaft signalisiert?«

Sie nickte. »Natürlich erinnere ich mich daran.«

»Der Lieutenant bringt Neuigkeiten aus dem Palast. Heute Abend ist unangekündigt ein Gesandter von Sari mit einer Nachricht des Königs eingetroffen. Es scheint, als sei Gunther gewillt, sich mit mir zu treffen. Aber es muss morgen sein, und das Treffen muss an den von ihm angegebenen Koordinaten stattfinden.«

»Ist es normal, dass solche Angelegenheiten so geregelt werden?«

»Nein. Gipfeltreffen erfordern monatelange Vorbereitungen. Der König hat es in den letzten sechs Wochen abgelehnt, sich mit mir zu treffen. Jetzt hat er es sich anders überlegt und will mich sofort sehen.«

Sapphire drehte sich unter seinem Arm, damit sie ihm ins Gesicht sehen konnte. »Das gefällt mir nicht. Ich habe gar kein gutes Gefühl dabei. Ich will nicht, dass du hingehst.«

Sein Daumen rieb beschwichtigend ihren Nacken. »Ich habe dir versprochen, mein Bestes zu tun, um dieses Zerwürfnis zu beheben. Der König ist jähzornig und unbesonnen. Er hat schon öfter seine Bereitwilligkeit gezeigt, wegen Angelegenheiten, die sich leicht hätten schlichten lassen, in den Krieg zu ziehen. Wenn ich nicht hingehe, könnte ich eine ohnehin schon hochbrisante Situation verschärfen.«

»Wenn das so ist, gehe ich mit dir.«

»Nein.« Seine Augen wurden schmal. »Ich lasse nicht zu, dass du auch nur in seine Nähe kommst.«

»Wulfric. Du und ich, wir sind aneinander gebunden. Was kann er schon tun?«

»Das möchte ich nicht herausfinden.«

»Ich komme mit dir, oder du gehst nicht hin.«

Ein widerstrebendes Lächeln zog an seinen Lippen. »Ist dem so?«

»O ja.«

Wulf sah den Lieutenant an. »Du hast gehört, was die Prinzgemahlin gesagt hat. Geh in den Palast. Ich verlasse mich darauf, dass du unsere Festtagsroben und die Insignien zusammenträgst. Komm am Morgen zurück, und bring alles mit, was wir brauchen, um uns von hier aus an den Ort zu begeben, der für das Gipfeltreffen festgelegt worden ist. Sabine wird dir behilflich sein. Und schick ein Bataillon zu den Koordinaten, damit sie den Schauplatz für unser Eintreffen vorbereiten.«

Der Lieutenant verbeugte sich. »Ich werde mich darum kümmern, Eure Hoheit.«

»Ausgezeichnet. Gute Nacht, Lieutenant.«

»Wir bleiben hier?«, fragte sie, als der Offizier sich zum Gehen anschickte.

Wulfs Blick war zärtlich und drückte zugleich verführerische Versprechen aus. »Der König wird mir nicht die Hochzeitsnacht verderben.«

»Gut, ich bin nämlich ausgehungert.«

»Nach mir?«

Sie hielt die Lebensmittelbehälter und die Flasche hoch. »Erst Essen. Dann Wulf.«

»Man hat mich vor der Ehe gewarnt«, murrte er.

Sapphire stapfte eingeschnappt zu dem Deckenlager zurück und gestattete der Decke, die er ihr um die Schultern gelegt hatte, auf den Boden zu fallen. Sie hörte seinen beifälligen Pfiff und warf ihm über die Schulter ein Lächeln zu. »Du weißt noch nicht, was dich erwartet.«

20

Sapphire hob den Feldstecher an die Augen und ließ den Blick über die Unmenge von blauen Kuppelzelten schweifen, die nur wenige Kilometer entfernt standen, und über das große Heeresaufgebot direkt dahinter. Sie drehte sich langsam und bewegte das Fernglas in einem weiten Halbkreis, um sich einen Überblick über das Gelände zu verschaffen und dabei in Gedanken Schwächen und Stärken in eine Landkarte einzutragen. Sie wusste, dass ihr Vater für die Bestimmung des Orts verantwortlich war; die taktischen Vorteile zugunsten des sarischen Lagers waren überwältigend.

Sie ließ das Fernglas sinken und atmete tief aus. Hier stand sie jetzt, unverbrüchlich auf der Seite von D'Ashier, während ihr geliebter Vater die notwendigen Vorkehrungen traf, um Krieg gegen ihren Ehemann zu führen, falls es unvermeidlich werden sollte. Wulfric bereitete sich ebenfalls vor, und seine getarnten Kuppelzelte waren ein Anzeichen für seine kriegerische Geisteshaltung. Als sie ihn verlassen hatte – gerade erst vor wenigen Momenten –, war sein schönes Gesicht grimmig gewesen, und der Mund, der ihr noch vor wenigen Stunden Lust bereitet hatte, schmal vor Anspannung.

»Das ist hart für dich, stimmt's?«, murmelte eine tiefe Stimme hinter ihr.

Die unwillkommene Störung durch die vertraute Stimme ließ sie zusammenzucken. Sie drehte sich zu ihrem Schwager um und gab zurück: »Natürlich ist es hart.« Sie ertrug es nicht, in Duncans Nähe zu sein, daher wollte sie an ihm vorbeigehen.

»Warte«, sagte er hastig. »Bitte.«

Sie blieb stehen und starrte ihn an. Beide trugen Dämmanzüge, um sich gegen die sengende Sonne zu schützen. Die winzigen goldenen Fäden um die Aufschläge herum taten subtil ihren Status als Angehörige der königlichen Familie kund. Sie musterte ihn sorgsam, und ihr fiel auf, dass seine knabenhafte Figur muskulöser geworden war, seit sie ihn das letzte Mal gesehen hatte. Er war weiterhin schmächtiger als Wulfric, doch das würde sich ändern. Sie konnte jetzt schon Blicke auf den Mann erhaschen, der aus ihm werden würde. Er würde gut aussehen, wie Wulf. Es war ein Jammer, dass seine Schönheit rein äußerlich sein würde.

»Was willst du, Duncan?«

»Mich entschuldigen.«

Sapphire wandte sich wieder von ihm ab.

»Verdammt noch mal!«, schnauzte er sie an. »Hör mir einen Moment zu.«

Ihre Lippen wurden dünner. »Was glaubst du eigentlich, mit wem du redest?«

»Mit niemandem, weil du nicht lange genug stillhältst.« Er fuhr sich mit der Hand durchs Haar und sah dabei einen Moment lang aus wie Wulf. Dieses kurze Aufblitzen genügte, um sie daran zu erinnern, wie wichtig es war, dass sie wenigstens *versuchte*, ihn zu ertragen.

»Ich bitte dich.« Er sah ihr direkt in die Augen. »Gib mir eine Chance zu sagen, was ich dir zu sagen habe.«

»Ich höre.«

»Danke.«

Duncan wandte sich von ihr ab und blickte über die Landschaft hinaus, wie sie es gerade getan hatte, obwohl er das sarische Lager aus dieser Entfernung ohne Feldstecher nicht sehen konnte.

»Es tut mir leid, wie ich dich behandelt habe, Katie, und auch die Dinge, die ich zu dir gesagt habe. Es waren alles Lügen, jedes Wort.« Er stieß heftig den Atem aus. »Ich war eifersüchtig.«

»Warum?«

»Du bist ein Einzelkind. Du machst dir keine Vorstellung davon, wie es ist, wenn man versucht, einem älteren Bruder nachzueifern. Das allein wäre schon schwer genug, habe ich mir sagen lassen.« Er warf ihr einen Blick über die Schulter zu, und sein Mund verzog sich hämisch. »Bei Wulfric ist das unmöglich. Er war immer in allem der Beste. Nicht nur besser als ich, sondern besser als die meisten Männer. Etwas, was er nicht perfekt beherrscht, tut er gar nicht erst.«

Sapphire beobachtete Duncan, während er sprach, und ihr fielen die Niedergeschlagenheit in seinen leicht herabhängenden Schultern und der Anflug von Verzweiflung auf, von dem seine Worte durchdrungen waren. Mit Wulf zu wetteifern war die reinste Torheit. Wenn sich Wulfric etwas in den Kopf setzte, gab er sich nicht mit weniger als Perfektion zufrieden. Und dieser junge Knabe hatte versucht, dabei mitzuhalten. Höchstwahrscheinlich wusste Wulf selbst jetzt noch nichts davon.

Duncans Blick wandte sich wieder den endlosen Sanddünen zu. »Schon zu der Zeit, als mein Bruder noch ein junger Mann war – jünger, als ich es heute bin –, war für jeden klar ersichtlich, dass er zum Herrschen geboren ist. Unser Vater ist zu dickköpfig und zu unbesonnen, um ein erfolgreicher Monarch zu sein, und er hat die Verantwortung nur zu gern Wulfric übertragen. Von jenem Tage an hat D'Ashier meinem Bruder alles bedeutet. Er hatte keine Zeit mehr für irgendetwas anderes.«

»Keine Zeit für dich«, ergänzte sie.

Der junge Prinz stieß ein hämisches Lachen aus, das nicht dazu beitrug, seinen Schmerz zu verbergen. »Wulfric ist nur zehn Jahre älter als ich, aber mir kam er immer eher wie ein Vater vor. Ich wollte, dass er mir beibringt, wie man selbstbewusster wird, geschickter mit einer Glefe umgeht, anziehender auf Frauen wirkt ... verdammt noch mal, eben wie man *ihm* ähnlicher wird. Aber dazu fehlte es ihm immer an Energie, wenn er seinen langen Tag hinter sich gebracht hatte.« Er verschränkte die Arme vor der Brust. »Bis du kamst.«

Er kickte Sand in die Luft. »Plötzlich hat er von nichts anderem mehr gesprochen als von dir. Von deiner Begabung für Strategien, deiner Intelligenz, deinen Kampfkünsten. Er war so verflucht stolz auf dich, wie er es auf mich nie gewesen ist. Wenn er seinen Arbeitstag hinter sich hatte, wirkte er energiegeladener als am Morgen vor der Arbeit, und er hat darauf gebrannt, zu *dir* zu kommen, nicht zu mir.«

Duncan sah sie über die Schulter an. »Ich habe dich dafür gehasst, dass du diejenige warst, aus der er sich etwas gemacht hat. Dann hat er dich mir vorgezogen und mich fortgeschickt, und daraufhin habe ich auch ihn gehasst.«

»Wulf liebt dich. Das weißt du doch sicher.« Das Bild, das er von einem Jungen mit einem Helden gemalt hatte, der zu sehr in Anspruch genommen war, um auch nur eine oder zwei Stunden für ihn zu erübrigen, war rührend, doch so leicht würde sich ihre Antipathie nicht beschwichtigen lassen.

»Das weiß ich, Katie. Ich wusste es auch damals, aber ich habe einfach ...«

Er geriet ins Stocken und schluckte schwer, ehe er mit Inbrunst weitersprach. »Ich weiß es selbst nicht. Ich habe mir einfach nur gewünscht, er würde manchmal mit mir gemeinsam das Abendessen einnehmen, mich aufsuchen, wie er dich aufgesucht hat, und stundenlang mit *mir* reden. Ich habe an dir ausgelassen, dass ich enttäuscht von ihm war, und das tut mir ehrlich leid. Mein Benehmen war unverzeihlich, aber ich muss dich trotzdem um Verzeihung bitten. Ich liebe meinen Bruder. Ich möchte, dass er glücklich ist, und du machst ihn glücklich.«

»Du hast mich misshandelt, Duncan. Du hast dir vorgenommen, mich absichtlich auf jede erdenkliche Weise zu verletzen. Du hast versucht, mich zu zerstören. Das ist nichts, was ich einfach so verzeihen kann.«

»Ich weiß.« Seine dunkelgrünen Augen unter der zerfurchten Stirn waren aufrichtig und ernst. »Aber wenn du es mir gestattest, würde ich gern versuchen, den Schaden, den ich angerichtet habe, zu beheben. Um Wulfs willen, aber auch um unseretwillen.«

345

»Warum ausgerechnet jetzt?«, fragte sie unverblümt. »Was hat sich geändert?«

»Du gehörst zur Familie. Wir werden für den Rest unseres Lebens zusammenleben und zusammenarbeiten.«

Sapphire rieb die Stelle zwischen ihren Augenbrauen, um gegen den Spannungskopfschmerz anzukämpfen, der sie befallen hatte. Es fiel ihr immer noch schwer zu begreifen, dass sie und dieser bockige Junge jetzt miteinander verschwägert waren, doch es war eine unumstößliche Tatsache, dass es sich so verhielt, und Wulf liebte den Knaben.

Zwischen ihnen klaffte ein Abgrund aus Wut und Feindseligkeit. Die Differenzen zwischen ihr und der königlichen Familie lasteten schwer auf Wulf, und sie wusste, dass er erst Frieden finden würde, wenn sie die Kluft überbrücken konnte.

»Wir fangen noch mal von vorn an«, gab sie nach. »Bei mir verdient man sich Vergebung, Duncan, sie wird nicht einfach im Austausch gegen ein paar Worte der Reue ausgehändigt.«

»Ich werde sie mir verdienen«, versprach er.

Sapphire nickte. »Dann werde ich dir eine Chance geben.«

»Du kommst nicht mit mir, Katie. Das ist mein letztes Wort.«

Wulf beobachtete, wie sich das Kinn seiner Frau stur in die Luft reckte. Er lächelte, denn sie sah anbetungswürdig aus. Katie würde sich niemals zähmen lassen. Das war einer der vielen Gründe, warum er sie so sehr liebte.

»Du findest das wohl amüsant?« Sie wandte sich ab und ballte ihre Hände zu Fäusten. »Du wirst es nicht mehr so komisch finden, wenn du erst allein schläfst.«

Ihm verging das Lachen. Das war eine Drohung, die er augenblicklich aus dem Weg räumen würde. »Provoziere mich nicht, Katie. Ich beharre aus gutem Grund darauf, dass du hierbleibst.«

»Nun, vielleicht habe ich gute Gründe dafür, in meinem eigenen Zelt zu schlafen.«

Wulf zerrte sie in seine Umarmung. Er starrte in ihr wunderschönes Gesicht mit den klugen braunen Augen und dem enorm sinnlichen Mund, einem Mund, der mit seinem Körper Dinge tat, die ihn versklavten. Er hatte vor, sie auszuschelten und ihr eine Lehre zu erteilen. Er hatte vor, mit aller Strenge durchzusetzen, dass er die Führung übernehmen und sie ihm folgen würde.

Stattdessen küsste er sie besinnungslos.

Er küsste sie, bis sie in seinen Armen schlaff zusammensackte, küsste sie, bis ihr Körper an seinem schmolz, küsste sie, bis ihre Fäuste sich öffneten und ihre Finger sich in sein Haar schlangen, um ihn eng an sie zu halten. Er küsste sie, bis sein Körper schmerzte, bis er nicht mehr denken und sich auch nicht mehr daran erinnern konnte, worüber sie sich gestritten hatten. Als ihm all das gelungen war, zog er sich zurück und rieb seine Nase an ihrer. »Ich brauche dich hier für den Fall, dass irgendetwas schiefgeht. Du wirst wissen, was du tun musst, um das Lager und die Soldaten zu beschützen. Ich hätte eine Sorge weniger, wenn ich wüsste, dass sie in kompetenten Händen sind.«

»Dafür ist General Petersen da«, murrte sie und öffnete

langsam die Augen. »Aber ich werde hierbleiben. Das war hinterhältig von dir, Wulf. Du weißt, dass ich weder klar denken noch wütend bleiben kann, wenn du mich so küsst.«

»Mir geht es schon viel besser.«

Katie versuchte, ihn von sich zu stoßen, doch er hielt sie fest.

Zwischen ihren Augenbrauen hatte sie die Stirn gerunzelt. »Ich sehe nicht ein, warum ich dich nicht begleiten kann.«

»Weil ich ihm nicht traue.« Er leckte über ihre Unterlippe.

»Dann geh nicht hin.«

»Ich muss hingehen.« Er strich ihr das Haar aus dem Gesicht. »Wenn er es ernst meint und ich sein Angebot ablehne, werden wir es vielleicht nicht erleben, dass jemals ein Abkommen unterzeichnet wird. Diese Fehde dauert schon Generationen an. Ich will unseren Kindern so viel wie möglich ersparen.«

Ihre Handfläche legte sich auf sein Herz. In ihrer Miene konnte er ihre Liebe und ihre Sorge um ihn sehen. Trotz seiner quälenden Unsicherheit hinsichtlich des bevorstehenden Treffens fühlte er einen tiefen Frieden, weil zwischen Katie und ihm endlich alles gut war.

»Du glaubst, der König will mich immer noch?«, fragte sie.

»Ja. Ich kann das Risiko nicht eingehen, dass seine Entscheidungen durch seine Gefühle für dich beeinflusst werden könnten.«

»Wirst du heute Abend zurückkommen?«

Er hauchte einen Kuss auf ihre Lippen und kostete das Gefühl aus, sie umschlungen zu halten. »Selbstverständlich. Ich habe nicht die Absicht, jemals eine Nacht fern von dir zu verbringen. Die Verhandlungen werden heute bestimmt nicht abgeschlossen, aber ich werde trotzdem zu dir zurückkehren.«

Ihre Lippen klammerten sich an seinen Mund und übermittelten ihm eine Vielzahl von Gefühlen. »Versprich es mir.«

Wulf hob ihre Füße vom Boden und küsste sie noch leidenschaftlicher. »Ich verspreche es dir.«

Wulf war schon seit Stunden fort, und die Sonne begann langsam unterzugehen. Sapphire lief in dem Kuppelzelt auf und ab. Ihr Abendessen hatte sie nicht angerührt.

»Du musst etwas essen«, sagte Duncan, der an dem kleinen Esstisch saß.

Sie bedachte ihn mit einem Blick, der ihn zum Verstummen bringen sollte.

»Du wirst noch krank vor Sorge.« Er versuchte, sich ungezwungen zu geben, doch es misslang ihm. »Wulfric weiß genau, was er tut.«

»Ich mache mir keine Sorgen um Wulf.« Sie stellte ihr fieberhaftes Umherlaufen ein. »Ich kann das Gefühl nicht abschütteln, dass da etwas faul ist, und ich verlasse mich immer auf meine Instinkte.«

»Ich fühle es auch. Da stimmt etwas nicht. Sie haben sich vorher schon nichts auseinander gemacht. Sowie der sarische König erfährt, dass du an Wulfric gebunden bist, wird sich diese Abneigung verstärken.«

»Oh, wie ich das hasse. Ich …« Sie unterbrach sich und neigte den Kopf zur Seite. »Hörst du das?«

»Ob ich was höre?«

»Dieses Brummen!« Sie sprang aus dem gekühlten Zelt in die Hitze der Wüste. Der Lärm wurde lauter.

Sapphire drehte sich im Kreis, um dreihundertsechzig Grad zu überblicken, weil sie herausfinden wollte, wo das Geräusch seinen Ursprung hatte. Es nahm an Lautstärke zu, und gleichzeitig verstärkte sich ihre bange Ahnung. Als sie die Augen mit einer Hand gegen die untergehende Sonne abschirmte, sah sie es – eine schwarze Wolke, die sich mit Unheil verkündender Geschwindigkeit heran-wälzte.

Sie eilte in das Zelt zurück, lief an dem erschrockenen Duncan vorbei und schlug mit ihrer Faust auf die Alarm-vorrichtung. Das Heulen der Sirene zerriss die stille Abenddämmerung über der Wüste.

»Was ist los?«, schrie Duncan und zog seine Glefe am Heft aus dem Halter.

»Wir werden angegriffen!«

Sie griff nach dem baumelnden Gesichtsschutz ihres Dämmanzugs und bedeckte Nase und ihren Mund, ehe sie aus dem Zelt stürmte, um dabei zu helfen, die Soldaten aufzuscheuchen. Als General Petersen ihr entgegeneilte, aktivierte sie ihre Klinge.

Seine Stimme drang knisternd durch das Headset ihres Gesichtsschutzes. »*Skipsbåts. Hundert, wenn nicht mehr, nach dem Geräusch zu urteilen.*«

»Seine Hoheit …?«

Petersen legte ihr eine breite Hand auf die Schuler. »*Ich*

habe sie kommen hören, und im nächsten Moment habt Ihr Alarm geschlagen. Ich habe bereits zwei Kompanien losge-schickt, um Prinz Wulfric in Sicherheit zu bringen.«

Sie nickte, doch die Furcht, die sie gepackt hatte, ließ nicht nach. Wulf befand sich in dem neutralen Konferenz-zelt auf halber Strecke zwischen den beiden Feldlagern, doch wenn der König von Sari gewillt war, diesen kühnen Angriff anzuordnen, wozu war er dann noch bereit?

Sapphire hatte keine Zeit, sich noch länger Gedanken über die Gefahr zu machen, denn die Skips waren über ihnen, so dicht wie Heuschrecken in der Luft, und feuer-ten Blasterbeschuss auf sie ab.

Gezwungenermaßen blendete sie die Schreie der Ver-wundeten und den beißenden Rauchgeruch aus und kon-zentrierte sich stattdessen darauf, ihr eigenes Leben und die Männer zu retten, die an ihrer Seite kämpften. Einige ihrer Gegner trugen die sarische Uniform, die meisten jedoch nicht, und ihr wurde klar, dass zur Verstärkung die-ses Sturmangriffs Söldner angeheuert worden waren.

Trotz ihres ausgiebigen Trainings in ähnlichen Situatio-nen war es schwierig, im Sand zu kämpfen. Sie brauchte ein Skip, wenn sie sich den größtmöglichen Erfolg er-hoffte, doch sie waren alle in Gebrauch. Als sich ein feind-licher Fahrer in gemäßigtem Angriffstempo näherte, er-griff sie die Gelegenheit.

Sapphire wich aus und rollte sich herum, als er versuch-te, sie niederzustechen; dann schwang sie ihre Glefe, als er über ihr war, und kappte die Verbindung zwischen Gas-pedal und Motor. Der plötzliche Geschwindigkeitsverlust führte dazu, dass der Fahrer über den Lenker flog. Er wurde rasch von Soldaten aus D'Ashier gefangen genommen, und das gab ihr freie Hand, sein Skip an sich zu bringen.

Sapphire stieg auf das Bike, griff unter die Verkleidung und legte das Gas vom rechten Pedal auf das linke, das eine Notbremse war. Dann trat sie zögernd auf das Pedal, um den Erfolg ihrer Manipulation zu erproben, und lächelte grimmig, als das Skip einen Satz nach vorn machte. Dann gab sie Vollgas und zwang das Bike, mit Höchstgeschwindigkeit in den Himmel aufzusteigen.

Sie drehte eine Runde und kauerte sich zusammen, um weniger Angriffsfläche zu bieten, als sie sich der Schlacht von Norden aus näherte. Sie bereitete sich gerade darauf vor, mit ihrer Glefe nach einem entgegenkommenden Fahrer auszuholen, als das hintere Ende ihres Bikes von einem anderen Skip gerammt wurde und sowohl sie als auch ihr Skip heftig ins Trudeln kamen. Sie verlor den Halt und fiel in den Sand. Als sie den steilen Hang einer Böschung hinunterrollte, entglitt ihr die Glefe, und ihr Gesichtsschutz verrutschte.

Sie fluchte, als ihr Sturz auf einem flachen Absatz des steilen Hangs aufgehalten wurde. Ihr Körper schmerzte von der Wucht des Aufpralls, doch der Schmerz wurde durch Adrenalin gemildert. Sie sprang auf die Füße und suchte nach ihrer Waffe.

»Es ist schön, dich wiederzusehen, Sapphire.«

Sie spannte sich an, als sie den Klang der vertrauten Stimme hörte. Der blonde Mann kam näher, und sie griff instinktiv nach der fehlenden Glefe in ihrem Halfter.

»Überrascht es dich, mich zu sehen?« Sein Lächeln reichte nicht bis zu seinen Augen. »Wir beide haben noch eine Rechnung miteinander offen. Du musstest wissen, dass ich kommen würde, um dich zu holen.«

Sie wollte ihre Waffe finden, wusste aber, dass es ein tödlicher Fehler wäre, ihn aus den Augen zu lassen. Sie zog ihren Gesichtsschutz ab, um ihm zu antworten. »Nicht hier. Nicht in dieser Form.«

»Niemand rechnet damit, dann zu sterben, wenn es so weit ist.«

In ihrem Lächeln drückte sich grimmige Entschlossenheit aus. »Nun ja, Gordmere, das wird für dich kein Problem sein.«

»Ach nein?« Der Söldner befingerte den Griff seiner Glefe.

»Du kannst damit rechnen, dass du jetzt stirbst.« Sapphire stürzte sich auf ihn.

Wulf trommelte mit seinen Fingern auf den lächerlich langen Tisch und sah finster den König an, der ein gutes Stück entfernt am gegenüberliegenden Ende saß. Das ganze Treffen hatte etwas Lächerliches an sich, bis hin zu den separaten Eingängen, als könnten sie das Konferenzzelt nicht auf demselben Wege betreten. Derzeit versuchte der Monarch ihn hinzuhalten. Wulf hatte Produktiveres zu tun.

Er stand auf. »Vielleicht solltet Ihr meine Vorschläge ungestört prüfen«, schlug er vor.

Der König zog eine blonde Augenbraue hoch. »Seid Ihr in Eile, Wulfric?«

»Das bin ich in der Tat.«

»Ich dachte, dieses Abkommen sei für Euch von großer Bedeutung.«

»Es ist mir *äußerst* wichtig«, bekundete Wulf erneut, »aber es ist überflüssig, dass ich hier sitze, während Ihr meine Vorschläge lest.«

»Vielleicht habe ich eine Frage dazu zu stellen«, hob Gunther mit verdächtiger Unschuld hervor.

»Schreibt sie auf. Ich werde sie am Morgen beantworten.« Wulf wandte sich dem Ausgang zu und bedeutete seinen Wachen, ihm zu folgen.

»Eure Manieren lassen immer noch zu wünschen übrig«, brachte der König durch zusammengebissene Zähne hervor.

Wulf lachte. »Lasst uns das zum Abschluss bringen, damit wir weitermachen können mit unseren …«

Die Tür wurde aufgerissen, und viele Wachen von D'Ashier strömten herein. Der befehlshabende Offizier, ein Hauptmann, verbeugte sich rasch, bevor er sprach.

»Das Lager wird angegriffen, Eure Hoheit.« Er warf einen gehässigen Blick auf den König von Sari. »Einige der Männer tragen sarische Uniformen.«

Wulf eilte zum Ausgang und sah in der Ferne schwarzen Rauch über seinem Lager aufsteigen.

Katie.

»Wo ist die Prinzgemahlin?«, fragte er.

»Sie kämpft gemeinsam mit den Soldaten.«

Nein. Sein Herz blieb stehen. Wenn Katie etwas zustieß …

Er drehte sich zu dem König um, der unter seiner künstlichen Bräune blass wurde.

»Du verdammter Mistkerl!« Wulf sprang auf den Tisch. »Es ging nie um die Abkommen.«

Er rannte auf den König zu. Gunther zog sich auf die Füße und wankte rückwärts ... und prallte geradewegs mit Grave Erikson zusammen, der durch die Nebentür hereingeeilt kam.

»Kommt nicht näher, Eure Hoheit«, knurrte der General, »oder ich werde gezwungen sein, Euch aufzuhalten.«

Wulf hielt inne, da die Anspannung in den Zügen des älteren Mannes deutlich zu erkennen war.

»Geht zu Katie«, befahl Erikson. Seine kraftlose Hand, die auf dem König lag, sprach Bände. »Findet sie. Sorgt für ihre Sicherheit.«

Wulf nickte. Ohne zu zögern, wandte er sich ab und rannte über den langen Tisch zum Ausgang.

»Wartet!«, rief Gunther ihm nach. »Wenn Ihr sie mir zurückgebt, unterschreibe ich jedes Abkommen.«

Wulf lief unbeirrt weiter, und wenige Momente später saß er auf einem Skip und flog durch die rasch anbrechende Wüstennacht zu seiner Frau.

21

Sapphire schlug eine Finte nach links, und Gordmere parierte ihren Angriff mit einem harten Abwehrschlag seiner Glefe. In ihrem Rücken versank die Sonne hinter den Dünen. Da die Klinge des Söldners jetzt die stärkere Lichtquelle war, konnte sie außer Gordmere nichts sehen, und das machte die Suche nach dem Griff ihrer Glefe nahezu unmöglich.

Sie hatte nur einen Vorteil auf ihrer Seite, und das war ihre Fähigkeit, ihn zu sehen, wogegen sie sich in der dichter werdenden Dunkelheit verbergen konnte.

»Wozu das Unvermeidliche hinauszögern?«, höhnte er.

Sie war nicht so dumm, ihm zu antworten und damit ihren Standort zu verraten. Wenn er ihren Tod wollte, würde sie es ihm nicht leichtmachen.

Sie umkreiste ihn und befestigte ihren Gesichtsschutz.

Der Söldner drehte sich im Kreis und setzte das Licht der Klinge dafür ein, sie ausfindig zu machen. Als ihre Blicke einander begegneten, lag reine Gehässigkeit in seinem Grinsen. Er begann seinen Vorteil mit einer Reihe von wilden Kreisparaden zu nutzen. Sapphire wand sich und sprang, und so gelang es ihr, unversehrt zu bleiben, doch dann traf sie auf die Wölbung des Hangs hinter ihr und stolperte.

In ihrem Bemühen, ein bewegliches Ziel zu bleiben und nicht zur stillen Zielscheibe zu werden, rollte sie sich herum und kämpfte gegen die Umarmung des Treibsands an. Als Gordmere die elegante Waffe als Instrument für stumpfe Gewalt einsetzte und damit in den Wüstenboden hackte, wehrte sie die Panik ab, indem sie die Hitze des Lasers ignorierte, die man nur aus nächster Nähe fühlen konnte. Er kam ihr zu nah. Sie trat blind um sich und empfand jeden Treffer als Triumph.

»Miststück!«

»*Arschloch.*«

Sie trat mit beiden Füßen um sich, und die Absätze ihrer Stiefel trafen voll auf seine Schienbeine. Sie hörte den dumpfen Aufprall, mit dem sein Körper auf den Boden schlug, und dann war die Dunkelheit undurchdringlich, da er seine Glefe verlor und die Klinge sich ausschaltete, als der Kontakt zu seiner Handfläche abriss.

Zumindest für den Moment waren sie einander beinahe ebenbürtig.

Beide stürzten in die Richtung, in der sie die Glefe vermuteten. Gordmere landete fast auf ihr. Er stieß ihr Gesicht in den Sand. Sie zappelte unter ihm und keuchte in ihren Gesichtsschutz.

Er war so schwer, und er war zu stark für sie. Außerdem verdiente er sich seinen Lebensunterhalt mit dem Töten. Sie spürte, wie sich sein Gewicht verlagerte, und sein Knie grub sich mit der Absicht, sie zu lähmen, in ihre Wirbelsäule. Sie zischte in ihren Gesichtsschutz, und ihre Finger krallten sich auf der Suche nach seiner verlorenen Waffe in den Sand.

Sie ertastete die Glefe.

Mit letzter Kraft schüttelte sie ihn gerade so weit ab, dass sie den Griff der Glefe zu fassen bekam. Die Klinge schaltete sich ein, verwandelte den Sand um sie herum in Glas und verblüffte Gordmere so sehr, dass er mit einem Satz zurücksprang und sie freigab.

Sapphire rollte sich herum und schwang die Glefe in einem weiten Bogen über sich. Gordmere brüllte, als er einen Kratzer abbekam. Er trat ihr den Griff aus der Hand, und die Glefe segelte weit aus ihrer Reichweite hinaus. Sie krabbelte davon. Er setzte ihr nach, erwischte mit einer Hand ihren Knöchel und riss sie wieder zu Boden.

Sie trat mit dem anderen Bein nach ihm und kämpfte um ihre Freiheit. Der Absatz ihres Stiefels traf mehrfach brutal auf seine Schädeldecke und auf seine Schultern. Dennoch setzte er ihr weiterhin nach und kletterte über sie.

Sie wand sich, um ihm zu entkommen, doch angesichts seiner Stärke ließ ihre Kraft nach. Wenn er ganz auf ihr zu liegen käme, würde sie es niemals überleben. Ihr Kopf stieß gegen einen harten Gegenstand, einen Stein oder einen anderen Vorsprung. Gordmere hielt sie an Ort und Stelle fest. Sie hob die Hände, begann mit geschickten Fingern den Gegenstand auszugraben und hoffte, ihn als Waffe einsetzen zu können – was auch immer es sein mochte. Wenn sie ihm damit einen Hieb auf die Schläfe versetzen konnte, würde sie ihn vielleicht besinnungslos schlagen. Oder ihn töten.

Als es ihr gelang, ihre Finger darunter zu schieben, überraschte sie, was sie gefunden hatte.

Das Heft ihrer Glefe. Oder vielleicht war es auch seine, und ihre war über den Rand der Stufe in der Böschung geflogen.

So oder so würde es ihr das Leben retten. Sie riss sich den Schutz vom Gesicht.

»Ich wollte dich vorher verhören«, brachte sie mit gepresster Stimme hervor, und ihre Hand umklammerte den Griff.

Gordmere warf sich rittlings auf ihre Hüften, ragte über ihr auf und lachte.

»Leider«, sagte sie und aktivierte die Klinge, »wirst du ohne Verhör sterben müssen.«

Im weißen Schein des Lasers sah sie die Furcht, die in seinen Augen lag. Dann war sein Kopf verschwunden, mit ihrer Glefe von seinem Körper abgetrennt.

Sein Rumpf schwankte einen Moment lang über ihr. Der Geruch nach verbranntem Fleisch, der von der kauterisierten Wunde aufstieg, versetzte ihren Magen in Aufruhr. Sie stieß die Leiche mit ihren Händen von sich, und der Tote fiel nach hinten und überschlug sich.

Sapphire blieb einen Moment lang zitternd und weinend liegen. Die Furcht, die sie gepackt hatte, wollte ihren Klammergriff nicht lösen.

»*Herrin!*«

Im Obsidiandunkel der Wüstennacht war Clarke unsichtbar, doch seine tiefe Stimme hätte sie überall erkannt.

Sie zog sich mühsam in eine sitzende Haltung hoch. »Hauptmann! Ich bin hier drüben.«

»Seid Ihr unversehrt?« Als er über den Hang kletterte,

wurde der Klang seiner Stimme kräftiger. »Ich habe den Lichtschein einer Glefe gesehen.«

»Mir fehlt nichts. Gordmere ist tot.«

»Gebt mir Eure Hand.«

Sie tastete blind und fand ihn. Der Hauptmann zog sie auf die Füße und schob sie in Richtung des schwachen Flammenscheins, der direkt über der Erhebung sichtbar war. »Wir müssen Euch ins Lager zurückbringen. Prinz Wulfric sucht Euch. Er ist außer sich.«

Sowie sie das hörte, rannte sie. Sie kletterte seitlich an der Düne hinauf und folgte dem orangeroten Schein der zerstörerischen Brände, der dahinter zu sehen war. Schließlich erreichte sie den Kamm und blickte auf das Feldlager von D'Ashier hinaus. Was sie dort sah, war ein Albtraum.

Jedes Kuppelzelt stand in Flammen, und defekte Skips lagen zerschmettert und brennend herum und setzten dichten Rauch frei, der die Luft verschmutzte. Die Talsohle war mit Leichen übersät, und entsetzliche Schreie zerrissen die Nacht.

Krieg. Sie hatte ihn nie aus solcher Nähe erlebt. Diesen Anblick würde sie niemals vergessen.

Als Sapphires Blick forschend über die kämpfenden Gestalten unter ihr glitt, fiel er auf zwei Glefen, deren Klingen eine breite Schneise durch das Lager schnitten. Die tödlichen Strahlen bewegten sich mit sichtlicher Ungeduld, und die Arme, die sie handhaben, schwangen zwar präzise und mit minimalem Kraftaufwand, verrieten aber dennoch Panik.

Wulf.

Sie stolperte den steilen Hang der Düne hinunter. Ihr

Herz raste. Sie kämpfte gegen dieselbe Verwirrung und Sorge an, von der sie wusste, dass auch er sie empfand. Sie riss einem Toten den Griff einer Glefe aus der Hand und aktivierte die Klinge, ohne dabei langsamer zu werden. Voller Zorn stürzte sie sich in das Schlachtgetümmel, denn sie war ungeheuer wütend über den Verrat, der unnötigerweise Leben gekostet hatte.

Sapphire kämpfte sich ihren Weg zu Wulf frei und rief die ganze Zeit laut seinen Namen, doch das Getöse war ohrenbetäubend, und sie konnte ihr eigenes Wort nicht hören. Sie war nah an ihn herangekommen, nur noch wenige Schritte entfernt, als er sich umdrehte und sein Blick auf sie fiel.

Sein Gesicht war bleich unter der Sonnenbräune, und Falten der Sorge und der Anspannung umrandeten seine Augen und seinen Mund. Seine Festtagsrobe wogte hinter ihm, als er sich den Weg zu ihr freikämpfte. Trotz des Rauchs, der die Augen beider brennen und tränen ließ, wandte er den Blick keinen Moment lang von ihrem Gesicht ab. Auch sie kämpfte sich zu ihm vor, und der Weg wurde freier, als weitere Söldner flohen und die Streitkräfte von D'Ashier die übrigen sarischen Soldaten überwältigten.

Als sie einander näher kamen, sah sie die Wut und die Mordlust in seinem Blick. Seine beängstigende Miene wirkte gemartert, und sie rannte zu ihm und sprang über einen feindlichen Soldaten, als er vor ihren Füßen tot zusammenbrach.

»Wulf!«

Bevor sie sich ihm entgegenwarf, schaltete er seine Klingen aus. Er drückte Sapphire fest an seine Brust. Da ihr die Ohren klingelten und ihr Gesicht eng an seine Haut gepresst war, dauerte es einen Moment, bis sie erkannte, dass sie im Transporterraum des Palasts standen.

Wulf schüttelte sie, bis ihre Zähne klapperten. »Was zum Teufel hattest du noch dort draußen zu suchen?«

Sie blinzelte, und ihr Verstand ließ sie im Stich, als der Schock über die Ereignisse des Tages einsetzte. Wieder presste er sie an sich, und ihre Hände umschlangen ihn fest.

»Der Teufel soll dich holen.« Fieberhaft glitten seine Hände über ihren Körper und suchten sie nach Verletzungen ab. »Warum bist du nicht hierher zurückgekommen? Als ich dich nicht finden konnte, dachte ich ...« Seine Kehle war zugeschnürt. »Ich hätte fast den Verstand verloren.«

»Gordmere hat den Ring blockiert.« Ihre Stimme war vom Schreien heiser.

»Die Suche nach dir hat mich verrückt gemacht!«

»Ich war auf der anderen Seite der Anhöhe. Gordmere ist tot.« Sie blickte in sein Gesicht und bemerkte, dass er immer noch ganz blass war. »Ich kann nicht glauben, dass er all das eingefädelt hat. Er ist ...«

»Es war Gunther.«

»*Was?* Er würde es nicht wagen, einen Krieg zu beginnen ...«

»Er hat es gewagt. Und er hat es getan. Er wusste, dass du mit mir zusammen bist.« Wulf stieß hörbar die Luft aus. »Solange du in Sicherheit bist, werde ich mit allem anderen fertig.«

Ihre Hand glitt höher, um sich auf seine Wange zu

legen. Als ihre Berührung eine Blutspur hinterließ, stieß sie einen alarmierten Aufschrei aus. Sie wich zurück und suchte ihn nach Wunden ab.

Sie riss die Schnalle seines Gewands auf und fand die tiefe Schnittwunde in seiner rechten Seite. »Gütiger Gott, nein!«

»Das ist nichts weiter.« Er versuchte, sie enger an sich zu ziehen. Die Tatsache, dass sie sich seiner Kraft mühelos widersetzen konnte, strafte seine Worte Lügen, und ihr Magen schnürte sich zusammen.

»Du brauchst eine Heilkammer, mein Geliebter.«

Er nickte matt.

»Du hättest aufbrechen sollen, sowie du verletzt wurdest«, schalt sie ihn, doch ihre Stimme zitterte, und sie wusste, dass sie eher verängstigt als streng und vorwurfsvoll klang. Ihr graute.

»Ich konnte nicht ohne dich fortgehen.«

Ihre Hände zitterten, während sie Druck auf die Wunde ausübte. »Und ich kann nicht ohne dich leben.«

Die tiefrote Farbe seines Gewands hatte verborgen, wie viel Blut er verloren hatte, doch jetzt konnte sie sehen, dass er stark blutete. Sein Schutzanzug war auf der rechten Seite bis zum Knie blutgetränkt, und der Fleck breitete sich rasch aus. Sie winkte die Wachen zu sich, die an den Wänden des Raums standen. Sie eilten vor, um ihrem Prinzen beizustehen.

»Bringt ihn in den medizinischen Trakt«, ordnete sie an. »Beeilt euch.«

Die Wachen brachten ihn zur Tür.

»Komm mit mir, Katie«, nuschelte Wulf matt.

»Nichts könnte mich von dort fernhalten.«

Sie war von eiskaltem Schweiß überzogen, als sie ihm zu den Heilräumen folgte. Sobald er sicher in der Röhre steckte und sie persönlich überprüft hatte, dass sich seine Lebensfunktionen stabilisierten, entspannte sie sich und lehnte die Stirn gegen die Glastür. Ihr war schwindlig vor Erleichterung, und der panische Rhythmus ihres Herzens verlangsamte sich endlich.

Fingerspitzen pochten gegen das Glas, und sie blickte mit Tränen in den Augen zu ihm auf. Ihre Blicke trafen sich – seiner glühend und voller Besitzerstolz, ihrer von Liebe erfüllt. Wulf legte seine offene Handfläche an das Glas, und sie hob ihre Hand, um sie genau gegenüber auf die Scheibe zu pressen.

Der Moment ähnelte ihrer ersten Begegnung, dem Augenblick, in dem sie sich beide verliebt hatten. Die Zärtlichkeit, die sich tief in seine Züge eingegraben hatte, sagte Sapphire, dass auch er sich daran erinnerte.

Sie presste die Lippen zu einem zarten Kuss auf das Glas.

Ich liebe dich. Ihre Lippen bildeten die Worte, und sie legte ihre Hand über ihr Herz. Das Gefühl, das bei ihren Worten über sein Gesicht huschte, verursachte einen scharfen Schmerz in ihrer Brust. Sie liebte ihn so sehr, dass sie kaum atmen konnte.

Nie wieder würde sie zulassen, dass so etwas passierte. Nie wieder würde sie so dicht davorstehen, ihn zu verlieren. Es reichte ihr.

Und sie wusste genau, wohin sie gehen musste, um alldem ein Ende zu bereiten.

Sapphire entfernte sich rückwärts von ihm, und Wulf, der sie so gut kannte, wurde klar, was sie vorhatte. Er schüttelte wütend den Kopf, und in der wirbelnden Druckluft wehte sein schwarzes Haar um sein Gesicht herum. Sie warf einen Blick auf seine verwundete Seite und sah, wie seine Wunde heilte. Sie hatte nicht viel Zeit, bevor er ihr folgen würde. Da sie wusste, dass die Uhr tickte, warf sie ihm eine Kusshand zu und eilte aus dem Raum.

Auf dem Weg zum Transporterraum pochten die flachen Sohlen ihrer Schuhe ein rasches Staccato auf den Marmorboden. Sie kam an den Wachen vorbei, die sich verbeugten, und begab sich geradewegs zur Steuerkonsole, um ihre gewünschten Koordinaten und ihren persönlichen Identifikationscode einzugeben. Sie stellte sich auf die Plattform und wartete die kurze Verzögerung von fünfzehn Sekunden ab, die sie einprogrammiert hatte. Dann fand sie sich im Büro ihres Vaters im Palast von Sari wieder.

Das Hütersystem des Palasts akzeptierte ihre Transferdaten nach wie vor.

Als sie sich das letzte Mal hierhergebeamt hatte, war sie von einem Besuch bei ihrer Mutter zurückgekehrt. Sie war nach Hause gekommen. Jetzt war der Grund weniger harmlos.

Sie kam in mörderischer Absicht.

Grave beobachtete mit kaum gezügelter Wut, wie sein König die Länge des gewaltigen Thronsaals durchschritt. Für die Torheit dieses einen Mannes waren heute Nacht anständige Männer gestorben.

»Ich kann einfach nicht glauben, dass Ihr Wulfric hinter Sapphire hergeschickt habt!«, wütete Gunther.

»Und ich kann nicht glauben, dass Ihr ihretwegen einen Krieg begonnen habt! Macht Ihr Euch überhaupt eine Vorstellung davon, was Ihr angerichtet habt? Von den Leben, die es kosten wird?«

Der König drehte sich auf dem Absatz um. Seine Züge waren vor Wut verzerrt. »Ihr *wusstet* es. Ihr wusstet, dass sie zusammen waren, und doch habt Ihr mir nichts davon gesagt.«

»Woher hätte ich denn wissen sollen, dass Ihr etwas so verflucht Idiotisches tun würdet?«, fauchte Grave. Seine Ohren rauschten vor Frustration.

Ein weiterer Krieg... bei dem Gedanken wurde ihm übel.

»Ihr vergesst Euch, General. Denkt daran, dass Ihr mit Eurem König sprecht.«

»Das werde ich niemals vergessen, aber ich werde trotzdem meine Meinung sagen. Ich bin nur wertvoll für Sari, wenn ich mich uneingeschränkt seiner Sicherheit widme. Keine Lügen. Keine Vorbehalte.«

Der Monarch fuhr sich mit einer Hand durch die blonden Locken und seufzte matt. »Warum habt Ihr mir nichts davon gesagt, Grave? In all der Zeit, die sie fort war, wusstet Ihr, dass sie mit ihm zusammen war, stimmt's?«

»Anfangs nicht, aber später wusste ich es. Ihr hattet sie von Ihrem Vertrag entbunden. Euer Recht, etwas über meine Tochter zu wissen, habt ihr durch Eure eigene Entscheidung eingebüßt.«

Der König murrte. »Sie ist wütend auf mich, und es

verletzt sie, dass ich sie freigelassen habe, ohne mich von ihr zu verabschieden. Als ich sie das letzte Mal gesehen habe, haben wir uns gestritten. Wenn ich eine Gelegenheit bekomme, mit ihr zu sprechen, könnten wir eine Lösung finden.«

Grave unterdrückte ein ungläubiges Lachen. »Ihr scheint den Ernst der Lage nicht zu begreifen, Eure Majestät. Es ist aus und vorbei. Für immer. Sie ist verliebt und …«

»Sie kann *ihn* doch nicht lieben«, brüllte Gunther. »Das ist nicht möglich. Sie war fünf Jahre lang mit mir zusammen. Ihn kennt sie erst seit ein paar Wochen.«

»*Monaten.*«

Beim Klang von Sapphires Stimme drehten sich beide Männer um.

»Aber ich habe nur einen Moment gebraucht, um mich in ihn zu verlieben«, sagte sie.

Als sie hinter der Königin von Sari den Raum betrat, sah Sapphire ihren Vater mit einem beruhigenden Lächeln an. Sie hielt den Griff ihrer Glefe locker, aber sicher in der Hand. Ihr Dämmanzug war vorne voller Blutflecken, ebenso ihre Hände. Sie sah die Sorge in den Augen ihres Vaters und schüttelte den Kopf, um ihm stumm zu sagen, er bräuchte sich keine Sorgen zu machen.

»Katie.« Sein Tonfall war wachsam. »Was zum Teufel tust du hier?«

Sie reckte das Kinn in die Luft. »Ich bereite dieser Angelegenheit ein Ende, Daddy. Jetzt.« Ihr Blick richtete sich mit schmalen Augen auf den König.

Der Monarch wich einen zaghaften Schritt zurück.

»Der Kronprinz von D'Ashier ist heute Nacht schwer

verletzt worden«, sagte sie mit gesenkter Stimme und in einem gefährlichen Ton. »Dazu wird es nicht noch einmal kommen. Zumindest nicht durch Eure Hand, Eure Majestät.«

Sie stieß die Königin mit der flachen Hand voran. »Sagt ihm, was Ihr getan habt.«

Die Königin stolperte und fand ihren Halt wieder. Sie warf einen ungläubigen Blick über die Schulter und strich sich das silberblonde Haar aus dem Gesicht. »Ich denke gar nicht daran, die Weisungen einer Mätresse zu befolgen!«

»Ihr dürft mich ›Eure Hoheit‹ nennen.« Sapphires Lippen verzogen sich humorlos. »Wenn ich es mir recht überlege, erteile ich Euch die Erlaubnis, mich ›Prinzgemahlin Katie‹ zu nennen, da Ihr diejenige wart, die mich mit meinem Ehemann bekannt gemacht hat.«

Dem König verschlug es den Atem. Sein Blick wanderte rasch von der Königin zum General und kehrte dann wieder zu ihr zurück. »Was soll das heißen?«

Ihr Vater nickte grimmig. »Ja, Eure Majestät, sie sagt die Wahrheit. Sowohl über die bereits bestehende Bindung als auch über die Mitwirkung der Königin.«

Der König bestürmte seine Königin; sein Gesicht war vor Wut gesprenkelt. »Was hast du getan?«

Hastig trat der General zwischen die beiden.

Die Königin zog die Schultern zurück und hüllte sich von Kopf bis Fuß in majestätischen Hochmut. »Hast du etwa geglaubt, ich würde nichts unternehmen und für alle Zeiten die Märtyrerin spielen?«

»Wovon zum Teufel redest du?« Er wollte sich auf sie

stürzen, doch Grave fing den Angriff ab und hielt den König, der darum kämpfte, an seine Frau heranzukommen, weiterhin zurück.

Die eisige Haltung der Königin ließ die Temperatur im Thronsaal um etliche Grade sinken.

»Du bist ein Narr, Gunther.« Als er den Mund aufmachte, um etwas zu erwidern, hob sie gebieterisch eine Hand. »Hör mir ausnahmsweise einmal zu. Ich konnte unter meinen Freiern auswählen – unter Herrschern größerer und mächtigerer Länder. Es mag sein, dass du etwas an mir auszusetzen hast, aber ich versichere dir, dass andere Männer mich wunderschön finden. Ich hätte geliebt und verwöhnt, geachtet und verehrt werden können. Stattdessen habe ich dich geheiratet, weil ich dich wollte.« Ihre strahlenden blauen Augen musterten ihn von Kopf bis Fuß. »Du bist nach wie vor der attraktivste Mann, den ich je gesehen habe. Der Gedanke daran, dein Leben und dein Bett mit dir zu teilen, hat mich mit solcher Aufregung erfüllt, dass ich unsere Hochzeitsnacht kaum erwarten konnte.«

Der König hielt jetzt still und starrte seine Frau an, als sei sie eine Fremde. Sie lachte, ein kalter und bitterer Laut. »Du wirkst so überrascht.«

»Ich hatte angenommen, du hasst mich.« Sein Blick wandte sich von ihr ab. »Als ich mit dir ins Bett gegangen bin, warst du steif und frigide. Hinterher hast du geweint. Warum zum Teufel hätte einer von uns beiden diese Erfahrung wiederholen wollen?«

»Ich war Jungfrau!« Die Finger der Königin ballten sich rhythmisch zur Faust, als stünde sie kurz davor, gewalttätig zu werden. »Und du hast auf dem Bett gelegen und von mir erwartet, dass ich dir Lust bereite wie eine Konkubine! Ich bin *eine Königin*, und ich bin *deine Ehefrau*. Du hättest Zugeständnisse an meine Unschuld machen müssen. In meinem Land ist Jungfräulichkeit ein hochgeschätztes Gut. Du dagegen hast sie verabscheut.«

Gunther errötete. Er warf Sapphire einen flehentlichen Blick zu. Sie verschränkte die Arme, sagte aber nichts und unternahm auch nichts.

»Sieh sie nicht an!« Das schöne Gesicht der Königin verzerrte sich vor Hass und Eifersucht. Sie wandte sich an Sapphire und versprühte dabei pures Gift. »Ich dachte, der Prinz würde dich *töten*. Ich war mir meiner Sache sicher. Wie konnte er widerstehen? Du warst die Geliebte seines Feinds und noch dazu Eriksons Tochter. Stattdessen hat er dich geheiratet. Der Idiot.«

»Daran nehme ich Anstoß«, ertönte eine tiefe Stimme von der Tür.

Sapphire drehte sich zu Wulf um. »Du hättest nicht kommen dürfen. Es ist zu gefährlich.«

Wulf hielt die smaragdgrünen Augen fest auf sie gerichtet, während seine langen Beine die Entfernung zwischen ihnen rasch zurücklegten. »Wir werden ein langes Gespräch über das Befolgen von Befehlen miteinander führen müssen.«

»Wie seid Ihr hier reingekommen?«, schnauzte ihn der König an.

Wulf schnaubte. »Als ob mich etwas fernhalten könnte, wenn meine Frau hier ist.«

»Hüter!«, brüllte Gunther.

»Ich habe keinerlei Bedenken, Euch zu töten«, warnte ihn Wulf mit gefährlicher Sanftmut, »und ohne den kleinsten Kratzer von hier zu verschwinden. Die Entscheidung liegt bei Euch, aber an Eurer Stelle würde ich nicht die Wachen rufen.«

Das Lächeln der Königin war gehässig. Sie sah ihren Mann wieder an. »Ich gebe zu, dass das Ergebnis nicht das von mir beabsichtigte ist, aber dessen ungeachtet ist sie deinem Zugriff dauerhaft entzogen.«

»Du hättest zugelassen, dass sie getötet wird, Brenna?«, fragte der König, den dieser Gedanke eindeutig erstaunte.

»Du machst dir keine Vorstellung von den Dingen, die ich getan habe, um deine Achtung zu erringen.«

Wulf blieb neben Sapphire stehen und schlang ihr einen Arm um die Taille. Sie fühlte die Kampfbereitschaft, die er unter seinem lässigen Auftreten verbarg.

»Möchtet Ihr uns vielleicht erklären, wie und warum ich in den Besitz meiner Frau gelangt bin?«, fragte er.

Die Königin lächelte spröde. »Ihr mischt Euch mit Verspätung in das Gespräch ein, Prinz Wulfric.«

»Eine kleine Auffrischung, mehr ist nicht erforderlich. Ich hole Versäumtes schnell nach.«

Die Königin begab sich zu dem Podest und setzte sich majestätisch auf ihren Thron. »Nachdem mir klar wurde, dass mein Gemahl nicht die Absicht hatte, das Bett mit mir zu teilen, erkannte ich, dass drastische Maßnahmen notwendig waren. Als die Patrouillen Unruhen in Grenznähe auf der Seite von D'Ashier meldeten, habe ich etliche meiner Wachen hingeschickt, um Nachforschungen anzustellen.«

»Ohne mich davon in Kenntnis zu setzen«, murrte der General.

»Ich wusste, dass Euch nichts davon bekannt war«, sagte sie, »und ich hatte gehofft, es würde Gunther freuen, wenn ich die Angelegenheit selbst in die Hand nehme. Tarin Gordmere wurde gefangen genommen, und …«

»Du hast mir nichts davon gesagt!« Der König nahm sein fieberhaftes Umherlaufen wieder auf. Seine Hände ballten sich zu Fäusten.

Brenna zuckte die Achseln. »Ich hatte die Absicht, es dir zu sagen. Ich dachte, du würdest erfreut darüber sein, dass ich den Kopfgeldjäger geschnappt hatte, insbesondere, da seine Männer mir im Gegenzug für seine Freilassung Prinz Wulfric angeboten hatten. Du hattest eingewilligt, die *Karimai* aus ihrem Vertrag zu entlassen. Ich war begeistert, denn ich dachte, das würde ein Neubeginn für uns sein, doch dann habe ich gesehen, wie sehr dich ihr Verlust geschmerzt hat, und mir ist klar geworden, dass du sie liebst.«

Die Königin lehnte sich auf ihrem Thron zurück und legte beide Arme elegant auf die Armlehnen. »Bis zu jenem Zeitpunkt hatte ich geglaubt, dich wieder in mein Bett zu locken sei alles, was erforderlich ist, um dein Herz zu erobern, aber deine Liebe zu der Mätresse würde niemals zulassen, dass es dazu käme.« Ihr Lächeln nahm grausame Züge an. »Die Lösung hat sich mir in Gestalt von Prinz Wulfric offeriert. Er würde die Mätresse aus dem Weg räumen und alle Schuld für ihr Ableben auf sich nehmen. Ich hätte dich natürlich in deinem Kummer getröstet.«

»Du herzloses, hinterhältiges Miststück!«, spie der König aus.

»Ach, ich weiß nicht recht«, sagte Wulf. »Es zeugt von verschlagener Schläue, wenn man bedenkt, mit wie wenigen Informationen sie auskommen musste. Ich kann mich nicht dazu durchringen, allzu wütend zu sein, denn schließlich ist das Ergebnis meine Heirat.«

Die Gewänder des Königs wogten um seine Beine herum, als er zum Stehen kam. »Du liebst ihn wirklich?« Seine Frage war an Sapphire gerichtet.

»Ja«, erwiderte sie. »Sogar sehr.«

Er zuckte zusammen. »Warum?«

»Wer kann schon sagen, wie es zu diesen Dingen kommt, Eure Majestät? Es war uns schlicht und einfach so bestimmt.«

»Ich dachte, du wärest wütend auf mich, weil ich dich freigegeben habe. Ich dachte, wir könnten das hinter uns lassen und wieder zusammen sein. Ich liebe dich; ich bin nie auf den Gedanken gekommen, dass du nicht dasselbe für mich empfindest.«

»Es gab eine Zeit, zu der ich Euch lieben wollte«, gestand sie. »Aber Ihr habt nur gesehen, was Ihr in mir sehen wolltet, und den Rest ignoriert.« Sie stützte sich schwer auf Wulf, denn jetzt spürte sie ihre Erschöpfung. »Ich wünschte, unser Vertrag hätte in freundschaftlichem Einvernehmen geendet. Jetzt werden Tausende von Menschen leiden.«

»Das ist nichts, was wir …«

»*Nichts?*« Ihre Wut verlieh ihr neue Kraft. »Anständige Männer sind heute Nacht gestorben, und ich hätte beinahe meinen Gemahl verloren.«

»Ich habe den Angriff nicht geplant.« Der König wandte sich ab und nahm auf seinem Thron neben der Königin Platz. »Die Einzelheiten habe ich Gordmere überlassen.«

Brenna schnappte nach Luft. »Tarin Gordmere?«

»Ja. Ich habe den Kopfgeldjäger engagiert, um Sapphire zu finden.«

»Er hat mich gefunden«, sagte Sapphire grimmig. »Er hätte mich beinahe getötet.«

Das Entsetzen im Gesicht des Monarchen war eindeutig echt. »Das war nie meine Absicht! Gordmere sollte dich nur zu mir bringen. Unversehrt. Ich habe ihn zur Eile angehalten, weil ich wusste, dass Prinz Wulfric dich hatte. Ich hatte gehofft, du würdest es romantisch finden, dass ich zu deiner Rettung solche Anstrengungen unternehme. Von dem Angriff auf das Lager von D'Ashier wusste ich nichts, bis es dazu kam.«

»Ihr lügt!«, sagte sie anklagend. »Ihr habt auf dem Gipfeltreffen beharrt.«

»Ich dachte, Gordmere hätte vor, dich ohne Zwischenfälle zu finden«, protestierte er. »Ich habe nur versucht, Prinz Wulfric abzulenken. Das war alles. Ich täte dir niemals weh. Das musst du doch wissen.«

»Wenn Ihr meiner Frau nicht wehtun wollt, dann lasst sie in Ruhe«, knurrte Wulf. »Vergesst, dass es sie gibt.«

Gunthers Fingerspitzen trommelten ein aufgewühltes Staccato auf die Armlehne seines Throns. »Das sagt Ihr so einfach, als risse ich mir nicht das Herz aus der Brust und gäbe es Euch. Malt Euch aus, sie fünf Jahre lang in Eurem Bett zu haben und sie mir dann zurückzugeben. Was tätet *Ihr* in dem Fall? Wie wäre Euch zumute?«

Wulfs Brustkorb hob und senkte sich in einem schnellen Rhythmus. Er blickte auf Sapphire hinunter, dann schweiften seine Blicke im Thronsaal umher. Schließlich sah er den König wieder an. »Wir brechen jetzt auf.«

Er umfasste Katies Ellbogen. »Hast du die Antworten bekommen, die du gesucht hast?«, fragte er sie.

»Ich gehe nicht, bevor alles geklärt ist.« Sie sah den König an. »Was wird aus meinem Vater?«

»Mach dir um mich keine Sorgen«, antwortete der General.

»Er ist nicht in Gefahr«, erwiderte der König, doch der Ton, in dem er die Behauptung vortrug, beunruhigte Sapphire.

Grave verschränkte die Arme vor der Brust. »Ich werde wegen dieser Angelegenheit keinen Krieg führen.«

»Es wird keinen Krieg geben.« Gunther fuhr sich mit einer Hand durch das zerzauste Haar. »Es gibt Möglichkeiten, die Sache zu vertuschen.« Er blickte zu Wulf auf.

Wulf schnappte hörbar nach Luft. »Wir müssten unseren Völkern die Wahrheit darüber verschweigen, was sich in der Wüste abgespielt hat. Die Familien der gefallenen Soldaten müssten irregeführt werden. Sie würden auf Vergeltung beharren.«

»Aber die Überlebenden werden wissen, was passiert ist«, wandte Grave ein. »Sie werden nicht verstehen, warum sie aufgefordert werden, das Wissen für sich zu behalten. Gerüchte werden sich verbreiten. Wir können es nicht vollständig vertuschen.«

Gunther winkte den Einwurf unbekümmert ab. »Wir haben keine andere Wahl.«

»Ich hasse es, meine Männer zu belügen«, sagte Grave wutentbrannt. »Sie haben etwas Besseres verdient!«

Wulf richtete den Blick auf Grave. Keiner von beiden sagte etwas, doch Sapphire nahm wahr, dass sie sich stumm verständigten. Später würde sie Wulf danach fragen.

Nach einem langen Moment nickte ihr Vater. Er kam auf sie zu und zog sie in eine enge Umarmung.

»Komm mit uns«, flüsterte sie.

»Das geht nicht.« Er drückte seine Lippen auf ihre Stirn. »Sie werden dich niemals gehen lassen, wenn ich nicht bleibe. Ich bin ihr neues Druckmittel.«

»Was wirst du tun?«

»Alles, was sich als notwendig erweist.«

Sie zog sich auf ihre Zehenspitzen und drückte ihm einen Kuss auf die Wange. »Du und Mutter, ihr seid hier nicht sicher.«

»Uns wird nichts zustoßen. Mehr kann ich nicht sagen.« Er presste sie an sich. »Aber verlass dich darauf, dass nie etwas zwischen uns stehen wird, Katie. Niemals.«

Sie fühlte, wie sich sein Körper an ihrem versteifte und er den Atem durch zusammengebissene Zähne ausstieß. Alarmiert wich Sapphire zurück.

Wulfs Hand lag auf der Schulter ihres Vaters. »Ich bitte um Verzeihung, General«, murmelte er und drehte seine Hand zu Sapphire, damit sie den winzigen Injektor sehen konnte, der sich an seine Handfläche schmiegte. »Mein Ring wurde in der Schlacht beschädigt und hat eine scharfe Kante.«

Ein Nanotach. Ihre Unterlippe zitterte, als sie ihren

Ehemann ansah und ihn in diesem Moment noch mehr liebte, als sie es jemals für möglich gehalten hatte.

»Ich werde gut auf sie aufpassen«, versprach Wulf.

»Das kann ich Euch nur raten.« In Graves dunklen Augen stand eine Warnung.

Sapphire nahm Wulfric an der Hand und zog ihn rückwärts zur Tür; sie hielt den Griff ihrer Glefe vor sich in Bereitschaft. »Es war reizend, aber wir müssen jetzt gehen.«

Das Lächeln der Königin triefte vor Bosheit. »Bis zum nächsten Mal.«

22

Wulf stand in der Dunkelheit seines Zimmers und starrte aus dem Fenster auf die funkelnden Lichter der Stadt, die unter ihm lag. In dem Moment wirkte alles friedlich, doch er wusste, dass diese Illusion kurzlebig war. Morgen war ein neuer Tag. Weitere Arbeit würde anfallen, und weitere Bündnisse mussten geschlossen werden.

Arme mit seidenweicher Haut schlangen sich um seine Taille, und im nächsten Moment pressten sich üppige Brüste an seinen Rücken. Mit einem lustvollen Seufzen erwiderte er die Umarmung, und sein Schwanz wurde schon allein von ihrer Berührung und ihrem Duft hart.

Ihr warmer Atem wehte über seine Haut. »Wir müssen immer noch die Person finden, die dafür verantwortlich war, Gordmere für deine Gefangennahme anzuheuern. Ich werde nicht zur Ruhe kommen, bevor ich weiß, wer es ist und was sie mit dir vorhaben.«

»Wir dürfen auch, was dich angeht, nie in unserer Wachsamkeit nachlassen. Der König von Sari ist wie ein bockiges Kind, und ich habe ihm sein liebstes Spielzeug weggenommen. Ihm wäre es lieber, wenn das Objekt seiner Begierde kaputtgeht, als es einem anderen zu überlassen. Er ist einer von der Sorte.«

Wulf drehte sich in ihren Armen um und blickte in

Katies leuchtende dunkle Augen hinunter. Sein Rücken versperrte dem Licht, das durchs Fenster fiel, den Weg und tauchte ihre geliebten Gesichtszüge in Schatten, doch die spärliche Beleuchtung spielte keine Rolle. Ihr Gesicht war für alle Zeiten in sein Gedächtnis eingebrannt.

»Solange es ihn nach dir gelüstet«, fuhr er fort, »wird der Hass der Königin schwären.«

»Ich mache mir Sorgen um meinen Vater.« Ihre Stimme klang kleinlaut.

Wulf legte eine Wange auf ihr Haar und zog sie enger an sich. »Ich mir auch. Sein Nanotachsignal wird überwacht, aber morgen früh werden wir beide einen besseren Plan zu seinem Schutz aushecken müssen. Damit, dass wir den Aufenthaltsort deines Vaters kennen, haben wir nur die halbe Schlacht gewonnen, und in der anderen Hälfte wird er uns bekämpfen. Er liebt dich, aber vor mir ist er auf der Hut. Er würde das Nanotach entfernen, wenn er von seiner Existenz wüsste.«

Katie seufzte. »Nichts von wegen ›glücklich bis ans Ende ihrer Tage‹, aber das hast du ja gleich gesagt.«

»Nein. Daraus wird wahrscheinlich nichts.«

Sie presste die Wange an sein Herz und sagte: »Ich bereue nichts.«

»Ich auch nicht.«

»Überhaupt nichts?«

Er lächelte in ihr Haar. »Ich wünschte, ich hätte dir schon eher einen Heiratsantrag gemacht.«

»Was gedenkst du zu tun, um dein Zaudern wiedergutzumachen?«

Sein Schwanz schwoll eifrig zwischen ihnen an. Mit

einem verruchten Lächeln hob Wulf sie hoch und stieg mit ihr in den gepolsterten Sitzbereich hinunter. »Ich werde den Rest meines Lebens damit zubringen, dir Lust zu bereiten.«

»Mmm ... das klingt vielversprechend«, schnurrte Katie und hieß sein Gewicht auf ihr mit offenen Armen willkommen.

Als er sich zwischen ihren gespreizten Schenkeln niederließ, schmerzte Wulfs Herz vor Liebe zu ihr. »Du weißt noch nicht, was dich erwartet.«

Danksagung

Meine Dankbarkeit gilt Sasha White, Annette McCleave und Jordan Summers. Ich danke euch allen für eure Anregungen. Und ich danke euch auch für die Unterstützung und Ermutigung im Lauf der letzten Jahre, während ihr ungeduldig das Erscheinen dieses Buchs erwartet habt. Was für tolle Freunde ihr doch seid! Ich kann mich glücklich schätzen.

Werkverzeichnis der im Heyne Verlag erschienenen Titel von Sylvia Day

Die Autorin

Die Nummer-1-Bestsellerautorin Sylvia Day stand mit ihrem Werk an der Spitze der *New York Times*-Bestsellerliste sowie 23 internationaler Listen. Sie hat über 20 preisgekrönte Romane geschrieben, die in mehr als 40 Sprachen übersetzt wurden. Weltweit werden ihre Romane millionenfach verkauft, die Serie *Crossfire* ist derzeit als TV-Verfilmung in Planung. Sylvia Day wurde nominiert für den *Goodreads Choice Award* in der Kategorie BESTER AUTOR.

»Die unangefochtene Königin des erotischen Liebesromans«
Teresa Medeiros

»Wenn Sie noch nie ein Buch von Sylvia Day in Händen hatten, haben Sie was verpasst.« *Romance Junkies*

»Wenn es darum geht, prickelnde Sinnlichkeit zu erzeugen, können nur wenige Autoren Sylvia Day das Wasser reichen. *Stolz und Verlangen* ist die perfekte Melange aus betörenden Figuren, einer cleveren Geschichte und prickelnder Sinnlichkeit.« *Booklist*

»Eine wundervolle Geschichte. Dieser Roman wird Sie zum Lachen wie zum Weinen bringen.«
Love Romances über ›Eine Frage des Verlangens‹

»Diese brillante Kombination aus heißer Leidenschaft, Spannung und Intrigenspiel ergibt eine unglaublich ergreifende Geschichte.« *Romance Divas über ›Spiel der Leidenschaft‹*

Crossfire

Pressestimmen zu *Crossfire*

»Der Sex-Roman des Jahres«   *Cosmopolitan*

»Sexuelle Spannung, heiße Liebesszenen und eine äußerst tiefgründige Liebesgeschichte sorgen für begeisterte Leser-Reaktionen.«   *bild.de*

»Noch saftiger und mit besser gezeichneten Helden als *Shades of Grey*!«   *Joy*

»Ich liebe ihren Stil, die sexuelle Spannung, die heißen Liebesszenen und die spannende Story.«   *Carly Phillips*

»Unser absoluter Redaktionsliebling!«   *Petra*

»Ein Stoff voll Schmerz, Hoffnung und Gefühlen.«
                    Abendzeitung

Crossfire – Versuchung

Die Uniabsolventin Eva Tramell tritt ihren ersten Job in einer New Yorker Werbeagentur an. In der Lobby des imposanten Crossfire-Buildings stößt sie mit Gideon Cross zusammen – dem Inhaber. Er ist mächtig, attraktiv und sehr dominant. Eva fühlt sich wie magisch von ihm angezogen, spürt aber instinktiv, dass sie von Gideon besser die Finger lassen sollte. Aber er will sie – ganz und gar und zu seinen Bedingungen. Eva kann nicht anders, als ihrem Verlangen nachzugeben. Sie lässt sich auf eine Liebe ein, die immer ernster wird, und entdeckt ihre dunkelsten Sehnsüchte und geheimsten Fantasien.

Crossfire – Offenbarung

Seit ein paar Wochen sind die junge attraktive Eva Tramell und der erfolgreiche Geschäftsmann Gideon Cross ein Paar. Eva liebt seine dominante Art. Noch nie konnte sie einem Mann so vertrauen. Doch dann verändert Gideon sich, er will sie immer stärker kontrollieren, und auch die Dämonen aus seiner Vergangenheit belasten sie. Eva weiß: Ihre Beziehung hat nur eine Zukunft, wenn es keine Geheimnisse und keine Tabus zwischen ihnen gibt …

Crossfire – Erfüllung

Seit ihrer ersten Begegnung sind Eva Tramell und der faszinierende Geschäftsmann Gideon Cross einander verfallen. Nur Eva weiß, was Gideon für sie aufs Spiel gesetzt hat. Doch dieses Wissen wird immer mehr zur Bedrohung und ängstigt Eva, die sich nichts sehnlicher wünscht als eine vertrauensvolle Beziehung und eine dauerhafte Bindung. Zudem wird ihre Liebe immer wieder auf harte Proben gestellt, denn Neid und Missgunst machen ihnen das Leben schwer, und die Schatten der Vergangenheit lasten auf ihnen. Doch das Wissen um die Geheimnisse des anderen verbindet Eva und Gideon unlösbar miteinander. Gemeinsam wollen sie sich ihren Dämonen stellen und ihre leidenschaftliche Liebe retten.

Crossfire – Hingabe

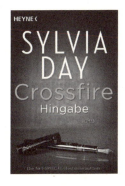

Eva und Gideon haben sich das Ja-Wort gegeben. Sie waren überzeugt, dass nichts sie mehr trennen kann. Doch seit der Hochzeit sind ihre Unsicherheiten und Ängste größer denn je. Eva spürt, dass Gideon ihr entgleitet und dass ihre Liebe in einer Weise auf die Probe gestellt wird, wie sie es niemals für möglich gehalten hätte. Plötzlich stehen die Liebenden vor ihrer schwersten Entscheidung: Wollen sie die Sicherheit ihres früheren Lebens wirklich gegen eine Zukunft eintauschen, die ihnen immer mehr wie ein ferner Traum erscheint?

Einzeltitel

Geliebter Fremder

Als Gerald Faulkner Isabel vor vier Jahren um ihre Hand bat, war er ein schöner und lebenslustiger Mann. Dann verschwand er spurlos. Nun, da er wieder auftaucht, ist er nicht mehr jung und sorglos, sondern eine gequälte Seele mit dunklen Geheimnissen. Er spricht nicht darüber, was in der Zwischenzeit geschehen ist, und verhält sich wild und hemmungslos. Allerdings ist da nun auch eine neue, glühende Leidenschaft zwischen ihnen. Hat Isabel genug Vertrauen, um sich diesem Fremden auszuliefern?

Sieben Jahre Sehnsucht

Lady Jessica Sheffield erwischt den attraktiven Alistair Caulfield dabei, wie er im Wald eine verheiratete Gräfin befriedigt. Seitdem herrscht eine verstörende Spannung zwischen ihnen, und sie vermeidet jede weitere Begegnung. Sieben Jahre später treffen die beiden wieder aufeinander und kommen sich näher. Das anfängliche Knistern lässt bald wilde Funken der Leidenschaft sprühen, und die beiden ergeben sich ihrem starken Verlangen …

Stolz und Verlangen

Eliza Martin ist eine reiche Erbin. Das hat nicht nur Vorteile. Heiratsschwindler und Kuppler belagern sie, und in letzter Zeit fühlt sie sich beobachtet. Aber Eliza lässt sich nicht einschüchtern und beschließt, jemanden zu engagieren, der sich unter ihr Gefolge mischt und den Schuldigen findet. Jemand, der nicht auffällt. Jasper Bond ist zu groß, zu gut aussehend, zu gefährlich. Doch Eliza reizt ihn. Und so ist es ihm ein Vergnügen, ihr zu beweisen, dass er genau der richtige Mann für diese Ausgabe ist …

Spiel der Leidenschaft

Lady Maria Winter ist jung, reich und schön. Trotzdem wird sie die »eiskalte Witwe« genannt, denn ihre beiden Ehemänner starben einst unter mysteriösen Umständen. Es hält sich das hartnäckige Gerücht, dass Lady Winter an ihrem Tod nicht ganz unschuldig ist. Tatsächlich treibt aber ihr Stiefvater Lord Welton ein perfides Spiel mit ihr. Als er Lady Winter auf den Piraten Christopher St. John ansetzt, der die Todesfälle undercover aufklären soll, stimmt sie widerwillig ein. Doch schon bei ihrer ersten Begegnung spürt sie ein nie gekanntes Verlangen …

Eine Frage des Verlangens

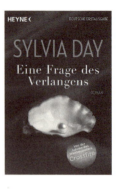

Lady Elizabeth Hawthorne und Marcus Ashford, Earl of Westfield, verbindet eine leidenschaftliche, aber auch leidvolle Vergangenheit. Sie waren einst verlobt, bis Elizabeth Marcus der Untreue verdächtigte und ihn verließ. Nun, vier Jahre später, kreuzen sich die Wege der beiden erneut. Marcus, der Agent im Dienste der Krone ist, soll Lady Elizabeth beschützen, da ein Unbekannter sie bedroht. Beide fühlen sich erneut magisch voneinander angezogen. Aber können sie die alten Verletzungen vergessen?

Ihm ergeben

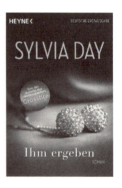

London, 1780. Die junge und schöne Amelia Benbridge ist verlobt mit Lord Ware. Auf einem festlichen Ball sieht sie einen Mann mit weißer Maske, der sie fasziniert, und wider besseren Wissens folgt sie ihm in den dunklen Park des Anwesens. Er stellt sich als Graf Montoya vor, und die Anziehung zwischen den beiden ist unmittelbar und überwältigend. Doch er scheint ein dunkles Geheimnis vor ihr zu verbergen. Und Amelia ist vergeben ...

Die Dream Guardians-Serie

Verlangen

Aidan ist ein Dream Guardian: Er verhindert, dass das Tor zwischen der Traumwelt und der Realität geöffnet wird. Er bewahrt seine Schützlinge vor Albträumen, indem er sie in ihrem Schlaf als Liebhaber besucht. Bei der schönen Lyssa erlebt er eine sexuelle Leidenschaft wie nie zuvor, und er verliebt sich zum ersten Mal in seinem Leben. Muss er fürchten, dass Lyssa das Tor zwischen den Welten öffnet?

Begehren

Als Stacey Daniels dem attraktiven Bad Boy Connor begegnet, kann sie es kaum glauben: Noch nie hat sie einen so schönen Mann gesehen! Sie ahnt nicht, dass Connor ein Dream Guardian ist, der Frauen in ihren Träumen beglückt. Schnell findet Stacey heraus, dass Connor auch im wahren Leben ein Meister der sündigen Sinnesfreuden ist, und sie erlebt die aufregendste Zeit ihres Lebens. Doch Connor kommt aus einer gefährlichen Traumwelt, mit der nun auch Stacey in Berührung kommt …

Paranormal Romance Einzeltitel

Im Bann der Liebe

Atemberaubend schön und in den raffiniertesten Liebeskünsten bewandert, ist Sapphire bereits seit Jahren die Lieblingsmätresse des Königs von Sari. Jeder Wunsch wird ihr von den Augen abgelesen, doch eigentlich will sie nur endlich selbst über ihr Leben bestimmen. Als der geheimnisvolle Kriegerprinz Wulfric als Gefangener an den Hof kommt, ist Sapphire sofort fasziniert und stürzt sich in eine leidenschaftliche Affäre mit ihm. Zum ersten Mal in ihrem Leben kann sie sich völlig frei dem Rausch ihrer Gefühle hingeben. Dass ihre Liebe zu Wulfric verboten ist, macht die Sache nur noch heißer ...

Sylvia Day

Sie verwandeln jede Nacht in eine aufregende Fantasie – die Dream Guardians

»So heiß, dass die Seiten Feuer fangen!«
Gena Showalter

Dream Guardians - Verlangen
978-3-453-31522-8

Dream Guardians – Begehren
978-3-453-53456-8

978-3-453-31522-8

Leseproben unter **www.heyne.de**